张良像

康熙年间佚名画家笔下的留侯张良像，摘引自佚名《历代帝王名儒大臣遗像》

张良，字子房，汉代开国功臣。在《白猿客栈》的系列故事中，子房先生天生重瞳，是白猿客栈的初代掌灯，也是整个系列诸多情节的“根基”。小说的主人公张寒，为白猿客栈第五十七代掌灯。其父“三眼妖狐”张九陵，为白猿客栈第五十六代掌灯。

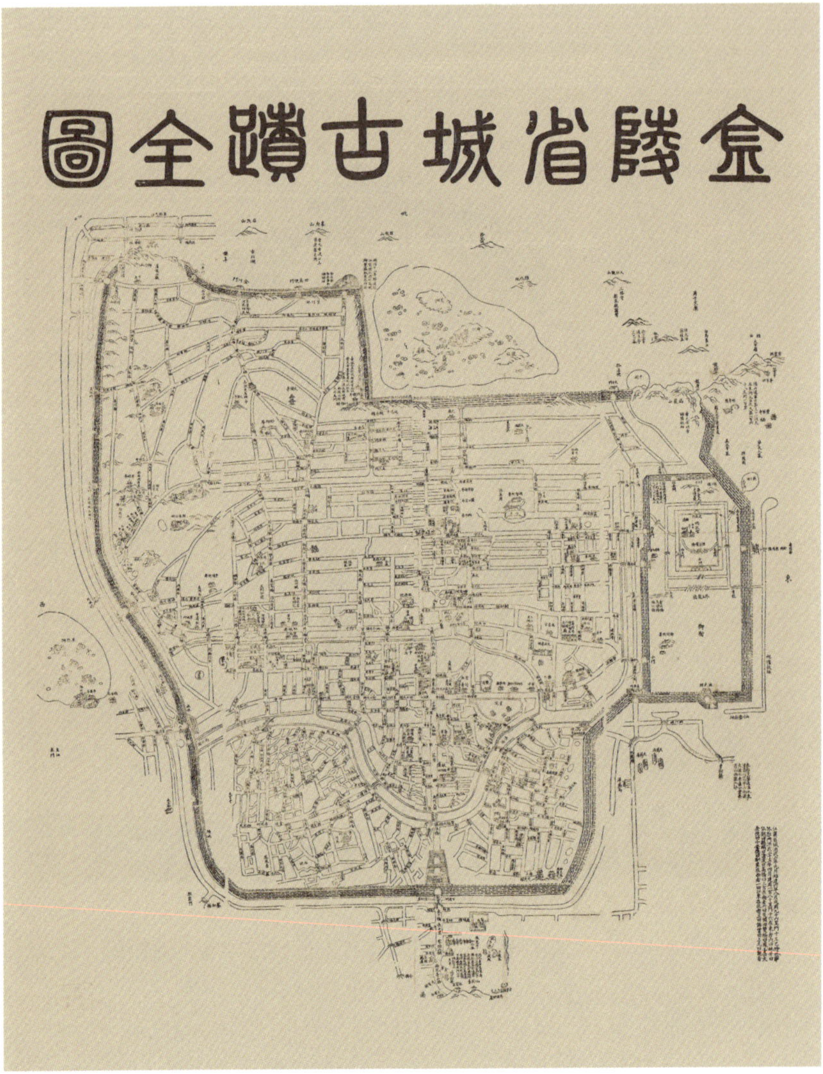

金陵城市地图

《金陵省城古迹全图》，馆藏于日本京都大学

此图可能绘制于清末，比小说《白猿客栈》故事的发生年代或早了二三十年。但小说中人物居住、故事发生的地点，在地图上隐约可见。

钟馗像

著名画家徐悲鸿笔下的钟馗

钟馗的形象出现在《白猿客栈·诡戏金陵》第三卷《魁星踢斗》相关章节中。

明世宗像

清代画家姚文瀚笔下的明世宗朱厚熜真像

明世宗，也就是嘉靖皇帝。作为小说中的人物，嘉靖皇帝以一种特别的形象出现在《白猿客栈·诡戏金陵》第一卷《埋骨还魂》第七章《神仙髓》一节。

白猿客栈

诡戏金陵

猎衣扬 著

时代文艺出版社

图书在版编目（CIP）数据

白猿客栈. 诡戏金陵 / 猎衣扬著.—长春：时代文艺出版社，2021.1

ISBN 978-7-5387-6409-3

Ⅰ. ①白… Ⅱ. ①猎… Ⅲ. ①长篇小说－中国－当代 Ⅳ. ①I247.5

中国版本图书馆CIP数据核字（2020）第078317号

出 品 人　陈　琛

产品总监　邓淑杰

选题策划　杨　迪

责任编辑　李贺来

装帧设计　孙　利

排版制作　隋淑凤

白猿客栈·诡戏金陵

猎衣扬 著

出版发行 / 时代文艺出版社

地址 / 长春市福祉大路5788号　龙腾国际大厦A座15层　邮编 / 130118

总编办 / 0431-81629751　发行部 / 0431-81629755　北京开发部 / 010-63108163

官方微博 / weibo.com / tlapress　天猫旗舰店 / sdwycbsgf.tmall.com

印刷 / 三河市天润建兴印务有限公司

开本 / 710mm × 1000mm　1 / 16　字数 / 305千字　印张 / 22

版次 / 2021年1月第1版　印次 / 2021年1月第1次印刷　定价 / 48.00元

图书如有印装错误　请寄回印厂调换

序

案头的一大摞书稿，是长篇小说《白猿客栈》“三部曲”。

小说写的是江湖的事，江湖的人，跨度虽然仅是民国背景下的二十多年，却以“草蛇灰线”“穿花引蝶”的手法贯穿了从秦末至民国两千年间中国历史上的诸多大事。随着故事的人物与情节曲曲折折、悲悲喜喜地读下来，竟也生出了许多感慨。

作者是一位文坛新人，若从年龄论起来，我们相差得有快一个甲子了，可这孩子的行文笔法却处处显着厚重、扎实，甚至不像他这个年齿的人。小说在情节上宛转曲折，扣人心弦，人物能“立”得有血有肉，在逻辑严谨的同时，想象力也十分出奇。

一出手，便知道是个当下难得的、小说家的好苗子。

想来，这一代的年轻人，他们成长的背景、经历与我们这一代写作者完全不同，他们笔下的世界也就显示出不同的风貌。

首先，题材上，写的是民国的人。我出生于 1941 年，虽然只是赶上了个民国的“尾巴”，可那个时代于我，毕竟还“去古未远”；转眼八十年，那个时代浮光掠影般在硝烟中消散而去，到了这一辈写作者的眼中心中，写民国的故事就多少带着“考古”的味道了。好在，这位年轻作者下笔，不肯只凭着经验和想象，很多情节和故事还颇见几分考证“功夫”，比如《诡戏金陵》中写挑山帮的运营模式，写商道上米业同行之间的“坎子话”，写嘉庆年间天理教攻打紫禁城，或者是确有实据，或者是将历史上真实发生的事情不着痕迹地熔在了小说的情节之中，读来很有味道。这样的写法对日常的阅读和积累要求很高，对写作者——尤其是年轻写作者是很见功夫的。

其次，在人物塑造上，写得“极致”。小说中人物塑造，往往是将人生的贪嗔痴妄写到了极致。这也是文学史上，很多能让人记住的人物形象的特点。《白猿客栈》中的很多人物同样是按着“极致”的路子，奔着不朽的目标，“杀将”而去。同样是写痴，有白猿客栈的佛烟对阴阳家家主须弥的一往情深，也有公输家的鲁胥对初恋情人的念念不忘；同样是写贪，写妄，有苍梧道人对长生的执着，也有大秦洋行和天师会对财富的不择手段；同样是写嗔，有窦夫人姜氏在得知真相后的决绝，也有朱元璋在面对沈万三时骨子里的自卑……在放诞不羁中，敏贝勒是大起大落、大收大放，李龟年则是插科打诨、且看今朝；在人物性格变化中，鲁绛是因为身份的转换，杨惊雷则是历经世事后的沉迷……他们被作者“驱使”于笔端，展现于读者，丰满，真实，甚至让人一声长叹。

值得注意的，还有小说在史料和文献上的处理。作为一名年轻的作者，受写作经验和自身积累的限制，本身驾驭这种近代和古代题材杂糅的小说就有一定的难度，但《白猿客栈》的很多文献征引、史料演绎或“重组”，却能铺陈得恰到好处。作者在小说中以传统文化的典型元素，构筑了一个阵容宏大、历史久远的江湖，想象奇特却又合乎情理。在这个江湖中，“白猿客栈”是主线，六个主要人物分别以相同的特长甚至是性格代代相传。另外，还有能工巧匠之门公输家、墨家，懂得役使鸟兽、通晓鸟语的公冶长之后，有邹衍传下来的阴阳家，范增传下来的巫贤，为王朝占卜的卜门，浮游江海之中的疍人白水郎，范蠡传下来的蠡门，汉代皇室之后传下来的垄断码头和船坞的赤门，以及天下道门之首全真气宗，等等。他们在书中若隐若现，如神龙一般见首不见尾，推动情节的发展。而这些“门派”的来源、理念等多有作者在诸多史书文献中“采撷”出来的资料支撑。这对于一位年轻作者来说，非常难得。

另外，作者相信人与人之间的美好和善良，小说中似乎很少见纯粹的恶人，即使是很多反面人物，也能看见性格中偶然出现的光辉。或许也正是基于这种“人性本善”的哲学思考，作者才为立足于江湖两千年的白猿客栈，留下了“生死相托两不负，吉凶福祸一肩担”的十四字箴言。这大概也是白猿客栈作为小说中存世最久的门派，能在血腥的江湖中或隐或现、立足不倒的根本。每一代的客栈掌灯，智商极高，奇计百出，一设局便能运转千年，但在面对客栈伙计时，又能保持一颗赤子之心。客栈众人也都能用无条件的信任对待彼此。这是年轻作者对美好人性的期待，是这个年代成长起来的作者的偏得。

透过书稿，我看到了一位年轻作者的努力、勤奋、天赋和潜力。《白猿客栈》是一套能抓得住读者的好作品，我相信，假以时日，这位年轻的作者也还会有更好的作品问世。

是为序。

蒋子龙

2020 年 6 月

写在前面

《白猿客栈》系列，讲述的是关于“江湖”的故事，记录的是一群旧时的民间奇人。

清末民初，各方势力搅乱天下，社会秩序混乱，豪强借势崛起，许多隐秘的地下结社组织或死灰复燃，或横空出世，或为利益，或图生计，或因恩仇而相互倾轧碰撞，“江湖”之乱达到了顶峰。故事中的天师会、非常道等在历史上均有原型可寻。

而我本人对唐传奇中的聂隐娘、虬髯客、谢小娥、昆仑奴等人物一直心向往之，所以便有了一个想法：能否在这样一个时间架构下，塑造一群被赋予侠义情结的“江湖人”？随后，白猿客栈“佛烟鬼手张三眼、水袖蓑衣不老生”的团体框架开始有了雏形。

古希腊有句名言：“人是万物的尺度。”衡量“江湖事”讲得好不好，终究还是要落在“江湖人”说得透不透。因此，我在故事中力求用每一个人物折射一段时代恩怨，让他们去经历悲喜离合、人生起落、贪嗔痴妄，直到面对世事无常能“钻得进去、退得出来”，这才成了故事里那个“大隐隐朝市”，坐观兴替的白猿客栈。

故事中“智计百出”的主角张寒是一条线，既引出了时间线上的众多历史谜案，又展开了空间框架内的大江南北，更串起了一个个鲜活的人物。这其中有：“已诺必诚，赴士之厄困”的张九陵，“空室蓬户、褐衣疏食”却依旧扶危济难、不堕傲气的敏贝勒，“危身奉上，险不辞难”的蓑衣梁战，执念深重、机关算尽的嬴号，情根深种、蹉跎半生的唐驹，竭诚守身、披肝沥胆的聂树峰……许多人物林林总总，无法一一列数。

精彩的故事必然从细节处动人。若论故事中的细节，纵观三部，我最满意的有三处：

一是张寒孤身赴会前往敦煌沙窟，临行之前，鲁绛在病床上让他给自己讲一个“猿门断指”的故事，故事说至尾声，鲁绛的呼吸早已变得均匀而沉稳。张寒以为她睡着了，便轻手轻脚地站起身，想慢慢地走出病房；然而，就在他回手关门的那一瞬间，鲁绛的脸上，一颗晶莹的泪珠顺着她紧闭的眼角滑落到了耳边。自古离别最伤怀，与其悲悲戚戚，不如假作糊涂，让对方走得安心——尽管没有人能真的骗了自己。正如老舍先生讲：“人间的真话本来不多，一个女子的脸红胜过一大段长话。可后来有了胭脂，便分不清是真情还是假意。”此处虽无声，但我觉得更胜有声，因为话多无益，平添矫情。

二是姜雁儿无意间救下被人追杀的窦万通，窦万通当时朝着姜雁儿“当当当”地连磕了三个响头：“阿姐救命之恩，我窦万通永世不忘，待他日窦某飞黄腾达，定当报偿！”姜雁儿苦笑一声，摇了摇头，涩声说道：“都是江湖飘零的苦命人，今日不知明日事，谈什么报偿？”却没料到一年之后，窦万通真的来花船上为她赎身，双膝跪倒，口中言道：“我窦万通是个‘拳头上立得人，胳膊上走得马’的爷们儿，许下的誓言，不敢相忘，今日备足了花红表礼，前来迎娶阿姐，自此后，秦淮河里再无什么花娘姜雁儿，即日起，你我富贵与共。”历来成大事者每多薄情，窦万通这一跪，在他好勇斗狠、酷烈狠辣的帮派魁首身份之外，顿时树起了一层重信守诺、不负女子的形象。人都是复杂而多面的，书中张寒有言，真真假假是戏，虚虚实实是局。映射到人的身上，便是：沉沉浮浮终是命，念念不忘才是情。

三是敏贝勒给郑矮子下套儿，逼他戒除赌瘾，郑矮子中计，一时间万念俱灰，涩声说道：“笑里藏刀相对战，赌中舞弊两相欺。衣衫褴褛亲朋笑，手脚肮脏骨肉离。事到如今，我才明白，赌之一道，哪有赢家，徒迷心智耳！”敏贝勒闻言，抬手就是一刀！郑矮子发了一声闷哼，正要引颈就戮，忽觉身上一松，睁眼一看，敏贝勒的那一刀正划在绳结上，将捆住他的绳子割了开。敏贝勒大笑言曰：“赌博之道，不过是娱人的游戏，这自古以来只有人玩儿牌九，可莫要让牌九玩儿了人！”此一席话，我认为足以立起敏贝勒这个人物的形象，是为：大起大落混不吝，游戏人间真性情。

在《白猿客栈》之前，我写了很多年的杂志短篇。这个系列是我从短篇到长篇、从杂志到图书、从人物个像向人物群像的重要转折点。在这里，我要感谢时代文艺出版社杨迪、李贺来两位编辑老师对书稿的精心打磨，以及幻想工场陈娟老师对本书的大力推介，使得《白猿客栈》系列能够以更好的面貌呈现在大家面前。

接下来，就请各位读者和我一起走入故事中异彩纷呈的江湖世界。

猎衣扬

2020 年 5 月 14 日

目　录

第一卷　埋骨还魂

第一章　与相国为兵甲之阳符 / 002
第二章　含酥脔 / 009
第三章　三爻冲阵 / 016
第四章　断见无明 / 024
第五章　墨璃青犴 / 032
第六章　人心营构之象 / 040
第七章　神仙髓 / 047
第八章　非常道（上） / 054
第九章　非常道（下） / 062
第十章　埋骨和尚（上） / 070
第十一章　埋骨和尚（下） / 078
第十二章　仙人挂画（上） / 085
第十三章　仙人挂画（下） / 093

第二卷　阴兵借道

第一章　南京三问 / 104
第二章　天师会 / 110
第三章　夜探埋骨寺（上） / 115
第四章　夜探埋骨寺（下） / 122
第五章　醉上金鳌（上） / 128
第六章　醉上金鳌（中） / 133
第七章　醉上金鳌（下） / 138
第八章　翠压秦淮秀所钟 / 145
第九章　八百风流（上） / 151
第十章　八百风流（下） / 157

第三卷　魁星踢斗

第一章　地暗天昏一吐光 / 164

第二章　钟馗猎鬼 / 170

第三章　天师画中来（上） / 177

第四章　天师画中来（下） / 183

第五章　未必他心是我心 / 189

第六章　不想人间鬼魅多 / 195

第七章　真假天师 / 201

第八章　支花老唐（上） / 207

第九章　支花老唐（下） / 214

第十章　诈将 / 222

第十一章　最难消受是相思（上） / 228

第十二章　最难消受是相思（下） / 234

第十三章　三岔口（上） / 242

第十四章　三岔口（下） / 249

第四卷　长江冥火

第一章　金刚鹦鹉（上）/ 256
第二章　金刚鹦鹉（下）/ 262
第三章　日暮人不敢行（上）/ 270
第四章　日暮人不敢行（下）/ 276
第五章　龙符为证（上）/ 284
第六章　龙符为证（下）/ 289
第七章　白猿点兵（上）/ 296
第八章　白猿点兵（下）/ 301
第九章　匹夫一怒（上）/ 309
第十章　匹夫一怒（下）/ 317
第十一章　风流总被白发催 / 324
尾声 / 333

第一卷 埋骨还魂

第一章　与相国为兵甲之阳符

年三十，金陵城，风雪夜，众人围桌而坐。

客栈的大厅里架了一口铜锅，铜锅底下的炭火明暗不定，锅内的汤汁滚沸，一股椒麻的香气缓缓散逸开来。

立在门口那人，约有六十上下，面容清癯，颔下微须，头戴一顶西式的呢帽，帽檐压得很低，若有若无地遮住了额头上一道贯穿眉骨的刀疤。那人手上拄着一根欧式的文明棍，脚下一双皮鞋擦得锃亮，肩膀上落满了雪花。

“在下萧自横，十四年前，我找三眼妖狐张九陵求助，张九陵说他有要事在身，无暇相帮，若是信得过白猿客栈的招牌，便在十四年后的除夕夜里，来金陵城琵琶巷三十一号，寻他的儿子张寒……”

来人摘下了头顶的呢帽，拍了拍肩背上的雪花，手掌一翻，将一个三寸长、一寸宽、伏状、平头、翘尾的铜铸老虎放在桌上，那老虎左右颈肋间，镌篆书两行，合曰：

与相国为兵甲之阳符

“虎符！”我见了那只铜铸的小老虎，下意识地低呼了一声，随即眉头一紧，定定望向那个名叫萧自横的老头。

而萧自横此刻也敏锐地察觉到了我的表情，一边自顾自脱下了身上的大衣，挂在了门口的衣架上，一边笑着说道：“绿蚁新醅酒，红泥小火炉。晚来天欲雪，能饮一杯无？”

我叹了口气，解下了身上的围裙，取过鲁绛递过来的毛巾，擦了擦手，沉声说道：“陆龟年，上酒。萧先生，请！”

酒过三巡，萧自横的脸上泛出了一抹红晕，只见他两根指头摩挲着虎符身上的篆字，轻声说道：“你我两家祖上的盟誓，还算数吧？”

我看了一眼若有所思的根叔，又瞟了一眼冲我微微颔首的唐驹，随即一拱手，扬声说道：“算数！”

萧自横闻言，拊掌笑道：“那就好！那就好！这大汉虎符就是我依照祖宗盟誓，今日给付给你白猿客栈的代价。”

我一咬牙，沉声喝道：“萧先生，您的事，白猿客栈，接了！”

萧自横吐了一口酒气，思索了一阵，幽幽叹道：“这件事怕是还得从隋朝炀帝年间说起……”

大象二年（581年），北周静帝禅让帝位于杨坚，北周覆亡。杨坚定国号为隋，定都大兴城。八年后，大隋南下，灭陈朝，一统中国，结束了自西晋末年以来长达近三百年的分裂局面。

二十四年后（605年），隋炀帝杨广改元大业，迁都洛阳。为了使长江两岸的绫罗珠玉、税赋鱼米方便运往洛阳，隋炀帝杨广于大业元年下令开凿洛阳到江苏清江达两千里长的“通济渠”，直接沟通黄河与淮河，并改造邗沟和江南运河。于大业四年（608年）下令开凿从洛阳经山东临清向北通河北涿郡的“永济渠”——连同早年开凿的广通渠，形成多枝形的运河系统。

然而，开凿运河并不是一项简单的工程，炀帝规划的河道纵贯南北，所经山川湖泊无数，无有开山之力，裂土之能，岂能凿成？故而，修建之初，经历了无数的诡秘凶险之事：

先是黄河断流了三天，水分黑白黄三色，河底露出一只鼍龙镇鬼的铜像。黄河两岸的百姓河工下到河床去拖那铜像，不料黄河水骤然三色合流，自下游倒灌，淹死生灵无数，连摧城镇二十一座，黄河左近，一片汪洋。

而后，江都郡河段，有狐鬼夜哭，阴兵借道，半城百姓在一夜之内人间蒸发，不知所踪。勘察的官员发现，好多人家里桌上的粥菜尚温，但是一家人都消失不见。

接着，宫内传来了闹鬼的消息。上元节夜里，炀帝酒后起身，于房梁之上见一紫袍小儿抱琴而坐，指着炀帝唱道："杨花落，李花开，桃李子，有天下。"炀帝怒而斥之，一回头，便见漫天大水排山倒海地从西北方向倒灌而来，帝惊惧而起，梦醒汗透衣袍。

于是，谣言四起，说炀帝凿运河伤了华夏的气脉，黄河断流乃是龙脉翻身；涿郡闹鬼，乃是因为河工挖开了鬼府大门，惹得阎罗点兵，抹杀生灵；皇宫闹鬼，乃是因为炀帝开河，引得星斗移位，紫微易主……

但那炀帝也是心智坚忍之辈，暗中将那小儿所唱的歌谣记在脑中，第二天便招来龙藏寺的伽陀大师前来解疑，伽陀大师对曰："开凿运河乃是搬山卸岭，排布江河，震惊九天之事，为上天所忌，为鬼神所惊，非有大能之术士，欺天瞒地，遮星盖斗不能为之。如今，龙脉失衡，龙气外溢，那小儿实乃紫微星所化，特来皇宫示警，告知吾皇，您手下的李姓掌权之人，极有可能威胁到杨氏江山。"

炀帝闻言，瞬时间将满朝文武在脑中过了一遍，再联想起水灌金銮殿这一幕，岂不正应了一个"水"字？申国公李穆一门，子孙个个都是高官重臣，四个儿子中李惇是凤州刺史，李怡是渭州刺史，李雅是大将军、荆州总管，李浑是右骁卫大将军、郕国公，手握兵马大权。

李姓！

名中有水！

掌兵！

权重！

一定就是他！

炀帝心中有了计较，取过案上的御笔，在袖口写下了“李浑”二字，随即拉着伽陀大师问道：“外臣作乱，朕可杀之；但欺天瞒地，遮星盖斗之术士，又该从何处寻访？”

伽陀大师笑而不语，取过炀帝桌上的山川地理图，伸出食指，在建康城西南部画了个小圈，蘸着杯中的茶水，在案上写下了“非辜禅院”四个字，随即躬身退出了宫殿。

次日清晨，十八骑快马从皇宫飞奔而出，直奔建康城……

建康城，也就是南京的古称，乃是孙吴、东晋、刘宋、萧齐、萧梁、陈朝的六代京师之地。建安十三年（208年），诸葛亮出使江东，对孙权说：“秣陵地形，钟山龙蟠，石头虎踞，此帝王之宅。”孙吴建国，遂以为都。城周二十余里。东傍钟山，南枕秦淮，西倚大江，北临后湖。隋平毁建康，“六代繁华，春去也、更无消息。空怅望，山川形胜，已非畴昔。”当年的天下名都，唯剩衰草寒烟。为彰显军功，隋朝皇室将六朝建康的京畿八县尽行省并，归为江宁一县。

遥想当年，六朝帝王都信仰佛教。建康城内外遍布佛寺，有五百余座，如今只剩乱鸦斜日，荒草离离……

身带皇命出京的十八骑中，为首的一人姓裴，名虔通，官居左翊卫中郎将，乃是炀帝亲信，此番驰奔建康城，正是为了寻找伽陀大师所指的非辜禅院。

夜半，朗月无云。建康城外，荒山野岭之下，一角飞檐从密林衰草之中探出头来。裴虔通滚鞍下马，从随从手里接过照明的火把，行至那飞檐底下的破庙门前，举起火光，照了照门边一块倾倒在地的牌匾，厚厚的灰尘底下盖着四个模模糊糊的篆字——非辜禅院。

“没错了，就是这里！咳咳——咳——”

裴虔通拂了拂门匾，一蓬灰土腾起。裴虔通连同众亲卫在内，都被这阵灰土呛得一阵猛咳。裴虔通皱了皱眉头，整理了一下衣冠，带着身后的随从，向禅院深处走去。

这禅院终年荒芜，无灯无火，遮天的槐树在院中伫立。此时大雾渐起，不辨东西。曲径迂回之中，渐闻水声。众亲卫随从，纷纷将腰刀握在手中，护着裴虔缓缓而行。

“裴大人，这……这荒郊野寺，怕是十几年没有香火了吧？咱们……咱们要不回去吧？怪瘆人的……”

裴虔通此刻深陷浓雾之中，四围一片漆黑，心中也是上下打鼓；但身为长官，无论如何也得稳住人心，当下一咬牙，沉声骂道：“没骨头的狗东西，区区大雾、一座残破的佛寺而已，有什么好怕的？我等受皇命来此，乃是为了圣上寻访高人，怎敢有半分懈怠？这才刚进寺门，就打退堂鼓，你们的狗头还想不想要了？”

别看裴虔通嘴上骂得热闹，心里却怕得厉害，一双腿阵阵发软，走在寒潭的石桥上晃晃悠悠……

突然，寒潭底下传来了一阵水声，一道乌黑的身影在水面掀起了一片水花，转瞬而逝，一股腥气从水下蒸腾而上。

“啊——水里是……啥……什……什么东西啊？”一个随从叫了一嗓子。

“啪——”

裴虔通回身一个嘴巴，抽得那个随从一个趔趄，随即尖着嗓子吼道：“鱼而已，鱼！你叫个鬼啊！”

那随从定了定神，抹了一把头上的冷汗，看着裴虔通不住颤抖的腿肚子，顿时明白了，原来自家的大人也看到了那个巨大的黑影。

“大……大人，咱们怎么办？”随从捂着脸，小声问道。

“君子不立……不立危墙之下，先撤回去，天亮后，我们再来！”裴虔通咽了一口唾沫，回身正要下桥，只听“哗啦”一声爆响，寒潭水骤然炸开，桥下簌簌一阵乱响，跃出一条吊桶粗细的雪花大蟒来。裴虔通见了，一声惨叫：“我今日死也！”

众随从各自擎刀剑挺身来救，早被巨蟒甩尾扫开。裴虔通往后一倒，栽在栏杆边上，张眼一瞧，但见那巨蟒盘在石桥当中，抬起头来，吐着芯子，朝着裴虔通嘴角含笑，两只眼迸出金光。突然间，那蟒张开巨口，喷出一口浓雾，吐在了裴虔通的脸上……

裴虔通两股战战，正惊惧之际，早被亲兵搀起，拖着他向桥下飞奔。

“大人速行，大蟒自有吾等挡之！”

大蟒摇头摆尾，从后追来，众亲兵且战且退，喊杀声乱成一团。裴虔通埋着脑袋只顾奔逃，渐渐只剩他一人在黑暗中狂奔。不多时候，前方传来马鸣，庙门就在眼前，一个裹着披风的亲卫正坐在门槛上，背对着裴虔通喂马。

裴虔通长出了一口气，走上前去，拍了拍那亲卫的肩膀，喘着粗气喊道：“快扶我上马，这地方待不得！”

“怎么待不得？”那亲卫没有回头，闷声闷气地答道。

裴虔通眉头一皱，还未答话，只见那亲卫缓缓回过头来。冠盔之下，哪里是活人的头脸？！分明是一颗尖吻长脸细眉眼的鸟头！

“裴大人，你可是来寻我的吗？”那“鸟头”咧嘴一笑。

“啊——”裴虔通眼前一黑，昏了过去。

天光见亮，裴虔通幽幽醒转，只见自己此刻正靠在那棵大槐树边上，身边不见一个亲兵，周边一片荒草，昨夜那座非辜禅寺仿佛人间蒸发了一般，无迹可寻，身前十几步远有一张桌案，案头上有一笔、一砚、一白绢，白绢上绘有图案，裴虔通走上前去，伸手去摸白绢上的墨……

墨迹未干！

画上画的正是那座在丛林掩映之中的非辜禅院：门口拴着马匹，一群武官举着火把在禅寺里奔逃，禅寺的寒潭之中跃出的那大蟒，正吞噬着好几个武官，寺庙后面的林中有猛虎下山，正拖住一名武官在地上撕扯，土下更有毒虫无数，择人而噬……

整幅画画工精妙，栩栩如生，以至于连一众武官的样貌都描绘得细致入微。

这画中的每一个人，裴虔通都是认识的，这些人就是他从京师带出来的。画中所绘，就是他昨晚的经历，只是裴虔通找遍了画，也没有找到自己，正在他苦思不得其解之时，一个身穿葛布道袍的年轻人站在了他的身后，拍了拍他的肩膀："裴大人？"

裴虔通回过头去，只见那道袍青年，面如冠玉，鼻直口方，星目朗眉，丰神俊逸，看着自己轻轻一笑，伸出手去，将案上那张白绢卷起，收在了怀中。

裴虔通自知自己遇到了高人，连忙拱手问道："敢问道长，这……"

那道袍青年摇了摇头，笑着说道："这非辜禅院，本就不该出现在这世上，出来了，就是出来了，留下了，就是留下了。您是画外人，他们是画中人，还是早些各自忘了的好。"

裴虔通正欲再问，只见那道袍青年早已翻身上马，向着建康城方向走去。

"道长何往？"裴虔通高声呼道。

那道袍青年勒住了马，回身答道："治河去啊。"

"治河？"裴虔通一时间没有反应过来。

"你不是来请我的吗？"道袍青年问道。

"是！那个……那个……敢问道长名号？"

"我叫麻叔谋！"道袍青年一夹马腹，飞奔而去。

第二章　含酥脔

萧自横的故事还没讲完，我便放下了手里的筷子，呷了口酒，冷声笑道："装神弄鬼！"

萧自横闻言也不生气，一边捞着铜锅里的羊肉，一边说道："这故事也是我家祖上听来的，真与不真，着实有待商榷……"

我扭过头去，看向李青眉，张口问道："眉姐，你是我白猿客栈的水袖，精通穷数达变、形移易影的戏法幻彩之术，适才如萧先生所言，那大蛇和鸟头能否以幻象拟制？"

李青眉沉思了一阵，轻声说道："若是以彩戏之法，制造幻象，需要在整个非辜禅院内布置场景，设计光影，制造道具，只不过……幻戏所营造的场景，说到底不过是利用声光色味，迷惑视听的一种障眼法，断断无法如萧先生所说的那样，让大蟒杀人……"

李青眉还没说完，一旁的唐驹呷了一口酒，冷着脸说道："这件事，不需要水袖的幻戏，还有另一门本事可以做到！"

"是什么？"根叔弹了弹烟灰，好奇地问道。

唐驹伸出手指，在半空中比画，写了一个"巫"字。

眼见众人面上露出不解之色，唐驹又喝了一口酒，接着说道：“巫，这个字，从‘工’从‘人’，‘工’的上下两横分别代表天和地，中间的竖，表示能上通天意，下达地旨；加上‘人’，就是通达天地，中合人心的意思。先人认为，巫能够与鬼神相沟通，能调动鬼神之力为人消灾致富，如降神、预言、祈雨、医病，等等，久而久之成为社会生活中一种不可缺少的职业。巫者兴于楚地，乃是中国本土最古老的神秘学科，春秋之时所持之术有四，曰：巫、蛊、厌、睐。

“随着百家争鸣，列国征战，巫者的技艺也在不断分裂融合，最终蛊术自成体系，遁于西南，渐渐偏于医家一脉；厌术被公输家吸纳，泯灭在公输家机关消息独步天下的光环之下；睐术等障目弥盖之法，成为中国古彩戏的源头；唯有巫术，千百年来始终秘不示人，既不与别家争胜，也不与任何门派相融合，神秘而低调地在楚人中世代相承。

“巫之一术，又分有四法，曰：禁、咒、祝、符。这其中的祝法，便是入梦之道，古人云：吾心无鬼，鬼何以侵之；吾心无邪，邪何以扰之；吾心无魔，魔何以袭之。故鬼神致病皆由心生。相传巫者，能入梦追心，便是由此而来。近年来，西洋有传教士持术招摇撞骗，美其名曰‘催眠’，实则不过是祝法的皮毛而已。

“适才那故事中，裴虔通在夜晚来到破庙，拂了一下匾额，若是我来用药，便将乱神迷心的药粉混在灰土之中，随着匾上的尘土蓬起，便被裴虔通与随从众人吸入体内，待他们神魂颠倒之际，凶手便杀尽随从，藏尸破庙，而后伺机施展入梦的祝法，营造梦境，通过暗示将假象植入裴虔通的脑海，随后将其搬运至别处。待到裴虔通梦醒，再利用那幅装神弄鬼的帛画，将裴虔通的梦境坐实，从而为自己营造出一副神秘莫测的高人面孔！”

唐驹说得性起，连喝了三杯白酒，扯开了胸口短褂的扣子，露出一副精瘦的肋排。

“精彩！”萧自横拊掌叫好，两只眼睛精光四射，定定看着我，沉声说道，“白猿客栈，果然名不虚传！”

我从盘子里拈起了一粒花生米，扔在嘴里，笑着说道：

“萧先生，适才是我唐突了，打断了您的话，刚刚您讲到了麻叔谋，您要托付给我的事，难不成和这个食人的恶魔有关系吗？”

“什么？食人？”在一旁忙着给李青眉夹菜的陆龟年闻言，惊呼了一声。

根叔白了他一眼，接口说道：“也不知道你师父怎么教的徒弟，怎么光传盗术，不教读书啊？”

陆龟年被老头损了一句，也不生气，厚着脸皮，端起酒壶，一脸谄媚地给根叔续上了酒，笑着说道：“小侄愚笨，最怕的就是看书，那带图的绘本过目不忘，有字的书卷那是一看就困，前半辈子过得苦着呢，文化亏没少吃！不过现在好了，有了您在，就有人指点迷津了……”

根叔闻言，脸上笑开了一朵花，端起桌上的酒杯，“咕嘟”一声，将杯中酒尽数吞了进去，然后拿手指敲了敲桌子，示意陆龟年给他续上，随即瞥了一眼唐驹，笑着说道：“瞧见没有，这叫鲸吞，给根叔再续一杯，根叔再给来个龙吸，至于这麻叔谋么，且听你根叔与你慢慢道来……”

根叔晚年无趣，最爱与唐驹下棋，怎奈棋艺不精，天天输，盘盘输，屡屡被唐驹嘲笑，此刻陆龟年问道麻叔谋一事，如同搔到了根叔的痒处，如果不好好炫耀一番，在唐驹那里搏些面子，岂能是根叔的性子？

“呲溜——哈——”根叔端起酒杯，噘嘴一吸，发出了一个夸张的长音儿，膈应得唐驹直皱眉头。

“好一个龙吸啊——”陆龟年及时跟上了一记马屁。

根叔满意地晃了晃脑袋，张口说道：“麻叔谋其人，不见于正史，无人知道他的门派来历，只知道他是隋炀帝开凿运河的开河督都护，负责督造大运河，驱使江南民夫开山掘河。相传麻叔谋开汴渠，到达宁陵后患病，卧床不起，险些丧命。他本人精通术法命理，曾推演出自己的寿数不该止于此。于是在夜间占星卜算，求神问鬼，自山精河怪口中问出了自己罹患重病的答案：原来开凿运河，乃是夺天地造化、损龙气地脉的勾当，为神鬼所忌。麻叔谋督河以来，以术法欺天瞒地，移星踏斗，被江河中的龙王水族上告九天。上苍震怒，将麻叔谋后半生的造化寿元尽数抹去，以示惩罚；然而，麻叔谋其人，心高气傲，根本不服上天摆布，他竟依古书记载，配置了一道夺魂续寿的法子，名曰‘含酥脔’。”

“什么是含酥脔？”陆龟年追问道。

唐驹闻言，吧唧了一下嘴，冷着脸说道：“就是将三四岁左右的男童，同杏酪、五味子一同蒸熟，配以秘药煎汤食之……”

“呕——”唐驹还没说完，一旁的陆龟年早已经一声干呕，别过头去。

唐驹笑了笑，接着说道：“据说那小儿之肉，蒸熟之后鲜美异常，麻叔谋一吃就上了瘾，再加上他寿元无几，非此物不能续命，故而日日食之。宁陵一带的小孩子被他吃了无数，吓得当地百姓都把小孩子藏起来了。麻叔谋见状，就去鹿邑偷小孩回来蒸着吃。相传麻叔谋精通移形换影之术，爬城登高如履平地，武功又高，人又狡猾……”

“啪——”

根叔见唐驹说得起兴，抽冷子拍案而起，站在凳子上高声说道：“哼，一个吃孩子的妖人，有甚本事，最后不还是死在咱们白猿客栈的祖师手里！”

陆龟年听见客栈的字号，顿时来了兴致，喜滋滋地又去根叔那边，给他的酒杯里续上了酒。

“小子，看根叔给你再来个虎咽。”言罢，根叔一声怪笑，将杯中酒“咚”的一声顺着喉咙倒进了嗓子眼儿里，扯着脖子，朝着唐驹打了一个酒嗝，沉声说道："隋末，酷烈凶顽、喜食小儿的麻叔谋奉旨开河，途经相州，命相州刺史高谈圣去民间搜捕小儿百名供奉自己。高谈圣为人正直好义，闻言大怒，直接将麻叔谋派来传令的爪牙活活打死。麻叔谋遂率军来攻。时有江湖游侠、紫面天王雄阔海，率领相州百姓来援高谈圣。雄阔海便是那一代的白猿蓑衣，一身怪力，纵横战争，无人可当。麻叔谋的妖术在战阵肉搏之上，无甚长处，被雄阔海当场擒杀！

"说起来……那雄阔海也不愧英雄二字。在扬州'反王夺魁大会'上，雄阔海代表相州出战，却因为在路上耽搁，误了时辰，到的时候大会已经结束，被罗成夺得了状元魁。隋军放下千斤闸欲尽杀反王，雄阔海单人立在城门之下，双手撑住了千斤闸，护着各路反王人马逃出生天，自己却因为腹中饥饿外加劳累被轧死在千斤闸下……

"蓑衣一死，原本拥护白御王高谈圣的客栈众人哀痛之下，心灰意冷，自认雄阔海之死乃是因为客栈众人静极思动，趁着隋末乱世，出山纵横，破了祖宗藏身江湖、护卫龙宫的遗命，才遭此惩罚，于是个个挂印封金，收身回山。

"哈哈……说起来，若是那一代的张三眼肯继续帮助高谈圣谋划，这隋朝之后的天下，怕是还未必轮得着李唐来坐……

"唉，陆小子，这麻叔谋的事就是祖先的笔记中写着的，当时我白猿客栈的祖师对麻叔谋这个人很好奇，搜集了不少关于他的传闻和杂事。祖师推断，这麻叔谋很可能和某个隐世的古老宗门有关，本想着继续顺着他这条线追查下去，却不料蓑衣遭了横祸。白猿六人一体同心，同进同退，悲怆之下，祖师也再无追查的兴致……"

根叔说到英雄末路，不免唏嘘，摇头慨叹，杯里的酒无论如何也咽不下去了。

我笑了笑，拱手说道："失礼了，萧先生莫怪。"

萧自横朗声一笑，张口答道："大家都是性情中人，何须在意这些小节。”

我沉思了一阵，抬头看向萧自横，一脸郑重地问道：“萧先生所托之事，可是和麻叔谋有关？”

“不错！”萧自横眉头一皱，仿佛想起了什么可怕的事。只见他踌躇了一阵，缓缓站起，身子前探，趴在桌子上，仰起头来，看着我的眼睛，低声说道：“张大掌灯，我也不知道该怎么跟你说这件事，如果我说……麻叔谋没有死……或者他死而复生了，你会不会觉得我很滑稽？”

我被萧自横眼底那抹恐惧的情绪感染，下意识地挑了一下眼皮。

“不可能！人活一世，不过百年。隋朝至今，一千多年……麻叔谋不可能活着；至于死而复生之事，从古到今，都是骗局！”

萧自横狠狠搓了一把脸，咬着牙恶狠狠说道：“我也是不信的，只是……你知道吗？南京城开始丢孩子，已经有二十几户了。七天前，城东的粤菜酒楼天然居，连着老板带伙计，一共七个人，人间蒸发，不知所踪。后厨的笼屉里零零散散地铺了一副散碎的骨头，灶坑里还有没烧干净的衣服，有熟人辨认，那衣服正是老板四岁的幼儿的！三天前，百花旗袍店的老板也是全家失踪，蒸笼下的柴火还冒着烟气……笼屉里也有一副残碎的小骨头，在每一个笼屉的旁边都刻着这样一个咒符……”

萧自横从上衣兜里摸出了一张照片扣在了桌子上，推到了我的面前，我接过照片，放在眼前……

那照片背景是一间酒楼的后厨。笼屉里堆放着许多残碎的小骨。蒸笼的侧面被人用利刃刻上了一个扭曲的金文——揃！

这个字，我是知道的，很多的古书中都有记载。揃者，断也，《史记》载：“初成王少时病，周公乃自揃其蚤（手）沉之河，以祝于神……成王病有瘳。”

眼见我陷入沉思，坐在我旁边的鲁绛凑过来想看照片，被我伸手遮住了眼睛。

“萧先生？十四年前，您找过我爹，对吗？也就是说，十四年前，也出现过类似的情况？”

萧自横点了点头，沉声答道：“是的！那年腊月二十八……我和你爹二人，顶着漫天的大雪，直奔覆舟山，想去寻找一座传说中的鬼庙……”

第三章　三爻冲阵

山间野径，两道人影一前一后，顶着大雪在林子里行进。

当先一人，长衫如墨，肩上搭一麻布围巾，面上风霜落拓，颔下满是胡楂，剑眉斜挑，鼻若刀削，眸子里顾盼生威，若是细瞧，便能发现他的眼中竟然生着三个瞳孔!

此人正是张寒的父亲，白猿客栈的上代掌灯——三眼妖狐张九陵。

在张九陵身后，跟着一个身着西式风衣，提着一支欧式文明棍的中年人，面容清癯，颔下微须，头戴一顶西式的呢帽，帽檐压得很低，若有若无地遮住了额头上一道贯穿眉骨的刀疤，赫然是萧自横的样貌。

“张大掌灯，就是那里了！”萧自横指了指密林深处的一角飞檐，对张九陵说道。

“果然有些古怪。”张九陵的嘴角漫过了一丝笑意。

“传说那里每到月圆之夜都会传来钟鼓颂佛之声，有好事的乡民前往寻访，却只能看到一角飞檐。朝着那个方向，无论走上多久，也无法靠近，始终和那飞檐保持着不远不近的距离。明明就在眼前，却无法走到跟前。故而民间传言，这寺庙其实本就不在阳间，里面诵经的和尚都是南朝灭国时被隋军屠戮的僧人，死后成了鬼，仍在鬼庙里礼佛，所以活人无法靠近，月圆之夜鬼门开，才能得见一角。”萧自横掸了掸肩上的雪花，皱着眉头说道。

张九陵笑着问道：“鬼庙？哈哈哈……你觉得呢？”

萧自横摇了摇头，闷声说道：“我是不信鬼神的，只是……我上个月在第一个失踪孩童的家里发现了凶手的痕迹，一路追来此处，便断了踪迹。从那以后，我一共追踪过七次，每次凶手都是消失在这个地方。我也试着想靠近那座寺庙，却屡屡失败；所以，我才想到了要找你帮忙，毕竟这种事，从祖师爷开宗立派起，你白猿张家就是个中好手。”

张九陵思考了一阵，蹲在地上，用手指在雪地上勾画出了一个晦涩深奥的卦图。

“这是什么？”萧自横不解地问道。

“三爻卦！”张九陵答道。

“三爻卦？”

“不错，这是一种古八卦的变化。相传伏羲为天下王，他向外探求自然之秘，向内省视自己之心，在天水卦台山始画三爻，一画开天。以乾、坤、震、艮、坎、离、巽、兑，推演天、地、雷、山、水、火、风、泽。

“这套本事传至周文王，就更厉害了。周文王以伏羲的先天八卦为基础，演绎出了六十四卦和三百八十四爻，是为周易之道，奠定了华夏数术的理论基础。

“要说理论基础这个东西，便相当于一把万能钥匙，不同的人掌握了它，就能开不同的锁；开了不同的锁，也就打开了不同的门；打开了不同的门，也就得到了不同东西。周文王的四儿子周公旦，就用周易八卦这把钥匙，打开了巫术的大门，成为第一代巫贤。周成王时期，楚人首领熊绎被封为子爵，建立楚国。而熊绎就是周公旦这一脉的传人，名闻天下的楚巫自此而兴。

“然而文王的数术，不只传了一人。文王有一名弟子，名唤蓟伯岐，用这枚钥匙打开了另一门奇诡之道的大门，是为谋划天下之术。蓟伯岐的后人凭此术出将入相，位列公卿，非皇族不授。直至战国末期，大秦席卷天下，六国破灭，六国后裔化名黄石公，将这一门学问传给了我白猿客栈的先祖张子房。此道有二：一曰数学，日星象纬，在其掌中，占往察来，言无不验；二曰兵学，六韬三略，变化无穷，布阵行兵，鬼神不测。先祖子房将其整合重编，是为奇门遁甲。

“然而，万变不离其宗，无论是楚巫的禁、咒、祝、符，还是先祖张子房的奇门遁甲，都源自伏羲在天水卦台山上画的三爻，正所谓：九为数之极，乃取六爻三三衍生之数。

“眼前这座鬼庙虽然看似在你我的正前方，其实是在你我的西南方向。咱们脚下的路也不是笔直的，眼前的一切其实都是视线上的扭曲给人带来的错觉；而利用人体的错觉误导对方，就是阵法的核心。在这个阵法里，我们看似以屋檐为终点，直行向前，其实每走一步都向东北方向偏了半寸。而这半寸的偏差，随着我们前行的距离不断增长而被逐渐放大，最终导致我们行走的轨迹成为以寺庙的屋檐为原点的圆圈。这就是为什么那些好奇的百姓无论走上多久，也无法靠近鬼庙，并始终和那飞檐保持着不远不近的距离，明明就在眼前，却无法走到跟前的原因。”

萧自横听得迷迷糊糊，皱着眉头问道：“也就是说，你们白猿客栈和这个设下阵法的什么……楚巫是同宗，对吗？”

张九陵一脸无奈地点了点头。

“那你们这两门谁更厉害？”萧自横问道。

张九陵砸了咂嘴，张口说道：“怎么跟你说呢？项羽，你知道吧？他用什么兵器，你晓得吗？”

“知道，楚霸王嘛，谁人不知，哪个不晓？《史记·项羽本纪》中记载：‘汉有善骑射者楼烦，楚挑战三合，楼烦辄射杀之。项王大怒，乃自被甲持戟挑战。……’相传项羽用的兵器便是重兵——戟！”萧自横答道。

张九陵又问：“那你知道吕布用的是什么兵器吗？”

“吕温侯手持方天画戟，打遍天下……”萧自横想都不想就脱口而出，话还没说完，便止住了话头，仿佛想通了什么关节。

张九陵瞧见了萧自横的神态，会心一笑，徐徐说道：“楚霸王用戟，吕温侯也用戟，此二人都是当时天下第一的勇将，只不过这二人不在一个时代，打都没法打，又如何来评定谁比谁厉害呢？楚巫和白猿客栈这两门，学的都是伏羲传下来的数术，谁比谁厉害，哼，总得比过了之后，才知道！”

说完，张九陵从衣摆上撕下了一条布，递给了萧自横，示意他蒙上眼睛。

萧自横接过张九陵手里的布条，下意识问道：“那你呢？”

张九陵幽幽一笑，朗声答道：“我张家有三眼，百无禁忌！”

言罢，俯身牵过萧自横手杖的一头，领着蒙上双眼的萧自横在大雪掩埋的山路上忽左忽右地前后移动。萧自横双眼被蒙，有若盲人，只觉得脚下的路时而向上爬坡，时而陡转直下，脚尖对准的方位忽南忽北，忽东忽西，时不时地还原地绕圈……

“张大掌灯，咱们走的这是什么路啊……是怎么个走法？”萧自横双眼被蒙，心里没底，打破了沉默，向张九陵透露出了自己内心的不安。

张九陵笑道：“萧先生莫慌，对方布的迷阵，名唤‘三爻冲阵’，脱胎自古战场。冷兵器时代，一个国家战车队伍——包括包括攻车、守车等的规模直接决定了综合军事实力的强弱。楚国立国之初，国力羸弱，没有能力组建庞大的战车队伍，因此在兵戈相交中每每处于劣势。当时楚国的巫贤——也就是巫士的首领——为了弥补军事实力上的不足，发明了三爻冲阵这样一个阵法，其原理就在于在面对敌方战车成队列的冲击时，有计划地在战线的某些特定位置上让出空白区，引诱战车队伍出现视觉偏差，下意识地集中兵力向这些空白区行进。其杀入阵中之后，本来是战阵两端的直线冲杀，就会变成由三爻冲阵一方主导下的、在阵内迂回曲折的环型路线！这样就能连续不断地扩大步兵与敌方战车的接触面积，使得四面八方的敌人按照梯次发起进攻，逐步消耗战车队伍的气势和体力。而由于战车自身有进无退的特性，他们又不得不按照这条‘趋利避害’的路线冲锋。所谓‘强弩之末不能穿鲁缟’，随着时间的推移，阵内的敌军最终会被逐渐蚕食。——咱们眼前这个迷阵就是一个浓缩版的三爻冲阵。”

张九陵话音一落，猛地一回身，摘下了萧自横挡眼的布条。萧自横睁眼一看，只见眼前一片白茫茫的大雪地上，两串错落交织的脚印形成了一幅晦涩幽深的图案，远处的树林仿佛近在咫尺，但是地上绵延数十丈的脚印又在提醒着他刚才分明走了好远的路……

“这鬼寺在哪里？”萧自横问道。

张九陵笑而不语，伸出食指点了点萧自横的耳朵。

“咚——”一声钟鸣自身后传来，萧自横猛地回过身去，只见一间残破潦倒、古旧斑驳的寺庙就立在身后。青黑色的石阶直通山门，山门左右是楹联一副，上联是：死死生生生复死，下联是：来来去去去还来，横批是四个古拙有力的篆字：非辜禅院。

“你在这儿等我，我不出来，你不要进去！”张九陵一脸严肃地交代了一句。

“里面危险，我还是和你一起吧。”萧自横抽出了腰后的手枪。

张九陵摇了摇头，沉声说道：“巫门中人，都是攻心的高手，你在我身边，反而不妥。”

言罢，张九陵一转身，推开了非辜禅院的大门，向花木阴影的深处走去，渐渐消失在了回廊尽头的黑暗之中。

萧自横站在屋檐底下，发了一阵呆，然后扫了扫石阶上的积雪，一屁股坐在了台阶上，望着天上的彤云叹了口气，又从上衣兜里摸出了一包香烟，划着了火，深深嘬上了一口……

两个时辰过去了，非辜禅院里没有发出一丝动静，萧自横已然抽了一地的烟头，眼瞅着天光见亮，急得在地上转着圈。

“唰——”

一声风响，寺庙山门上的两盏白色纸灯笼一闪而亮。萧自横吓了一跳，轻轻拉开了手枪的保险，探身到门里，小心翼翼喊了一句：“张大掌灯？”

“呼——呼——”阵阵冷风从庙内吹来，无人应答。

萧自横踌躇了一阵，一咬牙，将张九陵的告诫暂且抛在了脑后，纵身一跃，从山门上摘下了一只灯笼，慢慢向寺庙深处探去……

萧自横没走多远，忽而听得身后有脚步声。他下意识向后一转身，手枪平举，正要开枪，手腕却猛地被一只大手按住。

“是我……”张九陵的身影缓缓从假山之后走了出来。

“张大掌灯，你没事儿吧？”萧自横放下了戒心，收起了手枪，发现面前张九陵的身影模模糊糊，好像自己的眼睛被蒙了一层白纱。萧自横使劲儿揉了揉眼睛，再睁开，却仍旧看不清楚，只觉得张九陵的身影在他眼前飘飘忽忽，一会儿远，一会儿近。

“这儿空无一人，我觉得是个陷阱，咱们得赶紧离开。”张九陵的声音从前方传来，萧自横甩了甩脑袋，却仍旧看不太清楚，于是一边向前挪着步子，一边抻着脖子想靠得更近一些。

“萧先生，你快一些，咱们得赶紧走，再磨蹭他就追上来了！”张九陵摆了摆手，声音里夹杂着浓浓的不耐烦。

“谁？谁要追上来了？”萧自横不解地问了一句。话音未落，他已经走到了张九陵的面前，抻着脖子，想去看清张九陵的面目。

就在这个时候，萧自横的脖子猛地一疼，整个人被揪住了衣领，向后一拔。萧自横吃痛，猛地回身，正看到两团星火在他眼前猛地一亮。他浑身一冷，宛若一桶冰水当头浇下，霎时间打了一个激灵。就在这眨眼的工夫，萧自横定睛一瞧，眼前根本没有两团星火，只有一身长衫的张九陵提着他的后领口，将他揪在眼前，一双三瞳的眸子死死盯着他的眼睛，冷声喝道："还不醒来？"

萧自横闻言一怔，低头一看，自己刚刚走入非辜禅寺的山门才不到十步。一回头，还能看到石阶上一堆的烟头儿和脚印，此刻自己也并非拿着手枪和灯笼，而是正用双手攥着自己的皮带，狠命往自己前抻着的脖子上套……

"庙内有阵法，你着了他的祝法了！"张九陵看到萧自横清醒过来，长吐了一口气，松开了萧自横的衣领。

"祝法？啥是祝法？"萧自横问道。

"入梦、迷心、乱神之术，洋教士管祝术的一点皮毛叫作催眠……"张九陵一脸疲惫地答道。

"祝术？谁的祝术？"萧自横追问道。

张九陵没有答话，向萧自横的身后努了努嘴，萧自横缓缓回过头去，只见山门之下，不知何时立了一个宽袍大氅的瘦长身影。那身影头上扣着一顶硕大的帽子，使人看不清面貌，只能看出他的脸上戴了一只青铜铸就的鸟头面具。

"张九陵，我杀不了你，你也杀不了我！"面具后面，一个沙哑低沉的声音响起。

"我杀不了你，未必我的儿子杀不了你！我有儿子，你有吗？"张九陵咧嘴一笑。

"三眼妖狐的儿子，未必还能是三眼妖狐！"

张九陵一声嗤笑，傲然说道："我儿子的能耐，岂是你能忖度的？"

那人冷声一哼，徐徐说道："说起来，咱们两门也算同宗，这些年井水不犯河水，你为别人强出头，又是何必？”

“放屁！你装神弄鬼，荼毒孩童，我岂能容你？”张九陵戟指骂道。

“哈哈哈哈，别以为我不知道，你白猿客栈的大对头，已经开始动手了，此刻你怕是也自身难保了吧？我碍于祖命，不愿和那人联手，想不到你却主动来惹我……你还真是不嫌麻烦啊……”那人放声大笑道。

张九陵咧嘴一笑，极为“光棍”地仰着下巴，指着那人喝道：“我就惹你了，你能怎样？”

那人咬了咬牙，狠声说道：“我不是你对手，但我比你有的是时间。十四年后，你若不死，咱们再行较量，若是你死在那仇家手上，哈哈哈，到时候，我看这天下，还有谁能挡得了我？”

“砰——”

萧自横瞄准时机，抬手一枪，朝着那人的身影打去，那人应声倒地，萧自横冲上前去，一把将那人的身体踢翻过来，却发现那大氅下面根本没有人，只有一截枯木……

“张大掌灯，这……”萧自横吃了一惊，回头刚要说话，却看到张九陵膝盖猛地一软，瘫倒在了雪地之上。萧自横连忙跑过去，将张九陵扶起。

此时张九陵面白如纸，两只眼底缓缓地渗出了两道血痕……

“张大掌灯……你……这是……”

张九陵有气无力地摇了摇头，低声说道：“无妨，只是脱力了，那人极擅祝术，我凭借祖传的瞳术，与他在梦中交手，在他心里种下了一幕心魔……最少十年……无法抹去。祝术一道，一旦心志上有魔障，便无法迷人乱神……最少十年内，此人无法兴风作浪。我眼下有一桩大事要办，生死未卜，若我不幸……十四年后，你可去金陵城琵琶巷三十一号，寻我儿子……张寒！”

第四章　断见无明

铜锅下的炭火渐冷，锅里的汤汁慢慢地凉了下来。萧自横停止了他的讲述，抬起头来，对我说道：“当年你父亲不肯收下这枚虎符，他说：‘凶徒未伏诛，这枚虎符白猿客栈受之有愧，若日后我儿子能擒下此獠，萧先生再赠不迟！’”

我闻言双眼紧闭，沉默了很久。

“凶案的现场在哪里？”我睁开了眼睛，徐徐说道。

萧自横一拍桌子，站起身来，朗声答道：“我来带路！”

言罢，萧自横一转身，摘下了衣架上的帽子和大衣，穿戴整齐。我脱下身上的外衣，披在了不知什么时候起已经伏案而眠的鲁绛身上。鲁绛身上的寒疾，一到了冬天便会四肢无力，嗜睡不醒。一天中清醒的时间不到三个小时。这种病连唐驹也无能为力。如今，她怀了孕，这病竟也跟着严重起来。

“张大掌灯，请——”萧自横推开了客栈的大门。我站起身来，一边向门外走去，一边轻声说道：“哑巴和陆龟年跟我来，根叔和唐叔留守，眉姐收拾一下桌子，我们去去就回！”

半个小时后，我们一行四人，推开了百花旗袍店的大门。三天前，最后一个失踪的孩子就是在这里不见的。

屋子里冷得要命，漆黑一片，满地都是裁剪的边角碎布，四面墙上挂满了各式的旗袍，迎着冷风微微颤抖，好似挂了无数无头的尸身。

萧自横擎着一盏煤油灯，引着我们穿过前店，掀开一面深蓝色的布帘子，走入了后院儿。后院的当中，种了一株老槐树，干枯的枝条上系满了红布条。槐树旁有一口井，深不见底。陆龟年捡起一块石子，投了进去，隐隐有水声传来。

槐树的后面，是两间连在一起的小房，东边门是卧房，西边门是厨房。我们在卧房转了一圈，发现里面的被褥帘布没有被移动过的痕迹，可见小孩儿失踪的父母不是在卧房遭难的。整个小院儿里没有血迹，所有的门窗也没有撬动过的痕迹。陆龟年翻身上墙，绕着裁缝店的房顶跑了一圈，落地后，冲着我摇了摇头。

也就是说，凶手也不是飞檐走壁而来。我皱着眉头思索了一阵，随即又走进了厨房。

厨房的笼屉里还散落着细小的、长短类似小孩儿的骨头，骨头上还有牙齿的啮痕。我强忍住胃里的翻江倒海，扯过窗帘，包了几块骨头，递给了梁战，让他记得拿回客栈，找唐叔鉴别一下。

随后，我特别留意了一下笼屉上刻着的那个金文——揃。

“怎么样？有收获吗？”萧自横走到了我的身边，悄声问道。

我摇了摇脑袋，小声嘀咕道：“若说这凶手精通祝术，能迷人心智，那么杀人不见血对他来说肯定不是难事；但是杀人不难，不意味着藏尸不难。试想，这裁缝铺里的孙裁缝夫妇可是两个成年人，哪怕梁战这样的高手，想带着两个和自己身量相仿的成年人逃遁——哪怕是两具尸体，想不引起人注意，也是不可能的。这百花裁缝铺，前后临街，都是热闹繁华的所在，携带着两具尸身悄无声息地遁走，恐怕不易；所以我猜测，这孙裁缝夫妇八成还在这间裁缝铺内！”

“什么？”陆龟年吓了一跳，下意识地往梁战后面缩。

萧自横咽了一口唾沫，涩声说道：“那他们会在哪里呢？”

我没有答话，转身出了门，围绕着小院儿又转了一圈，随即回到了卧房内，从南向北走了八步，随后推开了厨房的门，从北向南走了五步。

眼看我呆呆地站在厨房正中，陆龟年凑了过来，一脸不解地问道：“掌灯，想啥呢？”

我一抬眼，正看到陆龟年手里的煤油灯，眉头一皱，沉声说道：“把灯熄了！”

“哦！”陆龟年应了一声，熄灭了手里的煤油灯。我蹲下身来，睁着双眼，对着窗子里透进来的月影，沿着厨房的墙壁摸索了一阵，站在了北面和卧房相接的那面墙边上，取过案板边上的菜油，蹲下身来，顺着墙角，往地上倒去……

“开灯！”我一声低喝。

陆龟年点亮油灯，凑了过来。

我指着墙面与地面的接缝处沉声说道：“这两间屋子我测量过，从外面走从南向北一共是十六步；但从屋里走，却是十三步，撇开墙壁的厚度，还有一步半的宽度凭空消失了。适才我对着月光分辨，发现这面墙要比其余两面更光滑，折射的月光更细腻：由此可见，这面墙是新砌的。你们看，这新砌的墙，砖缝里的泥灰还没有干，油脂还能顺着泥缝渗进去。别愣着了，哑巴，拆墙！”

我话还没说完，梁战就走出了厨房，从院子里寻来了一把洋镐，一手把我拽到一边，一手抡圆了镐头，不出三五下，就在墙上刨开了一个大洞，然后将陆龟年手里的油灯挑在了镐把上递进了洞口……

黑黢黢的洞口里，两具成年人的尸体正手脚扭曲地夹在两面墙的缝隙之中：一男、一女，赫然就是失踪的孙裁缝夫妇！

我走上前去，拍了拍惊魂未定的萧自横，沉声说道："萧先生，我建议你赶紧派人到其余几家受害人的家中去查探一下，若我所料不差的话，他们的家中应该都会多出这样的一面墙……还有，这砌墙的砖石不可能会无声无息地运送，你最好询问一下受害人的邻里街坊，看看受害人家里最近有没有来过房屋修缮的泥瓦工；如果这些人家都有来过房屋修缮的泥瓦工的话，那么根据他们这一相同点，就可以推测出凶手选择下手目标的条件了。"

萧自横闻言，一拍大腿，小跑着出了裁缝铺。不多时，裁缝铺大门传来了一声尖锐的警哨声，一阵嘈杂的脚步声响起，一队队巡警聚集在了裁缝铺的门外，又各自被萧自横下达了不同的指令，向不同的方向离去。萧自横向我们摆了摆手，跟着一队巡警，赶往了另一处案发现场。

听到警哨声响，陆龟年下意识地打了个哆嗦，小声嘀咕道："原来姓萧的是个鹰爪孙……"

江湖黑话里，鹰爪孙就是官府捕快的意思。

我摸出根烟，点燃后嘬了一口，坐在灶台上，叹了口气，徐徐说道："萧家的人，不做捕快，做什么？哦，对了，现在得叫警察了！"

陆龟年闻言，皱着眉头问道："您这话什么意思？为什么萧家的人就要做捕快？刚才在客栈的时候，他问您什么他家和白猿客栈先祖的盟誓算不算数，又是怎么回事？"

我弹了弹手中的烟灰，苦着脸说道："这事儿说来话就长了，那都是汉朝时候的事儿了……"

秦末，天下揭竿而起。经过楚汉之争，刘邦击败项羽。公元前202年刘邦称帝，国号汉，定都长安，史称西汉。刘邦出身卑贱，比不得名门之后的楚霸王项羽。他年轻时文不成，武不就，仅任泗水一亭长。所谓亭长，就是一个管十里以内的小官。在楚汉争雄中，刘邦之所以能战胜项羽，一统天下，所依赖的无非四个人：张良、萧何、陈平、韩信。张良伐谋、萧何伐政、陈平伐交、韩信伐攻。说白了，就是张良出谋划策，萧何管政治民，陈平约纵连横，韩信攻城略地；然而，打天下时对这四人言听计从的刘邦，在坐拥天下、成为江山之主后，却开始渐渐地露出了皇帝的爪牙，生出了后来所有开国皇帝的通病。对功臣的猜忌、对能臣的忌惮、对集权的渴求占据了他的内心，原本辅佐他打天下的能臣干将渐渐成了他忌惮猜疑的心腹大患。张良早早看破了刘邦的变化，产生了归隐江湖的打算。

在一个暴雨如注的夜里，张良、陈平、萧何、韩信四人围着一盏孤灯，坐在了拜将坛北的台亭阁内。

此地为南北列置的两座方形高台，各高丈许，乃是高祖刘邦拜韩信为大将时所筑。此刻，四人各坐在桌案的一角，良久无言。

“我……要走了！”张良率先打破了沉默。

陈平嗫嚅了一下嘴唇，刚想说话，却被张良摆手打断：“狡兔死，走狗烹，飞鸟尽，良弓藏，敌国破，谋臣亡。——这个道理千古如是，别告诉我说，你不明白……”

陈平叹了口气，不再言语。张良知道，太子刘盈长跪陈平府门七日，以其赤诚打动了陈平。刘盈终于如愿以偿拜入了陈平名下，成了陈平唯一的弟子。眼下，刘邦宠爱戚姬及其子赵王如意，疏远吕后，几次想废黜吕后所生的太子刘盈，转立刘如意。但屡次因为以陈平为首的大臣们集体反对，只好作罢。陈平已经深陷夺嫡的旋涡之中。无论是刘盈，还是他，都没有退路，也不可能抽身。

“淮阴侯，你呢？你走不走？”张良扭头，看向了半面脸隐藏在阴影之中的韩信。

张良这句话，将“淮阴侯”三个字咬得极重，语气上带了不少的嘲讽的意味；只因为韩信被拜为大将以来，暗度陈仓收关中，背水一战破赵国，兵围垓下杀项羽，为刘邦建立大汉立下了汗马功劳。垓下之战开始的时候韩信还是齐王。到垓下之战结束后，刘邦第一时间夺去了韩信的兵权，并且将韩信从他的根据地齐迁往楚，封为楚王。韩信到了自己的封地后，刘邦还是不放心，又把他带到洛阳，将其降为了淮阴侯。由此可见，刘邦对这位纵横天下的大将军猜忌至深。

韩信一声冷笑，站起身来，背对着身后的拜将台愤然说道："我韩信，攻无不克，战无不胜，忠心无二，却无论如何也得不到皇上的信任，如防贼一般防我，怕我偷了他的天下。哼！要不是我还念着他允我三不杀的恩情……总有一日，惹急了我，我非偷一次江山给他看看！"

韩信话音未落，坐在一旁沉默不语的萧何脸上猛地泛起了一丝阴霾，眼中厉色一闪而没。虽然只有一瞬，却被张良敏锐地捕捉到了。

此刻，恰逢韩信振衣而起，愤然离席。陈平沉吟了片刻，拱手向张良和萧何告了声罪，起身向着韩信离去的方向追去。

张良展颜一笑，望着萧何叹道："萧相国，淮阴侯只是一句气话，你莫要当真。太子刘盈，性情宽厚仁德，陈平没有看错人。只是母强子弱，陛下百年之后，后宫乱政的局面必定是免不了的。淮阴侯手里已经没有了兵权，一旦……还请萧相国念在故人情分上，留他一个全尸。"

萧何深深地看了张良一眼，涩声说道："子房，你可以不走吗？你我联手，辅佐陛下，一同整治出一个千秋万代的大汉，不好吗？"

张良摇了摇头，小声说道："这天下只要还有世袭的皇帝在，便是一家的天下，一家的天下是不可能有千秋万代的……"

萧何叹了口气，低声说道："有的，一定有的，我希望大汉千秋万代，不是因为我对陛下有多忠心，而是我不想再看到兵祸。子房，你见过易子而食吗？你见过赤地千里吗？你见过冻饿而死的百姓，脸上扭曲出来的那种诡异的笑吗？我见过……这些年，我白天见，晚上见，梦里见……这种场景我见得太多了，为什么会出现这些人间惨事？根本原因就是天下大乱，诸侯征战！现在我大汉好不容易一统天下，刀枪入库，马放南山，百姓终于有了休养生息的机会：所以，我绝对不能容忍任何人谈起一个字——反！因为要反，就是要改朝换代，改朝换代就要打仗，打仗就要流血，流血就要死人，这天下的百姓再也经不起折腾了，所以我必须要保证大汉的一统，大汉能千秋万代，大汉也必须千秋万代，这不是皇帝一个人的事，而是百姓的事，子房，你明不明白？”

萧何越说越激动，以至于两手捏得咯咯作响。

张良轻轻地扣了扣桌角，试探着问道：“这么说，你还是探听出了一些风头的？”

萧何点了点头，伸出食指，在案头上虚画了一个楚国的“楚”字。

“江东？”张良皱着眉头问道。

萧何连忙答道：“不错，项羽的族人经营江东已久。虽然项羽被围垓下，自刎而亡；然而江东之地，人口稠密，富庶多金，楚人好战，子弟多勇武无匹。眼下，我便发现了大汉境内有多处州府，生出许多神异之事：山南有鼍龙爬城，河北有蟾蜍断江，洛阳竟然有神龟出水，地裂山崩……有传言说此皆因刘氏无道，篡逆了楚王的江山，才得此天降凶兆。不仅如此，大江南北均有邪道妖人，以装神弄鬼的术法聚集信徒，修习妖法，啸聚山河，裹挟百姓，冲击府衙……”

张良摆手，打断了萧何的话，沉声说道：“我不信萧相国没有应对之法！”

萧何面上一沉，自胸口里摸出了一只铜铸的老虎：三寸长，一寸宽，伏状，平头，翘尾。在那老虎的左右颈肋间，镌篆书两行，合曰：与相国为兵甲之阳符。

张良笑着说道：“陛下猜忌群臣，唯独倚重相国，能以调动兵马的虎符相托。”

萧何一脸无奈地笑道：“陛下之所以猜忌你们三人，只因为你们本事太大，谋国伐交，裂土开疆；而我萧何，不过只是个安抚百姓、运转钱粮的守成之辈，对陛下没有任何威胁，他自然不会忌惮我。再说我对行军打仗一窍不通，这虎符就算给了我，也没什么可怕的。只是……”

张良看着萧何一副欲言又止的样子，笑着说道：“相国有事，不妨明言！”

萧何闻言，振衣而起，整理好衣冠，面对着张良，一揖到地，惊得张良连忙起身，托住萧何的双臂，惶然问道：“萧相国，你这是何意？”

萧何架住了两手，不肯抬头，闷声说道：“邪教妖人，祸乱天下，尤甚兵灾。萧某从本族子弟中抽选男丁三十一人，组建走马司，行遍天下，专查邪教妖人、怪力乱神之案！今日，萧某斗胆，想向白猿张家要一个承诺！”

“什么承诺？”张良问道。

萧何抬起头，一脸决然地说道：“日后，我萧氏后人，若遇上无力解决的难事，持大汉虎符寻到你张家后人，还请张家不吝相助！”

张良沉默了半晌，幽幽说道：“也罢，这事我应了你。哪怕日后大汉亡了，只要是你萧家的人，拿着这只虎符找到我的后人，无论是一件什么事，我张家都会竭力相助！”

萧何展颜一笑，看着张良答道：“多谢子房高义，不过你放心，大汉是不会亡的。”

张良看了看萧何鬓间的白发，意兴索然地摇了摇头，负着两手，一脸萧瑟地走下了拜将台，口中喃喃自语道：“若要千秋万代，除非将这天下变作是天下人的天下。”

第五章　墨璃青犴

此刻，浓云渐散，显得夜幕越发低垂。停了雪，却起了风。

我站在旗袍店的柜台后面，从柜台底下的账本上撕下了一页空白的纸，摸出了随身的钢笔，在纸上写了几行字。写好之后，将纸细细折好，交给了梁战，让他送往金陵城东北角上的同泰寺，找一个脑袋上扣着瓜皮头发的中年汉子。

梁战收好了纸，一点头，消失在了夜色之中。

“掌灯，我轻功好，这送信儿的活怎么不让我去啊？”陆龟年凑过来，一脸不服气地说道。

我笑了笑，撇着嘴说道：“你轻功虽然好，但是嘴太碎。我要请的这人，脾气古怪至极，我怕你说错了话，徒增事端，所以才……”

“所以才派了个哑巴去！”陆龟年咧嘴一乐，抢先说道。

“哈哈哈哈……”我和陆龟年相视一笑，发出了一阵默契的笑声。

笑了一阵之后，陆龟年仿佛想起了什么事，歪着脑袋问道：“掌灯，您刚才跟我讲了萧家和咱们白猿客栈老祖的盟誓，难道这个萧自横，就是什么走马司的当家吗？这走马司是什么？我怎么没听说过江湖上有这么个门派啊？”

我咂了咂嘴，狠狠地弹了陆龟年一个脑瓜崩儿，小声说道：“你在江湖上当然不可能听说过的，因为这个走马司是官府里的衙门！”

“难怪萧自横是个鹰爪孙！”陆龟年恍然大悟。

我拨开陆龟年的胳膊，从他的衣兜里一阵翻找，果然搜出了一小把干果蜜饯。陆龟年贪嘴，李青眉却偏惯着他的毛病，时不时地就给他身上揣上一把零嘴儿。

我一边磕着瓜子，一边说道：“历朝历代，都免不了出现些怪力乱神、寻常人无法解释的案子。萧何在汉朝创立了走马司，萧家这一脉的人也算是业内起步比较早的专业人士了。所以后来的两千年里，不管谁坐了天下，都会请萧家人侦缉这些诡事，在官府里暗中挂上走马司的牌子，让他们潜藏行迹，遍行天下，捉拿那些装神弄鬼的巫邪妖人。而萧家人也始终不忘祖宗的教诲，那就是——为民除妖邪，所以他们这一脉，也算是志虑忠纯之辈。”

陆龟年吧唧了一下嘴，伸手去拿我掌心的瓜子干果。我一转身，护住了手里的吃食，急得陆龟年一扭头，奔着我左边抓来。我俩绕着柜台，一个抢，一个躲，胡闹了一阵，活动了一下身子，冒了些热汗，随后一起坐在了门槛上，看着月亮，等着梁战回来。

“掌灯，你刚才讲的那个韩信的三不杀，是个啥意思？”

我将手里的干果分了他半把，叹着气说道：“当年刘邦拜将，为了彰显自己求贤之诚，交心之义，允诺了韩信三不杀，曰：见天不杀、见地不杀、见铁不杀。意思就是说，日后无论韩信犯了多大的罪过，头顶有天光，不能杀；脚下有厚土，不能杀；更不能用铁器杀他。韩信信以为真，帮刘邦攻城略地，开疆辟土。怎料刘邦平定江山后，担心用兵如神的韩信威胁到自己的统治，找借口做了个局，把韩信下狱，让吕后寻了个非金属的笼子，将韩信蒙上黑布，关了进去。又将笼子吊在半空中，使韩信头上不见天光，脚下不踩厚土。又遣百十名宫女，手持削尖了的竹子将韩信活活地捅死，就这样，刘邦既没有破‘见天不杀、见地不杀、见铁不杀’的允诺，又除掉了自己认定的威胁……”

陆龟年闻言，气得直跺脚，指着半空骂道：“这不是卸磨杀驴吗？这狗皇帝，也太他妈王八蛋了吧？”

话音未落，只听长街东头，传来一个带着文酸气的喝骂声：“大胆——是什么人，在这里辱骂皇上？”

陆龟年抻着脖子，向门外看去，只见长街尽头走来了两个人影：左手边是梁战，右手边那人，中等身量，浓眉，圆眼，一字胡，一身洗得发白的马蹄袖箭衣，脚上是紧袜和深筒靴，上身裹着一件明黄色的琵琶襟马褂，头发的前半部分剃得锃亮，后半部留了片瓜皮一样的头发。看样子之前留过辫子，被一刀剪了，长度还没养起来。

那人袖着两手，臂弯上铺了一条毛毯，毛毯里裹了一只苍青色的小狗。

“正主儿来啦！陆龟年，你一会儿把你那个嘴给我闭严实了！”我狠狠地瞪了陆龟年一眼，连忙快步迎了上去，走到那人身前，装模作样地打了个千儿，笑着问道：“哟，敏贝勒，劳您亲自跑一趟，实在是过意不去！”

原来，这抱狗的中年人本是前清的皇族，本名唤作爱新觉罗·毓敏。光绪三十三年，毓敏袭多额贝勒，授步军统领、训练禁卫军大臣。这位贝勒爷出身虽然够高，家室也无比显赫，但是他天生不爱习文，也不爱练武，不爱美人，也不好金银，唯一的嗜好就是训犬，为寻珍奇犬种一掷千金的事，干了不知道有多少。民国元年，大清皇帝逊了位，敏贝勒的阿玛一着急上火，暴病而亡。敏贝勒哥儿几个分了家产，各奔东西。敏贝勒做惯了大爷，四体不勤，五谷不分，挣钱的能耐是一样不会，败家的本事却无人能及。没过三五年，就将分来的家产败了个精光，所幸敏贝勒当爷的时候乐善好施，在金陵城的同泰寺里施过粥。老方丈见他流落街头，多有不忍，于是将后院的菜园腾空，将敏贝勒和他那几十条宁饿死也不卖的狗一起接了过来。就这样，敏贝勒在同泰寺后院的菜园子里安了家，虽然冬冷夏热，但总算有了片瓦遮头，再加上金陵城里的大小古玩店时不时地花点钱，请敏贝勒到店面上给收来的瓶瓶罐罐、金石字画掌掌眼，一来二去，竟然也能混个温饱。

五年前，敏贝勒喝多了酒，在戏园子里和一伙儿山西的老板争风吃醋，被人围殴，恰巧被我和梁战遇上。我们俩原本就是爱管闲事的惹祸精，瞧见有人以多欺少，话都没问，借着酒劲儿，甩开膀子就上去助了拳。就这样，和敏贝勒交上了朋友。

此刻，敏贝勒走到旗袍店的门口，鼻孔里打了个哼腔，就算是和我打了招呼了。

“适才是哪个鳖孙子骂的皇上啊——”敏贝勒拉了个京腔的长音儿，拔着脖子，冷眼瞥着陆龟年。

陆龟年眼睛一蹬，手指尖一伸，直接点在了敏贝勒的鼻子上，大声喊道：“你陆爷爷骂的，怎么着吧？”

别看陆龟年平时插科打诨，在我们面前没羞没臊的，那是因为他把客栈里的人当成了自己的家人；但在外人面前，陆龟年可就不同了：身为贼王于四的唯一传人，一身挂八铃的本事在身，心高气傲的陆龟年从未看过别人的脸色。

“年轻人，你很狂啊？”敏贝勒针锋相对地说道。

我见两人急红了眼，连忙插嘴解释道：“敏贝勒，您误会了，他说的那皇帝，不是您家那位宣统皇上……是汉代……”

我的话还没说完，陆龟年不知道从哪里摸了根香烟，叼在嘴上，擦着了火柴，点了烟，猛嘬了一口，一张嘴，满口的烟气全喷在了敏贝勒的脸上，随即笑道：“掌灯，您听错了，我说的就是他们家的宣统皇帝，怎么着吧？”

敏贝勒额头上的青筋根根暴起，咧着嘴冷笑道：“很好！”

言罢，敏贝勒右手五指猛地一张，在陆龟年的面前虚抓一把，握指成拳，攥在胸前。就在陆龟年闪身一让的瞬间，敏贝勒的手霍然张开，怀中的小狗猛地抽动了一下鼻翼，迅速地嗅了嗅敏贝勒手掌上方一寸处，就好像感知到了敏贝勒抓住的某一团空气一样，眼珠一转，看向了敏贝勒的眼睛。

敏贝勒双眼一眯，右手食指、无名指、小指内合，中指、拇指外张，轻轻地喊了一句：“踪——”

那怀中的小狗猛地打了一个激灵，摇头一甩，弹开了身上盖着的毯子，悄无声息地顺着敏贝勒的身体滑到了地上。

适才那狗裹着毯子，只露出个脑袋，看不出形貌。此刻那狗站到地上，月光之下，只见它有狐狸大小，长毛小耳，尖吻细尾，牙尖腿短，背弓腰宽……

“这是……青犴？”我张大了嘴，不可置信地看着眼前的小狗。

青犴也称胡地野犬，是有文献记载的、中国古代非常稀少而珍贵名犬。宋代陆佃写了一本《埤雅》，其中分鱼、兽、鸟、虫、马、木、草、天八类分记载古代动植物，卷五有载：“犴，胡犬也，似狐而小，黑喙善守。”《淮南子·道应训》里说，三代之时，周文王的势力急剧膨胀，商纣很是担心，于是就把他抓到朝歌，囚禁起来。周文王的大臣为了营救他，就花重金搜罗天下奇珍——其中便包括青犴，献给纣王。纣王大喜之下，就把文王给放了，由此可见青犴的名贵。三年前，敏贝勒酒后曾提起，说这谣传已经灭种的青犴，其实并未消亡，据说在古三胡之地的吕梁山中，还有遗种，他欲亲往寻之。当时我以为他不过是一句酒话，想不到真的被他找到了。我原本只是写信让他带一只嗅犬来帮忙；不料，敏贝勒却带来了青犴这种传说中的嗅探神物。

就在我愣神的当口，那只青犴耳朵一竖，眼睛一亮，直奔着陆龟年就蹿了过来，陆龟年脚尖一点，一个后仰，抓住了旗袍店的门柱，头上脚下，狸猫一般倒爬着蹿到了牌匾后头，两只手指在房檐这么轻轻一搭，凌空一翻，犹如一羽鸿毛一般，落在了屋脊之上。一回头，猛然瞧见一道苍青色的影子贴地而飞，青犴竟然也跟着跃上了屋脊，

见那只青犴如影随形，衔尾追来，陆龟年眉毛一挑，瞥了一眼，俯身自屋檐上捞起一块瓦片，脚步故作踉跄，使了个怀中抱月的手法，将瓦片闪电一般掷出。那瓦片带着呼呼的风声，划出了一道凌厉的弧线，直奔青犴而去。青犴四腿短小，腾挪不快，眼看就要被击中。就在这电光火石之际，只听“哗啦”一声脆响，半空中猛地跃出了一只黑色短毛的大犬，那大犬四肢修长，耳薄且下垂，耳尖钝圆。头长而窄，呈锥形，颈部细长，肌肉隆起呈弓形，至肩部逐渐加宽。后肢长于前肢，脚趾为兔趾状，整只犬足有半人高，扑蹿有力，踏着屋檐的瓦片凌空一跃，一张嘴，便将半空中的那块瓦片咬在口中，落地后，两眼死死地盯着陆龟年，上下两排大牙猛地咬合。

“咔嚓——”那块石瓦碎成了四五片，被那大狗一甩头，吐在了地上。

青犴冲着陆龟年叫了两声，人立而起，搭在那大狗的腿上，几个蹬踢，爬到了那大狗的背上。

“我去，这俩狗他妈成精了……”陆龟年咕哝一句，慢慢地向后退去，那只大狗也跟着一步步地向前逼近。

那只大狗我是认识的，它叫墨璃，是敏贝勒早年训练的猎犬，犬种取自山东济宁。这种狗衔取、捕猎欲望极高，咬合力惊人，耐力好，乃是上好的护卫犬。

敏贝勒看着房檐上人犬对峙的场面一声大笑，跳着脚骂道：“我的儿，可晓得厉害了吗？”

陆龟年一眯眼睛，毫不示弱地反口啐道："今日，便叫你认认老子！"

言罢，脚步一顿，迎着墨璃冲了过去。墨璃一歪脑袋，后腿一蹬，张开大嘴向半空中陆龟年的脖颈咬去。

就在墨璃的牙齿将要触碰到陆龟年的一瞬间，"哗啦——"陆龟年的外衣猛地一鼓，整个人手脚头脸，骤然一缩，瞬间消失不见。墨璃一嘴咬下去，只扯下了一件外衣，衔在嘴里，迎着风呼啦啦地乱飘。一团猿猱大小的黑影从衣服底下猛地飞了出来，正是施展了缩骨术的陆龟年。只见他在屋檐上一个弹射，飞在了半空之中。青犴抽动了一下鼻翼，猛地一阵狂吠，墨璃闻声回头，还没来得及跃下房顶，半空中的陆龟年浑身骨骼一阵噼啪乱响，展臂伸腰，恢复成了正常大小，凌空一个纵跃，按着敏贝勒的脑袋，落到了他的身后。手中一道微光闪过，一根细若发丝的钢线便套上了敏贝勒的脖颈。墨璃背着青犴从房上一跃而下，冲着敏贝勒身后的陆龟年一阵狂吠，却不敢靠近。

"自己人，手下留情！"

我怕陆龟年犯浑，伤了敏贝勒，连忙高声喝止住。

敏贝勒脖子上一痛，手指往下巴底下一摸，正摸到那根钢丝，脸上闪过了一抹复杂至极的神色，随后又瞬间归于平静。

"想当年，朝廷搞洋务，想师夷制夷、中体西用。光绪三十一年，我阿玛命万炳臣集资在汉阳赫山附近设厂，购买洋人机器三十部，生产钢丝钢钉。汉阳冶铁素有所长，官匠西学，融汇贯通，自成一家，所产钢丝柔韧纤细，质量上乘，远超洋货……唉，我这手指头一摸，就知道这钢丝乃是当年汉阳产的上等品，十几年了……十几年了……一转眼十几年了，洋务没有错，变法也没有错，怎么这大清就这么稀里糊涂地亡了呢……"

敏贝勒一瞬间红了眼眶，看着我定定地问道："你们张家都是聪明人，能告诉我是为什么吗？"

我走上前去，掰开了陆龟年的手，将两个人从中分开。青犴和墨璃感觉到了主人的悲怆，凑到他的脚边，不住地蹭着他的裤腿，同时恶狠狠地盯着陆龟年的一举一动，随时等待着主人的指令。

我拍了拍敏贝勒的肩头，小声说道：“我刚才和客栈的伙计谈起祖上的过往，我张家的先祖张子房曾经说过：这天下只要还有世袭的皇帝在，便是一家的天下，一家的天下是不可能有千秋万代的，若要千秋万代，除非这天下是天下人的天下。”

敏贝勒嗫嚅了一下嘴唇，仔细地咀嚼一下我话中的意味，似懂非懂地点了点头，苦笑着说道：“皇帝就是个王八蛋，没说错……没说错……”

眼见敏贝勒一下子泄了精神，萎靡不振，原本眼睛瞪得如斗鸡一样的陆龟年一时间也没了兴致，一脸尴尬地站在原地，两只手不知道该往哪儿揣好。胡乱摸索了半晌，从裤兜里掏出了一把干果，扭着脑袋，瞟着敏贝勒，把干果递了过去。敏贝勒苦笑着摇了摇头，接过了陆龟年手里的吃食，搓了一把脸，竟又换成了一副玩世不恭的大耍儿嘴脸，指着脚边的墨璃和青犴，沉声说道：“青犴擅嗅，墨璃擅斗，正好用于追狩。”

说完，便引着青犴和墨璃走进了旗袍店的厨房。青犴一进厨房，瞬间来了精神，在墙角东闻闻，西望望，时不时地坐在地上，面带沉思，好像在分辨什么。

一炷香后，青犴猛地回头看向了敏贝勒，冲着敏贝勒点了点头，敏贝勒揪过墨璃的后颈，在它的耳边耳语了一阵，随即撮指成环，置于唇上，鼓气一吹，伴随着一声尖利的哨响，墨璃和青犴风一样地跑出了旗袍店，向东北方向奔去，敏贝勒紧了紧腰带，小跑着追了出去。

“走！不等萧自横了，咱们先走，沿途留记号，让他跟上！”

我一声断喝，跟在敏贝勒身后，带着梁战和陆龟年顺着空无一人的街道，拔足狂奔。

第六章　人心营构之象

半个小时后，金陵城东，一片低矮的民房之内，追踪的队伍渐渐分成了三个梯次：敏贝勒和梁战是第一梯次，紧紧地跟着墨璃和青犴；第二个梯次是我和陆龟年——虽然陆龟年的轻功是几个人里最好的，但架不住他手里拖着个呼哧带喘、汗流浃背的我，还得沿途给萧自横留记号，所以落在了第二梯队；在我们后面两条街，阵阵嘈杂的脚步声传来，我知道，那是第三梯队的萧自横带着巡警跟了上来。

“不行了……呼……呼……呼呼……我跑不动了！”我一把挣开了陆龟年架着我胳膊的手。

“这才跑哪么两步道儿啊，掌灯，您这腿脚都不如条狗！”

陆龟年收住了脚步，夹枪带棒地挖苦我。我扶着膝盖，干咳了好几声，一扭头，伸手指了指街边一家酒店门前锁着的一辆自行车，打兜里摸出了一卷钞票扔给了陆龟年。陆龟年会意，接过钞票，走到酒店墙边上，单手在那后轮别着的锁头上一抹，就拆下了锁，将钞票压在了锁头底下，推着自行车跑了过来。我肺里火辣辣地疼，嗓子眼儿干得厉害，说不出话，只朝着陆龟年挑了个拇指，随即抓住车把，跨上了自行车，站起身来，一阵猛蹬，追着敏贝勒和梁战的方向撵去。

又追了小半个小时，我们渐渐地钻到了民房的深处。道路越发崎岖狭窄，斑驳的土墙上生着枯草，年久失修的青石板上遍布着大大小小的泥坑，道路两旁都是竹竿子挑着破麻布支起来的窝棚，星星点点地亮着昏暗的烛火，呛人的煤烟味断断续续地飘来……

突然，前面隐隐传来了打斗声和嘈杂的犬吠，看来敏贝勒和梁战已经和对方交上手了！

我给陆龟年使了个眼色，让他先去帮忙。陆龟年一点头，身形拔地而起，跃上屋脊，消失在了夜色深处。我抹了一把头上的汗珠子，将自行车踩得咯咯直响，顺着路蹬得飞快，一抬头，正看到一座洋人的教堂：二层小楼，圆顶尖头，青砖码就，此刻正大门洞开，门里门外各躺了一名大汉，双眼紧闭，嘴角带血，不知是死是活。我心里着急，一提车把，上了两级台阶，直接骑进了教堂里！

教堂没有开灯，尽头正中的十字架被人掀倒在一边，露出了一个漆黑的大洞，嗖嗖地向上冒着冷风。我扔了自行车，走到洞口，听见阵阵犬吠声从下面的洞里传来。我咬了咬牙，在洞口处一阵摸索，寻到了一架软梯，手脚并用地向下爬去，没爬多久，双脚便落到了地上。我举目四望，发现这地下的空间很大，眼前一道石门，两扇朱红色的门板，刻满了罗汉像，辅以祥云纹饰。大门两边是两面影壁，影壁上密密麻麻地刻满了楷书的名姓。

想不到这洋教堂底下还藏了这么一座供奉福位的地宫啊！看来原来在这个位置，地上应该建有一座寺庙的，只是不知因何毁去了，后来为了掩盖这座地宫，才又在上面盖了座洋教堂。

所谓福位，就是在寺庙的地宫里供奉往生的牌位。在古代，人们相信今生来世的说法，认为在寺庙供奉牌位可以消弭罪业，福荫来世，所以这寺庙里为数不多的位置，一直可遇不可求，非帝王将相、富商巨贾不可得。

正当我发愣之际，门后骤然传来一声闷响。

“咚——”好像某种青铜的器具被掀翻了，我顾不上在这儿格物怀古，一脚蹬开大门闯了进去，冷不防脚下踩了个空，一屁股坐在了地上，疼得我“哎哟”一声哀号。刚睁开眼，便瞧见我此刻所在乃是一处古拙的石室，顶圆地方，中间有一青铜三脚丹炉倾倒在地。丹炉周围，有两个彪形大汉手脚反折，委顿在地，嘴里不住地呕着血，面如金纸。梁战一脚踩在倾倒的三脚丹炉上，一手扼住了敏贝勒的脖子，将他拎起来，提到半空中。敏贝勒的脸憋成了紫红色，两腿不住地来回乱踢，而陆龟年的钢丝也套在了梁战的脖子上，正一寸一寸地在收紧……

这两人的眼中一片灰茫，瞳孔缩成了针尖大小，齐刷刷地，呆滞地平视前方……

我吃了一惊，顾不得疼得快要裂开的尾巴骨，站起身来，伸出两手，使劲地攥住了陆龟年和梁战的脖颈，将他们俩的脑袋猛地揪到了我的眼前，左手食指和右手食指在他们两个颈后的一条大筋上猛地剜了一下，咬牙一提气，两眼的瞳孔猛地扩张，眼底血管暴起，对准了他们两人的眼睛，猛地一声大喝：“还不醒来！”

梁战和陆龟年的目光和我的眼神相接，有若冷水扑在了炭火上，骤然相激。他二人的身躯猛地一震，眼仁一挑，黑色的瞳孔慢慢地扩张开了。

“啊——”陆龟年一声惊叫，甩了甩脑袋，梁战也吐了口气。两个人愣了一下，看了看对方，又看了看自己。

“着道了——”陆龟年骂了一句，松开了手里的钢丝。梁战也松开手，放下了手里快要背过气的敏贝勒。

就在此时，一阵枪弹上膛的脆响从我的身后传来，萧自横带着巡警终于追上了我们的脚步，几十名荷枪实弹的巡警堵住了石室的出口，举着手电，冲了过来。

“是你？”石室的黑暗处陡然传来了一声慨叹，一个周身围着大氅黑袍的人影缓缓地走到了光亮之下，他的脸上戴了一个青铜的鸟型面具，空洞洞的眼眶让人脊背发凉。

“你认识我？”我回身问道。

那人摇了摇头，笑着说道：“我虽不认识你，却认识你的这双眼睛。留侯张良融合奇门遁甲，创出了一门瞳术，练脑练眼，以气血秘法催动本族遗传的三瞳，便能夜间观物，过目不忘，勘破天下术法……十四年前，我就见过这双眼睛，只不过他不是你……”

说着说着，只见那人一抬手，摘下了脸上的青铜面具，露出了一张面如冠玉、唇若涂朱、明眸皓齿的脸和一头宛如墨色的长发……

“果然是你……十四年了！”萧自横看着那人的样貌，满脸愤恨地喃喃自语道。

那人听见萧自横的声音，扭过头去，看着萧自横的脸，笑着说道：“哟，是你啊~当年张九陵插手，我没有吊死你！想不到，十几年的工夫你老了这么多！”

萧自横摇了摇头，闷声喝道：“不可能的，少装神弄鬼！给我铐起来！”

两个巡警走上前去，用锁链套住了那人的手腕。那人也不反抗，只是看着我幽幽笑道：“我麻叔谋，从隋唐年间活到现在，游荡世间，借尸无数，身居六道之外，不入轮回之中，哈哈哈，生死不过一皮囊尔。少掌灯，七日后，我必还魂重生，君信否？”

说完，那人一拍手，给他上镣铐的两个巡警，眼中瞳孔急剧放大，“扑通”一声，栽倒在了地上。

我吃了一惊，连忙上前，想要施救。一探手，发现这两个巡警已经断了气。

“怎么回事？”萧自横走过来问道。

“来不及了！他们不像梁战和陆龟年，自幼练武，久经江湖，心智坚忍，面对梦魇能有所抵抗。这两个巡警的心智和普通人无异，一旦陷入梦魇，生死就在一瞬间。”

“一瞬间？”萧自横问道。

我抬起头看着正在摆弄手中青铜面具的“麻叔谋”，咬着牙说道：“这是一种巫术，唤作灭魂，就是在梦魇中杀人的手段。说白了，就是通过催眠造成脑死亡，取人性命！”

那人挑了一下拇指，笑着说道：“不愧是白猿张家，好见识！”

人都有生死，抛开神鬼迷信之说不谈，我们的祖先早以将死亡归入为一种自然规律：即人类失去生命，这是一切生命的必然归宿。然而，随着医术的发展，人们发现，人的心跳、呼吸、血压等生命体征都可以通过药石、针法、打穴等手段加以逆转或长期维持。但是，大脑的衰亡是全脑功能包括脑干功能不可逆地终止。控制人体呼吸的神经中枢位于脑干，如果脑干发生结构性破坏，会直接导致呼吸停止。这种呼吸停止，是无论采取何种医术手段都无法挽救的。由于古时候，解剖技术尚不发达，人脑的结构和神经系统过于精密，人们无法解释脑死亡的根本原理，便曲解出了魂魄消散一说。巫师施展祝术，可以通过催眠改变人们梦境中的场景，使人在梦中经历溺水、焚火等一系列的场景，使大脑相信死亡的事实，自动地关闭了呼吸、心跳等一系列功能性运转，造成了脑休眠，进而导致了脑死亡，被施术的人也因此丧命。

“你们退开，我来押送他！”我从地上捡起了一把步枪，顶在了那人的后心上，冷声喝道：“我之所以不杀你，就是还没问清那些孩子的事儿，所以别耍花样，老老实实地走！”

那人一拱手，极其潇洒地唱了一句：“能得白猿张家相送，实乃我麻叔谋平生第一荣光，哈哈哈！”

说完，迈步抬腿，稳稳当当地走出了石室。

“哑巴，把丹炉抬回客栈，陆龟年跟我走！”

我检查了一下步枪的装弹，一刻也不敢放松，枪口顶着那人的后心，一步一步地跟着他走出了石室。

凌晨时分，收押的手续办完了。我、陆龟年、敏贝勒三个人坐在警局大厅的长凳之上抽烟，萧自横叫两个巡警出去买了早点回来，又搬过一张小桌，给我们几个人斟着茶水。

“交代了吗？”我揉了揉有些干涩的眼睛。

萧自横咬了口油条，拉着脸说道：“他只说他叫麻叔谋，就是那个隋唐时候吃小孩儿的麻叔谋，道号苍梧真人。已经换了三拨审讯的好手了，结果每一个靠近他的人，还没施展手段，就都疯了。进审讯室的时候，好好的汉子，出来的时候，个个口角流涎，行尸走肉一般，张着大嘴，反反复复地说着十六个字……”

“什么字？”敏贝勒问道。

“死生徜徉，一具皮囊。天地阴阳，独我非常。”萧自横一字一句地复述道。

“那些疯掉的人怎么样了？”我张口问道。

“疯了两个时辰，已经清醒过来了。”萧自横答道。

我喝干了碗里的豆浆，拱手说道：“萧先生，人已经抓回来了，白猿客栈幸不辱命，咱们就此别过吧！”

萧自横吃了一惊，连忙说道：“别啊！张大掌灯，我还指望着您帮我们审审他呢，没您在，我们可镇不住这苍梧真人！”

我笑了笑，随即一脸正色地说道：“萧先生，客栈的祖师有遗命，这白猿客栈是江湖行当，不可过分搅扰官府之事，今日相帮，本就是看在你我两家祖上的交情。如今真凶落网，后面是审是判，是杀是剐，都与我白猿客栈没有瓜葛……欸……若是萧先生怕他以祝术作祟，大可断了他的饮食，饿上他两天，正好看看他这个什么狗屁真人是否真的能辟谷行气，餐风饮露。”

说完，我礼貌性地点了点头，也不顾萧自横的挽留，带着陆龟年和敏贝勒离开了警局。

第七章　神仙髓

奔波了一夜，我顶着俩黑眼圈，困得直晃悠，迷迷糊糊地就要往家走，却被敏贝勒一把架住，非让我带他上望海楼撮顿大的不可。我揉着俩通红的眼珠子，不断地告罪，说今儿个实在是撑不住了，必须得回家补一觉，改日一定八抬大轿到同泰寺菜园子后门接他去。

奈何敏贝勒是个猴急性子，说自己个儿已经小半个月不见荤腥儿了，连人带狗地给我使唤了一晚上，连顿带油水的都不给，简直就是陈世美再世，平白地丧了良心……

这敏贝勒早年是王府出身，做惯了大爷，骂起人来小半个时辰不见重样儿的。我们仨在警局门口一顿撕扯，人来人往地，我实在丢不起那个人，无奈之下，只得雇了四辆黄包车：我一辆、陆龟年一辆，敏贝勒一辆，青犴和墨璃这俩共乘一辆，任由车夫甩开两条腿，飞一般拉着我们直奔望海楼而去。

下了黄包车，我们三人两犬直接上了金陵城天字第一号的大酒楼——望海楼。原想着坐大厅吃点儿得了，但敏贝勒不知道抽了哪股邪风，非得上三楼大雅间儿，我拉着这位爷的袖子，不住地告罪，哀声说道：

“我的贝勒爷啊，兄弟我自打接手客栈以来，就没开张过什么大买卖，客栈里七八口子，人吃马喂的，我这手头比您宽裕不了多少……”

却不料，敏贝勒呵呵一笑，拍着我的脸蛋笑道：“你是没啥钱，但你媳妇有啊，别以为我不知道，你娶了公输家的掌门啊。那公输家是什么家底儿啊？唉，贝勒我就是短了一副漂亮脸蛋儿，否则也不至于穷困至此啊！哈哈哈，你这就别跟爷哭穷了，咱楼上走着！”

上了三楼雅间，敏贝勒根本不看菜谱，闭着眼睛一顿神点，不到一炷香的工夫，就上了一桌子的硬菜：红漆雕花的桌面上摆着三层的大盘小碟，光主菜就点了三十多道，敏贝勒翘着二郎腿，拍着陆龟年的肩膀，正给他讲着什么叫“四八珍”：

“陆家兄弟，你看啊，这四八珍的头八珍叫山八珍，也就是：驼峰、熊掌、猴脑、猩唇、象拔、豹胎、犀尾、狮乳；二八珍是海八珍：有鱼籽、鱼翅、海参、鱼肚、鱼骨、鲍鱼、鱼唇、干贝；三八珍，名唤禽八珍，有红燕、飞龙、鹌鹑、天鹅、鹧鸪、彩雀、斑鸠、红头鹰；这最后八珍，乃是草八珍，有猴头、银耳、竹荪、驴窝菌、羊肚菌、花菇、黄花菜、云香信。可惜了，离了京城，再也吃不到像样儿的吃食了，金陵左近，也就这望海楼勉强能入口，你看这桌子上的菜：龙井竹荪汤，色泽老了，一看用的就不是雨前的新茶；凤尾鱼翅火猛了；红梅珠香这个菜，鸽子蛋马马虎虎，但是对虾不咋地，太小了；宫保野兔这菜，火急了；豆面饽饽、奶汁角做得还行；这祥龙双飞，哎呀呀，厨子的刀工差点劲儿啊……数来数去一桌子菜，也就八宝野鸭、佛手金卷炒墨鱼丝，还有这干连福海参有点意思。”

要说这敏贝勒，一身的破布烂衫，没半点儿像个贝勒的样子，但是一论起吃喝，霎时间光芒万丈，从酒到菜，给你讲得是有模有样，将陆龟年唬得是一愣一愣地，一杯杯地给敏贝勒续着酒。敏贝勒也是来者不拒，端起来就是干。这俩人刚才还打得不可开交，此刻却搂在一起，喝得脸红脖子粗，反倒将我晾在了一边。我也懒得和他们俩掺和，索性走到窗边，头枕着墙，迷迷糊糊地睡了过去。

待我幽幽转醒的时候，已经是日落时分。唐叔坐在我的旁边，一手搭在我的腕上号脉，一手拔着我指缝上的银针。

“张家的瞳术，虽然凌厉，却极为耗损气血，掌灯，你要慎用之。”

唐叔一边收拾着针囊，一边没好气地唠叨着我。我讪讪地笑了笑，一抬头，正看到梁战推门走了进来，一手将烂醉如泥陆龟年夹在肋下，一手将胡乱扑腾的敏贝勒扛在肩上。我抹了把脸，站起身来，跟着他们往外走，下楼梯的时候，只听“啪嗒”一声，从敏贝勒的怀里掉出了一只袖扣。

我走上前去，拾起了那枚袖扣，只见纯金底托上面还镶嵌了一块新疆碧玉。我将袖扣捻在指缝里，对着光晃了一晃。

“真家伙啊！”我嘟囔了一句。还没来得及细看，就被趴在梁战肩上的敏贝勒一把夺了过去，高声喊道：“哎嘿，这可是墨璃叼回来的，这算我私人的东西啊！甭打主意！”

我皱了皱眉，张口问道：“哪儿叼回来的？”

敏贝勒吧唧了一下嘴，挠着头说道：“我也不知道，我和大个子（梁战）冲进那小教堂地宫的时候，墨璃早已经蹿上去了，估计是不知道和谁撕咬的时候弄掉的吧！哈哈哈，我驯的狗都识货，知道给主子招财进宝，哈哈哈——”

我猛然一惊，暗叫了一声：“不对！”

这袖扣是穿西式衬衫才用的饰物。昨晚从教堂地宫擒获的连同苍梧道人在内的一干贼人里，无有一个是穿西式衬衫的，这说明当时地宫里还有一个神秘人，他在混乱中消失了……

这个人，又是谁呢？

正在我苦思冥想之际，唐叔从后面走了过来，凑在我的耳边轻声说道："你让人带回客栈的丹炉和碎骨，我发现了一些不寻常的地方……"

"走，回家！"我眼前一亮，走出了望海楼，直奔客栈。

自阴阳家消亡后，古代练气的术士分为两派：一为内丹，一为外丹。内丹术以人体为丹炉，纳外气，养内气，和阴阳，通经络，贯彻周天，以求神仙不死之境。外丹术分上中下三品，下品以草木灰烬为引，服之祛病延年；中品以丹砂铅汞为引，服之驻颜不老；上品以精怪灵魄为引，服之可得长生。千百年来，追求长生的帝王将相，犹如过江之鲫，多得数不胜数。内丹之术过于艰深，若想有所成，必须餐风饮露，苦修不辍，穷其一生，练气不休。这种打熬岁月的苦功夫，岂是锦衣玉食的官人们所能忍受的？于是内丹术从出现的那天起，就被王公贵族坚决而果断地拒之门外了。对这些皇室贵胄来说，不用吃苦锻炼，吃颗丹药就能长生的外丹术显然更加适合自己，练外丹，不就是费些金银吗？有什么了不起？对这些王公贵族来说，花钱能解决的问题，就都不是问题。就这样，一批又一批的外丹术士开始出入宫廷王府，一边享受着荣华富贵，一边为达官贵人们开炉炼丹。

此刻，从地宫扛回来的那只三脚丹炉，就摆在客栈的大厅里，我和根叔两个人蹲在地上，正细细地琢磨着丹炉上的花纹……

"唐叔，你说这外丹术真有那么神奇吗？"我一边拓印着丹炉上的线条，一边张口问道。

"呸——"唐叔啐了一口茶叶沫子，沉声说道，"狗屁的长生不老，从秦始皇那时候开始，外丹的这帮人就开始炼丹了。练到现在都千年了，哪个练出长生不老丹了？君王长生之念不断，烧丹求仙之风不绝！当年子房祖师灭了阴阳家，本以为能断了这些无稽之谈，却不想适得其反——倒了一个阴阳家，千百个'这家那家'雨后春笋一样冒了出来。要说这三品外丹里，除了下品的草木丹有些医用的价值之外，中品的铅汞丹，完全就是毒药，所谓的九转金丹，无非就是以五金、八石、三黄为原料，炼来炼去，炼出一堆砷、汞、铅的丹丸，殊不知五金之毒，最是穿肠蚀骨，历史上服食金丹而死的皇帝还少吗？光唐代就有太宗、宪宗、穆宗、敬宗和武宗、宣宗等六个服丹身亡。这几个还算是好的，有良心的皇帝，只炼了中品的五金之丹，没去炼那荼毒人命的五脏之丹！”

我闻言一惊，放下了手里的纸笔，抬头问道：“何为五脏之丹？”

根叔一声冷哼，沉着脸说道：“天有五气，地有五行，人有五脏。自汉到隋，传统的五金之丹已经走入了死胡同，先是三国时给曹操试药的义子——大将军何晏服食金丹身亡，然后是晋哀帝司马丕金丹中毒，死的时候才二十五岁……一起起发生在皇家的死亡事件，彻底断绝了外丹术的发展之路。从神坛上跌入凡尘那一小撮儿仅剩的炼丹师们这下明白了，金丹就是毒药，谁吃谁死。所以，这帮炼丹师为了自己的生存，遍览群书，结合医术内经，推出‘以人补人’的理念，这便是后世的上品外丹——五脏之丹。所谓‘以人补人’，也就是这些炼丹师们提出的：破竹需用竹补、破衣需用衣补。五脏之精气，需以精怪灵魄来滋养，五脏不衰，自然长生不老。

“这一学说很快得到了那些明知金丹有毒、不敢吃金丹、又迷信长生的王公贵族的认可。于是，这些个炼丹师再度成了座上宾，享受着荣华富贵。别看这些炼丹师要金银给金银，要美女给美女，但要是炼不出东西来，一样人头落地！说起这五脏之丹，五脏人都见过，可这精怪灵魄谁见过啊？又去哪儿找啊？干脆，别找什么山精野怪了，就用人炼吧！谁让这人本就是万物灵长呢！于是，这些炼丹师向王公贵族们说了拿活人炼丹的计划，这些贵族们一开始还有些抗拒，后来思来想去又扛不住长生的诱惑，慢慢地，半推半就地也就答应了下来。就这样，荼毒生民的五脏之丹现世了！

“历朝历代里，炼人丹一事，最恶名昭著的就是嘉靖皇帝。据医家的史书记载，这嘉靖皇帝，痴迷炼丹，以国礼前往紫金山，请来了一位法力通天的炼丹师，名曰‘苍梧道人’。这嘉靖皇帝将苍梧道人奉养在宫中，请这妖道为他炼丹。这妖道所炼的便是五脏之丹。据说这妖道借用皇家之力，掳劫民间三四岁左右的孩童，养于内院之中，日夜服药，抽取精血骨髓，名曰生擒活取。这等惨绝人寰的恶行，直至嘉靖四十五年十二月，嘉靖帝殡天，苍梧道人离奇失踪……”

“等等！”我张口打断了唐叔的话，急声问道，“唐叔！您刚才说，那个蛊惑皇帝炼五脏之丹的妖道，叫什么名字？”

唐驹一愣，下意识地答道：“苍梧道人啊，怎么了？”

我一扭头，和原本蹲在一边嗑瓜子，现在已经一脸惊恐，瞪圆了眼睛的陆龟年对视在了一起。

“我去！不可能吧，成精了！那家伙活了好几百年？”陆龟年一下子蹦了起来。

“什么好几百年？”唐驹一愣，看着陆龟年问道。

陆龟年舔了舔嘴唇，扔了手里的瓜子皮，凑到唐叔身边，一边说一边比画：“唐叔，您是不知道，昨儿晚上，我、敏贝勒、梁战和掌灯，领着那老萧头儿，在一个地宫里，抓住了一个戴青铜面具的神秘巫师，他说他自己叫麻叔谋，道号苍梧真人，对对，就是苍梧真人，跟您刚才故事里将那个苍梧道人，名字一样！”

唐驹吃了一惊，在地上来回踱步，骤然停下，从桌上取过了个布包，打开来，里面正是我们从旗袍店带回来的碎骨头。

“我就觉得哪里不对。您看，这些骨头，臂长于腿，脊椎弯曲如弓，不像是人类小孩儿的骨像，倒更像是猴子。再看这半面头骨，如果从骨骼上区分，猴和人的区别，一般可以通过颅骨、鼻骨、下颌骨来鉴别。一般猴子的颅骨结构、颜面部比较外凸，而人的则较扁平；猴子的鼻骨较低、宽，人的则比较高；猴子的下颌骨较粗大，人的则相对窄小。综合以上三点，我们可以认定，这骨头是一种猴子的。《山海经·海内经》里有载：南方有精怪，人面长臂，黑身有毛，反踵，见人笑亦笑，脣蔽其面，因即逃也。说的是一种稀有的猴子——山魈。山魈性格暴躁，凶猛好斗，牙齿长而尖锐，爪子也锋利，臂力惊人，取幼魈活蒸，剔除血肉在蒸笼里蒸过之后，放进丹炉里熬油，可得一物，名唤——神仙髓！”

“何为神仙髓？”我惊声问道。

唐叔坐在椅子上叹了一口气，揉着太阳穴，低声说道：“这怕是要从咱们白猿佛烟的一位祖师讲起了……”

第八章　非常道（上）

嘉靖四十五年，龙泉寺塔林内，一名中年和尚正在一座凉亭内整理着随身的药箱。月明星稀，一个浑身笼罩在黑色披风中的女子，拂开了斗笠上的黑纱，露出一张妩媚明艳的面庞。只见那女子望着那和尚的背影，讷讷地喊了一声：“白哥哥，是你吗？”

那和尚肩膀一震，好久才恢复平静，随即一声长叹，回过身来，一张风霜满面、朗逸消瘦的面孔上写满了萧索。

“阿弥陀佛，女施主，这世上再无独孤白，只有个和尚悬智。”

原来这女子姓阎，名庭芳，乃是大学士阎敬圆的女儿，阎敬圆与户部尚书独孤催两家是世交。独孤催的独子独孤白与阎庭芳自小青梅竹马，一双小儿女自幼便有婚约在身。

然而，世事无常，礼部尚书兼武英殿大学士入参机务，累加少师，特进光禄大夫、上柱国夏言与谨身殿大学士、少傅兼太子太师、少师，华盖殿大学士严嵩在朝堂上的争斗愈演愈烈，时称“夏严党争”。独孤催是夏言的学生，自然是夏言这派的骨干力量。

夏言出身儒门世家，为人刚正不阿，屡次进言，反对世宗嘉靖皇帝炼丹求仙，渐不为皇帝所喜。一日世宗将沉香水叶冠赐予夏言、严嵩等大臣。夏言面有怒色，不肯冠之；而严嵩每次出朝都会戴此冠，还特地用轻纱笼住以示郑重。世宗见状，越喜严嵩而嫌夏言。

嘉靖二十一年，首辅夏言革职闲住，严嵩加少保、太子太保、礼部尚书兼武英殿大学士入阁，仍掌礼部事。嘉靖二十七年，夏言因支持收复河套，再遭严嵩诬陷，终被弃市处死，年六十七。夏言一倒，百官人人自危，阎敬圆也在其列。为了和独孤家划清界限，阎敬圆第一时间登门撕毁了婚约，将女儿送入了宫中，以保阎家平安。

严嵩上位的第一件事，就是剪除夏言的羽翼，独孤傕首当其冲地被寻了个由头，午门斩首，族中男丁悉数流放。独孤白身为独孤傕的独子，自然在流放之列。途中，押解的解差收了黑钱，欲将独孤白杀死，幸被过路的白猿客栈第三十二代佛烟李鸿庐所救，收作了弟子。医术大成之后，独孤白下山行医，走遍大江南北，观尽苦乐冷暖，思及平生经历，情爱恩仇，心中郁郁，欲向佛门求解脱，便在京城的龙泉寺出了家，得了个悬智的法号，做了个常伴青灯古佛的和尚，不再理凡尘俗事。直至今日，那每每在梦中来去的阎庭芳戴着黑纱斗笠，走进了独孤白清修的塔林。

“白哥哥，你从不曾忘了我的，对不对？”阎庭芳眼中含泪，伸手想去抓悬智的手掌，却被悬智闪身躲开。

“是的，你从未忘了我，天下的寺庙这么多，你为何要在京城出家，京城的寺庙这么多，你为何又选在皇家敕建的龙泉寺？”

悬智闭上双眼，只顾紧皱着眉头诵经。

阎庭芳摘下了头上的黑纱斗笠，向前又走了一步。

“贵妃娘娘，您还请自重！”悬智侧过身去，和阎庭芳拉开了距离。

阎庭芳微微一笑，柔声说道：“宫里宫外两重天，消息不通，若不是特意打探，你又怎会知道我被册封为了贵妃？”

悬智一时语塞，嗫嚅了一下嘴唇。

沉默了半晌，悬智缓缓睁开了双眼，仿佛用尽了全身的力气，从喉咙里挤出了五个字："他……待你可好？"

阎庭芳怔了一怔，展颜一笑，眼睛里淌出了两道泪来，反问道："自古九五之尊，可有哪一个是长情的？"

悬智叹了口气，想说什么，却踌躇了很久，始终没有再说出一个字。

阎庭芳抹了抹脸上的泪水，从发髻上拔下了一根玉簪子，托在手里，递到了悬智的面前，笑着问道："白哥哥，还记得这根簪子吗？"

悬智一声苦笑，涩声说道："记得，十三岁那年，我送你的，想不到，你现在还留着……"

阎庭芳揉了揉通红的眼眶，笑着说道："你还记得，送我簪子的时候，你说过什么吗？"

"无论天南地北，见簪如面，但凡所求，我无有不应！"悬智忆起年少往事，眼底泛过一抹泪光。

"小妹如今有事相求，还请白哥哥救我！"话音未落，阎庭芳双膝一弯，跪在了尘埃之中，两手抓着悬智的脚腕，泣不成声。

悬智吓了一跳，连忙躬身搀扶，疾声说道："你这是做什么？我一个出家人，能帮你什么？"

阎庭芳趁机一把抓住了悬智的手掌，抬起一双泪眼，一字一顿地说道："佛烟手鬼张三眼，水袖蓑衣不老生！"

"你在说什么？我不知道……"悬智的眼中闪过一抹慌乱，一拂衣袖，拨开了阎庭芳的手，但是那一抹而逝的神情已被阎庭芳敏锐地捕捉到了。

"咚——"阎庭芳一个头磕在地上，脑门上瞬间见了血。

"白哥哥，不会错的，锦衣卫的陈公公当年曾得我一饭之恩，他告诉我说，这天下最好的医者，就是白猿客栈的佛烟；而白猿客栈的佛烟就藏身在龙泉寺，法号悬智，本名独、孤、白……小妹求你，救我一救！"

眼见自己日思夜想的爱人跪在尘埃中叩头不止，悬智无论如何也狠不下心，踌躇了一阵，一咬牙，扶住了阎庭芳的肩膀，蹲下身来，将发簪插回到了她的发髻上，看着她发丝中隐现的几缕白发，涩声说道："仅此一次，此后，你我再不相见！"

阎庭芳闻言，站起身来，扑了扑身上的土，抽泣着说道："白哥哥，马车就在门外，具体的情况，我在车上跟你细说……"

悬智将药箱背在身上，取过纸笔，在亭子里的石桌上铺了一张信纸，简单地写了几行字，蹲下身来，将信纸压在了一座石碑底下，拍了拍手上的土，沉声说道："没事，我给大掌灯留了个字条。咱们这就出发吧。"

半个时辰后，重华宫后园，一辆四角飞檐的马车缓缓停靠，两名宫女迎了上来，掀开门帘，将阎庭芳扶下了马车，悬智随后也走了下来。一个身着飞鱼服，腰佩绣春刀，白面无须的宦官脚步匆匆地赶了过来，冲着阎庭芳行了个礼，一脸惶急地说道："贵妃娘娘，您怎么去了那么久？人请到……"

那宦官的话还没说完，就瞟到了阎庭芳身后的悬智，连忙朝着悬智行了佛礼，口中说道："锦衣卫陈通，见过白猿佛烟。"

悬智点了点头，随着阎庭芳走进了重华宫，穿过一条围廊，步入了一间黑漆漆的偏殿。偏殿正中立着一尊老君像，塑像前摆着一块神牌，上面刻着：弟子太上大罗天仙紫极长生圣智昭灵统三元证应玉虚总管五雷大真人玄都境万寿帝君塑道祖金像，受万民香火。

悬智知道，这嘉靖皇帝痴迷成仙，无法自拔，自己封了三次道号。第一次自封为"凌霄上清统雷元阳妙一飞元真君"，第二次加号为"九天宏教普济生灵掌阴阳功过大道思仁紫极仙翁一阳真人元虚玄应开化伏魔忠孝帝君"，第三次加号为"太上大罗天仙紫极长生圣智昭灵统三元证应玉虚总管五雷大真人玄都境万寿帝君"。

"宣室求贤访逐臣，贾生才调更无伦。可怜夜半虚前席，不问苍生问鬼神。”悬智一声长叹。

老君像后有一道屏风，屏风后一阵机关响动，露出了一个漆黑的洞口，洞口边上有石阶数级，直通地下。陈通提了一盏灯笼，当先引路。悬智看了一眼阎妃，随即迈步跟上。

下了地洞，是一道细长的走廊。走廊转角处，有灯火闪动，一阵瘆人的野兽嘶吼声从灯火处传来，陈通忍不住打了一个哆嗦，引着悬智来到了一处石室前面。那石室没有门扇，只在门口处镶铸了二十几根黑铁的栅栏。一个一身黄袍、披头散发的中年男子被铁链锁在了室内。那男子一张国字脸，瘦得已经脱了相，眼窝深陷，眉散眼鼓，两颊潮红，印堂漆黑，牙齿咯咯乱咬，指甲长达寸许，喉咙里发出阵阵低吼，双手双脚被黑铁铸就的链子铐在石球之上，整个人瘫在地上，宛若酒醉一般不停地撕扯着身上的袍服……裸露的肌肤上，密布这许多红色的疹子，被他的指甲抓得血肉模糊。

“这人是……”悬智一打眼，无意间发现了这人身上的黄袍上面绣着的纹样乃是五爪金龙，须知五爪为龙，四爪为蟒，放眼大明天下，只有皇帝用五爪，亲王，藩王，臣子，最多用四爪。

“他是……皇帝！”悬智瞪大了眼睛，看向了旁边的阎妃。

原来这被锁在石室里的黄袍人，就是当今的天子——嘉靖皇帝朱厚熜！

阎妃缓缓地点点头，正要说话，那被锁在石室的嘉靖皇帝猛地抽动了一下鼻翼，从地上猛地蹦了起来，蹿到栏杆的边上，将脑袋夹在缝隙中，宛若一只猴子一样，伸出舌头在半空中一阵乱舔，笑着说道：“闻到了……朕闻到了……是神仙髓，是神仙髓！爱妃……爱妃……快给朕神仙髓……快给朕……朕受不了受不了啦……啊——受不了……”

阎妃伸出手，拉住了悬智的手腕，将他拉到一边，距离那栅栏远了一些，随即从袖子里摸出了一个青色的小瓷瓶，涩声说道：“皇上迷信方士，崇尚修仙，为求长生，苦炼不老神丹，崇信妖道苍梧。在吃了那妖道炼制的东西后，性情大变，多疑暴戾，喜怒无常，鞭打妃子，虐杀宫女，成了家常便饭。皇上三十年不上朝，躲在后宫炼丹，七十六位后妃被折磨死了五十一人，其中包括三位皇后……嘉靖二十六年，方皇后宫中失火，正赶上皇上刚刚服食完仙药，后宫的太监宫女抬水来救，却被发了狂的皇上乱刀砍散。两眼血红、浑身尘土的皇帝，就坐在地上，眼睁睁地看着方皇后被活活烧死在大火中。”

说到这儿，阎妃转过身去，背对着悬智，解开了衣裳，露出了后背。只见她光洁如玉的脊背之上，布满了触目惊心的抓痕和青紫色的淤肿，中间还夹杂着四五道刀剑的劈痕，皮肉翻卷……

“这……”悬智吓了一跳，正要说话，阎妃一抬胳膊，裹好了外衣，扭头说道：“三天前，皇上在我寝宫发了狂，手持烛台乱抡，将两个太监活活砸死，你知道吗……皇上竟然蹲在地上，去舔地上那尸体已经被砸烂的脑壳，去嘬那头骨里的脑浆。他嘬着嘬着，就扭过头来，眼睛血红血红地看着我，他……要杀我……多亏了陈通——陈通那天巡夜，就在左近，是陈通……打晕了皇上，才救了我一命……这处地宫，是先帝爷修来避难的隐秘处，只有陈通知道。我们把皇帝锁在了这里，对外假称皇帝在这里日日酒色宣淫……反正他已经三十年没有上过朝了……我还去找了其他的妃嫔，她们都来帮我遮掩……皇上他就是个恶魔。白哥哥，你一定要帮帮我……”

悬智接过了阎妃手里的瓷瓶，拔开了上面的塞子，一股浓烈的芳香瞬间溢满了整个地宫，似酒如花，沁人心脾……

“啊——是神仙髓！给我——快给我——”嘉靖皇帝摇着铁栅栏，野兽一般地一阵嘶吼。

“这东西，哪来的？”悬智问道。

陈通闻言，接口答道：“是苍梧那妖道为皇上炼制的。这一小瓶是我们从皇上身上搜到的。那妖道说，欲成金丹大道，必先脱肉体凡胎；欲脱肉体凡胎，必先洗伐经脉；欲洗伐经脉，必先饮服这神仙髓！”

悬智接过陈通手里的灯笼，凑到栅栏前面，用灯晃了晃嘉靖皇帝的眼睛，随后“呼——”的一下吹熄了灯笼里的火苗。嘉靖皇帝吓了一跳，猛地暴起，伸手就来抓拿悬智的脖颈。电光火石之间，只见悬智左臂的大袖一卷，笼住了嘉靖皇帝的手臂，右手运指如风，一闪身的工夫，已经在嘉靖皇帝的手臂上插了二十四根金针。嘉靖皇帝一愣神的工夫，悬智的脸已经贴到了他的面前，鼻尖对鼻尖地贴在了一处。嘉靖皇帝一张嘴，就要去啃咬悬智，却被悬智用左手后发先制，一掌拍在了天灵之上，而后食指、中指、无名指三指相并，顺着额头向下一抹，拇指一竖按在了嘉靖皇帝的人中之上，以拇指为轴，手腕一翻，运指如剑，向上一抬，合上了嘉靖皇帝张开的大嘴，指缝间一根金针直取咽喉，扎进了颈下三寸之地。

“扑通——”

嘉靖皇帝仰面栽倒，脸上的血红渐渐褪去，印堂的青黑逐渐变淡，呼吸渐渐均匀，四肢也不再抽动，不到一盏茶的工夫，就沉沉地睡了过去。

悬智这神乎其技的针法，一出手，就惊得陈通瞠目结舌，瞪圆了眼睛，不可置信地低呼道：“好手段！”

悬智摇了摇脑袋，伸手抓过嘉靖皇帝的手腕，将手指搭在脉门上，沉吟了一阵，低声说道：“我只是封住了他的气脉，让他暂且昏睡，他中毒太深……怕是命不久矣！”

“什么？中毒？什么毒？”陈通急切地问道。

悬智叹了口气，沉声说道：“你们可听说过寒食散么？”

听到”寒食散“三个字，陈通和阎妃两人顿时一惊。只因为这寒食散的名头太响了。这寒食散，也叫五石散，乃是晋代术士炼丹的时候不小心鼓捣出的一种东西。因为服用后导致发病时浑身血脉逆行，燥热难当，必须寒食、寒饮、寒衣、寒卧，故名寒食散。传闻服之能增强气力，振奋精神，活血通络，实则不过是压榨体内精血的一种饮鸩止渴的药物，服之成瘾，无法戒除。犯瘾之时，犹如百虫噬心，痛不欲生。从魏正始到唐天宝五百年间，以散发致死者，无虑数十万人矣。晋代名医皇甫谧在书中记载："族弟长互，舌缩入喉；东海良夫，痈疮陷背；陇西辛长绪，脊肉烂溃；蜀郡赵公烈，中表六丧：悉寒食散之所为也。"

陈通很快恢复了平静，摇头说道："不对，寒食散是粉末状，无色无味，这神仙髓乃是液体，闻之有异香，怎么会是寒食散呢？"

悬智长叹一声，念了一句佛号："阿弥陀佛，晋代传世的寒食散的确是这些炼丹师无意中烧制的。只因为这些炼丹师发现五金之丹，与人体相斥。到了唐朝，这些炼丹师生了炼五脏之丹的想法。他们遍寻天下精怪，豢养捕捉，用药试毒，终于研究出了一物，名曰魈脂！何为魈脂？山魈烹杀，剔其肉，炼其油也。山魈之属，为山中之精怪，来去如风，血热如火，性烈如虎，贪毒残暴。以其油入药，服者亢奋难平，筋骨酥麻，飘飘欲仙，但是危害便如同服食浓缩了十几倍的寒食散一样……便是大罗金仙，钢筋铁骨，也逃不过这么消磨啊……"

"好贼子！这妖道，我定不与他干休，贵妃娘娘，您且在此照看，待老奴去丹房擒了这妖道回来，如今没有皇上看护于他，且看老奴将他千刀万剐……"

陈通一咬牙，正要走出地宫，忽然听得头上一阵脚步响起，一个身着紫色彩衣的女子掀开地宫上的盖板，趴在洞口急声呼道："贵妃姐姐，那妖道三日不见皇上，已经带着手底下的力士和道童冲进咱们重华宫的大门了，外面的侍卫快顶不住了，怎么办啊？"

阎妃急得一脑门子的汗，转身说道："咱们先上去，封好地宫，兵来将挡，水来土掩。"

第九章　非常道（下）

正当唐叔讲到关键处，我们几个听故事听得兴起的时候，门外骤然响起了一阵急促的拍门声

“这他妈哪个王八犊子，真扫兴！”陆龟年骂了一声，站起身来，拉着一张脸，走到门口，拉开了客栈的店门。

风雪之中，萧自横伸着一张憔悴疲累的脸，探头问道：“张大掌灯在家吗？”

陆龟年翻了个白眼，身子一斜，胳膊肘往门框上一支，挡住了萧自横想往客栈里迈的腿，不耐烦地说道：“你干吗？凶手不是都帮你抓到了吗？你这啥意思，赖上我们了？”

萧自横尴尬地抽动了一下嘴角，赔笑着说道：“陆家兄弟，我找张大掌灯有事。”

“有事就在这儿说吧！”陆龟年伸手推了推萧自横，把他轰下了台阶。

我走过去，拉住了陆龟年，张口向萧自横问道：“萧先生，真凶已伏法，你还有别的什么事吗？”

萧自横一跺脚，一脸惶急地说道：“那苍梧道人对自己的杀人的罪行供认不讳，但就是不肯松口，不肯告诉我们那些失踪小孩子的下落。审讯的警察急红了眼，就要给那妖道上刑，结果惹怒了那妖道，那妖道施展邪法，一连弄死了六个警察……上头的长官震怒，直接就给苍梧道人定了死刑，明天午时城门外直接绞死！那苍梧道人知道自己被定了死刑，却丝毫不见害怕，反而放声大笑，回到牢里之后，又开始杀人，和他关在一起的犯人，每过一个时辰，死一个，现在都死了六个了。他说要见您一面，现在距离明天午时还有五个时辰，您只要不来，他就一直杀……再说，除了您，我实在想不到第二个能克制这妖道的人，要不您再辛苦一趟，帮我最后押送这妖道一程，待明日午时一到，这妖道伏法，您再……您放心，白猿客栈的规矩我懂，多少钱，您开个价儿，萧某绝不还口！”

我思索一下之后，转身进屋，摘下了椅背上的大衣，正要出门，唐叔突然起身，对我说道：“我和你一起去。”

我点了点头，带着唐叔跟上了萧自横的脚步，陆龟年在门槛上指着萧自横的背影，干张嘴，不出声地骂了一通，也跟了过来。

南京城老虎桥二十一号，有一座专门关押重刑犯的监狱，老南京人都叫它老虎桥监狱。这座大狱创建于清朝光绪年间，原本叫江宁罪犯习艺所，仅收容江宁府的重刑犯人。宣统皇帝即位后，改为江南模范监狱，规模进一步扩大，犯人扩展到江苏全省，还收容安徽、浙江等地的犯人。辛亥革命爆发后，监狱更名为江苏江宁监狱，到了北洋时期，又改为江苏第一监狱，民国政府定都南京后沿袭此名。

老虎桥监狱，岗楼林立，电网密布，青条石垒成的石阶幽深曲折。地下三层，乃是关押死刑重犯的所在，有暗河一道，上有一供人通过的石板。正常人可一步跨过，但戴脚镣的犯人要半步半步挪过，因而得名半步桥。这里的犯人出监，只有一种可能，那就是到了行刑的时候了，所以也有个说法，唤作：过了半步桥，就是黄泉路。

半步桥对岸，有一条长廊，长廊两边有两排牢房，右边的栅栏上齐刷刷地挂了两排死人，都是用自己的裤子把自己活活地勒死在了栅栏边上。一个个舌头吐出好长，眼睛瞪得溜圆。右手边那排牢房，北数第一间里，一个瘦骨嶙峋的老头正跪在栅栏前面，将自己的裤子拧成了一条绳，绕着脖子，打了个绳结，狠命地拉扯。他的眼中一片茫然，随着手上力量的增加，脸已经变成了紫红色。然而看守的狱警却不敢跨过半步桥，前往阻止，只能在桥这头，不断地敲击墙面，吹着警哨，想将那老头儿从“梦”中惊醒！

我叹了口气，抬腿迈步走到了那老头边上，正要动用瞳术，却见那老头猛地发出了一声尖叫，咧嘴笑道：“你来了？”

我拉着脸，看着那老头的眼睛，沉声说道：“装神弄鬼，有意思吗？”

话音未落，只见那老头手劲儿一松，“扑通”一声栽倒在了地上。走廊深处，一个一身黑袍大氅的人影从墙角的黑暗中走到了栏杆前面，正是那妖道苍梧。苍梧道人摇了摇头，手并剑指，对着我的双眼，徐徐说道：“世人愚鲁，不识大道；而你这双眼睛，不该和这些凡夫俗子一样，你应该能看到一些不同的东西……”

“哦？那你说说，我应该看到些什么？”我不怒反笑，冷眼看着苍梧。

“长生不死！”苍梧道人举起双手，张开双臂，一声长啸。

我扑了扑土，在地上盘膝坐下，背对着苍梧道人笑着说道：“好！我就在这儿等着，好送你最后一程。狗屁的长生！等明日午时，你到了绞刑架上，我正好看看，你是怎么不死的！”

眼见我背对着他，苍梧道人也不多言，只是默默地走回了墙角，从地上拈起了一块石子，在墙上勾勾画画，不知在描绘些什么图样。

…………

午时将近，城门外，七八个行刑的汉子正在城门楼上搭建行刑的脚手架。这绞刑乃是清朝时期的刑法，民国之后，原本已经废止，改行更快速的枪决；但是这苍梧道人杀人如麻，偷取小孩，实属罪大恶极，一枪崩了他，死得太痛快，老百姓都不答应，众怒难平。再加上他到了警察局还不消停，施展妖法，连警察带犯人的，又搞死了十几条人命，惹得上峰恼火，一怒之下，才又翻出了前清的绞刑。在死前，让这妖道好好吃些苦头。

说起这绞刑，又称问吊、缳首，实际上分成缢死和勒死两种。缢死，俗称吊死，是指以绳索将人的脖子吊在半空而死亡的方法。勒死，是指用两名大汉，各拽住绳子一端以绳索勒住人的脖子而使之死亡的方法。

为了平息民愤，自是让这苍梧妖道死得越痛苦越好。于是，城门楼上吊起了高高的脚手架，上面固定了一个滑轮儿，拇指宽的麻绳，绳子头上打好了套子，一直垂到了城门底下。

午时三刻，城门底下人头攒动，无数的百姓从四面八方云集而来，齐刷刷地将目光投向了黑漆漆的城门洞子……

三声炮响，城门缓缓而开，我和陆龟年各穿了一身警服，领着其他的警察，押送着苍梧道人缓缓而来。

那苍梧道人不着镣铐，身上长袍不染半分尘土，眉疏目朗，面如冠玉，清风之下，衣角斜飞，宛若神仙中人。到了城门底下，两个赤着上身的汉子，将绳子套挂到了苍梧道人的脖子上，苍梧双臂平伸上托，有若乘风蹈海，半晌之后，只见他面带笑容，扭头过来，看着我，幽幽笑道：“张大掌灯，你说……一会儿我会怎么样？”

我一声冷笑，沉声说道：“一会儿，你身子的重量会全部挂在绳子上，颈下的绳结会阻断你的颈部大动脉和椎骨动脉，导致大脑缺血，气管闭塞形成窒息，血管受压引起心脏衰竭。如果在这个过程中，你因为痛苦而剧烈挣扎的话，你的颈椎骨还会断裂。”

苍梧一脸神秘地叹了口气，拂袖而立，沉声说道："非常人，必行非常道。世人痴愚，怎知我长生之妙，可悲，可叹……张大掌灯，咱们三日后再会！"

苍梧道人话音刚落，刑台上便响了号炮，城门上的四名大汉猛地一拉绳子，一绞绳盘，将苍梧道人的身子瞬间扯离地面一丈多高。午间阳光刺眼，我只能看到苍梧道人的身形仿佛一只纸鸢，被一根绳子牵引，迅速上升，直至吊在了城楼底下，迎着风左右飘荡。他的头深深地垂了下来，脸上还挂着那抹神秘莫测的笑容，两只眼似睁似闭地正对着我这边，看得我心里一阵恶寒。

半个时辰后，苍梧道人的尸体被从城门上放了下来。唐叔上前搭了搭脉，试了试呼吸，朝着我点了点头。

"确定吗？"我小声问了一句。

唐叔又搭了搭脉，沉声说道："死得不能再死了！"

我闻言，长出了一口气，搓了搓脸，挤了挤干涩的眼珠。不知道为什么，我满脑子都是苍梧道人死前对我说的那席话，总觉得这件事没有结束，以至于，我看着苍梧道人那具尸体仿佛随时能蹦起来一样。

没过多久，一帮五大三粗的和尚走了进来，抬着一具"狗碰头"棺材，把苍梧道人的尸体一裹，前后一抬，直奔西郊而去。

这帮抬尸体的和尚，有个名目——南京老话，管这伙儿人叫"埋骨和尚"；只因为在南京城西郊外有荒地数处，专门掩埋外乡贫民和无人认领的死刑犯尸体。横挖竖埋，那死人是一层叠着一层。南京城自五代十国那个时候起，就是佛教盛行之地，所谓："千里莺啼绿映红，水村山郭酒旗风。南朝四百八十寺，多少楼台烟雨中。"说的就是南京左近的佛寺盛况。

这西郊的乱葬岗，阴气森森，民间多传闹鬼，人心惶惶。

清咸丰元年，金陵士绅范文藻联合西郊乡民，上书官衙获准，划拨了西郊一块土丘，修建了一座寺庙，以香火镇压怨鬼，百姓俗称：埋骨寺。

然而，这埋骨寺没兴盛多久，两广之地便闹起了长毛（太平天国）。咸丰三年，太平军昼夜围攻南京，内城的清军寡不敌众，全部被惨杀，没死的也被赶进河里淹死。太平军进入南京城后，搜衙署，逢人便杀。城内六万旗人中的成年男性全部战死或被杀，老年妇女和幼童被太平军全部烧死，尸骨成堆，西郊的乱葬岗都埋不下了，只能层层叠叠地堆在地上，被日头一晒，恶臭味远飘十几里外。

这波人刚杀完，三年后，又起了天京事变（太平天国攻克南京后，改名为天京），太平天国闹内讧，洪秀全密令韦昌辉诛杀东王杨秀清及其眷属，在天京城内制造大屠杀。天京被血洗，约两万人丧生，这些尸体也被扔到了西郊去了。埋骨寺的和尚白天晚上地埋，埋了三个月才收拾妥当。

可谁想，八年后，湘军攻入南京城后又是一轮屠杀。这一回，杀得那叫一个干净，连埋骨寺里的和尚也没放过。史书记载：金陵之役，伏尸百万，秦淮尽赤；号哭之声，震动四野。正所谓：直教戮灭无遗种，尸涌长江水不流。

打那之后，西郊那片地和地上的埋骨寺再也没有人敢去了，直到两年前，有个开米铺的老板孟江楼，自掏腰包，重修了埋骨寺，原想着请几个高僧，但这年头兵荒马乱的，哪找高僧去，找来找去，只寻回来了几个野和尚，守在庙里，每月到米铺领些钱粮，专司埋葬倒毙街头巷尾的无主尸体，以及处决的人犯，故而得名——埋骨和尚。

眼见得埋骨和尚抬着妖道苍梧的尸体渐行渐远，我默默地松了一口气，脱了身上的警服，扔给了萧自横，捧着冷水洗了把脸，拒绝了萧自横的晚间宴请，脚步匆忙地回到了客栈。

二楼的卧房里，鲁绛尚未睡沉。听到我的脚步声，她揉了揉惺忪的睡眼，坐起身来，笑着问道："事情解决了？"

我握起她的手，蹲在床边，笑着点了点头。

鲁绛的手指轻轻拂过我的眼角，轻声说道：“解决就好，你每次出去办事，我都心惊胆战……”

我从怀里摸出了那只虎符，咧嘴笑道：“没事的，你安心休养，这笔买卖就赚了这么个铜疙瘩回来。唉！回头你问问大舅哥，有没有熟悉的古董贩子，看看这东西能不能卖个好价儿。”

鲁绛捧着那只虎符，嗔怪道：“这可是西汉的古物、萧何的兵符，怎么能卖了它呢？”

我一撇嘴，嘟囔道：“一个铜疙瘩而已，一不能吃，二不能喝，拿着它有什么用？说起来，老祖宗也真是的，自己被封了留侯，自然是不差钱的，哪里知道咱们后世子孙的苦啊？你说他老人家当时非约定拿什么虎符为凭，当时就应该和那萧相国约好，后世子孙若有事相求，便拿金条百根为凭，哈哈哈，也好宽裕宽裕咱们这些子孙的手头儿……”

“阿嚏——”话没说完，窗缝里一阵寒风吹来，我鼻子一痒，仰头打了一个喷嚏。

鲁绛吓了一跳，狠命地一揪我耳朵，疼得我倒吸了一口冷气。“祖宗莫怪，祖宗莫怪！”鲁绛坐起身来，两手合十，不住地往半空中拜求。

我刚要说话，却被她狠狠地瞪了一眼：“这虎符我替你收着了，无论如何，都不能卖它！”

“不卖它，咱吃什么啊？花什么啊？”我急忙说道。

“钱我家里有的是，还养不起你们几个吗？”鲁绛嗔怪道。

“那我岂不是成了吃软饭的了吗？”我站起身来大声说道。

鲁绛一扭头，从床上抓起了枕头，抡圆了向我这边扔来，我展臂一抱，接住了枕头。

只听鲁绛笑着说道：“你知道就好，兀那吃软饭的小白脸子，还不快去给你家少奶奶我做饭去：海三鲜的饺子、翡翠绿的腊八蒜、桂花虾饼、双尾虾托、兰花肉卷、彩色鱼夹、火茸豆瓣、清炖鸡孚，一共八个菜，早早地给少奶奶我做上，误了饭时当心我皮鞭子沾凉水儿，将你一顿好打，哇呀呀呀呀呀——”

我连忙一脸惶急，学着京戏里的太监奴才，弓腰塌背地打了个千儿，拉着长音唱道：“哎哟，我的娘娘饿了，奴才这就去备膳喽——”

第十章 埋骨和尚（上）

傍晚时分，我在厨房里一顿煎炒烹炸：四凉四热两个汤，四荤四素两条鱼上了桌，客栈众人围坐一圈，大快朵颐。

半个小时后，肴核既尽，杯盘狼藉。

陆龟年斜靠在椅背上，看着正在剔牙的唐叔，笑着说道："唐叔，悬智祖师的故事，您才讲了一半，刚说到妖道苍梧带着力士道童来到重华宫闯门，就被那萧老头儿搅和了！哎哟，这两天我是吃不下，睡不着啊，让您这故事把腮帮子勾住了，心里痒得难受，今儿个您老就可怜可怜小侄，把那故事接上吧！"

唐叔清了清嗓子，坐直了身子，不动声色地说道："还接上吗？"

"必须得接啊！"陆龟年应和了一句。

唐叔扭过头去，仰着下巴瞟着根叔，伸手指了指桌上的酒杯，笑着说道："来，给叔续上，看叔给你来个龙吸——"

根叔见状，气得吹胡子瞪眼，将桌子拍得乱响，唐叔也不理他，自顾自地喝干了酒，拊掌一拍，朗声说道："上回书说道，那妖道三日不见皇上，已经带着手底下的力士和道童冲进了重华宫的大门……"

嘉靖四十五年，重华宫。

陈通佩刀出鞘，护着阎妃娘娘出了地道，直奔重华宫大门而去。悬智大师紧随其后，藏身在了偏殿的一面屏风之后。

"砰——"一声巨响，重华宫的大门被一股大力撞开，两个身高丈二、浑身肌肉虬结的力士分立两边，当中走来一个一身青色道袍，面如冠玉、三缕长髯斜飞的俊俏道人。那道人身后跟着四个道童，分别捧着金剑、长刀、琵琶和铜镜。门外，有一千多甲士挽弓集结，一名玉带官袍，胸前打着仙鹤补丁的中年官员尾随着那道人的脚步，也迈进了重华宫。

"贵妃娘娘，董妃娘娘，皇上驾临重华宫，三日未出，臣等挂念尤甚，特来问安！"那中年官员一拱手，沉声说道。

"高相言重了，皇上酒醉未醒，正在休息，各位先退下吧……"紫衣女子挽住了阎妃的手臂，轻声说道。

原来那紫衣女子乃是宫中的董妃，而这中年官员便是自嘉靖四十一年严嵩倒台后，被徐阶举荐，官拜文渊阁大学士的高拱。

高拱一眯眼，脸上逝过一抹警觉的神色，随即又向前走了一步，瞥了一眼身边的道人，沉声说道："两位娘娘，请恕臣冒犯，只是有人来报，说宫中有不法之徒意欲加害圣上，挟持天子！高拱身为大明臣子，职责所在，不得不察！"

董妃的手掌一片冰凉，下意识地攥紧了阎妃的胳膊。阎妃连连吸气，压住狂跳的心脏，尖声喝道："大胆！高拱，你率领甲士，私闯后宫，莫不是要弑君造反吗？陈通，把他给我拿下——"

陈通得令，腰刀一挥，就要架在高拱的脖子上，可谁想半路中伸出了一只手，一把扣住了刀锋。陈通抬眼一看，原来那道人不知何时已经站在了高拱的身侧，一只右手就抓在腰刀之上，宛若铜浇铁铸一般，任凭陈通如何发力，都不能让刀锋移动分毫。

"娘娘，臣只想见一眼圣上，若圣上平安无事，臣甘愿领死！"高拱眉头一挑，向前又进了一步，身后的甲士纷纷抽刀，涌进了宫门。

阎妃张开双臂，护住身后的房门，惊恐地喝道："你们是要造反吗？"

高拱缓缓挺直了脊背，冷声喝道："两位娘娘，对不住了！"

说完这话，高拱一挥手臂，两队甲士分左右两翼，便要上前拉开阎妃。就在这个时候，一只大手从阎妃身后伸了出来，一把搂出了阎妃的腰肢。随后，一身黄袍、满身酒气、眼窝深陷、面色潮红的嘉靖皇帝缓缓从屋内走了出来……

阎妃瞪大了眼睛，满脸不可置信地看着眼前的嘉靖皇帝，整个人愣在了当场。

"怎么这么多人啊？"嘉靖皇帝打了个酒嗝，指着台阶底下的高拱说道。

高拱看到眼前的嘉靖皇帝，连忙叩头行礼，口中颂道："臣高拱，见过吾皇，臣……只因三日未见圣面，心中挂念……"

嘉靖皇帝哈哈一笑，指着满院的甲士，冷声喝道："好一个挂念啊！有带着兵马闯后宫挂念的吗？"

众甲士吓了一跳，纷纷跪倒在地。嘉靖皇帝甩了甩晕沉沉的脑袋，晃晃悠悠地走到那道人的身前，一脸恭敬地说道："是朕唐突，害仙长担心了……"

那道人一拂衣袖，微微一躬身，眼神穿过嘉靖皇帝，看向了屋内，沉声说道："皇上言重了，小道只是挂念皇上的修行。此时眼见皇上精神矍铄，身体康健，小道便告退了……"

说完，便一拂衣袖，缓缓地退出了重华宫。嘉靖皇帝懒得说话，冷眼瞥了高拱一眼。高拱闹了个大红脸，一脸羞怒地也退出了重华宫。

高拱前脚刚走，嘉靖皇帝便松开了阎妃的腰肢，伸手在脸上一抹，一瞬间，竟然换成了另一副圆脸浓眉的脸孔。

“易容术！”陈通吓了一跳，正要惊呼，却被从屏风后闪身而出的悬智喝止。只见悬智看着那假扮嘉靖皇帝的人，急声呼道：“四哥？是你吗？”

“我是你娘个头，随便留了封信，就往这是非窟里钻，还好意思喊我四哥！”

阎妃眼见二人如此熟稔，忍不住开腔问道：“敢问您是……”

“白猿不老生，蒋离！”那假扮嘉靖皇帝的汉子头也不回地答了一句。

“四哥？只有你自己来了吗？”悬智问道。

蒋离一把拉住了悬智的手，将他拽进了屋内，下了地宫。只见栅栏前面，一个黑衫消瘦、长发披肩的中年男子正蹲在地上，查看躺在栅栏后面沉睡的嘉靖皇帝。

“大掌灯？！”悬智喊了一声。

那黑衫男子闻声，扭过头来，黑暗之中，一双三瞳的眸子熠熠闪光。

“悬智，咱们得走了！嘉靖皇帝活不了多久了，迟则生乱。”黑衫男子沉声说道。

“庭芳，你跟不跟我一起走？”悬智嗫嚅了一下嘴唇，鼓足了勇气，小声说道。

阎妃娘娘眼眶一红，从头上拔下了那根玉簪，塞到了悬智的手里，涩声说道：“白哥哥，今时今日，你还能来助我，我心里实在欢喜，只是我还不能走……”

“为什么？”悬智问道。

“为了我的孩儿，我必须留下，载基是太子，他要做皇帝，也必须做皇帝……”阎妃娘娘的眼中流出了两道清泪。

悬智只觉天旋地转，万念俱灰，原本与阎妃重逢后在心中刚刚燃起的一丝希望，再度被无情地浇灭。黑暗中，只见阎妃举起了那个瓷瓶，拔开了上面的塞子，扇动着里面的香气，使其缓缓地向嘉靖皇帝飘去。

躺在地上沉睡的嘉靖皇帝周身气脉被悬智封住，无法挪动。阎妃探出手去，飞快地拔下了扎在嘉靖皇帝颈上的那根银针。嘉靖皇帝猛地一阵抽搐，手臂上的十几根针纷纷自行脱落，只听得骨骼一阵噼啪乱响，眼中泛起一片猩红。

“呼——”的一声，嘉靖皇帝拔身而起，带着身上的铁链猛地向前扑去。阎妃颤抖着身子，靠墙后缩，手里紧紧地攥着那瓶神仙髓，肩膀瑟瑟发抖，一脸苍白。

“给我——给我——啊——”嘉靖皇帝张大了嘴，疯狗一般，不断地用脑袋撞击着黑铁的栅栏，直撞得头破血流……

“给你可以……你得帮我做一件事……”阎妃鼓足了气力，大声喊道。

“给我——给我神仙……神仙髓，千百件我都依你——”嘉靖皇帝声嘶力竭地喊道。

“我要你下诏，传位给太子……”阎妃一字一顿地说道。

嘉靖皇帝想都不想地就答应道：“好好……好，我下诏，你给我，把神仙髓给我……”

陈通看了看阎妃娘娘，一点头，从身后捧起了空白的诏书和笔墨，跪在地上，推到了嘉靖皇帝的身前。嘉靖皇帝抓起毛笔，左手扣住了颤抖的右腕，下笔在那诏书上写道：

“奉天承运，皇帝诏曰：朕仙道将成，于凡尘之中已无牵挂，太子仁厚怀德……宜继承大宝……承吾帝位……”

写完诏书，嘉靖皇帝在身上一阵摸索，取出了一只玉质的方印，在诏书上钤了一下，随后将纸笔抛在地上，涕泪横流地看着阎妃，哀声说道：“给我……给我……你答应过我的……”

悬智叹了一口气，望着捧着诏书抿嘴含笑的阎妃，轻轻地摇了摇头。

蒋离走上前去拍了拍悬智的肩膀，意带安慰。悬智叹道：“四哥，不用安慰我了，我知道如今的她已是当朝的贵妃，未来的太后，再也不是我的庭芳了！”

眼见悬智跟着黑衫男子和蒋离渐行渐远，阎妃嗫嚅了一下嘴唇，终究没有说出一个字。

半个时辰后，皇宫外墙下，一架四轮的马车缓缓停靠。马车的门帘掀起一角，一个腰下挂着一方木印的人，看着黑衫男子、悬智、蒋离三人，沉声说道：“那妖道妖法了得，我们三人从重华宫一路尾随，在那妖道的丹房同他交手，斗了个旗鼓相当。他手下的力士和道童，都被我们杀了个干净，蓑衣受了些轻伤，水袖的失血已经止住了，我断了两根肋骨，问题不大！”

黑衫男子叹了口气，望着天外浓云，喃喃自语道：“楚巫啊楚巫，咱们这两门迟早还会见面的……”

唐叔又自顾自地喝了一杯酒，结束了他的讲述。客栈之内静悄悄的，所有人都一脸的沉默，半晌后，李青眉率先开口，小声问道：“唐叔？您说这神仙髓真有如此魔力吗？若嘉靖皇帝真是因此而上瘾，连江山都不顾了，那这神仙髓岂不是和鸦片烟一样？”

唐叔闻言，长身而起，走到大厅的西北角上，掀开了苫布，露出了底下那座青铜的三角丹炉。

“小丫头，你不知道这东西的厉害，和神仙髓相比，那鸦片烟连个屁都算不上！”

唐叔一边说着话，一边慢慢地掀开了丹炉的盖子，取过手电，指着丹炉内壁上一圈干涸的褐色膏状结晶，沉声说道：“看到了吗，这褐色的膏状物，就是那山魈的油脂析出的杂质。我敢肯定，这座丹炉炼过神仙髓。那苍梧妖道的局，咱们绝对还没有探到底！”

“可是那苍梧妖道都被吊死了，所有的线索都断了，咱们就算想查，怕是也没有突破口啊？”陆龟年搭茬说道。

根叔闻言，叹了口气，低声说道：“查缉妖人、维护治安是官家的事。咱们是江湖人，多一事不如少一事！这几天老头子我眼皮总是乱跳，但愿这妖道一死百了，别再起什么妖风了。”

我掐灭了手里的烟头，把地上的苫布拾起，盖好了那只青铜的丹炉，拿绳子捆好，让梁战扛到后院儿的柴房里去。正所谓：眼不见心不烦，好不容易过两天安生日子，可千万别被那妖道坏了心情。

就这样，过了三天……

夜半，鲁绛在我身边沉睡。我躺在床上，翻来覆去地睡不着，眼睛盯着天花板，脑袋里乱成一团。

“怎么了？有心事？”

鲁绛揉了揉惺忪的睡眼，拧亮了床头的台灯。

“你说……苍梧会把那些掳走的孩童怎么样呢？难道他真的敢拿活人炼丹不成？如果是这样的话，那些孩子，他会藏在哪里呢？不不不……这种事，不是他一个人单枪匹马就能做到的，他背后一定有一个组织……”

听到我神经质一般不停地在碎碎念，鲁绛从床头拎起一件外衣，搭在了我的肩上，柔声说道：“就知道你心善，整个客栈里说不查下去的是你，心里放不下的也是你。”

我紧了紧领口，沉声说道：“萧自横是官家的人，眼下军阀割据，南京的局势很乱，我不想和萧自横走得太近。苍梧道人的背后，究竟是怎样的势力，我也摸不清楚。咱们白猿客栈最好的办法，就是作壁上观，可是……找不到那些孩子，我心难安……”

我的话还没有说完，楼下陡然传来了一阵急促的拍门声。我下了床，穿上拖鞋，嘱咐鲁绛不要担心，安心休息，随即快步下了楼。客栈的门厅里，陆龟年正一脸不耐烦地裹着棉被小跑到大门后面，取下门闩，将门拉开了一道缝，将眼睛凑到门缝上，向外看去……

“掌灯，是萧老头！”

我眉头一皱，拨开陆龟年，走上去，拉开了大门。门外，四五十号巡警列队站在门外，手里的手电筒将半条街晃得透亮。

“萧先生，这么晚了，有事吗？”

萧自横看到我，脸上的汗珠顺着鼻梁子就落了下来，冰冷的五指缓缓地搭在了我的胳膊上……

“张大掌灯，埋骨寺起尸了……”

“你说什么？！”我下意识地惊呼道。

“我说……埋骨寺起尸了：苍梧道人死而复生，从棺材里爬出来了，带着乱葬岗的一群尸骨，消失了……”

“唰——”我的大脑里一片空白，苍梧道人临死前的那一幕再一次在我眼前重现……

“非常人，必行非常道，世人痴愚，怎知我长生之妙？可悲，可叹……张大掌灯，咱们三日后再会！”苍梧道人的面孔在我的眼前不断放大。

“呼——”我喘了一口粗气，转身进屋，开始穿衣戴帽，客栈里的伙计听到声音，纷纷下了楼，一炷香后，我带着唐叔、梁战还有陆龟年，在萧自横的指引下，直奔埋骨寺！

第十一章　埋骨和尚（下）

月明星稀，西郊乱葬岗。

苍梧道人埋骨的土包正中，破开了好大一个洞，薄皮的柏木棺材从中裂开，里面空无一物……

以苍梧道人为中心，方圆百步的坟包无一例外地从中裂开一个大洞，里面尸骨全部都不翼而飞。十几步远处，有一颗四五人合抱粗细的大树，树皮被人用利刃刮去了一块，上面歪歪扭扭地刻着一首拗口的七言诗：

盖斗遮星笑当哭，移山填海看苍梧。死生无非等闲事，偏有白猿不丈夫。

远处的山脊尽头，亮着微弱灯火的地方，就是看守乱葬岗的埋骨寺。三个野和尚打着灯笼穿过树林，深一脚，浅一脚地走了过来。为首一人，中等身量，光头，塌肩，驼背，虬髯，眇目，浓眉，裹着一身破旧的棉袈裟，捻着一串油腻腻的佛珠，瞪着一双昏黄的鱼眼，一边喘着粗气，一边盯着我沉声说道：“他活了……他活了……还复活了这许多的死尸……”

我行了个合十的佛礼，张口问道：“敢问大师法号是……”

“贫僧法号……黄老七。”那和尚咧嘴一笑，露出一口焦黄的牙齿。

“扑哧——”我身后的陆龟年掩口笑道，“这和尚的法名起得真他娘的别致。”

我扭头给了陆龟年一个白眼，陆龟年识相地闭上了嘴。那和尚也不生气，敛眉叹道：“名字不过是个代号，人世枯荣，终成泥土，阿弥陀佛……”

大和尚黄老七念了一句佛号，算是和我告了个别，头也不回地钻进了树林深处。

此时，萧自横已经指挥警员，将土坑里那具破碎的薄棺拖了出来。

我招呼梁战和陆龟年走上前去，蹲在那棺木边上，仔细地查看。

说起来，这棺材并没什么出奇的地方，就是那种最常见的“狗碰头”。所谓狗碰头，就是一种又薄又烂的薄板棺材。胡乱地把尸体往里一搁，拖到郊外，刨个土坑，浅浅地埋上一层土，野坟地里的野狗轻轻一嗅，就能找到地方。顶着狗头，三两下就能把粗劣的棺木板子撞开个洞，拖出尸身，一顿啃咬。

然而，眼前这具棺木盖板上的破洞，却不是从外面撞开的，通过木板的断茬可以清晰地看出，这棺材板子是被人从内向外击碎的。

难道真的是那苍梧道人死而复生，自己跑出来了不成?

我思量一阵，回头问唐叔：“唐叔，那日是你给苍梧道人验的尸，他到底死没死？”

唐驹皱着眉头，沉声答道：“我上前验看的时候，那妖道心跳、呼吸停止，各种反射消失，瞳孔散大……这些都没有错啊……”

陆龟年眼睛一闪，拉着唐叔问道：“会不会是那苍梧道人是假死？说书先生不是讲过吗？后宫的妃子假死，和御前侍卫私奔……”

唐叔不耐烦地在他脑袋上敲了一记，拉着脸骂道：“想什么呢？说书人编的故事你也信……不过要说假死，这世上也不是没有传闻，《晋书·五行志》记载：惠帝年间，‘杜锡家葬而婢误不得出，后十年开冢衬葬而婢尚生。始如瞑，有顷渐觉，问之，自谓再宿耳。初，婢之埋年十五六，及开冢更生，犹十五六也，嫁之有子。’”

陆龟年听不懂唐叔说的古文，瞪着眼睛，挠头问道：“啥意思？”

唐叔又给他脑袋上来了一巴掌，不耐烦地解释道：“就是说晋惠帝年间，杜锡家中办丧事，落葬时却不慎将一名婢女误封在墓穴之中。十年后，杜锡家中由于要进行合葬，因此将当年的墓穴打开，却发现那名婢女竟然活着。那婢女更指被封闭的时间只好像睡了一觉一般，而且好像只过了一两天而已。这名婢女遭埋时只有十五六岁的年纪，但十年后重开墓穴之时，她仍然是少女的模样。此后婢女出嫁，诞下儿子，一切如常。只是……这假死是个非常精密的事儿，如果没有假死药，让人的气血经脉停滞，心跳呼吸暂停，就算那婢女不被闷死，也早就饿死了呀。”

“假死药？真有这东西吗？”陆龟年问道。

唐叔摸了摸下巴上的胡楂，沉吟道：“有的，只不过这种药不产自中土，而是产自昆仑之国。”

“昆仑之国？”陆龟年惊道。

我摇了摇头，徐徐说道：“不是神话传说里西王母的那个昆仑，而是中国古代记载中的昆仑奴那个昆仑。这昆仑二字，在古代除了表示昆仑山脉外，还有皮肤黝黑的意思，《唐传奇》等志怪笔记中提到的昆仑奴，实际上就是皮肤比较黑的奴隶。这种昆仑奴身材高大，奔跑如风，矫健壮硕，一度成了古代贵族争先豢养的奴隶。有道是：‘昆仑儿，骑白象，时时锁着狮子项。买奴跨马不搭鞍，立走水牛惊汉官。’讲的就是这些昆仑奴。说白了，这昆仑奴就是最早来到咱们中国的非洲黑人，而昆仑之国，就是一处非洲大陆上的神秘部落。

“唐朝时，在这些流落到中国的黑人中，有一派伏都教，其教众掌握着一种以秘方配制的药物，可使人体的代谢功能下降到极点，进入假死状态。传闻这帮伏都教的昆仑奴在神龙政变后想帮助武则天假死，以图逃出皇宫。被张柬之等人发现后，一怒之下，被高悬屠刀，杀了个干干净净，这假死药的配方比例也就成了千古之谜。

“我只知道用于假死药的材料有毒蛙、蜥蜴、河豚，以及从墓地挖出来的人腿胫骨。配制时，先把人的胫骨烤熟，放入盛满尸油的罐子里浸泡三天，然后取出，用利器将其削成碎末，再将钉死的蜥蜴和晒干的毒蛙放在铁蓖上烘干，使其炭化，然后放入乳钵内。再将河豚碾碎，倒入乳钵内，与人的胫骨碎末和已炭化的蜥蜴、毒蛙以某种精确的比例掺在一起，就制成了。

“这假死的原理很简单，就是在可控的区间内，通过药物刺激，将人的循环、呼吸和大脑的功能活动高度抑制，使得生命机能极度微弱，微弱到不可察的程度。只是……这假死我听说过，吊在半空中假死的，倒是头一回见，试想那绳结就挂在脖子上，将人放风筝一样地扯在了空中，这人在天上飘着假死……我还真是无法想象……这……吊了那么久，死得再假，也得成真了呀？”

陆龟年眼珠转了好几圈，一拍大腿，高声呼道：“那就是假上吊！”

我和唐叔对视了一眼，一起给了陆龟年一个巴掌。

只听唐叔大声喊道：“打死你个兔崽子！狗屁假上吊，吊的人是苍梧妖道，这个没错，绳子也是结结实实地系在了脖子上，也没错……你以为是小娘子在家闹情绪吗？抓着绳子比画比画，寻死觅活地耍耍性子，就被人赶紧抱下来了，那可是在城门上挂了小半个时辰呢……”

陆龟年揉着后脑勺大声呼疼，而我则坐在了一棵歪脖子树底下抽着烟。没过多久，天光渐亮，唐叔上了岁数，先回客栈休息去了，我顶着晕沉沉的脑袋，带着陆龟年和梁战走在城里的石板路上，想找家早餐铺子填填胃肠，一抬头，正瞧见敏贝勒顺着墙根小跑，身上裹了一层破毛毯子，手里抓着一顶小孩子的虎头帽，手里牵着墨璃青犴，抽着大鼻涕，直打喷嚏。一看这位爷就是一夜没睡，在大街上呲了一宿的冷风了。

说起来，敏贝勒这人，除了爱摆大爷架子，爱吹牛，爱抬杠之外，倒还真是个好人，城里丢了不少孩子，这位爷说着不在乎，却要了几家孩子的随身物件，牵着狗满城地搜……

“敏贝勒！”

陆龟年吆喝了一声，小跑着蹿了过去，揽着敏贝勒的肩膀，笑着问道：“哎哟喂，您这大早晨空着肚子，就出来遛弯儿了？”

敏贝勒舔了舔干裂的嘴唇，一口唾沫啐在地上，掰开陆龟年的手，不动声色地将手里的虎头帽塞进袖子里，冷着脸骂道：“你懂个屁，爷啥时候空过肚子？爷这是昨天晚上大鲍翅吃多了，腻得慌，遛遛腿儿。大鲍翅，知道啥叫大鲍翅吗？”

陆龟年摇了摇头。

敏贝勒掸了掸衣服上的灰，掐了个剑指，张口说道：“这鲍翅的叫法很多，普通些的酒楼叫鱼翅、鲛鱼翅，高档些的酒楼叫鲛鲨翅、沙鱼翅，当然还有些附庸文雅的吃家，唤它作‘金丝菜’。贝勒爷顶瞧不上这些拽词儿的王八蛋，不就是鲨鱼鳍中的细丝状软骨嘛！与其瞎扯那些个字眼儿，倒不如把精神头好好地放在烹制上。我跟你说，做鲍翅是门讲究手艺，吃鲍翅是手绝顶功夫。这鲍翅排在竹笪上夹好，热锅凉油下葱丝爆香，把鲍翅煨透，滋味滤干，细细地排在瓷碗里，再放绍酒、老汤、猪油、味精。柴灶起文火，吊上瓦罐蒸透，倒掉原汁不要，用纯棉的细软毛巾裹着宣纸将鲍翅上的水分一点点地吸干。大火烧油，下银针、精盐，紧把火候，正正好好炒至八成，多一分则干少一分则懈。炒制完后，用生粉水勾芡，分盛两小碟，熟火腿切小指长的丝，调入味精、胡椒粉、酱油，烧滚后浇入的生粉水，黄澄澄的热油配上明闪闪的挂粉火腿丝，是为“金黄芡”。再将芡汁淋到蒸透的鲍翅上，这道红烧大鲍翅才算做成……”

敏贝勒连说带比画，口沫横飞，将一碗鲍翅说得美上了天，从滋味说到色泽，从掌故说到吃法，一桩桩，一件件，摊开了揉碎了，直说到你的嗓子眼儿里泛着口水，肠胃里打着呼噜。我们三个在野坟堆里蹲了半宿，正是饥寒交迫的时候，被敏贝勒这么一白话，馋得陆龟年和梁战哥俩眼珠子里直冒绿光。

敏贝勒一边白话，一边拿眼神瞟我。我心里明白，这厮今日定是打好了要宰我一顿的主意。我偷偷地吞了口唾沫，从兜里摸索了一阵，翻出了七八枚大洋，拢在手里，递到敏贝勒面前，小声说道："贝勒爷，身上就么多了，红烧大鲍翅是不太可能了……"

敏贝勒抡起袖子一扫，将我手心里的银圆一股脑儿地兜进了怀里，挺直了腰板，一脸得意地笑道："也罢，既然红烧大鲍翅吃不成了，就且听贝勒爷给你们讲讲手把肉吧。手把羊肉，一定要挑选膘肥肉嫩的羊，就地宰杀，扒皮入锅，放入作料，进行蒸煮，因为净手后吃肉时一手把着肉，一手拿着刀，割、挖、剔、片，把羊骨头上的肉吃得干干净净，所以得名手把羊肉。这道菜制作过程简单明快，只加一小把盐，所以这火候必须恰如其分，血水消失不久，肉熟而不硬……"

敏贝勒一手牵着狗，一手颠着银圆，甩着舌头讲着手把肉的滋味，领着我们穿街过市，来到了一家古色古香的羊肉馆子。进了门，上二楼，坐到了雅间儿里。敏贝勒下馆子，从不用菜单，闭着眼睛点了四凉四热两个汤。不到一盏茶的工夫，连肉带菜铺满了桌子。敏贝勒操刀，灵活熟练地剔下来了两块骨头，扔给桌子底下的墨璃青犴，随即呷了一口茶水，漱了漱口，领着梁战和陆龟年哥俩一顿猛吃。

我拎起筷子戳了戳盘子里的羊肉，滋滋地直冒油，这一大早上的，我实在是吃不下这老些个油腻的东西，就着茶水嚼了两口饼，便开始神游物外，接着思考那苍梧妖道死而复生的谜题。

不到小半个时辰，桌上的东西，便被这三只饿鬼扫了个干干净净。敏贝勒跷着二郎腿，拍着肚皮，一边剃着牙，一边哼着小曲。

“哎，我说，这小子今天不对劲儿啊，怎么精神有点儿恍惚呢？”敏贝勒指着我向陆龟年问了一句。

陆龟年放下了手里的汤碗，抹着嘴巴子说道：“想事呢，想了小半宿了。”

“哟？还有张三眼想不明白的事儿呢？”

陆龟年吧唧了一下嘴，皱着眉头说道：“贝勒爷，您说，这世上有吊不死的人吗？”

敏贝勒吐掉了嘴里的牙签，笑着说道：“怎么没有？少见多怪！”

“您见过？”陆龟年追问道。

“见过啊！”敏贝勒不耐烦地支应了一声。

我闻言一惊，站起身来，看着敏贝勒问道：“在哪儿见的？是谁？怎么回事？”

敏贝勒见我神态无比认真，也不好再吊人胃口，只得坐起了身子，一五一十地给我讲了一段掌故，原来，这世上真有一门上吊不死的绝活……

第十二章　仙人挂画（上）

公元1909年，也就是清宣统元年，那个时候，敏贝勒还是贝勒，敏贝勒的阿玛——鄂亲王载亨，奉命建制我国第一所近代矿业高等学府——焦作路矿学堂。

这一年腊月，鄂亲王六十大寿。

鄂亲王膝下，有四个儿子，敏贝勒是长子。每年做寿，这四个儿子都会用足了心思，早早地给父亲准备寿礼；可是无论是稀有的珠玉、传世的书画，还是名家的金石，这鄂亲王都是见惯了的，没什么稀奇。于是，这四个儿子，就在寿宴当天的节目上下足了功夫：老二请了名震京津的戏班子——凤头春，来唱堂会；老三请了四川的川剧师傅，表演那吐火变脸的身法手段；老四请了一伙儿金发碧眼的欧洲马戏团，准备排演一场狗熊翻跟头，猴儿献寿桃的驯兽把戏。

唯有这大儿子敏贝勒，踅摸了半个月，也没找着合适的祝寿节目。

说起来，这也与这几个兄弟的性情身份有关。弟兄四个里，老二掌着京津的邮电官局，坐的是肥水衙门，手里攥着大把的银钱，哪家戏班子贵请哪家。光绪三十一年，皇帝下了圣旨，改工巡局为巡警部，内设五司十六科，老三补了个巡警部右侍郎的职位，掌部、厅、各省警务人员升转、补选、举劾、考核等事，人面通天。这鄂亲王做寿，各地的大小官员争着帮他忙活，筛选了无数节目，最终留下了川中的变脸高手。老四留洋留得早，说得一口流利的“英格力士”，在外务部任职左参议，和洋人打得火热，请个金发碧眼的马戏班子自然是不在话下。

唯独这个敏贝勒，自幼不喜读书做官，就爱放狗逐兔，养鸟斗虫，为此也不知挨了鄂亲王多少顿打；可这敏贝勒偏偏屡教不改，越玩儿越野。这敏贝勒平日里和狗待在一起的日子比人都长。你要是让他找条狗，但凡你说出个道道儿来，敏贝勒都能给你办个漂漂亮亮。可是，要让他弄个祝寿的节目，可是活活地憋死了他了。能想到的节目，拔尖儿的都让这仨弟弟给占了，剩下的不是低劣不堪，就是无甚惊奇。

眼瞅着寿辰的日子越来越近，敏贝勒愁得着急上火，牙床子肿得老高。这天一大早就裹上貂皮大衣，踏着雪出了王府。他在城里转了七八个来回，也没有什么收获，越想越烦，肚子还饿，一咬牙，便索性将寿诞的事放到一边，一拍脑门子，直奔青楼而来。到了青楼门前的大街边上，敏贝勒拍了拍肩膀上的雪花，正要过马路，忽然听到一阵马蹄声在耳边炸响，一人一马从转角处横冲过来，眼看就要撞上敏贝勒！

忽然，斜刺里冲出一个衣衫褴褛的要饭花子，伸出一只脏兮兮的大手，一把扯住了敏贝勒的腰带，将他拽倒在地，拖到了路边。

敏贝勒倒吸了一口冷气，刚要喝骂，抬眼一看，才发现那马上的骑士乃是个背枪挎刀、穿着军服马靴的绿营兵，帽盔上还插了一只红翎。敏贝勒当下反应过来，原来这马上的骑士，乃是一名军营里的红翎信使。出动红翎信使，不是军国大事，就是十万火急。按规矩，红翎信使可穿宫打马，因阻碍红翎信使被马踩死，一律算白死。敏贝勒叹了口气，骂了一句倒霉，一扭头，正看到那个刚才救了自己一命的要饭花子。

只见那人生得人高马大，粗眉圆眼，乱糟糟的头发，一脸的灰土，手里讨饭的破瓷碗也在刚才被摔了个粉碎。

敏贝勒站起身来，指着那要饭花子问道：“你叫啥名字？”

“回爷的话，小的叫葛春……”要饭花子弯下腰去，不敢看一身珠光宝气的敏贝勒。

敏贝勒点了点头，接着说道：“饿不饿？”

“饿……”

“走，爷领你青楼里逛一圈去，吃、喝、玩姑娘，都算爷的。”

“啊——我……不……”葛春吓了一跳，一时间有些结巴。

敏贝勒一拉脸，也不嫌那葛春身上埋汰，上前揽住他的肩膀，高声笑道：“啊个屁！爷的命，还抵不上一顿酒席吗？”

说完，便大踏步地拖着惊到僵直的葛春迈进了青楼的门子。接客的老鸨伺候惯了这位敏贝勒，瞧见他搂着个要饭花子进门，一点儿也不惊恐——毕竟这位敏贝勒荒诞不经那是满京城出了名的，带着群狗来青楼包场的事都没少干，更别提搂着个要饭花子了。

“哟——敏贝勒，什么风把您吹来了，楼里的姑娘们，盼着您可不是一天两天了——”老鸨子笑颜如花，一群脂粉姑娘莺莺燕燕地围了上来。

敏贝勒游戏花丛，本就是老手，此等阵仗早就习以为常，一声大笑，从腰里摸出了一沓子银票，迎风一甩，银票便哗啦啦地从半空中飘了下来。

“今儿个这场子，爷包了，不相干的人，都给我清场——哈哈哈，楼上最好的雅间，布上酒席，给爷的朋友葛春接风——”

葛春被这场面吓得魂不附体，如牵线木偶一般被四五个年轻的姑娘架上了二楼，洗漱干净，淘换了一身新衣服，进了雅间里，战战兢兢地被敏贝勒按在了凳子上，一连三杯酒灌进了喉咙，脸上起了一团红晕。

那敏贝勒本就是个没架子的人，天南地北，三山五岳，只要是和军国诗书没关系的事儿，他都能信手拈来，侃得你一愣一愣的。不多时，就将葛春绕得迷迷糊糊。两人连吃带喝地饱餐了一顿，正消化食的工夫，敏贝勒又想起了自己阿玛过寿这事儿，愁得牙床子又上来了疼劲，拄着下巴，“哎哟哟”地瞎哼哼。

葛春瞧在眼里，小心翼翼地问道：“爷，您这是怎么了？可是遇到烦心的事了吗？”

敏贝勒嘬了嘬牙花子，皱着眉说道：“还不是我阿玛这寿诞闹的……”

敏贝勒越说越气，借着酒劲儿，将自己这事儿一五一十地讲给了葛春。

葛春听完之后，一拍大腿，推开地上的桌椅，挪出了一边空地，站好了身子，沉声说道：“不就是给王爷演个助兴的节目吗？小的给您走一趟拳脚，爷您给掌掌眼！”

说完这话，只见葛春腰杆儿一挺，吐气开声，扎马攥拳，耍了一套硬桥硬马的洪拳：龙、虎、狮、豹、蛇、鹤、象、马、猴、彪，十套象形有模有样，出手时含胸、立腰、收腹、敛臀、沉肩、垂肘、沉桥坐步；发力时蹬腿、扣膝、合胯、转腰，一板一眼，倒也有几分火候。

葛春打完了拳，收身立势，小声问道：“爷，您看我这趟拳打得怎么样？”

敏贝勒摆了摆手，叹着气说道：“拳打得不错，只不过我阿玛自幼习武，耍惯了刀枪拳脚，这武功把式怕是还提不起他的兴趣，这唱曲儿，变脸儿和杂技的样数都让我这仨弟弟先给占了，我若跟他们搞一样的东西，岂不大跌颜面……”

敏贝勒这边诉着苦，葛春站在旁边，咀嚼着敏贝勒的话，眼眶里的眼珠滴溜乱转，不一会儿，就想出了个好点子。

只见他一抬头，一脸自信地说道：“贝勒爷，小人这里有一门手艺，管保新奇！”

“有多新奇？”敏贝勒问道。

“我这手艺，这世上怕是还没人见过！”葛春拍着胸脯笑道。

敏贝勒拍手喊道：“快演来我看！”

葛春一点头，从腰间解下了麻布的腰带，向上一抛，穿过了房梁，又拽了拽，试试结不结实，随即手腕一转，将腰带打了一个死结，搬了个小圆凳放在了绳结下面，一抬腿，站在了凳子上，把腰带绳往脖子下面一套，一垫脚踢翻了凳子，整个人往下一坠，瞬间就吊在了绳子上。

葛春的动作极快，敏贝勒还没反应过来，这厮已经吊上了，直到他踢翻了凳子，身子往下一沉的时候，敏贝勒才反应过来。

“去你娘的——”

敏贝勒一声疾呼，蹦起身来，抱住葛春的两腿，就往上举。

“你这是嘛呢？好好的，上个什么吊啊，下来，下来——”

葛春轻轻一笑，也不挣扎，只是伸手轻轻地拍了拍敏贝勒的肩膀，笑着说道：“爷，您松手……”

葛春生得人高马大，敏贝勒累得一脑袋大汗，喘着粗气骂道：“松你娘啊，我一松，你不就吊死了……”

“您松开，小的吊不死，小的还没活够呢，您放心……”葛春一边答着话，一边伸出两手，轻轻地推开了敏贝勒的膀子。

敏贝勒渐渐地松开两臂，抬头向上看去，只见葛春整个人被一根腰带绳儿吊在半空，左右摇摆，那绳结就系在他的下巴底下，然而那葛春脸不红，气不喘，说话呼吸，顺畅如流……

“你这是……什么个意思？”敏贝勒呆住了。

“劳烦贝勒爷赏小的一杯酒！”葛春拱手笑道。

敏贝勒伸了一下大拇指，斟了一杯酒，举起胳膊，递给了葛春。葛春儿接过酒杯，一饮而尽，接着说道：“劳烦贝勒爷再赏小的一口肉！”

敏贝勒接过酒杯，又从桌子上撕下了一只兔腿递给了葛春。葛春接过兔腿，一阵撕扯，吞咽如常，敏贝勒瞪大了眼睛，绕着葛春绕了好几圈，惊声呼道："你这是什么功夫，能上吊不死？"

葛春拱手答道："回爷的话，小的这手本事唤作仙人挂画，是洪拳中的一门内家手段，是通过常年习练，增长颈肩气力，使之能以颈椎一点，带动全身。要说吊不死，那是不可能的，但是吊上小半个时辰，还是没有问题的。期间谈吐饮食，一切如常，怎么样，小的这手绝活还算新奇吗？"

敏贝勒拊掌笑道："妙，妙，妙啊——你且下来说话，我仰头时间长了脖子疼！"

葛春闻言，一手抓住了头顶的绳子，将自己往上一提，一手把脖子底下的绳套从脑袋上摘了下去，一松手，落在了地上。

"你这本事哪儿学的，我怎么没听说过啊？"敏贝勒呷了一口酒。

葛春站在旁边，认真地答道："这手本事说来话长，据我师父说，在明朝嘉靖年间，皇宫里有一位法力通天的国师，这国师本是一位道长，不但道术了得，武功更是深不可测，专为嘉靖皇帝炼制不老仙丹。只可惜后来这位国师卷入了夺嫡的风波里，被皇妃请来的一群高手围攻，那家伙，据说打得昏天黑地的啊！国师被人打得口吐鲜血，好悬没给打死。那国师在宫里头收了好些个力士和道童，放在身边调教功夫，也被那几个高手杀得七零八落，里面有个叫掌镜的道童，趁乱缩在桌子底下装死。那几个高手追杀国师心切，没有注意到他，这掌镜才死里逃生。逃出了皇宫后，他流浪江湖，并一路要饭到了河南，被少林寺的和尚收留，做了僧人。掌镜跟随那位国师时日不长，拳脚招数还没来得及练，只学会了这手仙人挂画的内家手段，便带着这手功夫入了少林寺的山门。掌镜唯恐这手功夫暴露自己和国师的关系，再度引来那群高手的追杀，不敢声张，只能秘不示人地将这手功夫悄悄地单传了下去。传了几代之后，便到了康熙年间，少林寺和反清复明的那伙儿乱党搅扰不清，引得康熙爷龙颜大怒，一道圣旨，火烧了少林寺。少林武僧风流云散，散落民间，这手仙人挂画的绝技也就这样藏身在洪拳之中，开始了在民间的流传。”

敏贝勒搓了搓下巴，小声嘀咕道：“这本事好是好，只不过在我阿玛的寿诞上，模样怕是不甚吉利……”

葛春儿闻言，笑着答道：“王爷常年带兵，雄武义烈，见惯了刀枪生死，只要咱的手艺精彩，定能博他喝彩！”

敏贝勒听得兴起，一拍脑门子，高声喝道：“对对对，说得对极了，我阿玛常常抱怨我们几个兄弟，说是我们软弱胆小，手脚稀松，丝毫不似渔猎生杀、百无禁忌的八旗子弟。好！就是它了，腊月初七，我阿玛生辰，你给我好好演，演好了，爷有赏，不止金银少不了你，还保你个协巡营的军身，怎么样？”

三天后，腊月初七，鄂亲王寿辰。王府的后花园上搭起了高高的戏台，鄂亲王端坐主位。听过了凤头春的京戏，看过了洋人的马戏，赏过了变脸的名角，鄂亲王正是兴浓意满之际，敏贝勒一咳嗓子，人五人六地从后面走了出来，小跑到鄂亲王面前，一撩袍子，给鄂亲王磕了个头，口中唱道：“孩儿给阿玛祝寿——”

四个儿子里，鄂亲王最不待见的就是这个老大：平日里浪荡贪杯，招猫逗狗，一点儿正事没有。此刻，眼见敏贝勒蹦出来请安，鄂亲王正要发怒，忽觉得手背一痛，一回头，正瞧见敏贝勒的生母瞪着眼睛看着自己，手里两根指头狠命地拧着自己的手背。

鄂亲王有福晋七人，一嫡、两侧、四庶。这敏贝勒的生母乃是鄂亲王的嫡福晋，也就是正妻。鄂亲王对她一向敬爱有加，此刻瞧见老妻求情，鄂亲王也不好发作，只得强压火气，沉声说道：“起来吧！”

敏贝勒咧嘴一笑，拱手说道：“今日阿玛寿辰，孩儿也精心准备了一个节目，为阿玛助兴！”

“哦？”鄂亲王不由得有些意外，心中暗道，“想不到这败家子还转了性了，也罢，终归是亲生的……”

想到这儿，鄂亲王长出了一口气，摆手说道：“演来看看。”

敏贝勒暗喜了一下，向台下一招手，早就候在边儿上的葛春一个起落，站到了台上，朝着鄂亲王打了个千儿，两手利落熟稔地解下了自己的腰带绳，顺着台子边上的旗杆子猿猴一般地爬了上去。

众人面面相觑，鄂亲王更是一头雾水，不知道葛春要玩什么把戏。正诧异之间，葛春已经打好了绳结，把绳子往脖子底下一挂，荡秋千一般从旗杆顶上往下一跃，扯着脖子底下的绳子猛地一坠，张开双臂，好似放风筝一般，整个人吊在了旗杆上左右摆动……

“啊——死人了——吊死鬼——”场内的女眷发出了一阵尖叫，一张张小脸儿吓得白纸一般，有胆小的身子一软，直接晕了过去，饶是鄂亲王这等人物一时间竟也惊得目瞪口呆，两眼发直，指着吊在半空中的葛春儿喊道：“这……这……这……”

正当鄂亲王又气又惊之际，只见半空中双目紧闭、原本好似已经吊死了的葛春儿猛地睁开了双眼，看着鄂亲王朗声唱道：“恭祝王爷福如东海，寿比南山——”

鄂亲王被这突如其来的一嗓子吓了一跳，整个人从椅子上跳了起来，心口一阵绞痛，大脑嗡嗡乱响，太阳穴突突直跳，喉咙里一口浓痰上涌，咳不出来，又咽不下去，半边身子不听使唤，针扎一般，想说话但是舌头又麻木得厉害。

“你……你这……逆子……逆……”

鄂亲王干张嘴发不出声音，憋了好长一口气，忽然眼前一黑，整个人直挺挺地栽倒在了地下。

亏得一旁的老管家眼疾手快，一把架住了鄂亲王，高声喊道：“快找大夫，王爷气得……气得中风了！”

第十三章　仙人挂画（下）

敏贝勒的故事讲完了，陆龟年一拍脑门子，高声嗟叹道：“哎呀呀——哎呀呀呀——我的贝勒爷呀！见过浑的，没见过您这么浑的，亲爹过大寿，您招一人跑过去现场上吊，您这个——厉害啊！”

陆龟年挑着大拇指，摇头晃脑地赞叹。敏贝勒呷了口酒，摇头晃脑地说道：“陈年往事了，还提这个干什么……”

“后来，第王爷怎么样了？”陆龟年不依不饶 追问道。

敏贝勒放下了手里的酒杯，接着说道：“我爹刚中风，朝廷就下了旨，让我爹去湖北寺。原来那天差点儿没踩死我的红翎信使，带来的是湖北洪水泛滥，灾区广达三十余县，灾民近三百万人的急报。我阿玛授命南下赈灾，皇命不可违，唉！可怜我阿玛半边身子还瘫着呢，就被人抬着火速赶往武汉。可这赈灾的粮款在路上被绿林的土匪劫去了八九成，这点粮草本来就不多，又被劫了个干净。我阿玛到了湖北，无功而返，回京后，被摄政王叱骂得狗血淋头，喝令我阿玛闭门反省，把我这个长子拎出去顶了我阿玛的差事，唉……没过两年，大清朝就亡了。我阿玛一心急，直接一蹬腿儿，去祖宗那头报到了。我们哥儿几个分了家产。没混几年，你家贝勒爷我，就到这同泰寺来了……”

陆龟年和梁战正唏嘘世事无常之时，我脑中猛地灵光一闪。

明朝、嘉靖、国师、仙丹、贵妃、夺位、高手、悬智、白猿客栈、装死的道童、仙人挂画……

敏贝勒这个仙人挂画的故事猛地和唐叔讲给我们的悬智祖师的故事联系在了一起。

仙人挂画是从明朝那妖道的手中传下来的，也就是说，和我们交手的这个苍梧道人很有可能也掌握着这门手段。

这样的话，他假死的谜题就解开了。

这苍梧道人，先是施展仙人挂画的手段，吊着绳子，在城门上装尸体，在行刑的警察将他放下来的时候，嚼碎口中的蜡丸，吞下那伏都教的假死药，以降低心跳呼吸等一系列的生命体征，瞒过验尸的仵作和唐叔；而后待药效过去后，再从棺材里装神弄鬼地破土而出，一出完美的还魂戏码就这样精彩地呈现出来了！

“漂亮——”我一拍桌子，长身而起，一脸兴奋地呼道。

我因为想通了谜题，亢奋得忘乎所以，却不料手上用劲儿太大，震得满桌子盘子碗一阵乱响，吓得正在喝汤的敏贝勒手一抖，半碗羊肉汤全扣在胸口了。

“嘛呢？一惊一乍的，你闹猫啊？！”敏贝勒气得把碗往桌子上一摔，狠狠地瞪着我。

我此刻心情大好，喜得眉开眼笑，一把抱住敏贝勒的脖子，狠狠地在他后背上砸了两拳，一屁股坐在地上，脱下了左脚的皮鞋，抽出了里面的鞋垫子，探进手去一顿摸索，从里面抽出了一小沓纸钞，一把塞在了敏贝勒手里。

“好嘛！感情你小子背着媳妇藏钱——”敏贝勒一声大喊。

“男人嘛，你懂的！哎呀呀，别说这个了，敏贝勒，还想吃什么，咱直接杀过去，哥们儿今儿个包了！”我提上皮鞋，豪情万丈地说道。

敏贝勒一边点着手里的纸钞，一边皱着眉骂道：“这钱上这一股什么味儿啊，哎呀呀，沤烂了的海蛎子都没你这脚臭……”

“不要就还我！”我一拉脸，作势要抢，却被敏贝勒闪身一躲，蹿到了门边。

“别别别，有道是铜臭铜臭，不臭那还叫钱吗？哈哈哈，咱先去白玉汤搓个澡去，这叫‘水包皮’。搓完了澡，再去喝点茶，听着小曲儿，来几样苏沪点心，这叫‘皮包水’。哥儿几个！走着！”

敏贝勒吊着京嗓拉了一句高音，回头一推门，正要迈步，却冷不防和门外站着的一个人撞了一个满怀。

“这你娘哪个孙子……”敏贝勒一抬下巴，刚要开骂，一打眼，发现眼前这人正是萧自横。

“这不是那萧……”敏贝勒话刚说了半截，就被萧自横从身前绕过，急火火地冲进了包房。

只见他瞥了一眼桌子上的酒菜吃食，望着我，一脸苦涩地说道：“几位爷，你们这还有闲情吃喝呢？外面都翻了天了！”

我一眯眼，疑声问道：“翻天了？啥意思？”

萧自横一跺脚，急声说道：“没时间解释了，楼下给您备好了马车，咱走着说！”

说完，便一把拉住了我的手腕，小跑着下了楼。我和敏贝勒、梁战、陆龟年、萧自横，再加上墨璃青犴一起挤在了一辆四轮的马车里，随着车夫的一声鞭子响，飞一般地沿着街道狂奔。

南京城，洞明观，人声鼎沸，道观门前的空地上摆了一座方圆数十丈的法坛。法坛正中树一石碑，上书三个云纹古篆——非常道。山门之前，旌旗遮天蔽日，朱红的旗面上绣着凤鸟吞鬼的图样。坛下有道众一十八人，悉白衣披发，赤足背剑，袒露左肩，面带傩戏鬼面，围绕着法坛周围摆成九宫八卦图形的一百单八只乌木棺材，脚踏禹步，手掐道诀，口中唱道：“酬还良愿祭五岳，制邪扶正踩九州。不祭五岳不成愿，不踩九州哪成罡……”道坛之上，立着一个身披黑色道袍、背负金剑的道人。那道人立于案后，画符烧灰，浸于水中，以碗承之，浓香馥郁。台下密密麻麻地围着乡民。还有地下躺着的重病的乡民排除的百姓，伸出瘦骨嶙峋的手，去讨要那盛满符灰水的碗。

那持金剑的道士一拂袍袖，沉声唱道：“无量天尊！瘟神横行，害我百姓。我派祖师，苍梧真人，脚踏阴阳，死而复生，奉九天济慈保生大帝谕旨，驱瘟攘邪，凡入我门者，百病不侵，百邪不近，大劫在遇，天地皆暗，何以救世，唯我非常——”

密密麻麻跪了一地的乡民，闻听此言，一同叩首唱道：“大劫在遇，天地皆暗，何以救世，唯我非常——”

与此同时，法坛之下踏斗步罡的道士越走越快，念咒声越来越大，那些乌木棺材竟然开始微微颤抖，棺材盖子咚咚作响，仿佛棺材里有什么东西要破棺而出一般。

远处跪了一片披麻戴孝的男女老幼，瞧见这等情形，霎时间止住了哭声，齐刷刷地跪在地上，将脑袋磕得当当响，口中唱道：“大劫在遇，天地皆暗，何以救世，唯我非常——”

“咔嚓——咔——咔咔——”一阵木板破碎的声音传来，那一百多棺材纷纷破裂，棺材里面穿着寿衣的尸体缓缓伸出了手，手脚并用地爬出了棺材。

“我去——死人活了？”陆龟年惊呼了一声。

与此同时，法坛上那背金剑的道士，开始给躺在地上的病人分发符水。无论是奄奄一息的老人，还是瘦骨嶙峋的妇人，一喝下那符水，片刻之后，便眼放光芒，面露红晕，在地上抽搐了一阵，便能缓缓站起身，抻胳膊伸腿地小跑起来！刚刚还因为疮毒而痛得死去活来的汉子，在喝了符水之后，脸上竟缓缓泛起了一丝迷醉，瞬间止住了疼痛……

我一眯眼睛，转身揪住了萧自横的领子，沉声喝道："神仙髓！是神仙髓！那根本不是什么驱瘟神的狗屁符水，那是用山魈油熬成的高浓度兴奋剂，那不是药，是毒！是毒——你快派人，快派人，抓他们啊！"

萧自横还没等答话，人堆里突然传来了一声老妇的尖叫，一个一身素缟的老婆子拨开人群，颤颤巍巍地走到一具棺木前，一把和一具在棺材里坐起身来的小伙子抱在了一起，哭道："我可怜的儿啊——你终于活过来了——感谢苍梧祖师……让我们母子团聚，要是没有苍梧祖师，你这时候早就被瘟神给拖去当了瘟兵了啊——"

老妇人"扑通"一声跪在了地下，无数麻衣素服的死者家属冲上前来，七手八脚地将从棺材里活过来的那些"尸体"抬了出来，涕泪横流地抱在了一起，哭得稀里哗啦地感谢苍梧道人的恩德。

"张大掌灯，你看到了吧，这帮人早就在行动了。这段日子，南京城里死了不少人，有溺水淹死的，有犯了急病猝死的，还有饮酒暴毙的……今天都凑在这里，一起复活了……"萧自横掰着我的手指头说道。

我闻言大怒，高声喝道："屁的死而复生，狗娘养的苍梧妖道，他手里有伏都教的假死药，定是他提前给这些人下了药，再伪造现场，造成种种死亡的假象，通过控制药量，掌握假死的时间，然后搞这什么法坛，装神弄鬼！"

萧自横一使劲，推开了我，指着外面那黑压压的百姓，沉声喊道："我信你，他们信你吗？"

正当此时，法坛上面一个干枯瘦小，面色苍白的小女孩被一个脏兮兮的车夫哄着捧起了案上的符水……

"爹，这是什么？好香啊！"小女孩眨着一双乌黑的大眼睛抬头问向那个车夫。

那个车夫拢了拢小姑娘耳后干枯的头发，笑着说道："这是苍梧祖师请的符水，能治百病，喝了她，你的心口就再也不会疼了！”

小姑娘咧嘴一笑，捧起那碗符水就要喝。

“不要——”

我一声大喊。陆龟年早已经冲出马车，提气一纵，有若蜻蜓点水一般，踩着人群的头顶和肩膀，跃上了法坛，长臂一伸，抱起了那个小姑娘，抢过她怀里的符水，泼到了地上。

“这水有毒！不能喝——”陆龟年一声大喊。

话音一落，场内的嘈杂瞬间不见，只见那个拉车的车夫“扑通”一声跪在了那背金剑的道人身前，哀声求道：“求大师傅再赐一碗符水……”

那背金剑的道人一声长叹，拨开了车夫的手，沉声说道：“此符乃是以你女儿的命格绘成，一人一生只能绘成这一道符，如今符水已毁，你女儿的病……唉……天意啊，天意！”

车夫眼角含泪，虎目圆瞪，看着陆龟年，沉声说道：“我和你无冤无仇，你为何要害我的女儿……”

陆龟年慌了手脚，指着那背金剑的道人说道：“他，他他他……他这牛鼻子不是好人——”

那背金剑的道人摇了摇头，指着陆龟年高声说道：“妖孽，你我各是什么身份，想必彼此早已是心知肚明。你在这儿血口喷人，又阻挠我救治这女孩，到底是何因果，还要贫道明说吗？”

闻听道人此言，车夫一个头磕在地上，一脸迷惑地问道：“还请大师傅明言！”

那道人叹了口气，指着陆龟年，满脸萧瑟地说道：“天道崩塌，瘟神横行南北，然而神州大地，地广人稠，光凭瘟神一人断断是无法兴风作浪的。为此，瘟神收了六位使者，由这些使者给他将活人弄死，拉做瘟兵，壮大势力。前不久，我家祖师发现咱们南京城左近有瘟神使者活动，故而前来调查。这些瘟神使者惧怕我家祖师道法，不敢现身。祖师无奈，只得身死，这些瘟神使者得知祖师已死，再无顾忌，大肆弄死活人，充实瘟病；然而他们万万没想到，我家祖师修行千年，早已看破阴阳，还能还阳重生。祖师重生后，第一件事，便是开设法坛，将那些被瘟神使者拉走的魂魄再度拉回阳间，绘制符水，将这些瘟神使者散播下的瘟病驱赶，唉……可惜啊可惜，我家祖师万万没有想到，这些瘟神使者，今日竟敢公然搅扰法坛，破坏我等治病救人——”

陆龟年闻言一惊，正待辩驳，却见台下台上原本跪在地上的众百姓缓缓地站起了身，慢慢地向他围了过来……

“别听他的，这牛鼻子就是个骗子——”陆龟年抱着小女孩，缓缓地后退。

“打死瘟神使者——”人群里发出了一声尖叫，无数的百姓潮水一般地涌了上来。陆龟年正奔逃之际，忽然虎口一痛，一低头，才发现，是怀里那一脸病容的小姑娘张口咬在了他手上。

陆龟年一使劲，挣脱了手，轻声说道：“小姑娘别怕，我带你去个地方，有个姓唐的老爷爷，医术厉害得很，一定可以治好你的病的——”

那小姑娘瞪圆了眼睛，拼命揪打着陆龟年，口中尖声哭道：“我恨你……你是瘟神使者……你不是好人……是你害我得病……放开我……”

人群转眼间，将陆龟年围在正中，陆龟年左右支应，怀里的小女孩也被人夺了去。撕扯之间，陆龟年挨了不少拳脚。梁战觉出不对，跳下马车，跑到路边，两臂一抱，一咬牙，扛起了一扇散落在地上的棺材盖子，抡圆了冲进人群，硬生生地撞开了一条通道，冲到了陆龟年面前，将棺材盖子当成盾牌，左冲右突。

“又来了一个瘟神使者……打死他们——”人群中的喊杀声一阵高过一阵，层层的人浪涌过来，将这哥俩儿围在正中，梁战空有一身本事，但是面对一个个的老弱病残，寻常百姓，又不忍下手攻击，只能左遮右挡，被动防守，不多时，便落了下风。

我松开了萧自横的领子，从他腰下皮带上的枪袋里抽出了他的手枪，跳下马车，拉开了保险。

“砰——砰——砰——”

三声枪响，涌动的人群瞬间一滞，望着我的枪口，缓缓地分开了一条道来。敏贝勒硬着头皮，跟在我身后，打袖子筒里摸出一把蒙古小匕首，握在手里，瞪着眼睛喊道：“刀枪无眼，别做了倒霉鬼——”

我举着枪，缓缓走上了法坛，和梁战和陆龟年站在一处，盯着那背金剑的道人冷声喝道：“在下白猿客栈张三眼，还没请教……”

那背金剑的道人打了一个稽首，笑着说道：“吾乃苍梧祖师座下东天门金剑降妖力士青锋尊者。”

我上前一步，凑到那背剑道人的耳边，冷笑着说道：“久闻苍梧道人有还阳之术，你说……我要是今日一枪崩了你，他能不能把你救活……”

背剑道人喉咙颤抖了一下，面上云淡风轻地答道：“杀了我，你们也别想走……”

我点了点头，沉声说道：“同归于尽，不是智者所为，不如今日各让一步，如何……”

背剑道人沉吟了一阵，张开双臂，向下一挥，朗声喝道：

“放他们走——”

台下的百姓中，有人呼道：“他们是瘟神使者，不能放过他们——”

“对——不能放过他们——”

“不能放过他们——”

“杀了他们——”

那背剑道人咳了咳嗓子，大声喊道：“大家有所不知，瘟神使者的血乃是万疫之源，万万不可在城中百姓聚集之地散播……”

众百姓闻听此言，潮水一般地向后退去，生恐我们几人触碰到他们。

那背剑道人一拱手， 义正辞严地说道：“今日且放你们离去，再敢作恶，当心苍梧祖师的五雷轰顶，教你等化为齑粉！”

我一声嗤笑，将手枪别在腰间，大踏步地拉着陆龟年和梁战走出了人群，上了马车，离开了洞明观……

第二卷

阴兵借道

第一章 南京三问

秦淮河，这条古金陵文化的渊源之河，从东水头至西水关，沿河两岸，从六朝起便是望族聚居之地，商贾云集，文人荟萃，儒学鼎盛，素有“六朝金粉”之誉。

秦淮河畔，夫子庙旁，有三家始于明末清初的茶馆，分称问渠、问津、问柳，俗称“三问”茶馆。百年间，文人墨客在此聚会，商家巨贾在此云集。此刻，我就坐在问柳茶馆二楼，望着窗外的街巷。萧自横坐在我的对面，眼观鼻，鼻观口，口观心，一言不发。

自从三天前，我和陆龟年、敏贝勒、梁战四人大闹洞明观之后，非常道的活动变得越发猖獗：昨天夜里，非常道的金剑、铜镜两大尊者，竟然裹挟城中的信众，冲击了南京城中央军一一二师第五团的陈化昭驻地，抢走军粮被服等物资无数。由于非常道所率领的乱民多为百姓平民，陈化昭下令不得开枪，只以棍棒驱赶，两方相接一夜。乱民势众，趁机举火，烧毁仓库五座……

今日清晨，萧自横到客栈找我，将我带到了这问柳茶馆，说有一位能左右南京生死的大人物要见我。于是，我单枪匹马来此地应约。

茶馆里，天南地北的客商聚集于此，你一言我一语地在讨论着这些年南京城的局势变化。

话说自1916年袁世凯死后，北洋军阀便分裂为直、皖、奉三系，竞相扩充实力，割据一方。这三大军阀为了争夺中央政权，不惜依靠外国列强，相互侵吞征讨，打得是不可开交，整个中国陷入了四分五裂之中。

就这样，一直打到了1925年，这时的北洋政府已经控制在以张作霖为首的奉系军阀手中。直系军阀吴佩孚沦为附庸，占据两湖、河南三省和河北、陕西，控制京汉铁路。直系军阀后起之秀孙传芳占据长江中下游。

1926年7月，位于广州的国民政府成立国民革命军，分三路北伐，半年内，击溃了吴佩孚和孙传芳两大军阀，并于1927年4月，攻克南京，于10月成立了南京国民政府。

1928年底，全国军队总数达一百三十多万人。南京国民政府以北伐已经结束、军队素质参差不齐、需要裁减军队、减轻财政负担为由，提出编遣方案，动手裁军，大刀阔斧地削减冯玉祥、阎锡山、李宗仁的部队，遭到三人联手反对。李宗仁匆匆离开南京返回武汉，部署军事，并急电驻在唐山的白崇禧把驻在北平的李品仙军和驻在唐山附近的叶琪军迅速开回武汉。南京国民政府也在皖鄂边境集结海陆军大部兵力，两方对峙，一触即发。

此时，刚出农历年，也就是民国十九年（1930）的年初，南京向北三百里，徐州城。汪精卫联合阎锡山、冯玉祥、李宗仁、张发奎向南京方向开始进军。

冯玉祥指挥第二方面军，由郑州地区沿陇海铁路、平汉铁路运兵直抵城下，并防守许昌以北地区，与桂系在武汉会师；晋军阎锡山指挥第三方面军，由河北沿津浦铁路南下进攻济南，意图在攻破济南后与冯部会攻徐州，进兵南京。为此南京方面，特派中央军刘峙指挥第二军团，也集结于徐州城下。

说起徐州这个地方，那可真是块要地，历来就是兵家必争之地。从古至今，发生在徐州的战争，仅文献记载的就多达四百余次。早在晋代，就有兵书记载曰："彭城（徐州）之得失，辄关南北之盛衰。"徐州之地，东临黄海，西连中原，北倚鲁南山地，南瞻江淮平原。立于死地咽喉之间，凸起成一个制高点，驻军于此，可督苏鲁豫皖四省。由此为原点，无论向东西南北哪个方向挺进，都如大河决堤，势不可挡。故而，这徐州既称"北国锁钥"，也称"南国重镇"，在南方军事家眼里，占领了徐州，就等于拿到了打开北方大门之锁的一把钥匙；而在北方军事家眼里，夺下了徐州，就等于占领了向南方进军的桥头堡。所以保卫徐州，对南京政府来说，至关重要。

所以，南京政府几乎倾注了驻地所有的兵力，开往徐州，以至于南京城的卫戍兵力，只驻扎了一支第五团。眼下城中非常道鼓动百姓作乱，一时间满城乌烟瘴气，人心惶惶，街市动荡。我料想，此事，必与这场大战有关。试想，如若我是军中参谋，想攻破徐州，点燃南京这场"后院"的大火，乃是最好的计策！唉……苍梧道人这摊水可是真深啊！

就在我闭目沉思，大脑飞速运转之际，一个穿月白长衫的男子走进了茶馆，上了二楼，一撩袍袖，坐在了我的身边。萧自横轻轻地咳了咳嗓子。我收到萧自横的提示，收回了思绪，缓缓地张开了眼睛。

眼前这人，三十七八岁的年纪，方脸、浓眉，腰杆笔直，虎口有老茧，额头皮肤有色差，应当是持枪着装的军人；脚上的皮鞋崭新锃亮，腕上的手表不是商店里的款式，应当是部队里特有的样式，食指和中指间有残留的炭黑色粉末，说明他常年作图：这说明此人是正规军校出身，不是野路出来的泥腿子，既然是作图的军人，此人的职级必定在营级以上。再看他的眼神，目光凌厉，斯文中透着阴沉，颈下到锁骨有一道刀疤。走起路来，右膝盖不由自主地会向内弯，左肩膀微微耸动，这说明此人上过战场，不是文职，而是实权带兵的高级军官。眼下，南京城里，能调动的团级军官，能动弹的，全都带着部队顶到徐州走了。留守南京的戍守部队，只有中央军一一二师第五团，眼前这人定然是第五团的团长陈化昭无疑。

那人见我睁眼打量着他，连忙笑道：“张大掌灯，久闻大名……”

我平素最不喜和官家人打交道，当下也懒得客套，一拱手，沉声答道：“陈团长，咱们都是痛快人，有事不妨开门见山！”

那人一愣，随即面上逝过一抹释然的微笑，盯着我的眼睛，挑着拇指赞到：“不错，在下就是陈化昭，江湖上都说白猿张家这双瞳孔，能见微知著，查人所不能查，无所不验。今日一见，果然名不虚传，只可惜呀，张大掌灯这一身本事……不如，我给你个机会，由在下作保，举荐阁下入职国民政府……”

我一摆手，打断陈化昭的话，一脸厌恶地说道：“张某是江湖人，祖祖辈辈也都是江湖人，祖师爷有规矩，白猿子弟不做官，陈团长有事便说事，没事我就先走了！”

说完这话，我站起身，就要出门。只听陈化昭轻轻地用手指弹击着茶碗冷声说道：“哼，张大掌灯可是看不起国民政府呢，还是早就姓了汪？”

萧自横在一帮疯狂地使着眼色劝我镇定。我强压住心头的怒火，沉声说道：“老子姓张，不姓蒋，也不姓汪！”

陈化昭摇了摇头，冷声说道：“国难当头，是非面前，大丈夫站队，非此即彼，张大掌灯本事通天，在这南京城内，不为我所用，便必为我所杀……”

我眉毛一挑，扬声答道：“张某平生最讨厌的便是你们这些结党倾轧的政客，眼中容不得异己，为了你们的权谋私欲，全然不顾百姓死活，今天你打我，明天我打你，打来打去，死伤的都是平民——”

“现在要害南京城的，是汪党，不是国民政府……”陈化昭一拍桌子，放声喊道。

“你们也不是什么好东西！”我一抬眼，直直地迎上了陈化昭的眼神。

萧自横眼看我俩越吵越僵，连忙起身，去拉陈化昭。陈化昭嘿嘿一笑，冷声说道：“萧司长，你以为把会面地点约在这人来人往的问柳茶楼，我就奈何不了他张寒了吗？”

说完，只见陈化昭抓起桌上的茶杯“啪”的一声，砸碎在了地下，就在茶杯落地的一瞬间，茶馆之内，楼上楼下原本喝茶攀谈、三五成群的茶客齐刷刷地站起身来，两手在腰间一抹，抽出两把短枪，枪口一抬，一齐向二楼瞄准。

萧自横慌了神，连忙哀声说道：“陈团长，这是干什么？自己人……自己人……”

我双眼一冷，两手负在身后，上前一步，沉声说道：“陈团长，服人的是理，不是枪！”

话音未落，只见唐叔提着个黄铜的大茶壶掀开了蓝布帘子，从后厨走了出来，伸出右手打了一个响指，笑着唱了一句：“倒也——”

“扑通——扑通——通——”茶馆内持枪的众人霎时间眼前一黑，脑袋里一阵天旋地转，一个接一个地倒了下去，横七竖八地躺成了一片。

“水里有毒！”陈化昭高声惊道。

唐叔闻言，从桌上捞起了一只茶碗，用茶壶斟了一碗茶水，抿了一口，吧唧了一下嘴，笑着说道：“有毒吗？没有啊！”

“你敢——”陈化昭怒上心头，反手伸到腰后掏枪，“唰”的一声从皮带上拔下了一根香蕉，顶在了我的脑门上。陈化昭吃了一惊。我抿着嘴笑道：“陈团长，你是要用这根香蕉杀了我吗？”

与此同时，屋檐上传来一声轻笑，陆龟年纵深一跃，犹如一只蝙蝠，头上脚下地挂在了房檐上，手里转着陈团长的手枪，嘴里吹着口哨。

陈化昭又惊又怒，五指如钩，出手如风，上步抓我喉咙，不料肩臂刚刚一动，就被一只铜浇铁铸的拳头一拳打在了小腹上，惨呼了一声，顿时五内如绞，肠动如断，整个人弯成了一只虾米。一只有力的大手擒住了他的后颈，一把将他提了起来。陈化昭满头大汗地歪头看去，正看到一脸冰冷的梁战，也在眯着一双虎豹一般的眸子，在死死地盯着他……

我摆了摆手，示意梁战松开他，随即沉声说道："陈团长，要不是念在昨天，非常道裹挟乱民冲击军备库的时候，你勒令部队不得放枪这件事上，我才懒得来见你。"

陈化昭痛得脸上青筋暴跳，咬着牙，哑着嗓子，吐出了一串儿咒语："弟子叩头请圣天玉主法旨，上告北方二位祖师，下告众位师爷，左使刚铃把他请，右护金身往前迎，左真武右勾陈两边排布，真武使的玄土印，勾陈使的青龙阵，降下钢筋与铜骨，护我肉身挡火炮……"

耳听得陈化昭这串咒语，我脑袋里"嗡"的一响，整个人双眼呆滞地，向后一倒，坐在了凳子上！

第二章　天师会

黄昏，客栈。

我盘着腿，坐在大厅的柜台上，静静地望着金黄色的夕阳，满脑子都是陈化昭念出来的那段莫名其妙的咒语，其实这装神弄鬼的咒语本身没有什么值得恐惧的，令我感到深深恐惧的是这段咒语背后的那个组织。

“张大掌灯，今天的事……实在是对不住！你知道的，我萧家的走马司，无论哪朝哪代，都是个闲散衙门……我……胳膊拧不过大腿啊！此番拖你下水……也是无奈啊……”萧自横站在门口不住地作揖，坐在房梁上吃干果的陆龟年听得来气，在盘子里抓了一把瓜子，劈头盖脸地砸了萧自横一脑门儿。萧自横甩了甩脑袋，也不生气，只是低着头，不住地告罪，求我念在两门祖师的交情上，一定要帮衬一二。

“老萧，其实你早就知道，对手是天师会，对不对？”我沉默了半晌，突然问了一句。

萧自横面上一红，抽动了脸颊，赔着笑说道：“军中派到徐州的谍报人员……被灭了口，传回来的消息不准确……我也不……不敢确定……”

我叹了口气，点了支烟，脑门子一阵阵地痛。

天师会，发端于晚清。当时列强人侵，天下大乱，江湖邪派中的一些牛鬼蛇神纷纷现世。山东济宁人梁光弼融合义和拳、白莲教、红枪会等派的信徒，创立了天师会，自号乾阳龙华天德普智清平圣人天师，一手拿钱，一手拿刀，四处拉拢信众，借传道之名，坑蒙拐骗，贩运烟土，垄断漕运，盗卖文物，欺行霸市，大肆敛财。十几年的光景，信徒已达百万，遍布大江南北。

袁世凯死后，北洋政府人员更迭频繁，各路军阀，割据一方，相互倾轧，其中三教九流，一应俱全。诸如马桶先锋王怀庆、狗肉将军张宗昌、和尚大帅唐生智、道士督军刘湘、牌九司令孙殿英之流，数不胜数。各路军阀混战，民生凋敝，天师会趁机游走其中，依附军阀，倒卖军火，供给烟土，一时间财富急剧膨胀，富到流油。

这天师会手下，有一个专门做打砸杀人买卖的组织，唤作："神拳队"这神拳队，专收四方流民，以义和拳那套"神打"的骗术洗脑，采用"传授法术""神坛点将""请神上身""刀枪不入"等迷信骗局，吸引信徒，持械厮杀。适才那陈化昭所念的句子，就是天师会神拳队请神的咒语。我一听，便知道这趟浑水，原来深不见底，那苍梧妖道原来和天师会有着千丝万缕的联系。

我揉了揉太阳穴，抬起头来，看着萧自横，徐徐说道："老萧啊，都这个时候了，也别藏着掖着了，把你知道的关于天师会的事儿，都说出来吧！"

萧自横闻听此话，眼前一亮，张口答道："您也知道，这些年军阀混战，天师会从中倒卖军火，供给烟土，搜刮信众，那是挣下了大笔的钱财啊！这打仗靠什么？争地盘靠什么？说白了不就是靠钱吗？！有了钱，才能买枪买炮买壮丁；所以说，想打仗，就得先有钱。像天师会这种富可敌国的组织，哪个大帅不得伸长了脖子去巴结啊。反过来，这天师会要想赚钱，少不了玩儿命的营生，那也离不开这帮握着枪杆子的丘八啊。所以说，这军阀和天师会，那是你中有我，我中有你，谁也离不开谁。军阀前面杀人掠地，天师会后头撒钱捞金。在众多的军阀中，天师会和桂系的关系最为密切，天师会中的徒众甚至有不少都在桂系军中任军职。就在这个组合运转得正左右逢源的时候，南京政府为了争夺军政大权，成立军队编遣委员会，举行军队编遣会议，开始大刀阔斧地削减包括桂系在内军阀的势力，这就激起了桂系军阀为首的强烈反抗。两军对垒，战事一触即发。天师会毫不犹豫地就站在了桂系军阀一方。南京政府派了间谍去徐州，去了三个活人，只回来一具尸体。剖开肚子，从食道里掏出来了半张符纸，符纸上就写着那道咒语……”

我咀嚼着萧自横的话，脑子里构架着整件事的脉络。眼下，我已经踏入了和苍梧道人争斗的旋涡里，一想起客栈将要面对的是天师会这样一个庞大而恐怖的组织，我心里便一阵惊骇，犹如一叶扁舟在滔天大浪之中上下沉浮。

“带我去看看那具尸体！”我一抬头，跳下了柜台。

“张大掌灯，您肯继续帮忙了？”萧自横喜上眉梢。

我一脸郑重地答道：“我既不是帮你老萧，也不是帮官府，当官的争权夺位抢地盘，打来打去，从不顾百姓死活，我只是希望……南京城里能少死几个人……”

停尸间，寒气透骨。

萧自横轻轻地掀开了三号铁床的白色盖布，露出了一具眼色惨白发青的尸首。

我戴上了塑胶的验尸手套，走到了尸体的面前……

“这就是那位派往徐州城的间谍……代号甲十三……尸体是在钟楼上发现的。”萧自横简单地介绍了一下尸体的身份，随后拿起了纸笔，做好了记录的准备。

“此人的年纪大概二十六岁，指甲缝里有黑色粉末，是炭粉，指尖有硫磺味……是火药，双手都有大量的白色粉末。”

我用竹签刮下了一些粉末在舌尖上舔了一舔，随后吐掉，接着说道：“微咸、辛辣……应该是硝酸钾，硝酸钾、硫、炭，死者生前在大量制作火药！鞋底有红泥土，这种红土多产自南京郊外，土里面掺着不少灰白色的粉末，粗细不一，没猜错的话，应当是骨灰！郊外、红泥、骨灰，能同时满足以上三点的，只有一个地方，那就是——埋骨寺。寺中有一座焚尸炉，名曰‘化骨楼’。天国攻破南京城，屠城半月。为防止尸体腐烂，散播疫情，埋骨寺的焚尸炉足足烧了三个月……无数的尸首，炼完了之后，大多直接把灰扬了。长年累月下来，地上的红泥里都混进去了无数的骨灰渣滓……由此可以推断，这位甲十三死前在埋骨寺附近大量地在制作火药。再看他的手腕、脚腕，并无佩戴枷具和捆绑殴打的痕迹，说明他不是被迫关押，而是随同很多人一起，秘密地潜入了南京城，也许是这位甲十三发现了什么大秘密，以至于这秘密需要他必须连夜出逃。”

说到这儿，我摘下了手上的手套，接过了萧自横手里的纸笔，在本子上勾画着南京城的街道地图。

南京钟楼，位于南京城中明代南京鼓楼西侧。南京钟楼始建于1382年，也就是明洪武十五年。钟楼分上下两层，下层为砖石结构带拱门的墙体，上层为重檐歇山顶的单体木结构建筑。据萧自横说，发现尸体的当晚，巡街的警员听到钟楼附近有脚步异响，打着手电上了石阶，甲十三的尸体正从二楼坠落到了一楼。巡警拾级而上，到二楼检查，却没有发现一个人影。这不科学。这钟楼从基座到楼顶，足有二十多米高，上下只有一条楼梯，不是所有人都有陆龟年那样的轻功，所以巡警到达现场的时候，行凶之人一定就在现场。

听完了萧自横的讲述，我沉吟了半晌，突然抬起头对他说道：”一定在钟楼里的话，老萧，如果换成你，你会在哪里藏身呢？”

萧自横沉吟了一阵，眼睛骤然一亮，高声喊道：“楼顶！就是楼顶！

躲在重檐之内，避开巡警的视线，待巡警离去，再潜回钟楼，顺着楼梯溜走！”

我点了点头，指着甲十三的颈下说道：“致命伤在颈部，一刀毙命，下手的肯定是个职业的杀手。甲十三自知无法逃脱，只能将神拳队请神的符纸吞下，为的就是在自己的身体里留下线索，告诉我们——神拳队的人已经潜入南京城了！”

萧自横一惊，喃喃自语道：“神拳队、天师会、火药、埋骨寺……你是说……天师会派了神拳队的人潜入了南京城，藏在埋骨寺，制造火药，要有某些大动作。”

我倒吸了一口冷气，接口说道：“偏偏这个时候，苍梧妖道死而复生，创立了什么非常道，鼓动百姓，裹挟乱民，在南京城里四处搞事，我不信这些事是巧合！这是一盘大棋啊……有高人布局啊！”

萧自横眉头一紧，急声问道：“那……那现在该怎么办？”

我沉思了一阵，笑着说道：“为今之计，非得夜探埋骨寺不可！”

第三章　夜探埋骨寺（上）

南京郊外，云低风响。

低矮破败的埋骨寺墙外，我和梁战、陆龟年，还有萧自横四人蹲在半人高的草甸子里，望着埋骨寺后院那座高耸的烟囱，计划着潜入寺庙的线路。

“老萧，你带的人呢？哪儿去了？什么时候能到？”我不耐烦地问道。

萧自横老脸一红，低着脑袋，嗫嚅道：“快了……快了……”

陆龟年见状，一把扳住了萧自横的脑袋，皱着眉头骂道：“嘿——老小子，你可别忽悠我们啊！出来的时候说好了，带一个排的步兵接应，人呢？我说，你好歹是个什么走马司的司长啊，咋地啊，手底下一个小弟都没有啊？”

萧自横的脸越涨越红，埋着脑袋说道：“我们萧家，在汉朝时候，也算是名门望族，子弟中人才辈出；可是谁能想到，原想着能千秋万代的大汉朝只有四百零七年的国运，大汉一亡，我萧家便不再显赫，仗着吃老本儿，勉强又撑住了四百年的族运，这四百年里，萧家人恪守祖训，不参与党争，不参与国事，只负责处理怪力乱神、装神弄鬼的民间诡案，所以倒是平平安安地渡过了一个又一个的朝代更迭。只不过，走马司的差事，凶险异常，打交道的不是奇人异士，就是邪派妖人。我萧家一脉，折损好手无数，人丁日益稀薄，到了明清时候，已经变成了一脉单传。我婆娘又不争气，给我连生了四个闺女。如今萧氏一族，除了我，便再没半个男丁了，要钱没钱，要权没权，要人没人。大清朝亡了之后，走马司挂在警察厅下面，成了个闲职，调动巡警八十二人，是我最高的权限了。眼下这埋骨寺一行，和天师会这种庞大神秘的组织扯上了千丝万缕的联系。围剿神拳队，那些巡街小警察的能力肯定是无法胜任，来了也是白死。所以，我才恳求陈团长，借了一个排的正规军，清一色的歪把子，只是……这部队上的事，什么时候来……来还是不来……又不是我能说了算的了……几位爷且稍等片刻，待到大部队到了，咱们再进去不迟。”

陆龟年一把推开了萧自横，梗着脖子说道：“等大部队来？早你娘的黄花菜都凉了！当家的，我先潜进去。”

说完，一拱手，消失在了黑夜深处。

我晃了晃蹲得酸疼的老腰，站起身来，沉声说道：“哑巴，看到前面的山门了吗！咱们俩直接往里闯！”

萧自横吓了一跳，蹦起来喊道：“您不要命了？万一……万一打草惊蛇，对方狗急跳墙怎么办？”

我冷声一笑，徐徐说道：“咱们搅得越乱，陆龟年那边越容易有收获！”

“您是说——声东击西？”萧自横眼前一亮，恍然大悟。

我和梁战对视了一眼，一眯眼，蹿出了草甸子，并肩而行，沿着青石板铺就的山路奔着埋骨寺的方向大步而行，随即开始了慢慢的小跑。小跑了一段，随即迈开了步子，开始疾奔。眼看着上了台阶后，梁战陡然加速，将我甩在身后，整个人如同一枚出膛的炮弹，弓腰、缩身、横膀、坐马。

“哼——”梁战的喉咙里发出一声闷吼。

“砰——”梁战整个人合身撞在了埋骨寺的山门之上，两扇朱红的大门应声而开，门后大腿粗细的硬木门闩应声而断，头上的匾额一阵巨震，扑簌簌地掉下了一片尘土，被寒风卷散。

我和梁战，连同跟在身后的萧自横绕过影壁，走到了埋骨寺的殿前。只见那大殿红墙黑瓦，红门灰匾，左右有楹联一副，上联是：先来到后来到，先后全来到；下联是：早进来晚进来，早晚皆进来。

大殿前面，摆满了密密麻麻的狗碰头棺材：有的是装了尸体，还没来得及下葬的；有的是刚做的棺材，还没装人的；还有不少鼠咬虫蛀，被野狗掏开的。西北角上，七横八竖地堆着刚弄回来的尸体，一具具裹着麻布片子一遮，胡乱地丢到了一边。大殿左边台阶底下，立了一块石碑，土埋了半截，上面蹲着一个一身破烂袈裟的和尚，中等身量，光头塌肩驼背，虬髯、眇目、浓眉，捻着一串油腻腻的佛珠，瞪着一双昏黄的鱼眼，看着我幽幽笑道：“张大掌灯，夤夜光临，老衲有失远迎了！”

我抬眼一看，这和尚倒也面熟，正是那日在郊外和我有过一面之缘的黄老七。

“黄老七大师，别来无恙啊！”我双手合十，徐徐说道。

“不知张大掌灯到此何事啊？”黄老七问道。

“我想来找个答案！”

“什么答案？”

“这个答案，大师您已经告诉我了！”

“你未问，我未答，我告诉你什么了？”黄老七满脸疑惑。

“您的袈裟披反了，依照佛门诫律，披着袈裟都是偏袒右肩，只因为佛门认为右为正，左为邪。行则右足先上前，以示有事弟子服劳之意。我上次见你，你露的是右肩，而这次你却穿成了左肩，再观大师言辞，禅理迭出，说明你不是不懂佛法的假和尚。唯一的一点可能，就是刚才我们闯进来的时候，你在做某些不可告人之事，惊慌失措之下，才会佛衫不整。大师肩膀有一抹香灰，袖底有金粉，我斗胆猜测，庙中有正在修葺的佛像藏着打开密室的机关，机关枢纽在佛像上，出入口在香炉底下。方向是向下，香炉平移，显现出入口。大师刚刚从地下密室向上出来，所以肩膀上才会落上香灰。”

黄老七的脸上逝过了一抹惊恐，手里的念珠越掐越紧。

我见状接口说道：“南京城守卫森严，内外城有两道城防。其中内城由巡警治理，外城由军队驻防——布置了主力兵力，对往来人流的筛查也极为严格。埋骨寺位于内外城之间，恰好内外城对其均不设防。神拳队想要进城，最好的办法，就是扮成逃荒的流民，服下假死药，倒在外城的墙根底下。为了防止尸体腐烂，传染疾病，驻守城门的部队势必通知埋骨寺收尸，埋骨寺趁机将这些尸体盛放于棺木中拖走，下葬在苍梧妖道左近……待假死药的药劲一过，这帮神拳队的杀手就和苍梧道人就一同上演了一出妖道还阳复活一众死尸的戏码，神拳队也由此混入到了外城与内城之间。而后，苍梧妖道再设立非常道，裹挟乱民，四处搞还魂治病的骗局，趁机将神拳队的杀手们带到了城中每一个布局好的角落……但是，百密一疏，神拳队里有间谍，想要逃出埋骨寺报信，被你们半路截杀在了钟楼。不过，黄老七大师，你没有想到我张寒能凭借一具尸首，就找到这里吧！”

黄老七的眼中逝过了一抹焦急的神色，再次验证了我的这番推论。

“张大掌灯，聪明人，大多短命，这个道理，你不会不懂吧？”黄老七咬着后槽牙，冷声说道。

我神色一冷，迎上了他的目光，笑着说道：“我不懂，不服的话……你来教我啊？”

“动手——”黄老七一声大喊，手中的佛珠一声爆响，被他扯碎，四散而飞。

梁战一垫脚，将一口棺材踩得立了起来，遮住了我二人的身形，青铜的念珠打在棺材上，咚咚作响。

“咔嚓——”我二人身前的棺材一声脆响，一条大汉撞碎了棺材板子，提着一口腰刀蹿了出来。梁战冷声一哼，抡开两臂，一记双峰贯耳，正打在了那大汉的两侧太阳穴上，一阵头骨裂开的脆响过后，那大汉软塌塌地瘫在地上。

与此同时，殿前的二十几口棺材都发出了阵阵响动，二十几条壮汉掀开了棺材盖子，攥紧了手里的腰刀，将我们三人围在了中间。

萧自横抽出身上的手枪，拉开保险，大声喊道：“我有枪，不想死的退后！”

“我们有神功，不怕你的洋枪——”为首的一人一声断喝，自怀里摸出了一张符纸，手指一撮，指缝里的白磷冒出了一抹亮光，符纸迎风燃起。

“弟子起眼看青天，众位师父在身边。身穿铁甲十二重，铜皮包三转，铁皮包三重。上请神将南天门，南天门外巨灵神，相助弟子铸法身。刀枪不入……”那人一边念咒，一手持符，抡着腰刀上来就砍，萧自横吓了一跳，下意识地扣动了扳机。

“砰——”一声枪响，子弹打在那人前胸。怎料那人只是一声痛呼，并未倒地，反而一个大跳，抡着刀就砍向了萧自横的手臂。萧自横惊得愣在了当场。我飞起一脚，将萧自横踹倒在地，使对方腰刀砍空，然后拽着萧自横，就地一滚，缩在了台阶后头。看着一脸惊慌，一头冷汗的老萧，我抬手就是两个嘴巴。

萧自横吃痛，缓过劲来，看着我，指着那汉子结结巴巴地说道：“真真……真的刀枪不入？”

“狗屁！装神弄鬼罢了！”我一咬牙，冲着梁战喊道：

“哑巴！一群妖人，不需留手！擒贼先擒王！”

梁战龇牙一乐，露出了一口森白的牙齿，一声闷喊，直奔着石碑顶上的黄老七冲去。两个刀手迎面来挡，被梁战向左一闪，撞进了其中左面一人的怀里，一手拧断了他的脖子，随即抡起尸体，向右面那人砸去。右面那刀手被同伴的尸身砸了个正着，倒地一滚，还未起身，只觉耳边劲风一闪，扭头一看，一面棺材板子直奔自己的脖颈砸来！

“咔嚓——”一声脆响，右面那名刀手锁骨以上，鼻梁以下，被梁战抡起的棺材板子砸成肉泥，这一切都发生在电光火石之间。

其实，性命相搏本就是一瞬间的胜负。那些纵来跳去，拳来脚往，闪转腾挪的对练，看着精彩热闹，实际真正拼起命来，都是花拳绣腿。白猿蓑衣的功夫，传自春秋战场的冷兵器时代，乃是最古朴直接的杀人技，看似笨拙，实则威力惊人。

说时迟，那时快，梁战连杀两人，合身一撞，只听“咚”的一声巨响，半截石碑被拦腰撞断。黄老七腾空而起，将身上袈裟一扯，铺天盖地地向梁战兜头罩下！

梁战展开双臂，抱住了那半截石碑，迎风掷去。那袈裟罩空，落在了石碑之上，石碑带着梁战的怪力斜飞入人堆，砸得五六个刀手骨断筋折。

一名刀手整条右腿压在石碑之下，血肉模糊，疼得浑身乱抖，犹自手掐指诀，冒着冷汗念着：“二十四味诸天，扶助弟子，教尺拖刀，拖刀化鹅毛，铁尺化灯草，苦痛不加吾身……”

梁战啐了一口唾沫，飞起一脚，踏断了他的颈椎，结束了他的痛苦，回身一指，指向了刚才被萧自横一枪打中胸口，仍旧不死的那名大汉。

“来！”梁战战到酣处，一把扯开了胸口的褂子，古铜色的肌肉在寒风中冒着蒸腾的汗气……

那大汉和黄老七并肩站在了一处：两人一人持刀，一人持短棍，分左右，合身扑上。梁战攥指成拳，闪过黄老七扫来的短棍，隔开那大汉的刀锋，“当”的一声，打在了那大汉的胸前。那大汉闷哼了一声，倒退了三步，一扎马，稳住了身形，扬声呼道：“天师寄打真神功，八大元帅显神通。弟子恭请北方金甲元帅护体，刀枪不入——”

适才梁战大发神威，连杀数人，众刀手已魂惊胆丧，此刻见那大汉力扛梁战一击，顿时士气大振，舞动着刀花，再度围了上来。

梁战一击无果，犯了倔劲，一瞪眼，瞄准了大汉，直冲而去。黄老七从后追来，梁战扯过一名刀手，扭断脖颈，揪住他的裤带，立在手臂上，当作盾牌，回手照着黄老七的头脸就是一顿猛砸。梁战人高马大，力有千钧。黄老七瘦弱矮小，格挡不敌，只能四处闪避。梁战看准战机，先是将手中尸体迎风一掷，撞开黄老七，然后两手蹲身合抱，抱起一口最大的棺材，扭腰一抡，逼开了众刀手，随即弯腰一蹿，两腿左右交替，快成了一条直线，直奔那大汉撞去。

“咣当——”那大汉被梁战抱着的棺材撞了个正着，整个人倒飞而出，鼻子里喷出了两道黑血，落在地上，就地一滚，还没起身，就被梁战一脚踩住。那大汉两手抓住梁战脚踝，出手就是一招“乌龙绞柱”，脊背着地，挥臂抡腿拧身，滚缠梁战腰腹。梁战弯腰探爪，来按那大汉脖颈……二人撕扯之间，只听“吱啦”一声响，那大汉的外衣被梁战一抓之下，撕碎了半面，一块捆在胸前的铁板“当啷”一声落在了地上。那铁板约有半册书厚，上面依稀印着一个弹孔，一个拳印。

梁战见了这铁板，放声大笑，抱起地上的棺材，冲进人堆里，就是一顿猛抡。我站在台阶上，大喊道：“什么神打，都是骗子，不想死的，束手就擒！”

话音未落，院外骤然传来了一阵枪响，一队荷枪实弹的士兵冲进了埋骨寺。歪把子机枪一阵乱响，剩余的十几个刀手瞬间倒在了地上。

“留活口！”我大喊了一声。四五个躺在血泊里翻滚的刀手，算是捡回了一条命。

“黄老七呢？”我环顾四周，发现不见了黄老七的影子。

“快找！”我冲梁战喊了一嗓子，一脚蹬开了大殿的门。

第四章　夜探埋骨寺（下）

大殿正中，一座正在修缮的佛像端坐在佛龛之上，头戴宝冠、身披天衣、璎珞装饰。左右经幡上书写着“安忍不动如大地，静虑深密如秘藏”两排隶书。这佛像没什么出奇，不过是最普通的地藏王塑像。只不过那地藏王座下的莲台上倒是颇有古怪。

须知，传统的佛像雕塑中，莲台多为六角形，取意与六字真言相对；而眼前这座莲台却是八角形，见棱见角，不似莲花座，倒像是一座八卦法台。

我抓起一把香灰，迎风一撒，莲台上左手第四片叶子上出现了一抹淡淡的指痕。我上前试探着一掰那莲叶，只听一阵机关响动，硕大的香炉向左平移，地面上露出了一个漆黑的大洞，幽幽地向上冒着冷风。

梁战打头，我在中间，萧自横断后，三个人各自拧亮了随身携带的手电筒，沿着石阶走了下去。石阶尽头乃是一道黝黑的回廊，回廊两边是一个个的小石屋，里面的桌案上还放着油灯和一些还没来得及清理的炭粉和硫磺：看样子这里应当就是个小型的火药作坊无疑。前行不远，地面上开始出现血迹。我和梁战对视了一眼，沿着血迹快步追了上去，直到走廊左转，有光射下来，一根绳索从上垂下。我们三人顺着绳索向上攀爬，不多时便爬出了洞口，举目四望，发现我们出来的地方乃是一口荒井。井口前十几步远，陆龟年正捂着肩头正坐在地上呻吟。

我和梁战吓了一跳，赶紧跑过去，将他扶起。只见陆龟年面如金纸，嘴唇紫青，口角淌血，瞧见我们追来，有气无力地向西南方向指了一下，吸着冷气说道："黄老七那个贼秃有个蒙面高手接应，往西南边跑了，我……我没拦住……"

梁战一弯腰，将陆龟年扛在背上，我脱下外衣，裹在陆龟年身上，我们两个人一前一后地往客栈方向跑去。

"你们哪儿去啊？不追了？"萧自横喊道。

"我得先给我兄弟看伤，要追你自个儿追去！"我头也不回地喊了一嗓子。

半个时辰后，客栈二楼。

眉姐急得红了眼，眼泪在眼眶里直打转。唐根叔收了金针，指着陆龟年肩膀上那个青黑色的掌印儿沉声说道："这叫朱砂掌，为软功内壮阴手之一，又名梅花掌、红砂掌。这可不是欺神骗鬼的戏法，乃是经年打熬的真功夫，专伤肺腑，所幸咱们这陆小猴儿轻身功夫好，力道卸得快，才没伤了根本。我每日施针，再开两道方子，有个十天左右，就康复如初了。"

我长舒了一口气，一扭头，看到眉姐已经坐到了床边，一脸心疼地问道："疼不疼？"

陆龟年这厮眯了眯眼，皱着眉头呻吟道："疼……好疼……你帮我揉揉……"

眉姐信以为真，轻手轻脚地伸出手去。

"这里……这里……对对对，就是这里……轻一点儿……对……"

我瞧见陆龟年这副无赖样子，一阵火大，对他的怜悯荡然无存，一起身，出了房间。唐叔也不愿待在这里碍眼，收好了金针，和我一前一后地，也出了屋子。

大厅里，陈化昭和萧自横坐在凳子上喝水，瞧见我下楼，各自起身拱了拱手，算是打了招呼。

"陆兄弟怎么样？"萧自横问了一句。

"皮外伤！将养一段就能痊愈！"我答了一句。萧自横松了口气，缓缓点了点头。

"一共抓了四个俘虏，半路上咬了舌头，两个当场死了，两个现在还在医院抢救。"陈化昭一脸阴沉地说道。

我还没等开口，身边的唐叔按不住脾气，虎着脸骂道："你们干什么吃的？！押个人都押不明白，这种死士，怎么能不防咬舌呢？废物！"

陈化昭一拍桌子，站起来，指着唐叔喊道："老东西，你骂谁？"

"砰——"一声枪响传来，陈化昭只觉得天灵盖上一阵冷风掠过，下意识地一低头，头上的军帽应声而落。

陈化昭循声看去，只见二楼转角处，根叔正单手持枪，瞄着他的脑袋。

"后生仔，不服你就试试，看看是你快，还是我快！"根叔一声嗤笑，陈化昭缓缓地放下了伸向腰后的手。

正当时，客栈的大门被人推开，敏贝勒带着墨璃青犴，从外面大踏步地走了进来，一边拍打着身上的雪花，一边对我说道："怎么着啊兄弟，急吼吼地叫我过来！"

我摸了摸青犴的脑袋，沉声说道："事情紧急，咱楼上说！"

"好！"敏贝勒一点头，和我并着肩膀走上了楼梯。没走几步，只听陈化昭又一拍桌子，大声喊道："你们干吗去啊？研究什么啊？作为南京卫戍长官，我对本案，那可是有最高知情权的！"

萧自横拉着陈化昭，示意他少说两句。

敏贝勒一拉脸，指着陈化昭骂道："你家贝勒爷和张大掌灯要上去拉屎，你来不来啊？"

"你——哼——"陈化昭气得涨红了脸，抓起桌上的马鞭，一扭头出了客栈。萧自横告了声罪，追了出去。

敏贝勒啐了口唾沫，歪着脖子骂道："一拍桌子二瞪眼，三抖威风四骂街，和他娘宫里的奴才一个揍性。"

我拍了拍敏贝勒的肩膀，拉着他走进了二楼的书房。

我关好了门窗，拿起了案头的一本羊皮小册子递到了敏贝勒的手里。敏贝勒坐在灯下，翻开那扉页，露出了里面的满文。

"贝勒爷，劳您给翻译翻译……"我斟上了茶水，放到了敏贝勒的手旁。

满文，满族人的传统文字，主要借鉴了传统的回鹘式蒙古文，乃是清太祖努尔哈赤命额尔德尼和噶盖二人参照蒙古文字母创制。清朝铁骑入关后，随着时间的推移，清朝的国力逐渐衰弱，同时满族接受汉文化的程度越来越深，满文的应用范围也越来越小，渐渐地只在八旗贵族中通用，并由最初的实用文字变成了一种单纯的民族文化传承符号，凡是皇族贵胄，必须从小习读。所以我身边认识满文的，除了敏贝勒便再也找不出第二个人了。

敏贝勒简单地浏览了几页，脸色逐渐凝重起来，惊声问道："你这东西哪儿来的？"

我当下答道："陆龟年随我去埋骨寺调查天师会的妖人，被一个高手打伤，两人交手之时，陆龟年顺手牵羊，从那人身上偷来了这本小册子！"

"伤得严重吗？"敏贝勒追问道。

"有唐叔在，没事儿的！"

敏贝勒闻言，定了定心神，开始一字一句地翻阅这本册子，直到月上中天，才合上书页，随即推了推昏昏欲睡的我，开始复述。

原来这本册子并不是一本书，而是一份笔记，并且只是上半部。这笔记是由一个清朝皇宫内务府的旗人记述的，记录着一段事关天理教与苍梧道人的秘辛。

明嘉靖四十五年，皇帝朱厚熜驾崩。以国师身份给嘉靖皇帝炼仙丹的苍梧道人被据说是阎贵妃请来的高手围攻，混战之中，重伤而逃。慌乱之中，一本随身携带的笔记落在宫中，没有取走。由于苍梧道人伤势较重，险些丧命，调养了十几年，也没恢复，无法潜入宫中，盗回笔记；再加上对方那群高手在江湖上大举搜索他的踪迹，苍梧道人不敢露面，只能潜藏神锋，等待时机。就这样过了很多年，一直到明朝灭亡……

清朝铁骑入关，帝位传了第五代，落到了爱新觉罗·颙琰的头上，这位爱新觉罗·颙琰，改年号为嘉庆，即位后，倾尽全力，大举围剿镇压川、楚、陕等地爆发的农民大起义，在连续数年的混战之中，京畿、直隶、山东、河南等地的八卦教（九宫教）、荣华会、白阳教、红阳教、青阳教等教派的部分教徒逐步联合统一，形成了以京畿大兴县人林清为首的严密组织——天理教。教内以八卦为分支名目，各有掌卦教首，推举震卦为一脉之首，兼理九宫，统管八卦。

嘉庆十八年十月，林清带领天理教造反的教民先后攻占了河南滑县，直隶长垣，山东定陶、曹县等地。在牵制了京师附近的大部分兵力后，十月二十一日夜，林清带领秘密活动于京城大兴、宛平一带的天理教徒，在宫中太监的接应之下攻入了禁门。而在这些教民的大部队在宫中拼杀之际，有三名教民悄悄地潜藏行踪，直奔宫内一间偏殿，在偏殿内房梁的暗格中盗取了一只木匣。正要离开之际，正赶上前来皇宫参战的火器营。一照面就把仨人打成了筛子，怀里的匣子也被搜了去，上缴到了内务府。内务府的管事打开了匣子，取出了一卷鹿皮的手卷，上面以秦小篆记录了一段关于海外鳌龙的秘辛。这位管事花了二十年的时间，才将其破译。通译全文之后，这位管事知道此事实干重大，只要这鹿皮手卷在世一天，那些觊觎的贼人便会不断地来宫中寻事，于是将鹿皮手卷毁去，以满文记录下了那手卷上的内容：

秦始皇二十八年，方士徐福上书说：海中有蓬莱、方丈、瀛洲三座仙山，有神仙居住。于是秦始皇派徐福率领童男童女数千人，以及已经预备的三年粮食、衣履、药品和耕具等入海求仙。徐福在海上漂泊了数年，却始终一无所获。徐福知道，他要是敢空着手回去，秦始皇一定会毫不犹豫地砍了他全家的脑袋；然而，眼看着补给一天一天地减少，再不返航，船上的人都得死在海上……就在他焦虑不已的时候，一场大海啸席卷而来，接天的巨浪排山倒海地压了下来，海水沸腾，形成了方圆百里的旋涡。徐福的船队犹如一片片树叶，在惊涛骇浪之中上下沉浮。不知过了多久，徐福在一座岛屿边上醒来，自己所乘的海船就搁浅在这座荒岛之上。其他船只均已覆亡，上面的船工大都都死在了这场海啸之中。在漂满死尸和大鱼的海滩上，徐福竟然发现了一只老虎大小的金鳌遗蜕。

金鳌者，龙龟也，头尾似龙，身似陆龟，相传为古代神龙所生之子，背负河图洛书，揭显天地之数，物一太极，上通天文，下知地理，中和人世。

徐福发现的这具金鳌遗蜕，乃是一只碧绿色的龟甲，有一只老虎那么大，非金非石非骨，通体幽光，玉色沁翠，保存完整。龟甲上有天然形成的纹路，晦涩幽深，宛若星河古卦。徐福当时就跪在岸边，顶礼膜拜，祭拜天地之后，便召集幸存的船员，将这只龟甲搬到了他所乘的海船上，修补甲板，参照星象，开始返航。

第五章　醉上金鳌（上）

碧波万顷，大海之上，云天一色。徐福披头散发，满面枯槁地坐在船头。甲板上，又有两名疯掉的船员被五花大绑扔进了海里。

不是徐福心狠，而是这船上正在闹鬼，中了邪的船工开始四处咬人，疲劳、头昏、失眠、皮肤发红、溃疡、出血、脱发、呕吐、腹泻、怕光等疫病或不正常的症状开始降临。有些人甚至开始出现幻觉，到处狂奔，撕扯啃咬同伴。整艘船上到处都是瘦骨嶙峋、口角流涎的船工。他们像幽灵一样四处飘荡，择人而噬。徐福无奈，只得召集一小撮症状轻微的士兵，将这些“中邪”的人，投入海中……

七天后，濒临崩溃的徐福终于在山东半岛登陆，秦始皇的大军前来接应，将徐福还有他带回来的金鳌龟甲一同运到了咸阳。

秦始皇见到了这具玉化的龟甲，奉若神迹，召集天下方士钻研这具龟甲，想从这具龟甲中，研究出鳌龙长生的秘诀；然而，没过多久，宫中便发生了十几起“中邪”的事故，一百多位宫人和方士出现了精神失常、皮肤溃烂、眼白凸起、脱发怕光等症状，秦始皇下令将这一百多人悉数坑杀。

在宫中也发生了船上一样的事故之后，徐福敏锐地觉察到，这一切必定与那具龟甲有关。因为在船上，徐福和部分士兵也出现过类似的轻微症状，但是当龟甲运到宫中、自己远离龟甲之后，这些症状便慢慢地开始消退。于是，徐福面见秦始皇，说明始末，带领众方士们开始研究隔离龟甲“鬼力”的方法。

秦始皇多疑，唯恐术士研究出长生之秘后隐瞒不报，故而每次研究都在一旁监督，慢慢地，自己也出现了“中邪”的症状。徐福屡次劝谏，但秦始皇痴迷长生太深，苦劝无果之后，徐福只得对秦始皇说，上次出海，曾见仙山，但因碰到巨大的鲛鱼阻碍，无法远航，要求增派射手对付鲛鱼。秦始皇应允，再建船队，交与徐福。徐福入海，自此再无影踪。

秦始皇沉迷龟甲，恨不得日夜相拥，很快就病发身亡。二世即位后，既恐惧于龟甲的鬼力，不敢毁去，又怕自己和秦始皇一样丧命，只能将龟甲收于阿房宫中，着方士日夜研究，希望破解“鬼力”之道。

方士们死了一茬又一茬，最终没有白忙活，想出了用冶铜时用到的“铅”制成青砖，再拼接成一口巨大的棺材，将金鳌龟甲隔离，这样就可以“封印”龟甲的“鬼力”。

然而就在众方士对龟甲的研究取得阶段性进展的当口上，天下百姓再也无法忍耐秦朝的暴政：大泽乡陈胜、吴广揭竿而起，自号“张楚”，陈胜被推举为王，大江南北云集响应，各地农民纷纷杀长吏，响应陈胜。

魏国、齐国、赵国、韩国、燕国、楚国等六国遗族趁机发难。秦二世三年，项羽率领数万楚军，同秦名将章邯、王离所率四十万秦军主力在巨鹿决战。项羽破釜沉舟，率先猛攻秦军，带动诸侯义军一起最终全歼王离军，并于八个月后迫使另二十万章邯秦军投降，随后将二十万降卒全部坑杀。同年，项羽率兵从巨鹿前往咸阳，杀死子婴，攻入阿房宫。

项羽为楚国族裔，军中有一谋士，名曰范增，乃是楚巫之首，一身艺业经天纬地，奇谋术法神鬼莫测。在攻入阿房宫的第一时间，他就找到了藏身在宫中从事龟甲研究的这群方士。在目睹了玉化的龟甲以及参阅了方士们的研究笔记之后，范增果断地带走了铅砖垒成的棺材，将龟甲封印其中，并杀死了所有的方士灭口，带走了他们研究的笔记，然后让项羽火烧阿房宫，抹去所有金鳌龟甲的痕迹。据《史记·项羽本纪》记载："项羽引兵西屠咸阳，杀秦降王子婴，烧秦宫室，火三月不灭；收其货宝妇女而东。"

秦灭之后，楚汉争雄拉开了序幕。范增学究天人，术法通天，项羽勇武无匹，故而楚强汉弱。然而，一个人的出手改变了这一现状，这个人就是白猿客栈的张良。在张良的谋划运筹之下，项羽固陵、陈下、城父，三战三败。张良更使用反间计，让范增和项羽离心离德。最终，使范增负气出走。张良遣人于路，欲截杀范增。而范增则早有预料，在尚未达到彭城时，便诈称背上毒疮发作而死，实则带着手下巫士，裹挟从阿房宫得来的金鳌龟甲藏身江湖。

汉高祖刘邦五年（公元前202年）十二月，项羽逃离城父，至垓下。汉军迅速跟上，将十万楚军包围于此。范增虽然对项羽心有怨愤，但终究不忍楚人就此败亡。诈死的这段时间里，范增夜以继日地钻研那些秦朝方士的笔记，被他研究出了一套借助金鳌遗蜕的"鬼力"，破城灭国的战术。于是范增暗地里集结人手，携带着金鳌龟甲直奔垓下。

然而，人算不如天算，范增终究是晚来了一步，就在他在路上狂奔来援的时候，楚军兵少食尽，屡战不胜，夜闻四面楚歌，军心已然瓦解。是夜，项羽率八百余骑兵突围南逃，逃至乌江，在力杀汉军数百人后，自刎而死。

范增这伙人，不但没救下项羽，还一头撞进了汉军的包围圈里。范增一看大势已去，毫不犹豫，掉头就跑，在逃跑途中，指挥残余的军中巫士，将金鳌遗蜕埋在了金陵邑（现在的南京）左近的一处"玄武穴"之中。可惜范增领着这帮巫士刚埋完金鳌遗蜕，就被汉军围追堵截，杀了个干干净净。以至于这些巫士的后人，从此失去了“玄武穴”的方位，只能带着研究鳌龙遗蜕的笔记风流云散。

然而，虽然这帮巫士把金鳌遗蜕弄丢了，但是笔记却保存了下来。这些巫士的后人根据祖先的记录开始了对金鳌和长生的研究，很快，他们取得了一个小突破：铅汞相和，能够模拟出金鳌遗蜕那种非金非石非玉的材质。于是这帮巫士产生了一个大胆的猜测——铅汞相和就是长生的奥秘。

但是，秦汉时期，铅汞可是贵金属。尤其是铅，更是铸造铜钱的官营金属，民间根本搞不到。这些巫士要搞研究，又需求大量的铅汞。一筹莫展之际，巫士中出现了一位惊才艳艳的人物——李少君。

这位巫士李少君，隐瞒了自己的籍贯、平生经历，谎称自己七十岁，懂得祭祀灶神求福、种谷得金、长生不老的方术，更能驱使鬼神，擅用药物，让人返老还童。

李少君在民间四处行骗，积累了一定名望之后，被汉武帝征辟。到了皇宫，李少君上奏汉武帝说，铅汞合一可以炼成五金之丹，吃了金丹就能成仙。他曾经在海上漫游，遇见了一位仙人安期先生，经常吃一种像瓜一样大的枣子。李少君出身楚巫，精通幻术，在庭前表演了入梦之法（催眠术），让汉武帝震惊不已。汉武帝由此对李少君非常尊重，赏给他很多金银。有一次，李少君和武安侯一起宴饮，座上有一位九十多岁的老人，李少君问老人的姓名，老人说了姓名后，李少君说，我曾经和你的祖父是至交好友，曾经一起夜里游玩宴饮，那时你很小，就坐在你祖父的身旁，所以我才认识你。老人很惊奇，盘问李少君祖父样貌、爱好和轶事，李少君随口应答，无所不中。

还有一次，李少君入宫，见汉武帝正在把玩一件刚刚得到的旧铜器，就对汉武帝说：我认识这件铜器。春秋时的齐桓公曾把它摆在自己的床头。汉武帝听李少君这么一说，就细看铜器上刻的字，果然是春秋时齐国的铜器，从而认定李少君乃是活了几百岁的仙人弟子，遂拜李少君为国师，命李少君搜集天下仙草，赠其铅汞金银，为自己炼制五金之丹。

李少君成了国师，召集了大批的巫士进宫，一边研究铅汞相和炼金丹，一边惦记着发动人力物力，找到祖先当年埋藏金鳌遗蜕的“玄武穴”，毕竟这五金之丹是根据祖先对金鳌遗蜕的研究笔记设想出来的，要想深入实验，便离不开金鳌遗蜕。

如今，李少君当了国师，正好借着帮汉武帝搜集仙草的机会，借用朝廷的人力物力，打探“玄武穴”的踪迹。不过，这天下这么大，岂是一时半会儿就能找到的？然而，汉武帝可是等不急了，天天来问仙丹炼好了没有，李少君没有办法，为了拖延时间，只能不断地把炼出来的一些实验半成品拿给汉武帝顶账，汉武帝痴迷长生，开始定期吞服这种金丹。

果然，还没等李少君利用朝廷的人力物力找到“玄武穴”，汉武帝就吃金丹吃死了，李少君也跟着被砍了脑袋。

李少君虽然死了，可这个套路，由于具有极高的可行性，仍然被无数的巫士采用，就这样，从汉到隋朝这段时间，无数的巫士进宫，用金丹喂死了二十多个皇帝，也借着给皇上找药的机会，发动人力物力在金陵附近翻找了十几个来回，最终确定了“玄武穴”大概在方山到秦淮河这个位置。然而，还没等这些巫士进一步缩小范围，皇宫这边已经渐渐地稳不住局面了，吃金丹死的人越来越多，皇上已经不相信金丹了。这个时候，一个叫麻叔谋的道士横空出世，凭着一身装神弄鬼的巫术，成功地拿下了隋炀帝，并且破天荒地提出了以“五脏之丹”替代“五金之丹”，并且炼制出了成品，麻叔谋也因此肉身成仙，长生不老……

第六章　醉上金鳌（中）

“狗屁的长生不老？这五脏之丹到底是个什么东西？”我一拍桌子，打断了敏贝勒的复述。

敏贝勒翻了翻书页，撇着嘴说道：“这长生不老不是我说的，是这书里写的。不过，这本书不全，应该还有下半本，这半本到这儿就结束了，后面关于麻叔谋和什么五脏之丹的记载，应该是被人扯了去。你看……这书脊上还有断茬呢……”敏贝勒指着书脊上的痕迹，凑到我的眼前说道。

我呷了一口水，站在窗边，细细地思索着敏贝勒给我讲的故事。当故事里的怪力乱神被层层拨开，三组关键词在我的脑海中缓缓浮现：金鳌遗蜕、攻城破国、麻叔谋！

提起麻叔谋，最为人所熟知的便是开凿京杭大运河一事。我吐了口气，给敏贝勒续上了茶水，拉来根叔作陪，自己转身出了房门，绕着楼梯，走进了地下的一间密室。

这间密室很大，足有二百多平方米，深藏于客栈地下，乃是历代白猿祖师收藏典籍笔记的地方，我加快了步子，在一排排的书架里穿梭，提着一盏油灯去照看每个格子的标签……

“隋运河，就是它！”

我收住了脚步，从一架落满了灰尘的书柜里捧下了一个黑布包裹，打开来，取出了里面四五本厚厚的手抄本，坐在灯下，开始逐页翻阅，终于，皇天不负有心人，我在一本手抄笔记里读到了一个关于麻叔谋的故事……

大世元年（605年），隋炀帝杨广派遣左翊卫中郎将裴虔通前往非辜禅院，请道士麻叔谋出山，拜为国师，授开河督护，专司京杭大运河开河一事，总领：兵十万、工十万、役十万、民十万、奴十万，共计五十余万人力，开凿洛阳到江苏清江约有两千里长的通济渠。

相传这开河之举，夺阴阳造化，改山川龙脉，扰四时风云，乱周天星斗，故而这大运河开凿的河图设计至关重要。在麻叔谋出山之前，隋炀帝便已经着手开始规划路线，破土动工，但却先后出现了黄河断流、水分三色、下游倒灌，摧城拔镇、狐鬼夜哭，阴兵借道等一系列怪事，甚至宫内都开始闹鬼，炀帝梦中闻听有小儿唱道：杨花落，李花开；桃李子，有天下……于是谣言四起，说炀帝凿运河伤了华夏的气脉，星斗就此移位，山河将要易主……

种种异象频发，惹得天下纷纷，这接下来的运河该如何开凿，怎么开凿，成了摆在隋炀帝面前的难题，重新考量勘探，绘制新的河图，成为大运河开凿工作的重中之重，于是，这项重任理所当然地落在了刚刚出山的麻叔谋身上。

这麻叔谋艺高人胆大，接了差事，一人一马的就要南下搜山辨水。皇帝对麻叔谋多有猜忌，遂遣亲信裴虔通随行，二人出了宫门，带了调动兵马工役的印信，一路南行。

路上，麻叔谋惜字如金，几乎一言不发，昼观日，夜观星，逢山做法，遇水升坛，路上每有盘桓，必遣兵勇民役挖掘，或于山崖掘洞，或于峰谷开沟，或于湖心泄水，或于古墓发丘，一路挖，一路走。三月之后，扬州城头，麻叔谋将一卷运河总图递给了裴虔通。

裴虔通打开一看，发现这张河图既包含了早年朝廷发掘的显存河段，并在对其做出了修正的基础上，又开拓性地延伸了许多开山劈岭的新河段，自北向南，分四段：

第一段：从长安至潼关东通黄河，以渭水为源；

第二段：从洛阳沟通黄、淮两大河流的水运；

第三段：北起淮水南岸的山阳，径直向南，到江都西南，接长江。

第四段：起自黄河以北，从洛阳对岸的沁河口向北，直通涿郡。

裴虔通将这幅河图看了又看，指着图中东南方向，忍不住张口问道：“运河南段，为何走扬州，不走蒋州？”

所谓蒋州，便是陈朝时的建康，也就是现在的南京。南京这个地方，历史悠久，号称“六朝古都”，旧称数不胜数，有：石头城、秣陵、金陵、建业、建邺、建康、白下、集庆、应天、江宁、天京等十几个名字。祯明三年，也就是公元589年，隋军攻入建康，陈朝末代皇帝陈叔宝被俘，陈朝亡。灭陈后，隋文帝下诏“建康城邑、宫室平荡耕垦”。将六朝时期建康境内的所有宫殿府第、亭台楼阁，全部被夷为平地，辟作农田，一扫六朝帝王都城的繁华。

要说这隋文帝为什么要这样做呢？只因天下龙脉三分，独东南王气最盛。想当初，刘备为了联吴抗曹，派诸葛亮去吴都建业游说孙权。诸葛亮途经南京山阜，叹曰：“钟阜龙蟠，石头虎踞，此帝王之宅。”古时候帝王大多信风水之说，隋文帝亦如是。为防他人借龙气之威成势，坏了自己的江山，隋文帝遂毁建康，于石头城置蒋州。

此刻，开挖运河河道，在麻叔谋所规划的河图上，河道走向过扬州而不走蒋州。须知扬州富庶，人口稠密，施工挖掘的成本远远比蒋州大得多，单是河道施工、阻碍漕运这一项，便能给朝廷造成三成税赋的流失。

而蒋州之地，经过隋文帝的铁腕“拆迁”，此刻已是一片“荒丘幽径”，无论是施工难度还是施工成本都远远低于扬州。而运河为了躲过扬州，还故意绕了一个弯。须知南京之地，水网密布，若是直接开凿，利用现有水系，至少能节省一半的工程量。

麻叔谋听了裴虔通的疑惑，叹了口气，徐徐说道：“裴大人，若此事存疑，你待如何？”

裴虔通肃容答道：“食君之禄，担君之忧。出宫之时，调兵印信，你我各一，只有你我二人达成合意，才能调动兵马，此事若你不能给我一个合理的解释，我不但不会同意你将这幅河图上报，更不会助你调用兵马工役，胡乱开挖！”

麻叔谋笑了笑，寻了一块大青石，盘膝坐在上面，将河图铺在脚下，沉声说道：“此事说来话长……那已经是秦朝时候的事了。话说秦王扫六合，一统天下，第五次东巡时，至金陵，身边有望气者云：五百年后金陵有天子气。始皇大惊，乃凿方山，断长陇，渎入于江。最初的秦淮河本名唤作：龙藏浦，乃是金陵附近一处隐秘的内陆河道。秦始皇令人将龙藏浦拓宽改道，并将方山附近的长陇挖断，使得水流改道向北，从金陵城穿城而过，借此将南京的王气泄走，并将龙藏浦改姓为秦，是为秦淮河。故老相传，这秦淮河左近藏着一处玄武穴。秦始皇为了镇住东南龙气，单凭掘开一条秦淮河，还远远不够，若想高枕无忧，非得镇住这处玄武穴不可，于是秦始皇派遣手下的望气士在玄武穴中放置了四件宝物：一曰定秦金剑；二曰寒刀如意；三曰白骨琵琶；四曰照骨铜镜。四件宝物并于长江头，并锁拿妖兽百解，置于玄武穴中看守。先皇文帝毁的不过是地上的城池，砖瓦宫墙之物，不出三五年便可重建，可这山河脉气汇集之所，才是镇压龙气的关键。这玄武穴的所在，历来便是一个大秘密，试想若是你我取道蒋州，不小心掘开了这处秘境，不小心毁去了秦始皇镇压龙气的这处所在，东南龙气重聚，裴大人……你觉得皇上会饶了我们吗……”

裴虔通听到此处，早已是汗透衣襟。且不论这风水一道，到底是真是假，但是历代皇帝对此道的痴迷程度可以说是刻骨铭心了。不论是谁在这上面出了纰漏，哪怕再得宠，也是非死不可！

“欸……裴某冒昧地问一句，此等秘辛，道长是如何得知的啊？”裴虔通抹了抹头上的冷汗，战战兢兢地问道。

“秦始皇身边的那名望气士，便是本派先祖！”麻叔谋幽幽一笑。

裴虔通踌躇了一下，犹犹豫豫地说道：“虽然道长言之有理，但毕竟都是陈年旧闻，兹事体大，裴某不曾亲眼得见……终究不敢认同，毕竟这开河之举，不是小事……”

麻叔谋沉吟了一阵，一声长叹，沉声说道：“也罢！三日之后，便带裴大人往玄武穴中一探究竟，也叫朝廷晓得贫道的忠心。”

裴虔通大喜，拊掌说道：“如此甚好！”

第七章 醉上金鳌（下）

三天后，秦淮河左岸，方山。

裴虔通和麻叔谋并肩行至一处山谷。只听麻叔谋说道："玄武穴就在此处山腹之内，一次只能容一人进出，说起来，倒也是天赐裴大人一场好富贵。"

裴虔通一听富贵二字，眼前一亮，拱手问道："敢问道长，裴某这富贵从何而来啊？"

麻叔谋指着山腹笑道："在这玄武穴中有一只异兽，名曰百解。龙头、马身、短翼、双角、卷尾、鬃须、麟脚，形似狮子，毛色灰白，又称貔貅。此物贪财，以四面八方之财为食，吞万物而不泻，可招财聚宝，只进不出，神通特异。秦朝之时，自西昆仑山跑入咸阳，吞金食铁，为祸一方，被先祖捉拿，锁在此处看守玄武穴。并与它许下诺言，以一年为限，只待玄武穴中的那棵大树，枝叶枯黄，落叶凋零，便是为秋冬来到，那只貔貅便可自行离去。相传那玄武穴中有一面照骨方镜，广四尺，高五尺，表里有明，照之则影倒见，铸有阴阳两面：阳面能知疾病深浅，以手捧心，可见肠胃五脏，人疾病照之，则知病之所在；阴面能知过去未来，遍观身后二十年气运起落，乃是秦始皇勘察国运的宝物，被他拿来镇压玄武穴。为了让那貔貅守在此地，我家祖师特地从天竺寻来了一棵金甲龙柏。这棵金甲龙柏树，四季长青，永不落叶！于是，这只貔貅终日趴在树下，望着梢头，等啊等，等啊等，从秦朝一直等到了如今……裴大人您只须这般……这般……这场富贵便可唾手而得……”

裴虔通财迷心窍，听得喜笑颜看，心中暗暗思忖道：“我乃是皇帝派来的眼线，料想这道士也不敢坑害于我。若是此番真得了这场富贵，我不妨做个顺水人情，日后凭他如何调兵，如何挖河，我都不再掣肘，好好配合于他。”

想到此处，裴虔通便不再犹豫，滚鞍下马，一手攥紧了腰刀，一手举起了火把，就欲往山腹里闯，只听身后的麻叔谋沉声嘱托道：“裴大人切记，凡人不敢窥天机，万万不可去看那照骨方镜的阴面！切记！切记！”

裴虔通点头称是，迈开了步子，不多时，便消失在了山坳深处。

行不出三里，草木渐密，不辨东西，抬头不见月，低头不见路，裴虔通埋着脑袋，反复默念着麻叔谋教给他的口诀走法：“西三北六东南九，西六北七南三三……”

不多时，前方一暗，草木深处，依稀现出了一方洞口，斜斜地向下方延伸。裴虔通咬了咬牙，一鼓气，猫着腰，钻进了石洞。石洞矮小，只能供一人单向爬行，蜿蜒曲折，约有一里路远后，渐渐开阔。裴虔通站直了身子，向四周看去，发现自己正置身于一处掏空的石洞边上。石洞中间有一方黄土夯成的土台，土台正中生长着一株十几丈高的龙柏，足有十人合抱粗细，碧叶如翠。

裴虔通连忙放下了手里的腰刀，从怀里掏出了一只号角，鼓气一吹，一声雄浑激昂的闷响在山洞里瞬间回荡开来。黑暗的角落里，一阵窸窸窣窣的声音响起，仿佛有什么东西在黑暗中奔跑。裴虔通随即躲藏在了某个角落。

麻叔谋说过，这号角是先秦的古物，乃是秦始皇出行时的军号，所到之处，神鬼辟易。这只貔貅听见号声，以为是始皇驾临，自然远遁。裴虔通大喜，暗道："这道士果然没骗我！"于是咽了口唾沫，仗着胆子跑上了土台，把刀鞘当成铲子，在那龙柏树下，轻手轻脚地一阵挖刨，果然，掘开一层浮土之后，下面密密麻麻埋藏的都是金灿灿的金锭子。

"凡貔貅所居之地，掘地三尺，必有重金！但切记别碰树上的叶子，叶落貔貅走。貔貅贪财，逃走之时，会瞬间将所藏金银尽数卷走，分文不剩！"麻叔谋的话在裴虔通脑海里响起。

裴虔通大喜过望，解下了身后准备好的口袋，开始手忙脚乱地往袋子里塞金子。

一顿猛塞之后，裴虔通颤颤巍巍地背起了肩上的金子，累得一脑袋青筋突起。他晃晃悠悠地刚走了两步，无意中眼角余光一瞥，正看见树边的架子上摆着一面落满灰尘的青铜古镜。

"想必这一定就是那面传说中神乎其神的照骨方镜了吧！"裴虔通停下了脚步，正要上前查看，脑海里突然想起了麻叔谋的嘱咐："裴大人切记，万万不可去看那照骨方镜的阴面！切记！切记！"

裴虔通甩了甩脑袋，努力不去往铜镜那边看去，但是偏偏心里痒得百爪挠心。

"这照骨方镜的阴面能知过去未来，遍观身后二十年气运起落。我就看一眼，也好知道我这官儿还能不能升上去了，有道是'伴君如伴虎'，多知道点儿前路，我也好保命护身……就看一眼，看完便走，料也无妨！"

裴虔通这念头一起，便再也按压不住。一跺脚，将背后的金子放在一边，擎着火把，蹑手蹑脚地走到了那面铜镜背面，映着手中的火光，往那镜上观瞧……

却不料，裴虔通这一看，便再也挪不开眼来……

只见在那镜中，裴虔通伴驾君前，屡屡提拔，授宣惠尉，迁监门直阁，累从征役，至通议大夫，皇恩荣宠，无出其右，一时间权倾朝野。却不料，忽有一日，自己莫名其妙地被牵扯到了夺嫡的旋涡之中，皇帝震怒，丝毫不念往日情意，将裴虔通连同全家老小发配岭南，自己饥寒交迫，死在了途中……

裴虔通看着镜中自己的遭遇，越看越急，咬着牙，打着哆嗦，却挪不开半步，突然间脑子一晕，手中的火把"当啷"一声掉在了地上，滚落到了树旁……直到大火爬满了龙柏树，裴虔通才回过神来，一抬头，只见浓烟之中，大火冲天，整棵龙柏的树叶都被热浪灼烧，枯黄凋零，唰啦啦地带着火星从半空中飘了下来，裴虔通暗叫了一声："哎呀！不好！"

荒乱之间，裴虔通拨开浓烟，弯腰去抓地上装金子的口袋。这一抓之间，才发现，那口袋里早已经是空空如也！裴虔通强忍着浓烟的熏呛，跑到树下，发了疯似的去挖那树下的黄泥……

刚才还埋得满满当当的金锭子，此刻竟然半个也没有了！大火冲天，龙柏树从半空中坠倒，将那铜镜、金剑、如意和琵琶悉数吞没在了大火之中。

裴虔通捶胸顿足，懊悔难当，狠狠地给了自己两个嘴巴子，悔不该不听麻叔谋的嘱托，忍不住好奇去看那照骨方镜，丢了一场富贵！眼下只能手脚并用地沿着来路爬出洞去，怎知刚爬到洞口，只觉身后一阵热浪袭来，一瞬间便昏了过去。

不多时，裴虔通躺在洞口幽幽转醒，回想起洞中所遇，坐在地上嚎哭了一阵，灰头土脸地爬出了石洞，按照麻叔谋的口诀走出了山腹。一回头，正赶上旭日东升，山谷腾起了一层云雾，适才的山腹草木、幽径野谷竟然全无踪影，一切便好似做了一场大梦一般。裴虔通坐在地上，想起了在镜中看到场景，心中暗自思忖道："与其等着被杨广这厮流放身死，倒不如先下手为强，找机会结果这狗皇帝……"

正思量间，麻叔谋牵着两匹马，从林子走出，看着裴虔通，笑而不语。裴虔通将麻叔谋的嘱托忘在了脑后，去看那照骨方镜，惹来这场狼狈，此刻见了麻叔谋，脸上自是羞愧难当，一拂袍袖，滚鞍上马，不发一言地飞奔而去。

翌日清晨，行军大营，麻叔谋和裴虔通隔着一张桌子相对而坐。桌上摆着一只印信和一枚兵符。印信是裴虔通的，兵符是麻叔谋的，兵符和印信相和，才能调动兵马徭役。此等制衡之术，本就是帝王惯用的手段，隋炀帝杨广自然是此中的行家。

“裴大人，玄武穴的风水镇压已经破了，金陵的王气再也镇压不住，河道走向再也不用顾忌，您看……咱们是重新勘定河图，改道蒋州，还是仍然走扬州？亦或是如实上奏皇上，请来钦天监的风水术士，再来破一遍风水？”麻叔谋打破了沉默，意带询问地问道。

“玄武穴的事，可还有他人知道？”裴虔通紧张地问道。

“唯天知地知，你知我知！”麻叔谋一脸笃定地答道。

裴虔通敛眉沉思，暗中思忖道：“昨夜玄武穴的事，只有我和麻叔谋知道，如今眼前三条路，第一个不能走的就是上报钦天监，若是皇帝知道我放走了金陵龙气，坏了他的江山气运，我脖子上纵有一百个脑袋也不够皇帝砍的。昨夜我在那照骨方镜中看到了自己的将来，乃是被皇帝流放，死于岭南，此事除麻叔谋外都不知道。他奶奶的，你杨广不仁，就莫怪我裴虔通不义。若是运河改道蒋州，胡掘乱挖之中，万一误打误撞，再帮你破了金陵的龙气，岂不是反倒帮了你的忙！索性老子一不做二不休，直接绕过蒋州，去挖扬州，留着这片龙盘虎踞的风水，好坏你的江山！”

想到这儿，裴虔通眼前一亮，抬头说道：“道长，此事依着裴某所见，不如咱们仍走扬州！”

麻叔谋眼前闪过一丝疑惑，疑声问道：“这是为何？如今秦淮河旁的玄武穴反正也破了，挖掘动工，再也不需顾忌，索性节省人力物力，取道蒋州岂不更妙？”

裴虔通眼珠一转，笑着说道：“道长世外高人，不懂人间烟火，哈哈哈……这开河别看是个苦差事，实则做好了也是项肥差……”

“肥差？”

“道长法力通天，数术通玄，难道不曾想过开山立派，光大门楣，广收弟子，享受万世香火吗？”裴虔通面带深意地笑道。

“裴大人说笑了，此等光宗耀祖的大事，我辈中人，哪个不想？只是这开宗立派，广收门徒，若无大量财帛相助，怎能成事？想我这一门，从祖师爷开始，就隐居深山，身无长物，哪来的财帛呢？”麻叔谋苦笑着答道。

裴虔通笑着展开河图，在扬州城附近，用手指画了个圈，笑着说道：“财帛就在此处，全看你我二人如何来取？”

“什么意思？”

“哈哈哈……这江州之地，全是荒原幽冢，怎及得扬州之繁华，扬州左近，富商如云，祖庙宗祠，先人坟冢都在城外，你说这开掘河道，万一……万一……冲撞了这些富商的祖坟，该当如何呀？”裴虔通摆弄着指甲，若有若无地问道。

“朝廷开河，自然是百无禁忌，岂能因小小坟冢而耽误大计！”麻叔谋想都不想，张口答道。

“好！”裴虔通一拍桌子，扬声赞道：“道长公忠体国，实乃朝廷之幸，那我再问你，若是这河道往东也行，往西也行，经过你的祖坟也行，不经过你的祖坟也行，你待如何呀？”

麻叔谋一时语塞。裴虔通笑了笑，在桌子上摆了两个茶碗，一个续了水，一个是空杯。

“很简单！给银子的，留！不给银子的，挖——”说完，裴虔通轻轻一拂，空杯从桌子上滚落，摔碎在了地上。

麻叔谋恍然大悟，由衷地赞道："裴大人高明！"

裴虔通伸出两根手指，将桌子上自己的印信和麻叔谋的虎符一起推到了麻叔谋的身前，将那个蓄满水的茶杯拉到了自己身前，沉声说道：

"开河一事，全依仗道长了，剩下的，交给裴某！"

麻叔谋会心一笑，将虎符和印信收入怀中，转身出了营帐。

裴虔通脸上的笑容渐渐僵硬，变成一片冰冷的笑："麻叔谋啊麻叔谋，若说道法术数，和你相比，我连个门外汉都算不上；可若论起人心谋算，和在朝堂上打滚儿了多年的我相比，你肯定是拍马难及！一点儿钱财，就蒙蔽了你麻叔谋的眼睛，打消了对我的猜忌，活该你祖宗八辈的受穷。杨广啊杨广，别怪我，既然早晚你都要害我，就别怪我不念君臣情分了——"

此时，帐外的麻叔谋正站在高台上调遣士兵徭役，在他的嘴角，也浮现出了一抹和裴虔通一样的神情！

麻叔谋用了一个假的玄武穴的幌子，骗过了裴虔通，巧妙地利用裴虔通，达到了自己让大运河绕道的企图；而大运河绕开的这片地方——金陵城，就是麻叔谋勘定的玄武穴的大概所在。

第八章　翠压秦淮秀所钟

不知不觉，先祖这本笔记便被我翻了个通透。在笔记的最后一页，有数行小字，记录了这本笔记主人的名号和时间，以及这个故事的来源。

原来，记录下这本笔记的人名曰宋抱一，乃是隋末唐初的白猿水袖。之所以能记录下这个故事，乃是因为在唐武德三年（620年），裴虔通以隋朝杀逆之罪，徙于岭表而死。在流放途中，裴虔通在一间茶馆与宋抱一有过一面之缘。宋抱一念及裴虔通和身边悲苦的老弱饥馁，慷慨解囊，请他们吃了一顿饱饭。裴虔通醉酒之后，和宋抱一讲了这段故事。第二天，裴虔通就因暴病，死在了路上。

说来也是造化弄人，裴虔通窥探天机，看到了自己被皇帝流放而死，心生嫌隙，便看准时机，与司马德戡、宇文化及等人在大业十三年（617年）三月十日夜里发动政变。他们先开宫门，骑至成象殿，杀将军独孤盛，然后擒隋炀帝于西阁，以白绫缢杀之。宇文化及厚赏了裴虔通，奉他为光禄大夫、莒国公，派他镇守徐州。宇文化及兵败后，裴虔通又归顺了唐朝，被封做了辰州刺史。想那李渊起兵之初，便是以隋臣自居，并用这面大旗招募了很多隋朝旧部。这些隋朝旧部和当年杀死隋炀帝杨广的宇文化及、司马德戡、裴虔通等人可是水火不容的死敌。如今，李渊得了江山，把宇文一党治罪，明正典刑，实乃是抚慰隋朝旧部人心最好的方式。就这样，李渊开始了大清算，把裴虔通等人拎了出来，打着为前朝皇帝报仇的名义，判了他们流放岭南的不赦之罪，意思就是告诉所有的隋朝旧臣：我李渊兑现了起兵的承诺，前朝皇帝没了，害他的仇人我也给你们办了，尘归尘，土归土，过去的事已经翻篇儿了，你们就安心给我卖命吧！

裴虔通既于照骨方镜之中洞天机，预已流放身死之后事，遂起弑君之念。然使其远蹿穷荒者，终非炀帝，而为高祖。往日所种之因，所生之念，竟化所预之果，足见天日昭彰，世运劫数，非区区人力所能左右。然是人转其运耶？或运转其人耶？

白猿客栈那位水袖先祖宋抱一，在笔记的最后写下了以上的这段话。

我合上了笔记，将它细细包好，坐在地上，开始梳理宋抱一祖师记录的这段历史。

首先，基于非常道这群妖人一贯装神弄鬼的把戏，什么“照骨方镜窥天机，貔貅守财风水地”之类的套路，我是绝对不会相信的。南京之所以成为六朝古都，并不是因为有什么所谓的“帝王龙气”，而是因为其水网密布，山河险峻，鱼米丰盈，航道通畅：进可携军民百万北上略地，退可凭长江天险划江而治；且手握鱼盐之富，漕运之财，坐拥江南士子，招揽天下英才。此中强国治军之利害，岂是风水迷信之小道所能胡诌得明白的？只可惜，古代皇帝大多昏聩闭塞，净干些“不问苍生问鬼神”的荒唐事，才让这些个妖人骗子祸乱天下。

其次，妖道麻叔谋出身楚巫，最擅长催眠入梦的“祝术”，料想那裴虔通恐怕根本没到达过什么玄武穴，而是在方山的那座山谷的洞口边上就被施展了催眠法。裴虔通所经历的一切，不过是一场亦真亦幻的梦。麻叔谋之所以这样做，就是为了让裴虔通同意他拟制的河图，交出印信，以供麻叔谋调遣兵马徭役。可怜那裴虔通自认高明，以为将麻叔谋玩弄于股掌之中，殊不知，那麻叔谋才是翻手为云覆手为雨的大阴谋家。

最后，至于麻叔谋为什么提前算出裴虔通被流放岭南，据我看来，这也没什么难的：其一、隋唐时候，流放没别的地方，就岭南一个选择；其二、说来也巧，杨广和李渊这俩人，都因为自己的皇位来路不正，一直在减免死刑，自诩广修仁德，打造自己仁君的形象。这俩皇帝想杀的人，大多判流刑，然后半路下杀手。综合以上两点，麻叔谋想在梦中为裴虔通埋下和杨广君臣猜忌的种子，误打误撞地往流放岭南而死上瞎蒙，谁料竟然就这么蒙对了。可以肯定的是，无论是裴虔通还是麻叔谋，都没有想到，真真假假，造化弄人，编造的梦境，竟然成了真！只不过流放裴虔通的皇帝，从杨广意外地变成了李渊。麻叔谋瞎编的这个梦，真的一语成谶！

剥落故事里面的种种恩怨情仇，神秘色彩，有三条线索引起了我的注意：

第一、秦始皇开秦淮河是发生在他第五次出巡之时，据史书记载，秦始皇第五次东巡，是在公元前210年。他南下云梦，沿长江东至会稽，又沿海北上返山东莱州，在西返咸阳途中于沙丘病逝，这次出巡也成了他这辈子最后一次出巡。而徐福第一次出海是在公元前219年——也就是说，在秦始皇最后一次出游的时候，金鳌遗蜕已经到了他的手中，并且已经组织方士对金鳌遗蜕开展了长时间的研究。麻叔谋那位在秦始皇身边的望气士祖师爷肯定知道金鳌遗蜕的存在。那么，如果是这样的话，开挖秦淮河，破坏龙脉绝对是个幌子，那名望气士很可能是发现了金鳌遗蜕的什么秘密，或者是说玄武穴的什么秘密。这位望气士在诓骗秦始皇挖秦淮河的时候，还将这些重要的情报通风给了楚巫的首领——巫贤范增！这也就完美地解释了为何范增在攻入阿房宫的第一时间就能准确地控制住金鳌遗蜕，杀光所有研究的相关人士灭口，让金鳌遗蜕等事关长生的皇家机密，永远地留在了自己手里。

第二、方山、秦淮河、金陵这三个地方无论是秦朝还是隋朝，都保持了高频率的出现次数，在陆龟年盗回的那半本羊皮笔记和宋抱一祖师的这本笔记中都有记载。由此可见，这帮寻找金鳌遗蜕的楚巫一直在金陵城附近打转。

第三、楚霸王乌江自刎，范增救援不及，反被子房祖师追杀，以致刚藏好金鳌遗蜕，就全军覆没。据白猿客栈的典籍记载，子房祖师围剿范增就发生在方山附近。眼下，苍梧道人装神弄鬼地瞎折腾，说不好，就是要掘开玄武穴，挖出那件“鳌龙遗蜕”，凭着范增研究出的那套驾驭鳌龙遗蜕“毁城破国”的手段，摧毁南京城防，响应徐州城下的天师会！

要说起方山这块地方，从小在南京长大的我，那是熟得不能再熟了，这方山之所以叫方山，就是因为这山是一座不太高的平顶山，远望如一方印，所以古时候也称它为——印山。别看这方山不高，却是一座死火山。山体基部坡度较缓，上部悬崖壁立，四周受雨水冲刷而沟壑纵横，远处一看，真如一座大印一般。而所谓的死火山，就是在史前喷发过，但有史以来一直没有活动过的火山。这火山分为：活火山、休眠火山和死火山：活火山是指还在活动的火山，休眠火山是指时喷时不喷的火山。但是这三者之间并没有严格的界限。休眠火山可以复苏，死火山也可以“复活”。通过方山的地质可以看出，方山一是历过两次火山喷发、岩浆冷却凝固后形成的山体：山上有两层因喷发形成的玄武岩覆盖，一层堆一层。

千百年来，翠色堆叠的方山是南北文人咏怀的圣地，有道是：“山形如印阁晴空，翠压秦淮秀所钟。几度登临斜日里，白云红树影重重。”

似这般游人如织的地方，竟然藏着什么奇诡绝伦的玄武穴，倒真是让我意想不到。

正当我苦思冥想之间，密室屋顶上的一只铜铃铛骤然发出了一阵急促的声音，这是有外敌入侵，白猿客栈召集人手的警铃！

我赶紧收好了这些笔记典籍，小跑着出了密室的门，打开密道，钻出地下，走进客栈大厅之内。

“怎么了？”

我看向了站在客栈正中的根叔。在根叔的手里正架着一只狙击步枪，步枪的枪口正瞄着屋顶的飞檐，并随着飞檐上轻微的脚步声左右移动。

不多时，梁战和唐叔也走了出来，眉姐护着陆龟年和熟睡的鲁绛去了后院，二楼喝茶的敏贝勒牵了青犴墨璃从楼梯上跑了下来。

突然，一阵异香从窗外传来，唐叔抽动了一下鼻翼，小声说道：“放心，没毒！”

话音未落，只听“咣当”一声，客栈的大门无风自开，漫天的莲花瓣下雨一般落了下来，四个白衣红腰带的道童从半空中翻身落下，将一卷绣着八卦图的金丝绸缎，迎风一掷，伸向了黑暗深处。

“呼啦——”金丝绸缎悬于半空，迎风翻卷，形成了一道金色的波浪，一个一身金黄道袍的高瘦道士从黑暗中踏着绸缎飞身飘来，大袖迎风，甚是潇洒，背后一柄古铜金剑，熠熠生辉。

“苍梧真人座下，东天门金剑降妖力士青锋尊者驾到——”四个道童唱了一个花腔，高瘦道士凌空一翻，稳稳地立在了客栈的门前。

我打眼一瞅，瞥了一眼那高瘦道士和他背后的金剑，一皱眉头，回身对唐叔说道：“这家伙算是老熟人了。上次在洞明观前面装神弄鬼摆法坛、拿神仙髓当仙药骗老百姓、搞什么死人还阳把戏的，就是这家伙！”

我话音刚落，只见那道士一甩袖子，行了个稽首礼，捻着胡须，笑着说道：“小道青锋，见过白猿客栈掌灯张三眼！”

我啐了口唾沫，伸出手指指着漫天的莲花瓣，酸着脸骂道：“你个王八犊子，咱们两伙人，互相是个什么底细，那心里都跟明镜似的！你大半夜的上我门口还玩什么撒花瓣的花活，怎么着啊，找打来了是吧？哑巴！

揍他——”

我话音甫落，梁战抡起地上的两把椅子，就要往前冲。那青锋尊者连忙后退了半步，高声喊道：“且慢！小道今日前来，不是与你们斗殴的，实在是家师有命，让我给张大掌灯带个口信！”

“哑巴，先等一下——”我上前拉住了梁战，指着青锋尊者问道：“你师父？”

“对！苍梧真人！师父说他和您是老交情了！”青锋尊者幽幽一笑。

“什么口信？说！”

“落日船头红酥桨，八百风流秦淮巷。浊酒一杯夜来客，十里烟波小红蔷。”青锋尊者念白了一段七言诗文，转身消失在了夜幕之中。

“这王八蛋念的什么东西？”根叔放下了枪，不解地问道。

我一声嗤笑，笑着说道：“苍梧妖道约我去逛青楼……”

“啊？会不会有诈？”唐叔警觉地问道。

“诈？肯定有诈，但是我不怕——”

我点了一支烟，狠狠地嘬了一口。

第九章　八百风流（上）

秦淮河畔，三十里画舫，花牌酒旗迎风飘，莺歌燕舞脂粉流，琵琶小调招红袖，酒暖歌吹锦衣裘。此处自古便是风尘薄幸地，号曰“画舫歌楼，八百风流”。意思就是说，秦淮河这地方，画舫如云，三十里远近，便有八百家销魂窟。

落日船头红酥桨，八百风流秦淮巷。浊酒一杯夜来客，十里烟波小红蔷。

我默念着苍梧道人给我的口信，于黄昏日落时分来到秦淮河，沿河找到了一艘划着红色船桨、挑着酒旗、名叫“十里烟波”的画舫。上了船，我掀开帘子，在船舱里转了一圈，推开了一扇挂着姑娘花名——小红蔷——的绣房。

绣房后头，立着一面蜀锦的屏风，屏风上绣着葛玄道人山中炼丹的图样，旁边还有一首七言诗：“葛玄功行满三千，白日骖鸾上碧天。留得旧时坛宇在，后人方信有神仙。”

我绕过屏风，抬眼一看，只见描红披绿的绣房之内，摆了一张圆桌，桌上有酒有肉，正中还支了一个小火锅，咕嘟咕嘟地冒着热气。苍梧道人坐在正位上闭着眼睛，摇头晃脑地在听一个一身月白道袍的女子弹琵琶。那女子约有三十上下，肤色莹白如玉，长发高挽，在头顶扎了一个发髻，眉目含情，怀中的琵琶非玉非竹非木非金，弦槽、弦轴、山口、相位、品位、音箱、覆手等部位悉数以白骨制成，上面还刷了一层桐油，拨捻之间，令人毛骨悚然。

那女子听见我的脚步，五指一拍，拢住了弦，乐声戛然而止。

苍梧道人缓缓张开了双眼，站起身来，指着那女子幽幽说道："贫道门下有四大力士，分别持金剑、琵琶、如意、铜镜，专司降妖、镇鬼、杀生、救厄；昨日，与你传信的是东天门金剑降妖力士青锋尊者；这位女道长，便是南天门琵琶镇鬼力士红蔷尊者！"

我咧嘴一笑，大马金刀地坐在椅子上，指着那女道士冷声说道："狗屁的琵琶镇鬼力士！哈哈哈，不过是个卖唱的娼妓而已！小红蔷就小红蔷，还什么红蔷尊者？！哈哈哈，不知这尊者二字能否给姑娘多引来几位留宿的恩客啊？"

我这两句话说得无比刁钻刻薄。那红蔷尊者面色一红，柳眉倒竖，站起身来，抱着琵琶，五指在琵琶弦上一挥，两根钢针从覆手处激射而出，直奔我咽喉飞来！

"砰——"远处一声枪响，两根钢针在半路被一颗子弹击得粉碎。

是埋伏在远处狙击的根叔扣动了扳机！

苍梧道人一声长叹，一拂袖，止住了红蔷尊者的攻势，示意她坐下。

红蔷尊者狠狠地剜了我一眼，坐回了原处。

苍梧道人皱着眉头，开腔说道："张大掌灯，咱们都是文明人，一见面就这样尖醉刻薄，惹得大家动刀动枪，不合适吧？"

我摇了摇头，看着苍梧道人，徐徐说道："什么叫咱们都是文明人？

你这话说得不妥。这儿的文明人只有我，我是文明人，而你们，只是两个骗子罢了！”

苍梧道人一脸无所谓地笑了笑，指了指我面前的杯子，说道：“喝茶，还是喝酒？”

我不理会苍梧道人的问话，从怀里掏出了一沓报纸，摆在桌上，摊开来，指着近一周以来的头条版面，沉声说道：“七天，十五起骚乱、五起打砸、三起爆炸、八处纵火……围攻领事馆、殴打洋人领事、火烧教堂、冲击西洋医院，你到底是打的什么主意？”

苍梧道人打了个手势，红蔷尊者点了点头，从桌上捧起了酒壶，给我和苍梧道人的杯子里斟上了酒。只见苍梧道人呷了一口酒，笑着说道：“洋人误我国人深矣：洋教坏我国民精神，洋医坏我国民体魄，我有超脱生死之大道，亦有活死人肉白骨的仙丹妙药，岂能再容那洋人胡为？”

“狗屁！”我一声喝骂，站起身来，冷声说道，“恐怕你煽动民众围攻洋人是假，引发城中骚乱才是真！”

苍梧道人弹了弹酒杯的碗底，笑着说道：“张大掌灯，你既然明知，又何必故问啊？”

我吐了一口浊气，坐了下来，两手拄在桌子上，对着苍梧道人的眼睛，沉声问道：“大家都是痛快人，约我来这儿干吗？开门见山吧！”

“好——”苍梧道人挑了一下拇指，肃容说道，“我门中有一部祖师传下来的羊皮笔记，据说是落在你张大掌灯手中了！”

我一皱眉头，一脸无赖地答道：“做事要讲证据，没有证据胡乱攀咬，我白猿客栈可不接您这盆脏水。”

苍梧道人面带不悦，冷着脸说道：“张大掌灯，咱们都是成年人了，耍这些小孩子无赖，有意思吗？”

我撇了撇嘴，眯着眼问道：“若真是在我这里，你拿什么好处来换？”

苍梧道人摇了摇头，沉声说道："张大掌灯，你现在还能坐在这里大言不惭地和我谈条件，说明你现在还不了解我的实力！今天，我不妨将窗纱捅破，实话告诉你吧：若是你能乖乖服个软，答应不再与我为难，说不定我会留你一命？"

"吓唬我？呵呵，你还没掘出那具金鳌遗蜕吧？我敢肯定。若是你掘出了那具金鳌遗蜕，你还会在这里跟我谈条件吗？"我针锋相对地答道。

"你看懂了那半本笔记？"苍梧道人瞳孔一缩，神态有些慌乱。

我站起身来，负着两手，在大厅里转了一圈，扭头说道："南京城城高壁坚，凭着些许动乱暴民，怕是还不足以倾覆。咱们不妨打个赌，看看谁能先找到那具传说中能破城灭国的金鳌遗蜕！"

苍梧道人一摊手，拉着脸说道："这么说，是没得谈喽？"

"一、释放你掳走的那些孩童；二、将天师会渗透在城中的神拳队带出南京城；三、停止用妖术迷信欺骗百姓；四、毁掉所有的神仙髓；五、随我去警局自首，交代自己所有的罪行。这五点差一项，咱们都没得谈！"我掰着手指，沉声说道。

苍梧道人长吸了一口气，站起身来，缓缓地踱着方步，走到了我的面前，正对着我的双眼，哀声叹道："'我本将心向明月，奈何明月照沟渠'啊！张寒啊张寒，我本不欲与你分生死，可你为什么总是不依不饶呢？"

我抬起双眼，沉声答道："你张爷我就是瞧你不顺眼，你能怎样？"

"好——好、好！这可是你逼我的！"苍梧道人三击掌，连声叫好。话音甫落，船舱外骤然传来了一声风响，四条大汉撞碎了窗棂，从外面一跃而入，拇指粗的渔网迎风一甩，兜头罩住了我的上身。

"砰砰砰砰——"四声枪响，那四条大汉的眉心瞬间各开了一个血洞，仰面栽倒。我就地一滚，解开了身上的渔网，抓起桌上的火锅，扬起沸腾的汤汁向苍梧道人的头面泼去。不料那苍梧道人身手灵活如蛇，腰腿一扭，大袖一卷，将我泼过去的汤汁甩到一边……另一头，只见那红蔷尊者一扬手，使劲一拔，从白骨琵琶的转轴上拔下了一把肘长的尖刀，就地一滚，伏在窗下，蹿到了我的身旁。那红蔷尊者身子压得极低，远处的根叔无法瞄准。这时，那红蔷尊者已经蹿到了我的身前，尖刀直戳我的心口。眼看那尖刀就要递到我的身前，东边的门板骤然传来了一声爆响，一道黑影撞破了船舱，伸出一只大手，从后面一把揪住了红蔷尊者的后衣领。红蔷尊者招式受阻，被人拉住，无法刺到我，索性一转腰肢，来了一式缠头裹脑，刀尖下垂，刀背沿着左肩，贴着衣袖绕过右肩，收藏于左腰侧，刀尖上挑，沿着右肩贴过背后，横削那黑影的脖颈。那黑影一声断喝，飞起一脚，凌空踢开了红蔷尊者运刀的手腕，落地后合身一撞，将红蔷尊者逼退数步，趁着这个当口，纵身一晃，站到了我的身旁。

不用问，这个黑影正是我的生死兄弟，这一代的白猿蓑衣——梁战！

梁战一到，我胆子瞬间大了几分，在梁战身后探出脑袋，指着对面半弓着身子以躲避根叔瞄准的苍梧道人和红蔷尊者，笑声骂道：

“就凭你们两个，也想拿下爷爷我！呸——”

没等我骂完，只听“咣当”一声响，脚底下的画舫猛地一晃，我站立不住，险些摔倒！再一回头，只见苍梧道人和红蔷尊者向后一跃，撞开了窗户，“扑通”一声扎进了水里。

我和梁战正要追出去，头顶上一只八角的寒铁笼子从上而下，“当”的一声，将我们两个罩在了里面。

梁战一咬牙，上去掰那铁笼的栅栏。那铁笼的栅栏足有儿臂粗细，虽然被梁战掰得咯咯作响，却纹丝不动！

“走下面！”我指了指脚下。

梁战一点头，扬起一掌，“砰”的一声，碎木横飞，脚下的船板被击了个粉碎，露出了木板下面黝黑的钢板。

“王八蛋！”我气得狠狠地踹了栅栏一脚，顿时觉得脚尖钻心地疼。

“水！”梁战吭哧了半天，憋出了一个字。

我抱着脚，一睁眼，只见哗啦啦的流水从舱底漫了上来，没过门槛……桌腿……桌面……

不到盏茶的工夫，就已经齐腰深了，刚才那声响，床身一晃，肯定是因为火药爆炸，炸开了船底。

正当我惊惧之间，水位开始暴涨，渐渐地没过了我的脖子，我和梁战抓着栅栏，歪着脑袋，把脸贴在笼顶，努力地让自己的鼻孔露出水面……

“咕嘟……我说……咕……嘟嘟咕……哑巴啊，咱哥俩儿今儿怕是要栽啊……咕……”

梁战憋红了脸，还在使劲地掰着栏杆。

“呼咚——”整个船身一斜，我们俩一仰头，整艘画舫沉入了水中。

一阵无力的窒息感传来，迷迷糊糊之中，我仿佛看到了四条灰白色的长毛大狗，各叼着一只黑铁的船钩从水面上冲了下来，落在水中下潜，那四条大狗的毛长得吓人，在水中左右飘动，活似四团水草成了精……

不多时，那四条大狗从窗口钻了进来，潜到了我和梁战身边。梁战下意识地一伸手，抓住了那大狗嘴里的船钩，拴在了栅栏之上。

“呜——”水面上一阵让人牙酸的汽笛声响起，一股大力猛地袭来，铁笼猛地一颤，笼顶及四周被大力拉起，脱离开了船板，头顶的木棚被铁笼向上一撞，撞开了一个大窟窿，四根船钩上的铁索被被拉得笔直。我二人慌忙抓住铁笼栅栏，犹如腾云驾雾一般跟着铁笼被拖着向上升去。

我的意识渐渐模糊，只记得铁笼冲出水面之后，在一艘小楼大小的轮船甲板上，一个裹着貂裘大氅、面色苍白的男子正一脸嗤笑地看着我——这个男子我是认识的，鲁绛的大哥鲁胥——公输家这一代的长房——平日里最瞧不上我，一有机会就挤兑挖苦我的那位我的亲大舅哥。

在鲁胥旁边，站着一脸心疼的敏贝勒，舞动着一条毛毯，将甲板上那四条长毛拖地、看不见眼睛四肢、犹如水草团子成精了一般的大狗裹成了四只粽子。

“咔嚓——咔嚓——”鲁胥掏出了一只小相机，冲着我一阵乱拍。

水面的寒风透骨，激得我一歪脑袋，昏了过去。

第十章　八百风流（下）

两个时辰后，我在客栈的卧房里醒来，一睁眼，只觉得天旋地转，浑身打着摆子，鼻涕直淌到了下巴，整个脑袋昏昏沉沉的，半梦半醒之间，只听唐叔的声音在床头响起："怎么样，我就说吧，三针下去，管保醒过来！"

我搓了一把脸，撑着床板子，坐起身来，抬眼一扫，只见屋子里坐满了人，齐刷刷地拿眼睛瞄着我。鲁绛挺着肚子，在眉姐的搀扶下走了过来，拎起床上的大棉被裹在了我的身上。窗户底下支着小炭火炉子。陆龟年坐着个小板凳，在看着煎药。梁战在和我的大舅哥鲁胥喝酒。

看到我幽幽转醒，鲁胥放下了酒杯，扭过头来，笑着说道："好妹夫，火力够壮的啊！大冬天的跳秦淮河，这玩儿的是哪出啊？五洋捉鳖啊？"

鲁胥当年在长白山伤了肺叶，病了很久。这几年，多亏了唐叔妙手回春，将他的肺病治了个七七八八。鲁绛和我成亲之后，多次想将公输家家主的位子让给他大哥，可惜鲁胥不知道抽了什么邪风，摆出一副宁死不从的架子。为了堵住鲁绛的口，这厮直接留书出走，离开了青衣巷，跑去南洋跑船去了，没过几年，便成立了四五家商贸公司，专做船运买卖，富得流油。鲁胥早年受了情伤，立誓不再娶妻，更无子嗣，心头就这么一个妹妹，每次回来，都大包小裹地给鲁绛带宝贝，什么金银珠玉，珊瑚玛瑙，没有重样的，海外的奇珍异宝，奇花异草，但凡是值钱的，隔三差五地就往鲁绛这儿倒腾。每次到客栈来，见了鲁绛就掉眼泪，说自己这妹妹跟了我这个穷鬼吃尽了苦头，好好的大小姐不当，跑到这么个破落客栈里做什么老板娘，话里话外地挖苦我没本事，人又穷。我虽然心里郁闷，却又无力反驳，谁让客栈这几年打我接手以来，生意就急转直下，接的买卖不是出生就是入死，赚的钱却连买米都不够。这些年大江南北都在打仗，那物价是一天一涨，要不是鲁胥接济着我们几个，怕是客栈这些人连稀粥都喝不上。

有道是：拿人手软，吃人嘴短。反正不是外人，让人讥讽挖苦几句，又掉不了一块肉。此刻听见鲁胥损我，我也不吱声，索性将大棉被往脑袋上一罩，脖子一缩，好似个缩头乌龟，抽抽鼻涕泡，权当听不见。

鲁胥见了我这窝囊样，气不打一处来，拍桌子站了起来，指着我唠叨道：“你瞅瞅你这个熊样儿的，也不知道我妹妹看上你哪儿了……”

听见鲁胥要开骂，我连忙掀开被子，打断他问道：“哎哟，大舅哥，这么巧，你怎么到秦淮河上去了？对了唐叔，我不是让你雇一艘快船在一旁接应吗？我都快淹死在水里了，你雇的快船呢？”

唐叔嗫嚅了一下嘴唇，尴尬地说道：“这不是吗？鲁胥的轮船没救你上来吗？”

我愣了一下，舔了舔嘴唇，不解地问道：“你雇的是大轮船？还是他们的家船？”

唐叔一撇嘴，皱着眉头说道：“你给那点儿钱，雇条渔船都费劲，我哪给你弄快船去啊！我寻思着……咱们客栈和公输家，这都……都属于实在亲戚，这不有老板娘这层关系吗？反正这钱也不够雇别人的，那……妖道诡计多端，万一你有个闪失咋办？我就去找你大舅哥借……借了艘船，正好赶上他从南洋刚回来，你看这多好，事也办了……多多少少地还省了不少钱，省点儿是点儿么，对吧！”

我羞得涨红了脸，恨不得找个地缝钻进去。鲁胥冷声一哼，给了我一个白眼，从上衣兜里摸出了一卷钞票，手腕一甩，扔给了陆龟年，朗声说道：“陆家兄弟，劳您跑一趟，把海富楼的厨房班子都叫过来，这几天排好了菜，就在这客栈里把酒席摆上，我妹子嘴刁身子重，走不得远路，让他们好生伺候好了吃食，回头我还有赏！”

陆龟年接过那卷钞票，炉子上的药也不管了，嘴巴都咧到耳朵根子后面去了，直接推开窗子，跃了出去。

陆龟年刚蹿出去，敏贝勒便推门走了进来，后面还跟着他那四条长毛大狗：“哎哟，兄弟，你可醒了，我还以为你这要去了呢！”

鲁绛闻言，轻轻地在敏贝勒胳膊上拧了把。敏贝勒自觉在鲁绛面前有些失言，哈哈一笑，算是给自己打了圆场。

我看着敏贝勒这四条大狗，张口问道：“敏贝勒，您这是什么狗啊？还会潜水？我真是头回见着！”

敏贝勒一屁股坐在床边，笑着说道：“少见多怪了不是！我这四条狗是西洋弄来的宝贝，乃是花了重金从匈牙利国搞来的种犬。这种匈牙利牧羊犬的祖先是西藏獒犬，由马扎尔族人由俄国带到了匈牙利。它们前肢直，骨量充足，肌肉发达，脚趾紧密、圆拱，脚垫坚实有弹性。据我所知，这种狗是这世界上唯一能够潜水的狗，怎么样？厉害吧！”

我打了一个喷嚏，冲敏贝勒挑了一下拇指。

鲁胥脱下外衣，罩在了鲁绛的肩膀上，搬了个凳子，坐到了我的旁边，沉声说道：“这段时间发生的事，唐叔都和我说了，这苍梧道人出身楚巫，背后更有天师会撑腰，你和他们硬抗，怕是难有胜算啊，要我说，你就不该去赴那妖道的约！”

我长叹了一口气，打了一个冷战，徐徐说道：“线索太少，我必须见到苍梧道人，才能捕捉到更多的蛛丝马迹！”

鲁胥沉默了一阵，低声问道：“你说……那楚巫的祝术当真如此神奇吗？”

我笑了笑，伸出手指指着自己的眼睛，笑着说道：“我这双三眼，在江湖上是不是也传扬得很是神奇？”

鲁胥点了点头，张口说道：“江湖传闻，白猿张家的三眼乃是以阳寿为代价，与鬼神交换所得，一双三眼能勘破幻术，视夜如昼，过目不忘！”

我取过床头的纸笔，在白纸本子上画了一只眼球，又画了一个脑袋，沉声说道：“1909 年，有个名叫约辅森的洋人创造了一个英文名词叫作 gene，译成汉语就是‘基因’二字。这个约辅森将基因作为遗传的一个单位，很多亲子之间的性状存在相似性，表明性状可以从亲代传递给子代，这种现象，洋人叫作遗传，比如某些样貌、体态、甚至很多疾病，都在父子家族之间传承，而我们张家的三眼，就是其中一种。所以，我们的张家眼睛只是单纯的基因遗传，和鬼神无关。至于这双眼睛的种种神异，我们也可以从西医解剖的学问上得到答案。医学表明，人之所以能够看到东西，是因为眼睛能够捕捉物体反射的光线。光线透过角膜、晶状体的折射，在视网膜上成像，形成光线刺激，再由视神经传到大脑中枢，就可以使我们看见物体。而物体的变化就是运动，越高明的幻术，变化得就会越快，快到让你的大脑中枢无法跟上，从而反应不过来。而张家的瞳术自幼练脑练心，通过气血的催动，使大脑中枢短时间内爆发的高速亢奋，加快中枢的运转，从而加快神经的反应速度。变幻再快的幻术，在张家的眼里都是慢动作，这就是张家能够看破幻术的原理。眼睛是长在脑子上的，催动气血使得大脑中枢短时间内保持高爆发的亢奋，这种违反经络规律的法门用得多了，带来的弊端就是使你的大脑常年处于频繁的充血状态。之所以我的瞳术发动时，会双目赤红，就是因为眼底的血管充血过度，开始鼓胀爆开的缘故。用得多了，大脑早晚会出毛病，所以张家男丁多短命。至于过目不忘，这和眼睛没有关系，纯粹是脑力训练的结果。而视夜如昼，就更好解释了，人的瞳孔是会变大和缩小的，强光下，瞳孔缩小，保护眼睛不受伤害，同时可以看得更清楚。反之，弱光下，瞳孔放大，放得越大，夜视的能力就越强。十岁之前，我这双眼睛从未见过天日，每天用秘药清洗。十岁以后，我才在我爸的指导下，慢慢地去尝试接触阳光，用特殊的技巧调节瞳孔的伸缩。”

鲁胥仔细地咀嚼了一会儿我的话，张口问道：“那楚巫的祝术，又是怎么回事？”

我接过鲁绛递过来的药碗，轻轻地呷了一口，整张脸苦得抽成了一团。

“这祝术嘛，无非入梦催眠之道，原理就在于利用了人的神经疲劳！”

“神经疲劳？”

我放下了手里的碗，让眉姐去厨房给我弄点白糖，抹了一把鼻涕，接着说道：“人的大脑不是一台机器，是会疲劳的，比如说看书看得多了会疲劳，喝酒喝得多了会疲劳，熬夜熬得久了会疲劳。就像马儿跑得饿了就要吃草，人脑疲劳了就要睡觉也是一样。当大脑困倦之后，无论是记忆力、想象力、分析力、判断力、警惕性都会急转直下，这个时候人就很容易被蛊惑控制，强加意志，渗透思维。而这一切的第一步，就是人为地加速你的大脑疲劳，声、光、影、味、触种种催眠的手法，都是为了在最短的时间内让你的大脑陷入疲劳状态，从而渗透进你的潜意识，控制你的行为。而张家的瞳术，可以看清楚巫祝术里所有眼花缭乱的手法变幻，大脑高度亢奋，所以不但无法被催眠，还能准确把握施术者催眠过程中的薄弱节点并切入进去，打乱施术者的节奏，破除梦境！”

鲁胥若有所思地皱了皱眉头，沉声问道：“那老祖宗创立这两门本事的时候，也明白这个原理吗？”

我摇了摇头，苦笑着说道：“天下道理，殊途同归，可能老祖宗有他们自己对这门术法的其他解读吧，毕竟我们所学习的一切，都是站在祖师爷的肩膀上学到的。所以，永远不要低估老祖宗的智慧！”

“说了这么多，苍梧妖道的局该怎么破？从哪儿破？你有没有思路啊？”敏贝勒不耐烦地问了一句。

我打了个喷嚏，裹了裹被子，脸上神情一冷，幽幽说道：“苍山碧海白云间，倒卷山头半亩田。西去秣陵三十里，龙藏埭底小洞天。”

我这头话音未落，只听“咣当”一声响，萧自横踉跄着步子，慌慌张张地蹿进了屋子，抹了一把头上的汗珠子，瞪大了眼睛，喘着粗气说道：“大掌灯……出事了！”

我连忙让眉姐给他倒上一杯水，沉声说道：“别慌，慢慢说……”

第三卷

魁星踢斗

第一章　地暗天昏一吐光

秦淮河，为长江下游右岸支流，古称龙藏浦，水分南北两源，北源句容河起于句容市宝华山南麓，南源溧水河起于金陵东庐山，两河在金陵城外方山埭汇合，形成秦淮河干流，绕过方山向西北，至外城城门，自东水关流入金陵城，由东向西横贯金陵。

月明星稀，方山埭，北二十里，草木之中，两道身影一前一后在密林中穿行！

走在前面的是一个须眉如霜的老者，跟在后面的是一个膀大腰圆的光头少年。这二人乃是一对父子，老的名叫谭追，少的名叫谭翻，二人都是江湖上有名的土爬子（盗墓贼）。

“爹！是这儿吗？”谭翻小声问道。

谭追收住脚步，摸出一张地图，辨了辨方位，点头答道：“就是这儿了，没错！”

谭翻一弯腰，卸下了身后的包袱，摊了开来，露出一节一节的各色打洞器械，一边组装，一边嘀咕：“爹，你说这趟活儿靠谱吗？这地方真的能有大墓吗？”

谭追蹲在地上，嘬着烟袋，低声说道："不会错的，鬼市的花舍子（中间人）不会放假风，肯定是核实了信息，才挂的牌子。来之前，我特意问过挂牌子的花舍子，那花舍子说据史书记载，三国初期，东吴孙权自京口迁都秣陵，并改秣陵为建业（现在的南京），作为京畿重地。赤乌八年，孙权派遣校尉陈勋领兵三万，开凿破岗渎，并断绝方山下的秦淮河水流，修筑了这片方山埭，其一是为了行船运兵，其二便是为了人为地修改风水，凭空造出一条龙脉来！"

"造龙脉干啥？"谭翻不解地问道。

谭追给了他一个白眼，狠狠地拿烟袋锅子抽了谭翻一顿，气急败坏地骂道："平日让你多读书，就是不听！你娘的兔崽子！造龙脉你说能干啥，当皇上呗！哼，想那东汉末年，天下三分，孙权虽在江东称王，但毕竟只是偏安一隅。三国争霸，哪个不想逐鹿中原，一统天下？彼时，在孙权手下，有一位精通风水青乌术的大臣进言，说孙权家的祖坟龙脉不全，故而只能偏安一隅。若想一统天下，便需要修补龙脉，再造气运。孙权闻之，便派遣三万精兵，按照那大臣的指点，开始修补江东龙脉，这修建方山埭就是其中一个环节。谁承想，这龙脉还没修完，东吴就亡了……

"此后又过了四百年，唐朝时，袁天罡奉皇命勘察天下龙脉，发现了江东之地还有这么一条半成不成的龙脉，于是将此事上奏了朝廷。朝廷命袁天罡破之，袁天罡说依照东吴那位大臣的布局，孙权下葬的钟山南麓（蒋陵），乃是龙头，方山埭这里正好是龙尾，要破龙脉，不需破坏山河，只需在这方山埭的龙尾处下葬一名煞气冲天的已故重臣，便能将龙尾钉住，使龙气无法飞天。试想大唐猛将如云，尸山血海里爬出来的人物，哪个不是一身煞气？哈哈哈，所以，此地下葬的必然是一位沙场老将，哈哈哈，咱们爷俩要是能挖出一副甲胄或是兵器，哎哟哟，唐朝的古物啊，咱们要发达了，哈哈哈！"

谭翻闻言大喜，在手心里啐了一口唾沫，瞅准方位，便开始打洞，不多时，一方斜向内的盗洞就初见端倪，谭追坐在洞头，伸出手指头抠了一块泥舔了舔吐掉，口中喃喃自语道：“花舍子说得没错，是有股子甜味，这糯米夯土，确实是汉末的套路！”

不多时，盗洞深处传来一声土响，一炷香后，谭翻的脑袋从洞口伸了出来，笑着说道：“爹！通了，咱下去吧！”

谭追收起了烟袋锅子，解下了自己后面的那个包袱，掏出了一对油墨和戏袍，沉声说道：“快扮上吧！”谭翻从洞里钻了出来，两人脱了上衣，换上了袍子，拿手指蘸了油彩，帮着对方在脸上勾画。不一会儿，就弄好了扮相。只见这爷俩，一模一样的扮相——黑脸长须，头戴方顶带翅乌纱帽，身着蟒龙黑袍服，腰系玉带，手握朝笏，脚穿大红云头朝靴，面如墨染，额头一轮白色弯月，鼻子下面一道乌黑髯口：活脱脱的一副包公扮相。

原来，民国时，战乱四起，饿殍遍地，挖坟掘墓的土爬子如同雨后春笋一般涌现，这也就造成了江湖上的盗墓贼，“职业素质”良莠不齐，半路出家的二把刀占了绝大多数。这些个二把刀占星定位、机关风水、搜山寻龙、历史掌故等必备技能一概不会，全仗着两膀子力气，一顿胡掘乱刨。这种人，发现大墓那是不可能的；但是呢，这种人也有优点，那就是听话、勤奋，关键是作为劳动力还便宜。所以，很多玩古董的藏家，在文物上发现了墓的线索，就去鬼市上挂牌，让中间人联系这种二把刀盗墓贼。藏家出图，二把刀土爬子们出力气，挖出来东西后，藏家负责找销路，卖了钱，带上鬼市的中间人，一分为三。至于为什么谭追和谭翻这爷俩儿要搞一身包公的行头呢？其实就是为了壮胆儿。因为像他们爷俩这种二把刀，一不会茅山道士那套画符作法的本事，二也不懂“正规”盗墓贼捆尸镇棺的手段，三又没有长枪短炮的硬家伙，下了墓，万一遇到个什么事儿，那心里也跟着慌啊！不过，这帮盗墓贼听说，凡是鬼都怕包公，只因为民间传说，这包公铁面无私，头顶明月，白日审阳间，夜晚断阴间，号称阎罗王包，前本居第一殿，因怜屈死，屡放还阳伸雪，降调地府第五殿，司掌叫唤大地狱，并十六诛心小狱，故而这鬼怪最怕包公。所以这爷俩寻了这么两身行头，搞了一套扮相，为的就是下到墓里之后，给自己壮个胆儿。

“儿子，把这个带上！”谭追从包裹里拽出了一把长剑，绑在了谭翻的后背上。

“这是哪儿来的？”谭翻问道。

“这是在洞明观里老君像上挂着的，也不知受了多少年香火。我昨晚上特意偷的！带来下墓，正好辟邪！”

此时，月上中天，两人一前一后地在盗洞里爬行，不多时，便钻进了一处墓穴之中。谭追点燃了一盏白纸的灯笼，在墓穴四周晃了一圈，摸出一支蜡烛，立在了墓穴正中一口漆黑的棺材前头，拔出腰后的撬棍，就要去别棺材盖子，却被谭翻一把拦住。

“你要干啥？”谭追被吓了一跳。

谭翻咕哝了一下嗓子，弯着腰问道：“爹……爹爹……爹啊！不对啊！”

“不对啥？啥不对？”

“那个……咱挖这个墓是啥年代的？”谭翻问道。

“唐代啊！”

“爹……那包公是哪代的？”

“宋代的啊！”谭追不耐烦地答道。

谭翻一拍大腿，急忙说道：“爹……你说那唐朝的鬼，能……能……能认识宋朝的包公吗？”

“哎哟！我怎么把这茬儿忘了！”谭追一拍脑门子，后脊背出了一层冷汗。

正当这爷俩争论的时候，那棺材板子猛地一颤，哗啦啦地抖下来了一层灰土……

“吱呀——”一阵摩擦声响起，好似猛兽磨牙，恶鬼吮血。一股阴风吹来，“唰”的一声吹灭了棺材前面的蜡烛。谭追打了一个冷战，胳膊上汗毛都竖起来了！他抹了一把汗珠子，眼瞧的身边的儿子谭翻已经吓得体如筛糠，当下咽了口唾沫，强打精神，沉声说道：“儿子！这鬼神之说，纯属无稽之谈，信则有不信则无！咱们爷俩趁早发财要紧！”

言罢，一咬后槽牙，提着纸灯笼，凑到棺材前面，将手里的铁签子往棺材缝里一插，两手较劲儿一压……

“吱嘎——”漆黑的棺木错开了一道缝隙。谭翻双手合十，向四方做了个团揖，鼓足勇气跑了过来，站在棺材的一角，抬腿一蹬，棺材板子打了个旋儿，“扑腾”一声，落在了尘埃里。这爷俩对视了一眼，伸着灯笼往那棺材里一照，才发现那棺材里竟然没有尸体，只是满满当当地铺了一棺材清一色的头骨，冷森森地泛着白光。头骨正中，有一个青铜的托盘，托盘里放了一本书，不朽不腐不蛀，玄铁的封皮，熟牛皮的内页，书脊处乃是不知道是什么动物的筋揉制成的绳线，穿孔打眼儿，将整本书装订在了一起。书皮之上，铁画银钩地写着三个篆字。

谭追和谭翻对视了一眼，谭翻指着那书上的三个大字，张口问道：“爹啊！这仨字念啥啊？”

谭追扭了扭脖子，探出手去，从棺材里捞出了那本书，捧在手里，翻过来倒过去地看了好几遍，然后抹着下巴底下的胡子，摇着脑袋说道：“你爹我认识的字也不多，有的字你爹我还能猜一猜，有的字吧……我也……这仨字，他娘的，一个我也不认识啊！”

正在这对父子大眼瞪小眼的时候，一只干枯的手爪从这二人身后探了出来，一个虬髯白眼的大汉，不知什么时候站在了他们的身后。那大汉裹着一身虫蛀蠹咬的大红官袍，头戴乌纱帽，腰间系着一条麒麟逐日黑玉带，脚上蹬着一双碧眼犀牛望月靴……

“啊——”谭氏父子一声尖叫，栽倒在地。那虬髯大汉一抬手，将那本书捞在掌中，指着那书皮上的三个大字，尖笑着说道：“来来来——某教你识字，此三字名曰生——死——簿！”

谭追打了一个激灵，魂不附体，高声叫道：“生死簿？”

那虬髯大汉凌空一跃，坐在了棺材之上，一手捧书，一手翻页，在书中翻找了一阵，找到相邻的两页，递到了谭追和谭翻父子眼前，冷声念道：“谭追者，湖北宣恩县万查乡人，同治十年生人，寿六十，亡于民国十九年正月十三。其子谭翻，光绪三十四年生人，寿二十有一，亡于民国十九年正月十五。”

谭追掐指一算，惊声呼道：“今年我六十，我儿子二十一，今日便是正月十三，难不成今日就要……鬼大人，小的盗墓多年，薄有金银，恳请鬼差大人高抬贵手，通融通融，放我性命……”

那虬髯大汉从袖中掏出一只朱砂秃笔，在书页上打了一个叉，笑着说道：“生死无情，何来通融一说！”

就在谭追和那虬髯大汉交谈之时，谭翻暗暗地缩身到了暗处，翻手拔出了后背上的那柄从洞明观里偷出的宝剑，高高跃起，直奔那虬髯大汉的头脸砍来。那虬髯大汉幽幽一笑，大袖一挥，谭翻倒飞而出，手中宝剑也莫名其妙地落入了那大汉的掌中。

那虬髯大汉合上书页，倒提宝剑，高声笑道：“少小名惊翰墨场，诗书无用且佯狂。我今欲借先生剑，地暗天昏一吐光。吾乃赐福镇宅圣君武魁斩鬼天师钟正南，敕令巡游阳间，南北群妖恶鬼束手——”

话音未落，那虬髯大汉手中白光一闪，谭追的脑袋早已冲天而起，一下落入到了那满是头骨的棺材之中！谭追无头的腔子里一股血箭涌起，尸身“扑通”一声栽倒在了地上。谭翻吓得呆住了，一抬头的工夫，墓穴之中早已经空无一人……

“啊——”一声瘆人的惨叫从盗洞里缓缓传出……

第二章　钟馗猎鬼

谭追的尸体是第二天才被抬出来的。

谭翻抱着他爹的尸体在墓穴里哀号了一个晚上。第二天早上，过路的乡民发现了盗洞口，并且听到了里面瘆人的惨叫声，惊惧之下报了警。巡警很快赶到了现场，将已经精神错乱的谭翻拖了出来，又组织人力扩大了盗洞，下到了洞穴之中，将谭追的尸体也拖了出来，并在谭追的身上发现了一张牛皮书页，上面写着："谭追者，湖北宣恩县万查乡人，同治十年生人，寿六十，亡于民国十九年正月十三。"警察在审问谭翻的过程中发现，这小伙子已经神志失常，翻来覆去地只有三句话：

"少小名惊翰墨场，诗书无用且佯狂。我今欲借先生剑，地暗天昏一吐光。"

"吾乃赐福镇宅圣君武魁斩鬼天师钟正南，敕令巡游阳间，南北群妖恶鬼束手——"

"谭翻，光绪三十四年生人，寿二十有一，亡于民国十九年正月十五。"

第二天，也就是正月十五元宵灯会当晚，关押在巡警局大牢里正在睡觉的谭翻忽然发了癔症，大叫：“钟馗大人饶命——”随即便将吃饭的筷子插进了自己的喉咙里，同牢房的其他犯人被喷了一身血，吓得大喊，才引来了值班的巡警……

在谭翻的身上还发现了一张和谭追身上同样质地的牛皮书页，上面写着：“谭翻，光绪三十四年生人，寿二十有一，亡于民国十九年正月十五。”

与此同时，南京城内，许多人都收到相同质地的生死簿书页，一时间，满城惶恐，人心动荡。

至此，萧自横结束了他的讲述，哑着嗓子，呷了一口水，定定地看着直淌鼻涕的我。

我接过鲁绛递过来的手绢，擦了擦鼻涕，站起身来，走到一张八仙桌的前面，环视众人扬声说道：“其实，要看破对手的局，最简单的方法，就是把自己想象成布局的人！”

“把自己想象成布局的人？”萧自横咀嚼了一遍我的话，不解地看向了我。

我喝了口中药汤，接着说道：“苍梧妖道的目标很明确——协助天师会，拿下南京城！那么，围绕这个目标，这妖道开展了一系列的活动，比如掳劫孩童、假死还生、收拢信徒、散播神仙髓、聚众闹事、接应神拳队入城……这一切的一切，目的就是为了在南京城内形成一股听命于他的势力，这股势力是他搅扰南京的资本，这股势力就是——非常道！这非常道的组成极其驳杂，其中有本就属于苍梧妖道的嫡系手下——金剑、琵琶、掌镜、如意四个‘尊者力士’，服食神仙髓、被他控制的百姓，还有来自于天师道的武力协助——神拳队，更有众多三教九流的信众。这一切，使得苍梧妖道在南京城的渗透能力和破坏能力得到了更深层次的放大。如今，万事俱备，苍梧妖道已经有了足够的能力开展他的破城行动！好！现在，我们想一想，如果我们是苍梧妖道，该从哪里入手，才能从里到外的攻破南京城？！”

我一抛出这个问题，在场的所有人瞬间陷入了沉思。没过多久，敏贝勒抢先举手，张口说道：“要是我，我就先烧了城里所有的粮食，城里一断粮，无论军民，必定慌乱，满城人口，连连饿上三个月，南京城不攻自破！”

“说得好！但是不够全面。”

我点头一笑，在桌子上蘸着茶水，写下了一个“粮”字。

就在这个时候，鲁胥也举起了手，沉声说道：“要是我，就去抢金库，当兵的发不出饷来，哪个给你卖命？到时候，只要一轮猛攻，南京守备军便瞬间做鸟兽散！”

“大舅哥说得好！但是，还不够！”我点了点头，蘸着茶水，在桌子上写了一个“钱”字。

突然，陆龟年一拍脑门子，站起身来，高声说道：“偷！去偷南京城的布防图，按着布防图专门攻击防守薄弱的地方！”

陆龟年的话，掀起了一波讨论的小高潮，众人七嘴八舌地发表着自己的见解，有要投毒的、有要放火的、还有要搞暗杀的，叽叽喳喳地，简直快要掀翻了房顶，就连鲁绛都强忍着困意，撸着袖子两眼放光地计划着要设计一种掘进式爆破的机关，炸塌南京的城墙。

我一口干了中药汤，摆了摆手，众人渐渐安静下来。我蘸着茶水，接着在桌上写了四个字，加上刚才写下的“钱、粮”二字，总共并排写了六个小楷字，依次分别为：钱、粮、将、黑、白、灰。

我见众人不解，徐徐解释道：“南京城，城高地阔，人口众多，三教九流，华洋杂居，多方势力盘根错节，无论是断粮投毒也好，或是搞暗杀、抢金库也好，单独的行动，都无法在短时间内给南京城造成毁灭性的打击。要想一举将南京城搞瘫痪，必须从这六个方面同时下手！一、所谓钱，便是劫金库，断士兵饷银，乱守备军心。据我所知，这南京的金库在下关码头宝塔桥后身的中央银行地下，掌握着钥匙的是中央银行的代行长费学岐。

“二、所谓粮，便是焚烧粮库，引得城内饥荒，百姓动荡。据我所知，南京城内存粮官库的份额不足两成，其余八成都在昌泰米行老板陶精玉的手上。之前，非常道冲击政府粮库，应该就是刺探消息，确定粮食分配份额的先招。

“三、所谓将，便是刺杀守城的领兵军官，使军队陷入指挥混乱的局面。这个要被除掉的将官，就是南京卫戍部队中央军一一二师第五团团长陈化昭的顶头上司——南京守备司令宋时谋。

“四、所谓黑，便是指盘踞在长江南岸下关码头的黑帮组织——挑山帮。为什么叫挑山帮呢？只因自民国十七年起，南京城的人口开始激增，由民国初年的二十六万多人猛增至近五十万人，直接翻了近一倍。人一多，粮食的需求量就开始大大地增加。政府不得不从外地调入大批粮食。南京城的粮源也因此扩展到了长江上游地区。长江南岸的下关码头，粮食的吞吐量也因此直逼三百六十万石以上。这些粮食，都要经过码头，由挑山帮的大当家窦万通掌控来往。他们明里运粮食，暗里运烟土、药品、枪炮，贩卖人口，什么赚钱就做什么。苍梧妖道要想在城里发动暴乱，武器、弹药、药品这些运不进城的东西，不找窦万通，他根本玩儿不转。

“五、所谓白，便是指警察局。苍梧妖道在南京城内四处活动，最大的阻碍就是负责城内治安的警察局，警察局的局长杨惊雷就是这个白。

“至于这第六项灰，就更好解释了。这灰就是咱们客栈了，不登庙堂，所以不是白；不入绿林，所以不是黑。游走于江湖之上，勉强算个灰字。咱们这伙人和苍梧妖道可是老冤家了！这根眼中钉、肉中刺要是不拔下去，他能安生吗？这俩盗墓贼，就是他制造恐慌的一个幌子。在这个钟馗杀人的掩盖下，他要有新的行动了！”

萧自横听了我的话，沉声说道：“费学岐、陶精玉、宋时谋、窦万通、杨惊雷、张寒……这六个人就是苍梧妖道下一步的目标，对不对？”

我点了点头，擦了擦鼻涕，继续说道：“明知道有诈，我还去赴约，就是为了从苍梧妖道的身上多发现一点儿线索……阿嚏……我在那位红蔷尊者，的头发上闻到了一股焦酥的香甜味儿……阿嚏……”

“是大烟膏味儿！”唐叔站起身来，抢先说道。

我一挑大拇指，拖着沉重的鼻音，接着说道：“不错，就是鸦片烟味儿！为了隐藏行迹，红蔷尊者应当是换了衣服，但是她忘了洗头发！据我所知，这六个人里，唯一抽大烟的就是挑山帮的窦万通，这说明她曾经在他身边出现过，苍梧妖道已经盯上了窦万通……”

萧自横闻言，不等我说完就跳起身来，推开大门，一溜小跑地消失在了街道尽头。

我微微一笑，面上很是得意。鲁绛不解，狠狠地在我胳膊上拧了一把，皱着眉头说道：“大祸临头，南京城危在旦夕，你没个正经，笑个什么劲儿！”

我一咧嘴，揉着胳膊说道：“咱们已经走到那妖道前头去了，哈哈哈，我为何不笑？”

话音未落，刚跑出去的萧自横一个踉跄从门口又冲了进来，身后跟着的两个小警员连忙扶了他一把。萧自横一甩胳膊，推开了那两个小警员，走到我的面前，目光呆滞地看着我，涩声说道：“窦万通……死了……”

我站起身来，一边套衣服，一边抹着鼻涕吩咐道：“苍梧妖道的大局已经转起来了，那对盗墓的父子一定有问题，怎么那么巧，早不挖，晚不挖，东不挖，西不挖，正正好好地把钟馗的坟刨开了？还有这窦万通的死，肯定有猫腻，还有那个金鳌遗蜕，到底是个什么东西？

“这样，咱们兵分四路，第一路：眉姐和陆龟年一组，去南京鬼市查探一下，到底是什么人挂的牌子，让谭追、谭翻爷俩儿去挖那座方山埭的老坟；第二路：鲁绛，你去找一趟根叔，让根叔自己易容改扮，渗透到非常道的教众中间，去查查金鳌遗蜕的消息。”

鲁绛瞥了一眼鲁胥，鲁胥哼了一声，别过头去。说起来，这也是当年的旧事了：根叔本名聂树峰，乃是我白猿化身千万的不老生。当年长白山龙渊之外，射杀了公输家的鬼仆根叔，顶了根叔的面容身份，在公输家潜伏了十二年。那时鲁绛尚小，和原来的根叔没什么感情，从小到大都是聂树峰这位假根叔看大的；而鲁胥则不同，鲁胥年长，对真的根叔多少有些感情。当年谜案告破后，鲁胥得知此根叔非彼根叔，在身上的病被唐叔治好之后，几次来客栈想要寻仇；但一是碍于我和鲁绛的夫妻关系，二是唐叔对他有治病救命之恩，这三嘛，便是和这位假根叔多少也有十几年的交情，所以寻来寻去，寻成了一笔糊涂账，最后闹了个和稀泥的结局——谁也不见谁的面，老死不相往来就是了。

鲁绛偷眼看了看他大哥的表情，见鲁胥没说别的，顿时松了口气，出了房门，去后院寻根叔去了。

我揽过梁战，沉声说道：“第三路，我和梁战一组，去和老萧查案。咱们客栈作为苍梧妖道最大的敌人，非常道必然会有动作，所以这第四路，便是唐叔和敏贝勒一队，留守客栈……”

唐叔老成持重，自然是满口应允。敏贝勒翻了一个白眼，幽幽说道：“管不管饭啊？”

我扬声笑道：“不仅管饭，酒也管够！”

“得嘞！我再带几条狗来，不蹭白不蹭！”敏贝勒眉开眼笑，一拍大腿，站起身来，向外走去。说起来，敏贝勒这人真够朋友，明知道白猿客栈现在正和势力强大的对头拼生死，却仍旧义无反顾地站在我这边助拳。

我正唏嘘之间，鲁胥慢慢站起身来，走到我身边，揽着我的脖子，小声说道：“你这刀光剑影的，我妹咋办……”

“让她跟你先回青衣巷住一阵子！”

鲁胥一拍我的胸口，和我相视一笑，沉声说道：“英雄所见略同！”

“要回你回，我哪儿也不去！”我俩的话，被找完根叔、刚从门外进来的鲁绛撞了个正着。

“听话……”我俩不约而同地说了一句，一左一右地跟在了鲁绛的后面，正要再劝，冷不防鲁绛一抬胳膊，打了个哈欠。

“我是这间客栈的老板娘，我往哪儿去？咋的呀张寒，你让我走，是打算给哪个小狐狸精倒地方呢吧！”

我闻言，浑身打了个激灵，舔了舔嘴唇说道：“哪能呢，不是……”

鲁绛揉了揉眼睛，上了楼梯，回身说道：“我换床睡不着，哪儿也不去！”

鲁胥闻言，一跺脚，转身就走，我一把拉住我这大舅哥，张嘴问道：“大舅哥，你上哪儿去啊？”

鲁胥咬着牙说道：“她不搬回去，我搬过来保护她，这总行了吧！我再调过来一队枪手！哎哟，都说女生外向，嫁出去的女儿，泼出去的水，古人诚不欺我啊！”

说完，一甩手，出了客栈……

第三章　天师画中来（上）

凤鸣楼是南京城最大的烟花地，位于夫子庙后身。秦淮河畔。这一带自古便是莺歌燕舞、青楼林立的销魂窟。清代有个叫吴敬梓的文人，写过一本书，名叫《儒林外史》。书里对这块烟花地有过这么一段描述：“那秦淮河到了有月色的时候，越是夜色已深，更有那细吹细唱的船来，凄清委婉，动人心魄。两边河房里住家的女郎，穿了轻纱衣服，头上簪了茉莉花。一齐卷起湘帘，凭栏静听。所以灯船鼓声一响，两边帘卷窗开。河房里焚的龙涎沉速香雾一齐喷出来，和河里月色烟光，合成一片，望着如闻仙人，瑶宫仙女。还有那十六楼官妓，新妆炫服，招接四方旅客。真乃‘朝朝寒食，夜夜元宵。’”

在这一众秦楼楚馆之内，近二十年，风头最劲的便数凤鸣楼了；若问为何凤鸣楼的生意最好，就一条——凤鸣楼的姑娘年纪最轻，模样最美，来处最广，无论是小家碧玉的江南美人，还是热情似火的北国佳人；无论是金发碧眼的俄国姑娘，还是小巧玲珑的高丽女子，在凤鸣楼都能找到！没别的原因，金陵城最大的米商陶精玉就是这凤鸣楼的幕后东家！

在凤鸣楼后身，有一座三进三出的院子，高高的院墙，深深的树影，三步一哨，五步一岗，警戒森严，门上高挂一块匾额，鎏金的两个大字篆刻于上，是为“窦府”。窦万通就死在他自己的书房之内。

窦府，书房……

十几个警员拉开了警戒线，将一众举着相机的报社记者拦在院子外头。我和萧自横扒开人群，钻进了书房之内。

接待我们的人姓左，名云襄，乃是挑山帮的二当家。这位左二当家生得一副好样貌，面容英挺俊俏，年纪四十出头，鬓角风霜更添稳重，左手上戴了一只黑色的鹿皮手套，拢在袖中，显得整个人神秘莫测。据说这左云襄早年也是码头上拼杀的狠角色，十年前跟了窦万通，坐了挑山帮的第二把交椅。距此不远，就是窦万通的灵堂，棺材下面披麻戴孝地站着窦万通的三房妻室。

正妻姓姜，是当年和窦万通一同从苏州过来的。这些年刀光剑影，风风雨雨，她始终对窦万通不离不弃，所以窦万通尽管吃喝嫖赌抽，五毒全沾，但是对窦姜氏始终敬爱有加，无论家里家外，始终尊她一声“阿姐”。窦万通死后，窦家府中，说话最有分量的就是这位窦姜氏了。

窦姜氏作为正妻，丈夫一死，便暂时执掌帮务，所以治丧期间一直是一副长衫打扮。在她身后站着两个女子：一个花枝招展，身材婀娜，销魂腰肢，面目娇俏，粉黛含情；一个形貌消瘦，淡雅清新。分别是窦万通的大姨太和二姨太。大姨太玉娇娥是南京昆剧班子里的头牌，二姨太杜盈盈乃是秦淮的花魁。

然而，此时我的目光并没有被那两个姨太太引走，因为此刻和窦姜氏攀谈的两个人，已经引起了我的注意：左手边那位，是一个高大壮硕的中年人，穿着一身熨烫得非常笔挺的军装，鼻梁上一副金丝眼镜，头上的摩丝搽得锃亮，一丝不苟地梳成了一个三七分，整张脸油光满面，像商人多过像军人。

“这谁啊？”我悄悄地问了一嘴。

萧自横瞟了一眼，在我耳边小声说道：“南京戍卫部队的守备司令，宋时谋！”

“守备司令？原来他就是宋时谋！”

萧自横白了我一眼，一拉我的袖子，将手伸到我的身前，搓了搓手指，做了个点钱的手势，我登时会意，瞪着眼睛说道：“买来的司令？”

萧自横一撇嘴，无奈地说道：“一个虚衔儿的司令算什么？只要你有钱……”话说到一半，萧自横猛地掩住了嘴，憋住了下半句话。

我一声长叹，指着宋时谋宋司令身旁那个一身警装的高官笑着说道：“这不是你的顶头上司，南京警局的杨惊雷，杨大局长吗？都说黑白不两立，官匪似海仇，看你那位杨局长和窦万通的家属相谈甚欢，怕是身上也不干净吧！”

萧自横冷哼了一声，不再理我。

我抽了抽鼻涕，钻过警戒线，站在入门处，张开双眼，开始扫视整间书房。

窦万通的书房很大，坐北朝南，四扇窗子紧闭。窗台光洁照人，没有半个脚印，窗框上也没有撬动的痕迹，基本可以肯定，书房的大门是案发前后进出书房的唯一路径！窦万通做的是黑道的生意，故而很多账目见不得光。窦万通的这间书房，大门里嵌着厚厚的钢板，用的是西洋的机械转心锁，据说钥匙只有窦万通自己一人掌握。

据值夜的家丁说，昨天下午，窦万通一人走进了书房，反手锁上了房门，并且清退了院子里所有的家丁。家丁对此早已习以为常，因为他们知道，老爷核对账目的时候是不允许任何人靠近的。一个多时辰后，天色渐暗，书房里却迟迟没有亮灯，巡逻的众家丁起疑，去寻窦姜氏。窦姜氏点着灯笼走到了书房，发现书房的门仍紧紧地锁着，拍门叫了好久，也不见窦万通应门。窦姜氏慌了神，找了数个体格壮士的家丁，先用撬棍撬豁门缝，再用大锤抡砸，费了好大一番力气才将铁条砸得变形；而后再挽来几匹马，套上铁索拉扯，一共折腾了一个多时辰，才将门扇拆下。大门打开的一瞬间，灯影一晃，正看到书桌后头的椅子上，窦万通无头的尸首正襟危坐，血肉模糊的人头就摆在桌子上，瞪着一双大眼，呆呆地望着门口的方向。窦姜氏先是一惊，随后立即喝住家丁，踉踉跄跄地走进书房，来到窦万通的尸身之前，发现系着书房钥匙的红绳从窦万通的衣兜上露了出来……

我在书房里缓缓踱步，站在书桌前，摸着书案上已经发黑的血迹，抬头向上一看，正瞧见了墙上的一卷轴画。那是一幅立幅的山水画，画的是荒山远岱一棵松，浓云弯月两寒鸦。然而，这画的构图非常地诡异，远山、寒鸦、松树都在画面四角，正中间一片空白，不着一笔，右上角还有一首题诗：

少小名惊翰墨场，诗书无用且扬狂。我今欲借先生剑，地暗天昏一吐光。

“钟馗！”我一声低呼。

“什么？”梁战闻声走过来问道。

我指着画上的诗，轻声说道：“哑巴，写这诗的人，是前清末年一个非常著名的画家任伯年，山水、花鸟、人物等无一不能。这首诗就题写在他曾经画过的一幅钟馗图上。依照江南民俗，正月里家家悬挂钟馗像辟邪除灾，取赐福镇宅之意。任伯年的钟馗像笔法高妙，用墨大胆，写意通神，被众多民间画师推崇和模仿。而这首画上的题诗，也因此广为流传。但是，咱们眼前这幅画只有题诗和背景，画里的钟馗哪里去了？”

就在这个时候，萧自横已经和窦姜氏交涉完毕，表明了我们的身份，希望她能允许我们验尸。那窦姜氏踌躇了一阵之后，点头同意，随后便封闭了灵堂，将宾客请到了别院。

我和萧自横对视了一眼，走入灵堂，缓缓地推开了棺木……

棺木里，窦万通身着一套胡绸的黑色寿衣，脖子上还有着密密麻麻的针线。我逐一抓起了他的左右手，放在眼前探看。

“指甲无破口，虎口无磨损，手背无击打造成的青淤，说明窦大当家死前，没有进行过激烈的搏斗；颈部伤口左低右高，断痕齐整平滑，应当是被人持利器横削，一刀断头！”

我将头探入棺中，轻轻地嗅了嗅窦万通的头发。

“淡淡的烟焦味，窦大当家的鸦片锅临死都没有离身……这是什么？”突然，我的手指触碰到了窦万通喉咙处一块轻微的凸起。我一眯眼，用手扣住了窦万通的下颚，轻轻地掰开了他的嘴，又从梁战手里接过了一根筷子，缓缓伸到了窦万通的嘴里，在他的咽喉深处挑出来了一页浸满唾液血水的牛皮书页，铺展开来，只见上面赫然写着：“窦万通者，江苏彭城人，生于清同治十三年，寿五十有七，亡于民国十九年正月十六。

“这……生死簿？”萧自横睁大了眼睛，脑中赫然回想起了谭追和谭翻父子的丧命经过。

我摇了摇头，没有说话，收好了牛皮书页，给窦万通整理了一下衣服，盖好棺材盖子，走出了灵堂。窦姜氏迎了上来，刚想张口问我，却碍于人多眼杂，硬生生地把话咽了下去。

由于窦万通的死疑点甚多，尚未破解，当晚，我们选择了在窦府留宿。然而，值得怀疑的是，今晚留宿在窦府的不仅仅只有我们一行，宋时谋、杨惊雷也因“不胜酒力”，在窦府住了下来。

夜半，前厅又有客到。窦姜氏带着家仆清退了前厅所有的闲杂人等。我心下起疑，让萧自横去看看来人究竟是一位怎么样的大人物。半个时辰后，萧自横神秘兮兮地跑了回来，凑在我耳边说道：“你猜……谁来了？”

“谁？”

“陶精玉！”

“昌泰米行的大老板？”

“就是他！”

我呷了一口水，喃喃说道：“一个卖米的，和一个混黑的，到底有什么联系呢？吊唁为什么不能白天来，专挑晚上来呢？”

一时间，众多疑点在我的脑海里汇聚，阴云密布的窦府好似一张巨大的蜘蛛网，将不同身份，不同地位的人粘到了一起。黑暗之中，混乱的蛛丝乱成一团网，缠住了我所有的思路……

第四章　天师画中来（下）

五更天，后花园，花木影深。

左云襄神色慌张，在路口顾盼了一阵，一闪身，钻进了一座八角凉亭之中。凉亭的柱后，一个一身白衣的窈窕佳人正在驻足等待。左云襄喘了阵粗气，一把抱住了那个倩影，两眼含泪，哑着嗓子说道："盈盈，跟我走！"

原来那个一身白衣的佳人，就是窦万通的二姨太杜盈盈。杜盈盈推开了左云襄，一脸惶恐地说道："不能走，我听姜大姐说，白猿客栈的张三眼来了，他要查窦万通的案子，这个时候咱们走，岂不是徒惹怀疑？"

左云襄一声冷哼，沉声说道："身正不怕影子斜，反正人不是咱杀的，怕什么怀疑？"

杜盈盈犹豫了一下，试探着问道："真不是你杀的？"

左云襄一皱眉头，没好气地说道："都说了不是我，真的不是我。我虽和那老狗有仇，也很想杀他，但我……我还没找着机会呢！"

"那……那会是谁呢？"杜盈盈脸上写满了困惑，左云襄见她不信，将左手伸到嘴边，一口咬下了左手的鹿皮手套，露出了一只只剩拇指和食指的手。

“半月前，我给窦老狗押运鸦片，过洞庭湖，被水寇所劫，窦老狗恼我办事不力，砍下了我左手的中指、无名指和小指！我看过窦老狗的尸体，他的脑袋乃是被人以利刃一刀砍下！你可知道，这人颈部的骨肉最是结实，若想一刀断头，哪怕是专司法场行刑的刽子手，也非得双手持刀不可！我这左手已废，单凭右手的力道，无论如何也做不到一刀断头啊……再说那窦老狗独居密室，死亡前后，无一人进出，这……我哪有这个本事啊！”

杜盈盈闻言，沉默了一阵，满目慌张地说道：“难不成……难不成是鬼仙显灵了……画！是画！是那幅钟馗图……”

“盈盈，你在说什么啊？”左云襄追问道。

“扯下生死簿，天师画中来……对了，那幅画……钟天师走了！”杜盈盈身子一软，“扑通”一下坐在了地上，眼睛里泛起了一抹深深的恐惧……

三天前，城外洞明观，圆月无云。杜盈盈裹着一身黑袍大氅，遮住了面目，孤身一人，挎着一个蓝布的包袱，在洞明观后山的石阶上踽踽独行。

前方山坳里，一座依山洞而建的低矮祠堂里依稀亮着灯火。祠堂外是一片空地，空地的正中立了一根旗杆，旗杆上挑着一面褐色的经幡，经幡底下坐着一个头戴青铜面具的道士。在那道士前面，排了好长的一串队伍，队伍里有男有女，有老有幼，各自低着脑袋，互不交谈，一个个地向前缓缓挪着步子，在那道士的指引下向山洞中走去。那道士一次只放一人进洞，待到有人出来，才放下一个进去。从洞中出来的人，有的哭，有的笑，有的捶胸顿足，有的喜上眉梢……

杜盈盈排了小半个晚上，才轮到她进洞。进洞之前，旗杆下的那个道士在半空中虚画了一个符咒，抽出一把匕首划破了杜盈盈的手指，然后从袖子里摸出了一只白纸扎的元宝，抓过杜盈盈的手，将她指头上的血在那元宝上一阵涂抹。

“这洞中的鬼仙，乃是钟天师座下的巡查童子，专为钟天师他老人家搜集冤屈不平之事。你若有冤有屈，尽管向洞中鬼仙细说分明。若是能打动鬼仙，血元宝自燃；若是不能打动鬼仙，也无须强求，毕竟这天下事，总要讲个气数缘法。”

杜盈盈闻言，向那道士施了一礼，捧着怀里的血元宝迈步走进了祠堂大门，穿过一间供奉牌位的厅堂，便走进了祠堂后面的山洞。这山洞不大，摆设也很简单，只有一案，一炉，一泥塑。

案是最常见的云纹香案，炉是青铜打的三足鼎，唯有这泥塑，非神非仙非鬼非怪，只是把一块黄泥，雕成了一颗硕大的小孩儿头颅，双下巴，耳圆颔宽没眼睛，对，就是没眼睛，眉毛底下两个漆黑的孔洞，幽幽地透着寒光。

杜盈盈跪在案前，将怀里的血元宝放在了桌子上，双手合十，对着那小孩儿头颅，幽幽说道：“民女杜盈盈，叩拜鬼仙大人……民女本是山东郓城人，幼时被拍花的拐子迷走，卖到了秦淮河的画舫上。十六岁那年，又被挑山帮窦万通买走，做了他的二姨太。窦万通抽大烟，卖鸦片，贩军火，卖劳工，嗜酒如命，喜怒无常，平日里对我轻则恶言相向，重则打骂不休，幸好……老天垂怜，让我遇到了左郎，他……同情我，体贴我，对我极好……我们偷偷地约定了终身，但是……好景不长，左郎为窦万通押运烟土，在洞庭湖遭遇了水寇，十七船烟土被洗劫一空。窦万通大怒，直接砍了左郎的三根指头，血……血流了一地，窦万通还让他在一个月内，将洞庭湖上被劫那批烟土从水寇手里抢回来，否则……否则就杀了他！可那帮水寇啸聚洞庭湖多年，来去无踪……左郎去哪里寻他们？再加上左郎人单势孤，这不是……要他送死吗？我一个弱女子，无权无势，实在是走投无路。我帮不了左郎，我听人说，鬼仙在南京城屡屡显灵，专门帮助我等苦弱百姓，我……我只能来求……鬼仙大人，求您，求您上告天师老爷，那窦万通恶事做尽，罪无可赦，请钟天师……请钟天师除了这恶人，救我左郎一命吧——”

杜盈盈一个头磕在地上，刚抬起脑袋，只觉洞内骤然传来了一股冷风，香案上的血元宝无火自燃，化做一蓬灰烬在洞内散逸开来。香案上，两行铁画银钩的小字缓缓成型。

本仙如所愿，夜游窦家宅。扯下生死簿，天师画中来。

字迹一闪而没！杜盈盈模棱两可，正发呆之际，洞口处，那戴面具的道人发出声响，示意她快些出来。杜盈盈又磕了一个响头，迷迷糊糊地走出了祠堂，百思不得其解之际，无意间一低头，才发现在自己黑袍大氅的内怀里不知什么时候出现了一只卷轴。杜盈盈拉开卷轴一看，只见那卷轴上画的是钟馗醉酒图，面红耳赤的钟天师，胸膛半敞，在荒丘野径之间漫步，腰下悬一长刀，森然有光，右上角还有小诗一首：“少小名惊翰墨场，诗书无用且佯狂。我今欲借先生剑，地暗天昏一吐光。”杜盈盈作为曾经的秦淮花魁，于丹青之道多少还是有几分见地的，打眼一看，便看出这幅画线条雄浑有力，古拙老辣，有若浑金璞玉，力透纸背，又意蕴丰富、气象万千，应是出自名家手笔。但是找遍了画卷，也没寻到半个图章落款。

“扯下生死簿，天师画中来……难不成，钟天师就要从这画中出来吗？这……难道鬼仙是让我把这画送给窦万通，然后钟天师从画中出来惩奸除恶吗？”

杜盈盈虽然无法理解这幅画，甚至是难以想象这里面的关窍，却还是依照那香案上所说，在回府后，找了个时间将这幅画呈给了窦万通。

窦万通虽说是个混黑之人，但是南京城都知道，他最喜欢的就是附庸风雅，收集金石古董。别看这窦万通没念过什么书，认得字也有限，但是一提起什么书画丹青，那是喜欢得不得了，无论多少钱，也得买回家里，买回来了他也不看不把玩，单纯地就是为了买。不为别的，就因为怕被人笑，说他是个土包子。

这幅钟馗图，杜盈盈往上一递，把这些个笔法一讲，编了个典故，说别看这画没有落款，其实是唐伯虎的真迹。为啥唐伯虎不落款盖章呢，乃是因为这幅画是唐伯虎自己家挂着镇宅的。这唐伯虎名气太大，凡是家里带字的带画的，三天两头地就有飞贼光顾，一样都留不住。到了正月里，唐伯虎想着我总得画个钟馗镇镇宅吧！可要是给我把镇宅的钟馗偷走了，这可大大的不吉利啊！正闹心的时候，灵光一闪，唐伯虎来了主意，我不落款不盖章，这帮飞贼没法证明是我的真迹，他卖不出去自然也就不会偷了。于是唐伯虎就画了这幅没落款的钟馗图，终于没被飞贼偷走，并且在民间一代代地流传了下来。虽然没署名，但是行家里手一打眼就能看出笔法来，除了唐伯虎没人能画出来，比那些署了名的珍贵太多了，简直就是孤品。

杜盈盈说，这画是她在当铺里收来的，当铺老板不识宝物，被她捡了个漏儿。

杜盈盈知道窦万通好古，特意送上来这么一幅画，一是镇宅图彩头，二是也为府里添一件宝贝。

窦万通在书画上本就是个不懂装懂的棒槌，窦姜氏是个农村出身的姑娘，大姨太玉娇娥是个唱戏的青衣：有道是隔行如隔山，这仨人顿时被杜盈盈给唬住了。窦万通大喜，以为得了至宝，窦姜氏很是满意，将这画捧为镇宅的奇珍，亲自挂在了只有自己和窦万通有出入权的书房之中。

而后，窦万通突然暴毙，杜盈盈虽然心下起疑，但书房大门始终没有开，直到窦姜氏撞开了屋门，才发现了窦万通的尸体。然而，窦姜氏在第一时间喝住了家丁，让他们守在门外，不得入内，自己独自一人进入书房整理了一阵之后，才让家丁进去。抬出了窦万通的尸首，就是在那个时候。杜盈盈才看到在书房正中挂的那幅钟馗图……画里的钟天师……不见了！

第五章　未必他心是我心

“天师画中来？”左云襄咀嚼着杜盈盈的话，满脸的疑惑。

杜盈盈拉住了左云襄的手，小声说道：“在窦万通死的这段时间里，你我没有见面。我一直以为是你先下手为强，杀的他！我也不敢相信，是画里的天师走下来杀了窦万通。可是你……你告诉我……窦万通不是你杀的，这……除了天师杀人，我也实在是想不到别的可能了！”

“咱们逃吧！”左云襄说道。

“怎么逃？你不知道挑山帮和姜大姐的手段有多狠！咱们这个时候逃了，万一真正的凶手趁机把屎盆子扣到咱们脑袋上怎么办？挑山帮人多势众，黑白两道都有人马，到时被捉了回来，你我二人岂不是白白做了替罪羊？左郎……要逃也不能现在逃……若真是天师杀的窦万通，那……那便说明鬼仙将咱们的事上奏给了他老人家，他老人家绝对不会半路撇下咱们不管的……若是……其他人杀了窦万通，总得见了分晓，才好动身！”杜盈盈虽然慌乱，但仍然不失理智，对左云襄柔声劝慰。

左云襄被杜盈盈说服，不再惦记跑路的事。二人温存了一阵，各自散去。

半炷香后，亭子后头的竹林里一阵窸窸窣窣之声响起，我、萧自横和梁战松了口气，缓缓地探出了脑袋。偷听了半个多小时，大气儿都不敢出一声，憋得脑袋晕沉沉的。

“张大掌灯，你真是神了！你是怎么猜到这俩人有关系，然后暗中盯梢的呢？”萧自横喘着气问道。

“凤仙花汁！左云襄的袖口处有一抹若有若无的深红色。”我笃定地说道。

“深红色？凤仙花汁？”萧自横不解地问道。

我笑了笑，悠悠说道：“这女子染指甲的习惯在中国由来已久，在战国时就已经出现了，并在唐、宋两朝开始盛行，名曰“染甲”。凤仙花，也叫“好女儿花”，是一种最常用的染甲物料。南宋的周密写过一本《癸辛杂志》，据这书中记载：女子染甲，先将凤仙花红着用叶捣碎，加入少许明矾，浸透到棉纱上，缠裹指甲一夜，反复三至五次，便可将指甲染至深红色。三位夫人中，正妻窦姜氏不染指，大姨太玉娇娥用的是美国的蔻丹指甲水。这种洋货指甲水，主要成分是硝化油，大约十年前才开始在中国销售。用这种指甲水，会使指甲表面形成一层透明的晶状亮油，和传统染指方法所用的凤仙花汁差别极其明显；而左云襄袖口处的那抹深红，和二姨太的指甲是一个颜色的，所以我敢肯定，这俩人的关系不简单！”

“厉害呀！你这眼睛真不是盖的！”萧自横挑了一下大拇指，一记马屁随手拍出。

突然，一声凄厉的惨叫从宅子的东北角传来。

“啊——杀人啦——”

我和梁战对视了一眼，飞一般地拔腿顺着声音传来的方向跑去……

梁战跑得飞快，我和萧自横呼哧带喘地跟在后面，没跑两步就被甩在了身后。待到我二人赶到现场的时候，东厢房内早就聚满了人。

死者正是夜半时分刚刚到来的昌泰米行的大老板陶精玉！

陶精玉的尸体是在卧房被发现的。当时门窗紧闭，无撬动进出的痕迹。陶精玉无头的身子在床上仰卧，鲜血浸透了床榻，人头却在距离尸身五步之外的茶几上，底下还压了一张牛皮书页，上面写着：

陶精玉者，生于同治九年，寿活六十有一，亡于民国十九年正月十七。

在陶精玉卧房的墙上赫然挂着一幅和窦万通书房里一样的钟馗图，画中的钟馗一样地不翼而飞！

正当众人哑然失色之际，屋檐上骤然发出了一阵衣角破空的声音。众人抬头一看，只见远处一座二层小楼的房檐之上，一个纱帽红衣，乌靴阔袍的大汉正背对着众人临风而立，在那大汉的腰间还悬了一柄滴血的长刀。

“钟……钟天师……”刚刚赶来的杜盈盈见了此等情景，身子一软，跪在了地上，不住地磕头。

“何方妖人！装神弄鬼！”我一声大喝，拔出了萧自横腰间的手枪，抬手就是一枪，瞄着那大汉的乌纱打去。

“砰——”一声枪响，那乌纱晃了一晃，却不见那大汉栽倒。

“哈哈哈——”那大汉肩膀一抖，一阵瘆人的笑声缓缓传来。

“哑巴，打他下来！”我一声冷喝，梁战展臂一抓，击碎了假山一角的石头，抡圆了胳膊，瞰准那大汉的后脑，流星赶月一般掷去。眼看那石头就要砸到那大汉的一瞬间，一股冷风吹过，那大汉周身衣袖一鼓，竟然凌风飞起，飘飘摇摇向着半空中的圆月飘去，凌空虚渡，宛若羽化乘风。

“自向终南避世深，山魈木客接知音。群憎我面非人面，未必他心是我心。未必他心是我心，哈哈哈，吾乃赐福镇宅圣君武魁斩鬼天师钟正南，敕令巡游阳间，南北群妖恶鬼束手——”那大汉的声音自半空远远飘来。众人纷纷倒身便拜，跪倒了一地男女老少，只有我和梁战两个还笔直地站在人堆里，两眼发直地看着半空中那个越飘越远的背影。

“不可能的……”我皱着眉头喃喃自语，一旁的萧自横双手合十，一弯腰就要下拜，被我一把架住了胳膊。

“老萧……你干什么？糊涂啦？吓傻了吗？这是非常道的障眼法，失心疯了吧你！”

萧自横甩了甩脑袋，定住了心神，眨了眨眼睛，一脸木讷地对我说道：“忘了……忘了，险些忘了这茬了，太真了！太真了！你说会不会真的是……”

我摇了摇头冷声说道：“你萧家的走马司从古到今办了多少邪门歪道、装神弄鬼的诡异案子，哪个是真的？”

萧自横咂了咂嘴，没有答话。我望着半空，沉声说道：“假的总有破绽，只不过……我还没有想到罢了！”

正当众人失神之际，一声怒吼穿过前厅，伴随着一道踉踉跄跄的身影远远地飘了过来，一个细眉长脸的白面公子在台阶上摔了一个跟头，手忙脚乱，连滚带爬地跑进了陶精玉的卧房，捧着陶精玉的人头高声痛哭：“爹啊——咳……咳……爹——”

萧自横见了那白面公子，在我耳边悄声说道：“这是陶精玉的大公子陶翰卿陶少爷……”

我扫了那陶翰卿一眼，脸上泛起了一抹不屑，幽幽说道：“一个大烟鬼罢了，算的什么少爷！”

萧自横眼前一亮，低声赞道：“绝了啊，张大掌灯，真是什么都瞒不过你这双眼啊！”

我指了指那陶翰卿的背影，小声说道：“骨瘦如柴，眼窝深陷，神光涣散，精神萎靡，不到一刻钟的时间，打了二十多个哈欠，跑两步就涕泪俱下，汗透后襟，两手总是若有若无地往胳膊上瘙痒，频繁地用舌头去舔干白的嘴唇……大烟鬼的体征，他一个人占了个全。”

“谁干的！谁干的——是不是你，对，我爹就是来见你才死的，是不是你——”陶翰卿身子一晃，松开了陶精玉的人头，就来扑窦姜氏，被窦府的家丁一拥而上，按在了地上。陶翰卿扯着脖子，来回挣扎，口中骂道：“老虔婆……你……你就是想吞我家的那批米……”

“啪——”窦姜氏一个箭步上前，狠狠地抽了陶翰卿一个大嘴巴，打断了他的话。

“这是窦府，轮不到你个小辈放肆，出了人命案子，自有警察破案捉凶，还轮不到你指手画脚，胡乱攀咬！”

窦姜氏话音一落，便若有若无地瞟了警察局长杨惊雷一眼。杨惊雷咳了咳嗓子，一摆手，两名警员呵退了家丁，将陶翰卿带出了门外。

“欸……那个……什么，咱们……啊……既然发生了命案，身为警务人员，如果真的有凶手，我们一定会查出凶手，还……还……被害人一个公平，如果此事真的是钟……钟天师所为……那个我们也会向他老人家……欸……询问……”

这杨惊雷虽然是警察局的局长，却是个彻头彻尾的草包。原本窦姜氏还指望着他出面定定场子，却反被他搅得人心惶惶。杨惊雷瞎白话了白天，肚子里有限的词眼瞅着跟不上了，急得脑门子直冒汗，一扭头，把萧自横从人堆里拎了出来，指着萧自横说道：“这位……是我们警局最优秀的警官，我宣布……啊……这个案子，就由他来负责……老萧，来，把我交代你的处理办法跟大家宣布一下……”

萧自横闻言，整个人都傻了。这杨局长交代啥了？老萧也是两眼一抹黑啊！

我见状叹了口气，在萧自横耳旁嘀咕了一阵，老萧长出了一口气，沉声说道：“命案频发，无论凶手是人是鬼，警局该走的流程一样不能少，请各位暂且各回房间，不要相互走动，命案现场会有警员前来封闭。即日起，为保护各位的安全，窦府的警卫正式由警察局接手，各位在案子查清之前，就……不要外出了。最后，请各位相信我们，也唯有相信我们，才是唯一的选择！”

萧自横说完，向杨惊雷点了点头。杨惊雷一摆手，随从的十几位警员便开始按照萧自横的部署行动起来。我叹了口气，看了看腕上的手表，暗中嘀咕道：“这窦府已经成了一座修罗场，背后一定有条线将这些人串在一起，引到了窦府，找到了这条线，顺藤摸瓜，我就能挖出苍梧妖道！”

第六章　不想人间鬼魅多

一夜无眠，我瞪着通红的双眼坐在门口的石阶上，不停地用脚尖扒拉着地下的烟屁股。萧自横推开房门，递了杯热水给我，轻声问道：“张大掌灯，想好了吗？咱们从谁开始问？”

我拾起一根枯枝，撅了个断茬，在地上勾画了钱、粮、将、黑、白、灰六个大字，在粮和黑两个字上，各打了一个叉，低声说道：“我最初以为，苍梧妖道会分而击之。想不到这厮布了一个局，将这六个人引到了一处，打算一网打尽啊！”

萧自横坐在了我的旁边，指着地上的字，若有所思地说道：“不对啊，这将是指宋时谋，钱是指费学岐，他可还没到呢？”

我摇了摇头，模棱两可地说道：“那是局还没有转到那一步，到了那一步，他人必须得来！”

“那你说，凶手下一个要杀的会是谁？是你？还是另外几个？”

我一边揉着发胀的太阳穴，一边说道：“杀人不是目的，而是手段。通过杀人完成某种特定的谋划，这才是杀人的意义；否则，就是白忙活……苍梧妖道是疯子，不是傻子，如何通过对六个人的刺杀，完成对南京城的破坏，才是这局的重点。这六个人一定有某种联系，而这种联系的枢纽正被苍梧妖道握在了手里……这个枢纽到底是什么呢？”

萧自横听得一脑袋雾水，晕晕乎乎地站起来，转了好几圈，沉声说道：“张大掌灯，你就不好奇为什么两名死者都是死于无人出入的密室的吗？”

我看都懒得看他一眼，拄着脑袋，不耐烦地说道：“密室杀人，雕虫小技而已！破局要看大方向，不要拘泥于这些噱头，看得太近，反而会限制了你的思维。”

萧自横脸上逝过一抹嘲讽，弯下腰，搂着我的肩膀说道：“其实……破解不了密室杀人也没什么？我又不会嘲笑你。”

我长出了一口气，语重心长地解释道：“我都说了，密室杀人不过是个小技巧，在我看来至少有七八种方法能够形成完美的杀人布置……算了，算了，权当早起活动活动身体了，今儿我就给你上一课，给你讲讲最常见的三种可能吧！”

说完这话，我站起身来，扑了扑土，招呼正在屋里吃包子、喝豆腐脑的梁战，走到了卧室的桌子前，将梁战按在了椅子上，拿起梁战手里喝豆腐脑的勺子，回身说道：“老萧，现在我就是凶手，我的目标是梁战，进这间屋子需要钥匙，而钥匙只有一把，就握在梁战的手里。而这间屋子，除了梁战，是任何人都无法进出的，请问，我是如何进入这间屋子的呢？”

“偷他的钥匙！”萧自横脱口答道。

我瞥了他一眼没有说话，萧自横眼珠转了一转，仿佛也发现了自己这个想法欠考虑，皱着眉头说道：“窦万通是混黑的老大，身边保镖那么多，还都是高手，想接近他偷东西，怕是也只有你们客栈的鬼手能做到，欸……再说了，如果窦万通发现了自己的钥匙被盗，第一时间就会封锁书房，所以偷怕是不可能……”

“除了偷呢？”我小声提醒道。

“除了偷……难道是窦万通邀请凶手进书房的！”萧自横一拍大腿，高声说道。

我点了点头，笑着说道：“如果凶手不是钟天师的话，那么就只有唯一的一种可能……”

“凶手是窦万通的熟人！”萧自横瞪大了眼睛。

我点了点头，接着说道：“窦万通的尸体被发现的时候，钥匙是在他的身上的，所以你在惯性思维的影响下，是无法理解凶手是如何在锁死的密室里杀了窦万通，然后逃出密室的。其实很简单，杀了窦万通，拿走钥匙，在外面锁上门，再把钥匙塞回到窦万通手里不就好了吗？”

“你当我傻吗？锁了门，再把钥匙送进去，再出来，难道凶手会崂山道士的穿墙术吗？”

我笑了笑，并指成掌在梁战颈上一划，梁战一闭眼，倒在了椅子上，装作被我斩杀。我拿起梁战手里的勺子，将他的裤子口袋撑开，调整好角度，寻了一只针线包，从里面抽出了一根长长的棉线，绕过梁战裤兜上面的腰带，成了两股平行的线，随后将勺柄处带一个圆形小孔穿在了一根线上，拿着勺子向后退，一直退到了门外，关上了房门，用勺子在门上比画了一下，示意锁上了门，随后将勺子塞进了门缝里——由于窦府是老宅，木质的门，缝隙很大——我轻轻地掰了一下，扁长的勺子就穿过了门缝。我轻轻地拉扯着手里的两根线，将线的两端系在一处，两根线接到了一起，像极了西洋机器上的皮带轮。我轻轻扯动上面那根线，系在下面那根线上的勺子便开始缓缓地向前移动，慢慢地向坐在椅子上的梁战腰带处靠去，一寸……一寸……很快，那勺子便到了梁战腰间，卡在了腰带上，无法扯动。我在门外，咬断了线，猛地一拽，棉线瞬间回收，穿在线上的钥匙猛地向下一坠，正好落入了梁战的口袋里！

萧自横张大了眼睛，不可思议地看着我。我摊了摊手，推开了房门，拍了拍梁战，示意他可以起来了。梁战眨了眨眼睛，从兜里掏出勺子，掰回了原样，准备接着去吃他的豆腐脑。

我扭头看着萧自横接着说道：“这是第一种方法，还有第二种方法，看好了！”

话音未落，我再次并指成刀虚砍在了梁战的脖子上。梁战没好气地白了我一眼，非常敬业地一歪头，趴在了桌子上。

我拿起他手里勺子，在梁战的裤兜里鼓弄了一阵，领着萧自横出了屋子，装作锁上了门。随后对示意萧自横可以“破门而入”了。萧自横迷迷糊糊地看了我一眼，推门进了屋子，直奔梁战，从他的裤兜里一翻，竟然摸出了一把勺子！他吓了一大跳，回头一看，我的手里也握着一把一模一样的勺子。

“这……”

我指了指桌子，桌子上有三份早餐，我的那碗豆腐脑里的勺子和梁战的勺子都不在碗里，而这几份早餐里的勺子都是一模一样的。萧自横呆在了当场，梁战坐起来接着吃他的豆腐脑。

“懂了吗？”我笑着问道。

“你是说凶手作为窦万通的熟人，见过他书房的钥匙，所以依样画葫芦，打造了一个一模一样的赝品模型，然后在杀了窦万通之后，把模型钥匙放在了他兜里，出了房间，拿着真的钥匙锁上了门！不对啊！验尸之后我试过窦万通兜里的钥匙，是能打开锁的啊……不对！掉包了，凶手是可以接触到窦万通尸体的人，在收拾窦万通尸体的时候，将钥匙又换回来了……”

我点了点头，挑了一下大拇指，叹了口气，说道：“你总算是开窍了！”

萧自横掏出了随身的小本，运笔如飞，记录下了这两套方法，随后问道：“第三种……第三种方法是什么？”

我不耐烦地撇了撇嘴，第三次并指成掌，虚砍在了梁战的脖子上。梁战梗着脖子，就是不倒。我拿起桌子上最后一个包子，塞进了他嘴里。梁战一脸不乐意地嚼了嚼，打了一个饱嗝，翻着白眼倒了下去。我拿着梁战手里的勺子，拉着萧自横退出了房门，假装锁好了门，沉声说道："可以破门了！"

萧自横一脸认真地推开了门，却不料被我抢先一步，冲进了门里，跑到了梁战的身边。萧自横一愣神的工夫，紧跟上了我的脚步，在梁战裤兜里一摸，掏出了那只勺子，抬起头来，用不可置信地眼神看着我："你是说，第一个冲进去的是凶手？是凶手在那个时候把钥匙放回到了死者的口袋……第一个冲进去接触死者的……窦万通的夫人，是窦夫人，她也有嫌疑？"

我走上前，扶起了蹲在地上的萧自横，扶着他坐在了凳子上，幽幽说道："所以说，杀人的技法不过是小术，杀人的原因才是案子的根本！想要破案，最重要的一点便是不能被凶手的小技巧遮住了双眼，误导了方向。"

萧自横听到此处，猛地站起身来，向我深揖了一躬，一脸严肃地说道："多谢教导！"

我连忙一侧身，躲过了老萧这一礼，笑着打了个哈哈，拉着他坐了下来，伸出了三根手指："一、无论是哪种手法，都有一个前提——熟人作案；二、陶翰卿说的那批米……是个什么意思？三、宋时谋和杨惊雷在窦府赖着不走，是来做什么？"

萧自横琢磨了一阵，挠头问道："你就说，怎么办吧？"

我咧嘴一笑，幽幽说道："不就是装神弄鬼吗？咱们也会……"

"你的意思是……"

"附耳过来……在窦府往西走十里外，有一座城隍庙……庙里有一座泥塑的红衣判官……"

大约过了半炷香的工夫，萧自横在小本上记下了我所有的安排，反复确认好了之后，转身出了屋子。我看着桌子上空空如也的盘子，自言自语地叹道："世事浇漓奈若何，千般诡态出心窝。休言地下皆魂魄，不想人间鬼魅多……"

第七章　真假天师

西厢房左手第二间，是陶翰卿的住处。门外的巡警两岗一哨，将他锁在了屋子里，任何人等不得靠近。

三更天，月亮身前爬上了一朵乌云，遮住了月光。窗户“吱呀”一声，被风吹开了一道小缝。躺在床上昏睡的陶翰卿被寒风激出了一层鸡皮疙瘩。陶翰卿骂了一句娘，爬起身来，走到窗前，正要关窗，无意间透过窗缝往外一看，瞧见门外躺了三具尸身，正是看守自己的两岗一哨！

陶翰卿困意全无，将身子前探，眼珠一转，向外瞟去，只见一个红衣虬髯的大汉，头戴纱帽，脚穿黑靴，大马金刀地坐在台阶上，拎过一个尚未死透的巡警按在腿上，拔出腰间的长刀在巡警的颈下一抹，一股血箭呲了出来，哗啦啦地在地上淌成了一摊……

“鬼……鬼啊……”陶翰卿吓出了一后背的冷汗，手心一片冰凉。眼前一晃的工夫，台阶上的红袍大汉骤然失去了踪影。

“哪儿去了……”陶翰卿喃喃自语道。

窗户缝里猛地出现了一张虬髯圆眼的黑脸。陶翰卿一声尖叫，仰面跌倒。屋子的大门被人“砰”的一脚踹了开来，那红袍大汉推门而入，身后还跟着一个头戴鬼脸面具，一身金甲的高壮随从。

那高壮随从力气大得惊人，上前一脚，将陶翰卿踹倒在地，头上脚下地将他提了起来，按在桌子上，拔出红袍大汉腰间的长刀，就要割他的喉咙。

陶翰卿身子本就瘦弱，再加上多年抽大烟，身体早就被掏空了，故而纵使是拼了命地挣扎，也挣不脱那高壮随从铁钳一般的双手。

“饶我命——饶我命——”陶翰卿涕泪横流地放声大叫。

那红袍大汉拊掌笑道：“你与本天师非亲非故，我凭什么饶你一命！”

陶翰卿一边挣扎一边喊道：“两位好汉，我知道你们的来历，你们也不需跟我在这儿装神弄鬼，那个人雇你们花了多少钱，我出双倍！”

红袍大汉眼珠一转，故作犹豫地说道：“这……不合规矩吧？”

陶翰卿喘着粗气，一脸乞求地哭嚎道：“这世道，钱就是规矩！除了钱，还有什么他妈的规矩？！二位爷，钱我有，你们放了我，我出三倍……不……五倍……十倍！”

那红袍大汉摸了摸下巴上的虬髯，若有所思地说道：“十倍？你不是骗我吧？这趟活儿，我们那位东家可是出了十万大洋买你的命啊，十倍……那可是一百万大洋啊？你们家得卖多少米，才能赚一百万大洋啊？算了算了，这厮定是诓骗于我们，动手吧！”

高壮随从闻言，手上力道陡增，闪着寒光的刀刃再次向陶翰卿的脖子扎去！

陶翰卿疯狂地甩着脑袋，高声叫道：“二位爷慢来！慢来！卖米能挣几个大子儿啊！这年头，什么最赚钱？烟土……烟土啊，二位爷，有了烟土还愁没钱吗？我这里有一桩心腹事说与二位，二位得此机密，区区百万大洋不在话下！”

“慢！”红袍大汉按住了高壮随从拿刀的手，拍了拍陶翰卿的脸，沉声说道，“说仔细点儿！”

陶翰卿扭了扭脖子，调整了一个舒服一点的姿势，张口说道：“我知道您二位是他们派来的，什么钟馗杀人，我压根儿就没相信过，只不过，这么大的买卖，才分二位爷十万大洋，实在是太吝啬了……”

红袍大汉摆了摆手，示意他说下去。

“二位爷！徐州在备战，南京城的粮都运到徐州去了，南京城剩的粮已经不足三成了，很快就会爆发粮荒。国民政府为了稳定民心和城中的秩序，勒令全城的米行不但不能涨价，还得把粮价往下压，由一块大洋十五斤米，压到一块大洋四十斤米，为的就是让老百姓产生国民政府物资充盈，调控有力的错觉，从而稳定战争的大后方。

“其实真相则恰恰相反！我们陶家世代做的都是粮食的营生，这粮食从产地起运，到出售给市面百姓，这中间除了要缴纳政府巧立名目的如印花税、行商税等各种苛捐杂税之外，还要向诸如挑山帮这种地方帮派交付各种名目的船运费、地甲费、河快费、船行费、接江费、看样费、小佣费、开仓费、照料费、过斛费、行佣费、挑力费、机碾费、回手费、糠斗费、灰土费、过斛费、把斛费、绞包费、搭肩费、扛包费、运力费、下包费、码庄费。这都是些明费。还有暗下收取的斛行走筹费、空仓费，等等额外钱。明暗两费，一炉香烧不到，都让你钱货两空。再加上去年苏、皖、赣、鄂四地的洪涝，所以这米的成本，在年初就已经涨到一块大洋十斤米了，现在政府让我们把粮价压到一块大洋四十斤米，这不是要了我们这些米商的命了吗！

“我们昌泰米行作为南京最大的米商，南京城里八成的米都是通过我们往来的。国民政府从去年年初备战的时候开始下令压价，压到现在刚好一年，倒闭了无数的小米商，哪怕是昌泰米行，都已经债台高筑……万般无奈之下，我爹只能去求窦万通，求他降低这一路的买路钱，给昌泰米行一条活路，但是窦万通以手底下也要养活一帮兄弟为借口，拒绝了我爹的请求……并且把我爹引荐给了一个人……”

“什么人？”红袍大汉问道。

“费学岐！”

“南京中央银行的代行长费学岐？”

“对！就是他！”

“窦万通把你爹引荐给费学岐做什么？”

“卖鸦片！费学岐一直在卖鸦片！国民政府为了稳定粮价，下拨了一笔钱，以官方的名义采购一大批米粮，用于充实粮库。为了防止贪墨，国民政府规定这笔钱只能用于采购米粮，只有和正规的米商签订了合同。才能支取。费学岐想吞掉这笔钱，用来倒卖鸦片，所以他需要找到一个米商跟他签假合同，才能套出这笔钱。而昌泰米行，绝对是他的首选。

“在见到我爹后，费学岐合盘托出了他的计划：第一步，昌泰出面和国民政府签订买卖合同，政府交钱，昌泰运米，合同成立，费学岐从银行里将这笔钱取出；第二步，费学岐拿这笔钱从南京买进鸦片烟，卖到湖南去，这烟土的利润十倍于大米，赚的钱分为五份，费学岐占两成，窦万通占两成、宋时谋占两成、杨惊雷占两成、我爹占两成；第三步，鸦片的价格远高于大米，我爹从分得的两成利润中，拿出一成在湖南本地收购大米便足够充数。卖了烟土，再买米运回南京，向国民政府交差，一来一往，钱也赚了，米也买了，堪称天衣无缝，我爹还可以白白落下一成利润还债，一举多得！”

“这里面怎么还有杨惊雷和宋时谋的份啊？”红袍大汉问道。

陶翰卿闻言说道：“二位爷，您想想，宋时谋和杨惊雷一个管军，一个管警，我们从南京购进鸦片烟，能绕得过他们吗，我爹跟我说，鸦片的来路就是宋时谋给咱和英国人牵的线；装船卸货出城，在南京境内无人盘问，多亏了杨惊雷！”

“后来怎么样了？你接着说！”红袍大汉敲了敲桌子。

“后来啊……后来我爹没办法啊！不签不行啊！一个是因为昌泰债台高筑，已经还不上了，再一个我们已经知道了这么大的秘密，不上贼船，就得被贼灭口啊！我爹挣扎了好几天，终于决定干了！费学岐大喜过望，按着计划一顿运作，买了鸦片，出了南京，直奔湖南，但是万万没想到……十七船烟土啊……在洞庭湖让水匪说截就给截了呀！

“我爹知道后，一口气没上来，好悬没背过去啊！当天晚上就去找了南京政府，说被截的是米，问政府怎么办？南京政府那头说：反正咱是签了合同的，二月二之前，要么你交米，要么你还钱，米也不交，钱也不还，那只能抓你蹲大狱了，不过……你这数目可太大了，估计大狱不用费那个事儿蹲了，刑场上领一颗花生米一了百了得了吧！有什么要交代的，回家多和老婆孩子唠叨唠叨吧！

“我爹闻听此言，犹如五雷轰顶啊！回家之后，第一时间备好了花红表礼，字画珠宝，就去找费学岐和窦万通商量，想着向这二位借点钱，好歹把钱凑上。谁想到这二位翻脸不认人，将我爹轰了出来。我爹万念俱灰，只得吐血变卖了仅存的一点儿家当，准备让我和我娘跑路回山西老家，自己去政府领死。谁知道还没等交代完这些事，就传来了窦万通被天师钟馗砍了脑袋的消息。我爹吓了一跳，不明就里，连夜赶来想趁着吊唁探探风儿，谁知……谁知他一进窦府就被你们给害了……爹啊……”

陶翰卿一咧嘴，放声大哭。高壮随从一声冷哼，吓得陶翰卿一哆嗦，连忙改口说道：“二位爷也是拿钱办事儿，我自然不能将这笔账算在你们头上！这肯定得算在费学岐这只老狗的身上……他肯定是怕我爹把他的事儿抖出来，所以才杀人灭口……”

红袍大汉闻言，正沉思之间，忽听得南边有嘈杂之声响起，一个凄厉沙哑的女声尖声叫道：“啊——天师杀人了——”

陶翰卿耳尖，听得分明，当下狐疑道：“你们……不是……你们有多少人？怎么……”

红袍大汉闻言，一把揪下了脸上的胡子，抹花了脸上的油彩，露出了一张两鬓斑白的脸，赫然正是萧自横的面目。萧自横对那高壮汉子说道：“我去找张大掌灯！”

话音未落，在门外偷听许久的我一转身，进了屋子，沉声说道：“甭找了，我在外面待了半天了，梁战跟我走，老萧你看住他！”

陶翰卿见了这番场景，两眼一愣，瞠目结舌地说道：“你们……你不是那个张……你们不是来杀我的，你骗……”

我抬手摘下了那个高壮随从脸上的面具，面具下面正是梁战的脸。我点了支烟，吐了一口烟圈，看着陶翰卿着说道：“这世上有两类人最好骗，一类傻，一类怂，你呀，又傻又怂！”

话音刚落，我和梁战便走出了屋门，大踏步地向声音传来的方向走去，黑夜的深处，不知道凶手又布了一个怎样的困局在等着我们……

第八章　支花老唐（上）

窦府南边，有一间四合小院，四间房围出了一块天井，顺时针方向，四间碧瓦青砖，一模一样的小客房分别标号春生、夏长、秋收、冬藏。

四合院的院内，大姨太玉娇娥裙钗散乱，神光涣散地萎顿在地上，两眼发直地惊声叫道：“血……血……秋收那屋……钟馗……钟馗杀人啦！”

我和梁战赶到没多久，杨惊雷、窦姜氏、宋时谋、左云襄、杜盈盈等人也先后赶到。杜盈盈上前搀扶起了玉娇娥，将身上的外衣披在了玉娇娥的身上。玉娇娥手掌冰冷，缩在杜盈盈的怀里，浑身发抖地说道：“我看到他了……我看到他了……他又杀人了！”

玉娇娥话音未落，只见明月之下，飞檐之上，一道红袍乌纱的背影在黑影之中一闪而没，宛若凌空虚渡，袅袅无痕，只余一阵鬼气森森的呕哑大笑：“吾乃赐福镇宅圣君武魁斩鬼天师钟正南，敕令巡游阳间，南北群妖恶鬼束手——”

标号为秋收的客房内，一地鲜血，满室狼藉，墙上一张一模一样的不见了钟馗的钟馗图，书桌后的太师椅上，一只黑色的哈巴狗正蹲在一具正襟危坐的尸首怀里，伸着舌头舔食着那尸体腔子里流出来的血。尸体的脖颈上，一道平滑的刀口掠过，将人头斩下，滚落一旁。门槛边上，一颗血肉模糊的脑袋正瞪着一双圆溜溜的大眼睛看着门外的众人。那脑袋上还架着一副金丝眼镜，嘴里咬着一张牛皮书页……

费学岐者，生于光绪十五年，寿活四十有二，亡于民国十九年正月十八！

左云襄拧亮了手电筒，去照那脑袋的面目……

“这是……费……费学岐，费行长！他什么时候来的？”左云襄惊叫了一声。

“咳——”窦姜氏咳了一嗓子，左云襄识趣地闭上了嘴。

“费行长与我家老爷是故交，昨日便来吊唁。只不过费行长位高权重，身份特殊，不愿露面，再加上舟车劳顿，甚是乏累。所以，我才选这处别院，让费行长休养。”窦姜氏不动声色地说道。

“敢问窦夫人，在赶来现场之前，您在做什么？”我试探着问道。

“我在账房查账。这几日吊唁的人多，随的份子不少，我理理账目，账房里的管事可以为我做证，自傍晚一直到来这里之前，我从未出过账房一步！”

我和梁战对视了一眼，走上前去，迈进了屋内，在费学岐的尸体边上探看了一阵，从还穿着睡衣的费学岐的肩头上摸索了一阵，摘下了一缕发丝，裹在了随身的手帕里，从他的上衣兜里翻出了一本小巧的笔记本，简单翻看了一下，里面密密麻麻地记载了许多银行的往来账目。随后，我蹲下身，眼光与桌面平齐地瞧了一阵，拈起了桌子上的红酒杯和红酒瓶，嗅了嗅瓶口，摇了摇红酒杯的杯底，观察着杯子里残余酒液的沉淀，往嘴里倒了一小口，嘬了嘬舌头，随后又拔开了瓶塞，又倒了一杯，抿了一小口，皱了皱眉头。

“杨局长！从尸体上看，死者死亡大概不足十五分钟，请问，十五分钟前，您在干什么？”我抬头问道。

“你这是在怀疑我喽？”杨惊雷闻言，面上逝过一抹不悦，背着手反问我。

我笑了笑，平静地答道：“恰恰相反，我是在帮您洗脱嫌疑！”

杨惊雷一时语塞，不耐烦地说道：“我在屋内看书，听到有人尖叫，就跟着跑出来了！”

我瞥了一眼杨惊雷，笑着说道：“真的？”

杨惊雷面带怒色，上前一步喊道：“你什么意思？”

我摇了摇头，转身看向了二姨太杜盈盈，语气柔和地问道：“二姨太，请问十五分钟前，你在做什么？”

杜盈盈拢了拢耳边的头发，小声答道：“我在厨房煎药，这几天家里发生了太多的事，我有些失眠，故而寻了一道安神的方子，煎来服用……”

我的眼光在杜盈盈身子上下扫了两个来回，最终停在了她脚上的那双绣鞋上。那是一双黑底的缎面女鞋，杜盈盈的脚趾在鞋面下因为紧张一蜷一缩，鞋面一鼓一胀，煞是可爱，我咧嘴一笑，张口吟道：“钿尺裁量减四分，纤纤玉笋裹轻云。五陵年少欺他醉，笑把花前出画裙。”

杜盈盈本是秦淮花魁，对这类俗调艳曲再熟悉不过，此刻听了我的话，一脸愠怒，狠狠地白了我一眼，扭过头去。我连呼得罪，朝着四方做了一个团揖，赔了张笑脸，接着向缩在杜盈盈怀里的大姨太玉娇娥问道：“大姨太，十五分钟前，你在干什么，为什么你会来到费行长所在的别院呢？”

玉娇娥指了指屋里那只黑色的哈巴狗，弱弱地说道：“我的狗丢了，我在院子里四处找狗，听到别院这边有铃铛声，就寻了过来，正看见……”

我摆了摆手，示意玉娇娥不用继续说了，随后回过头去，看着左云襄问道：“左二当家，十五分钟前，你又再做什么？”

左云襄咬了咬牙，一脸局促，挣扎了半天，才从牙缝里挤出了一句话：“我在做什么，说不得，但是我真的没杀人！”

宋时谋闻言，大声喊道：“事无不可对人言，你这厮言辞闪烁，必定是有鬼！”

左云襄闻言，气得浑身发抖，却始终不发一词。

我笑着拍了拍左云襄的肩膀，在他耳边沉声说道：“我明白，我明白。”

宋时谋见我二人耳语，一脸不悦地喊道：“喂喂喂——交头接耳地说些什么？不妨大声点，让大家听个明白！”

我走到了宋时谋身前，笑着说道：“敢问宋司令，十五分钟前，您在干什么？”

“喝酒啊！”

“自己吗？”

“当然是自己啊！本司令就爱自酌自饮，怎么了？”

“没什么？宋司令身上好大的酒气！”

“本司令自幼酒量大，白酒三斤起步，哈哈哈，不服吗？”

我连忙摆了摆手，低头说道：“惭愧惭愧，服服服，张某喝酒，夙来怂包……”

“问过了这么多人，十五分钟前，你又在做什么？”杨惊雷反问我道。

“我和我这位叫梁战的朋友，连同萧自横，还有陶翰卿陶公子，四个人凑了一桌麻将！”

“麻将？骗鬼呢吧，你！”杨惊雷指着我的鼻子，一声大喊。

我笑了笑，拨开了他的手指，徐徐说道："彼此，彼此！"

说完，一转身，带着梁战出了别院。没走多远，身后便传来了杨惊雷的阵阵谩骂声。

我和梁战刚回到客房，萧自横便迎了上来，急声问道："怎么样？查出谁有嫌疑了吗？"

我摇了摇头，看着萧自横，苦笑着说道："我盘问了所有人，你猜怎么样？"

萧自横思考了一阵，眼睛放光地答道："是不是有人在撒谎？"

我拄着额头，揉着发胀的太阳穴，幽幽叹道："不是有人撒谎，是他娘的所有人都在撒谎！"

"什么意思！"萧自横来了精神，搬了一只凳子，坐在了我的面前。

"陶翰卿怎么样了？"我问了一句。

"大烟瘾犯了，被我捆起来了。你先说，所有人都在撒谎是怎么一回事？"萧自横急切地说道。

"命案发生的时候，杨惊雷说他在屋内独自看书，但是我在他的裤腿脚上发现了一抹水渍的痕迹，皮鞋的侧后帮儿上有细沙，在屋里看书怎么会把裤腿脚看湿呢？这说明他根本就没有在屋内看书，而是去了一处水边，整座窦府有水有细沙的地方只有一处——后院儿荷塘上还没有修好的那座石桥边……所以，杨惊雷根本没有在屋里看书，而是去了后院儿的荷塘。杨惊雷的鞋底有烟灰，说明他在荷塘边上抽过烟，正常人谁会在这么冷的天，不在暖暖和和的屋子里抽烟，反而要去荷塘边上抽呢？"

"说明他在等人！"老萧举手抢答道。

"对喽！所以说杨惊雷在撒谎！再看宋时谋，宋时谋说命案发生的时候，他在屋子里喝酒。我走过去闻了闻，宋时谋虽然一身酒气，但是酒味都是从他的前胸衣襟，以及左边袖口、胳膊等处散发出来的，宋时谋口鼻呼吸之间的酒气并不浓郁，这说明，他并没有大量饮酒，身上的酒气是他自行在衣物上泼洒出来的，故意造成醉酒的假象，所以这厮也在骗人。再看左云襄，左云襄支支吾吾，遮遮掩掩，不肯说自己在十五分钟前干了什么，但是，我观察到他的膝盖处有一抹锅灰，袖子口是卷起来的，手指发白，指节透红，分明是在水中浸泡过，这说明他是从厨房过来的，而且他在命案发生的时候正在厨房忙碌，所以膝盖才会蹭到灶台，染上锅灰，也许……那个在厨房煎药的根本就不是二姨太杜盈盈，而是她的情郎左云襄，杜盈盈说她独自在厨房煎药，也是个谎言！”

“既然煎药的是左云襄，那杜盈盈在干什么？”萧自横问道。

“杜盈盈的眼圈是肿的，虽然化了妆，但是遮不住脸上的泪痕，她在来之前一直在哭……我想她谎称在厨房煎药，怕是想给左云襄打掩护，毕竟两个人的感情不能见光。左云襄从厨房赶来，没顾上那碗药——那副女子安神的药。窦府女眷不多，被人发现捅出来，终究是麻烦！不过这里边最引人怀疑的是剩下的两个人……”

“大姨太玉娇娥和窦夫人！”萧自横掰着手指头说道。

“不错，玉娇娥根本不是找狗找到别院去的，而是她根本就在别院！”

“什么意思？”

“桌上的酒不对！费学歧死亡的现场，在桌子上有一瓶红酒，一只玻璃杯，玻璃杯底有残余的酒。我观察过红酒瓶的瓶口和地上的软木塞，软木塞的钻茬儿很新，说明这酒是刚开的，玻璃杯里酒液留下的红色的液位线告诉我，这杯酒只倒了三分之一的高度，这和酒瓶里剩余的酒量对不上号，而且瓶颈和瓶塞子上有若有若无的紫罗兰香水味，说明开红酒的是一个女人，费学歧不是独饮，而是有个女人陪他喝过一杯，但是那个女人的杯子被处理掉了！恰巧，大姨太身上的香水就是紫罗兰香！”

“你是说……是二姨太杀了费学歧？！”萧自横惊恐地问道。

“费学歧是被斩首的，死前必定有大量鲜血喷涌，但是大姨太浑身上下并没有染上血迹。时间紧迫，她没有藏衣服的时间，现场也没有找到凶手的血衣，但是这两个人一定有问题。”我给了萧自横一个“是男人都明白”的眼神。

“你怎么知道的？”萧自横问道。

“大姨太的打扮！”

“打扮？”

“大半夜的，男人刚死，就算是狗丢了，你会美美地烫个头发，穿着一身艳丽的旗袍，描眉画眼地出去找吗？”

萧自横恍然大悟，一拍大腿，哀声叹道：“想不到这窦万通一世枭雄，取了三个老婆，两个都在给他戴绿帽子！也不知他泉下有知，是何滋味啊？”

我和梁战对视了一眼，发出了一阵男人间默契的笑。

笑完之后，我从怀里掏出了一只手帕，打开来，露出了里面包着的一根头发，递到了萧自横的面前，笑着说道：“看！这个波浪卷，这股香水味，大姨太的头发，出现在了费学岐的肩头，我敢肯定，和费学岐对饮的那个女人就是大姨太……”

“这么说，大姨太的嫌疑最大？”萧自横在小本上写下了玉娇娥的名字。

“但是，费学岐却将目标指向了窦夫人……”我自言自语地嘀咕道。

“费学岐……指向窦夫人是什么意思？”萧自横一头雾水。

“费学岐随身有一只笔记本，里面是他工作的银行账目。像费学岐这种整日和数字打交道的人，身边的本子上记录一些银行的账目往来，本来是一件很正常的事，但是我在那本子的后两页发现了十几行文字非常地怪异？”

“什么文字？”

“坎子话！”

第九章　支花老唐（下）

我从萧自横的手里接过小本儿和铅笔，在上面写下了两行字：

支花老唐抬翘子，麻油盘子摩拦钩。草木高丁阴阳扣，里外排足白花叶。

“这是什么意思……”

我点了根烟，吐了口烟圈，幽幽说道：“具体的是啥意思我不知道，但是大概是什么东西我知道，这就是个坎子话！”

所谓坎子话，就是米粮业内部同行的一种行话，类似江湖上的“春点”，大多用于计数、还价、谈判、分成。据说这坎子话分寒、暑、乾、坤四组，用于与不同的人交易。

第一组“寒”是用来和官家打交道的，用上、衣、寸、许、丁、木、草、高、成这九个字，来代替一到九的数字，比如十二就说“上衣”，五十三就说“丁寸”。

第二组“暑”是用来和黑道人打交道的，用更、示、春、回、玉、商、化、兑、旭这九个字，来代替一到九的数字，比如十二在这组里就说“更示”，五十三在这里就说“玉春”。

第三组“乾”，是用来和同行打交道的，用支花、老唐、啄子、吊苏、木兰、劳子、叉子、翘子、老窝这九个词代表一到九的数字，同样的十二这个数字，在这里叫“支花老唐”，五十三叫“木兰啄子”。

米行内部的贩子就用这些外行人听不懂的坎子话协商价格，谈判分成。除了数字，这坎子话里，还有诸多术语，比如管瞒价牟利，叫“吃盘子”“代辫子”。连环诈骗、下高利贷称为“加麻油”……总之数不胜数。

这费学岐笔记本里，用坎子话记载的账目驳杂反覆，“寒、暑、乾、坤”四组词被他用了个遍，可见这本账目涉及的人员之广，路数之深，足以涵盖黑白两道、官匪江湖，而窦家的总账目只有两个人有翻看的权力，一个是已经死了的窦万通，一个就是那位讳莫如深的窦夫人！

我掐灭了手里的烟屁股，沉声说道：“我让梁战仔细观察过窦夫人，留心听过她的呼吸，可以肯定的是——这位窦夫人是不会武功的，而且……这位老太太已经五十多岁了，试想百炼快刀，一刀割头，这种体力活，没有体力或是武功的人是万万做不到的，而除了她之外，孔武有力的杨惊雷、壮硕高大的宋时谋、刀头舔血的左云襄、跳舞出身的青楼花魁杜盈盈，哪怕是戏班子里刀马旦出身的玉娇娥都比那位年老体衰的窦夫人看上去更有杀人砍头的气力！”

“那接下来咱们怎么办？”

我挠了挠头，沉声说道：“去荷塘！看看有没有别的线索……我总得知道，杨惊雷去见了谁！”

半个小时后……

后院荷塘，石桥边。

窦府的后院，一看就是园林大家的手笔，从布局便能看出这处园林是被高手匠人特意布置成了以小巧、自由、精致、淡雅、写意见长的苏州风格，亭、台、楼、阁、泉、石、花、木，错落有致，竹林掩映之下，小溪流水从脚下汩汩而过，石阶青苔，曲径通幽，荷塘边，有一假山石，石上篆刻着两行行书——“雨惊诗梦留蕉叶，风裁书声出藕花”，在那假山旁，有半座待修的石桥，桥边散落着不少用作建材的青石、沙土。这几日雪后，气温回暖，地上的积雪开始融化，形成了一个个的小水洼。我蹲下身去，在假山周围仔仔细细地一顿探看，果然，被我发现了好几串印在沙土中的、淡淡的脚印。

我张开手掌，蹲在了地下，去丈量那几串脚印。从东而来的那串脚印约有二十三公分，一般情况下，人的脚印和身高的比例大约为一比七，也就是说，这串脚印的主人身高在一百六十公分左右。看脚印的形状，应该是女式的高跟皮鞋留下的，窦府的女仆和杂役不会有人穿这么考究的皮鞋，符合条件的只有三个人，窦姜氏、玉娇娥和杜盈盈。再看另一串从西方方向来的脚印，这串脚印的主人显然在这里等待了很长的时间，他不停地来回踱步，将脚印踩成了一片。这串脚印的长度足有二十七公分，正好和杨惊雷的身高相符合，再结合他裤腿上的泥沙和水渍，应该可以肯定，来这里等一个女人的就是杨惊雷无疑！

我皱了皱眉头，闭上了眼睛，开始去试着还原当时的场景……

抽烟！抽烟！杨惊雷很烦躁，很不安。他一支一支地吸着烟，以至于地上到处都是烟头儿。他在假山石后不停地踱步，来回地转圈儿，将地上的脚印踩成了一片……

最后，他的脚步停了下来，站在了原地，以至于众多脚印之中，只有这一对最清晰，因为他站在这里的时间最久，这个方向，正好和那个神秘女人的脚印脚尖对脚尖地站在了一起！

他们不是敌人，因为敌人不会站得这么近……

他们也不是情人，因为情人不会站得这么远……

杨惊雷很激动，他浑身都在颤抖，所以脚印的轮廓才会如此地细碎。他很亢奋，身体不断地在前倾，所以脚印才会前脚掌深，后脚掌浅。

他颤抖着向前迈了两步，那个女子却开始后退。那女子也很激动，所以后退的两处脚印脚跟深，脚掌浅，她是抗拒的……但却没有激烈地反抗……

这个距离，应该刚好够杨惊雷抓住她的手，只是抓住了手……

不知道杨惊雷跟她说了什么，她的心绪不宁，非常混乱。她扭头跑开了！所以，这串女人离开时脚印的步幅比来的时候大了很多。她心绪很乱，所以深一脚浅一脚。杨惊雷没有追出去，在原地站了很久，想点烟，但是点了好多次都没有点着。他将那支头上被燎黄了、但是没有点着的烟扔在地上，烟上的指痕可以证明他当时的激动，以至于连夹烟都掌握不好力度……

我记得很清楚，赶到费学岐死亡现场的三个女人里，窦姜氏、玉娇娥两个人穿的是皮鞋，只有二姨太杜盈盈穿的是一双绣花的布鞋。

然而，有嫌疑的不是那两个穿皮鞋的人，因为她们的鞋上没有沙土的痕迹；而那个穿布鞋的人才可疑，因为……她一定是发现了鞋上的痕迹，才换掉了皮鞋。我就说当时看着杜盈盈为什么那么别扭，原来是出在鞋上！在费学岐死亡的现场，杜盈盈来的时候穿的是一身西式的服装，偏偏配了一双布鞋，一定是她刚刚换完皮鞋就听到了玉娇娥的尖叫，来不及换衣服，就跑了过来……

“杜盈盈有鬼！”我猛地一睁眼。

萧自横吓了一个激灵，急忙说道：“那……那我们该怎么办？”

我坐在地上，以手指为笔，在沙土上画了一个又一个的圆圈，沉默了许久，我对萧自横说道：“老萧，这布局之道的核心便在于牵一发而动全身，就像西洋的八宝转心机关锁，一环扣一环，有道是：‘真真假假终为戏，虚虚实实才是局。’按理说，那批烟土被劫，钱粮两失，苍梧妖道的目的已经达到了，他为何又要多此一举，来窦府杀人呢？这种费力不讨好的事，不符合逻辑！”

萧自横闻言，陷入了沉思。我轻轻地敲着脑袋，涩声说道：“老萧，我在想……有没有一种可能是我们搞混了因果……”

“你什么意思？我听不懂！”萧自横摇了摇头。

“我的意思是，总是依据时间先后思考的惯性思维告诉我们：是先有烟土被劫，所以有人开始计划杀人，开始高悬屠刀。那么有没有可能是因为有人开始高悬屠刀，才造成了烟土被劫呢，也就是说，杀人的计划早就铺开了，烟土被劫或许只是计划中的一部分，亦或仅仅不过是个请君入瓮的引子！”

萧自横闻言，倒吸了一口冷气，梗着嗓子说道：“那这个布局的人……也太厉害了……这会是苍梧妖道的手笔吗？”

我长吸了一口气，低声说道：“老萧，有句话说得很对，那就是：物先腐而后虫生。按理来讲，费学岐、窦万通、杨惊雷、宋时谋、陶精玉这个组合堪称完美，黑、白、钱、粮、将这五样东西占了个齐全。这样一个生意组合绝对是天衣无缝，堪称黄金阵容。苍梧妖道要想破坏掉这个体系，从外面几乎是无法下手的。的确，苍梧妖道裹挟了不少信徒，薄有金银，但论钱，他能有掌管中央银行的费学岐有钱吗？论煽动性，他那非常道的骗人把戏，说得再天花乱坠，能有陶精玉手里那白花花的大米诱人吗？论斗狠，神拳队潜入南京城里的死士也就二百人上下，那挑山帮八百余亡命徒，都握在窦万通手里，所以那苍梧妖道斗狠也不是对手，更别提宋时谋和杨惊雷这俩人，一个是司令，虽不亲自带兵，但也有调动之权；另一个管着警察局，街面上大大小小的事，没有他查不到的。所以说，苍梧妖道知道，硬拼是没戏的，摆在他面前唯一的办法，就是在这五个人中间制造龃龉，让他们自相攻杀！”

“那……那个钟馗……”

我摆了摆手，打断了萧自横的话，张口说道：“我说过，一个案子里，杀人的手法不过是途径，杀人的动机才是核心。天师杀人，不过是个噱头，换句话说，这杀人的钟馗不过是一把刀，而这把刀握在谁的手里，为什么要捅出这一刀，才是关键！苍梧妖道是布局的高手，深懂以弱胜强之道……”

“以弱胜强？好厉害啊……”萧自横由衷地赞叹了一句。

“狗屁的以弱胜强，骗人的把戏罢了！”我嗤笑了一声，从地上拢过了一摊小石子，一边挑拣，一边说道：“老萧，从古到今，这兵法里的以弱胜强，多是纸上谈兵的书生们，断章取义胡搞出来的一个悖论。试想，平原列阵，互相攻伐，八千对八万，在装备、人员、后勤保障等水平都差不多的情况下，怎么打八千也不可能打得过八万。这世上，多胜少，强胜弱，有胜无，大胜小才是真理！兵书上所说的以弱胜强，无非是在一时一地的情况下，为以强凌弱罢了，《孙子兵法》有云：‘十则围之，五则攻之，倍则战之，敌则分之，少则守之，不若则避之！’

“在敌众我寡的情况下，怎么才能营造出对自己有利的局势呢？五点：一、可以战与不可以战者胜；二、识众寡之用者胜；三、上下同欲者胜；四、以虞待不虞者胜；五、将能而君不御者胜。苍梧妖道是做局的高手，自然会占据这五点优势，敌明我暗，这妖道胜之一者也；窦万通等人组织松散，各怀鬼胎，而苍梧妖道的非常道，令出一人，纪律严明，此妖道胜之二者也；窦万通等人内部出现了问题，被苍梧私道抓住了小尾巴，此妖道胜之三者也。”

说到这儿，我也数清了手里的石子，推到萧自横面前十二颗，堆到自己身前六颗。

“老萧，现在你是窦万通一伙，我是苍梧妖道一伙，石子代表咱们俩的实力和筹码，你有十二颗，我只有六颗，你二倍于我，现在，我想搞死你，请问，我该怎么做？”

萧自横一脸茫然地摇了摇头，我伸出手去，将苍梧妖道的石子分成了四堆：第一堆五颗，第二堆四颗，第三堆两颗，第四堆一颗。

我拿着自己那六颗石子，往前一推，笑着说道："六对十二打不过，但是你的十二颗石子分成了四份，分而击之，六对五，稳稳当当，第一轮，我赢了，战损其一。"

说完，我拂开了萧自横那五颗一堆的石子，并且从自己的六颗石子里丢掉了一颗；而后，我把我剩下的五颗石子再往前一推，推到了萧自横那四颗一堆的石子面前，笑着说道："第二轮，五对四，我又赢了，战损其一！"

说完，我又拂开了萧自横那两颗一堆的石子，并且从自己剩下的五颗石子里丢掉了一颗。就在萧自横发呆的时候，我把我剩下的四颗石子往前再一推，推到了萧自横两颗一堆的石子前面，悠悠说道："第三轮，四对二，我又赢了，战损其一！"

我接着拂开了萧自横面前那最后一颗石子，并且从自己剩下的四颗石子里丢掉了一颗，沉声说道："最后一局，以三对一，战损其一，我又赢了！"

我抬手拂开了萧自横最后一颗石子，并且从自己剩下的三颗石子里丢掉了一颗，此刻场中只剩下了我的两颗石子，萧自横的石子全军覆没。

我拍了拍我手上的尘土，沉声说道："这，就是以弱胜强的原理，也是苍梧妖道布局的思路。"

"分化窦万通这伙儿人，分散击破……"萧自横喃喃说道。

我点了点头，表示肯定。

"这么诡异的招数，你是怎么想到的？"萧自横不可置信地问道。

"不是我想到的，想到这个办法的人叫努尔哈赤。万历四十七年，大明王师和努尔哈赤在辽东打过一场大战，后世称为萨尔浒之战。在这场战役中，大明王师出兵十二万，努尔哈赤六万，大明王师兵分四路，十二万兵马拆成了五万、四万、两万、一万的四股兵马，打算合围努尔哈赤，结果被努尔哈赤分别击败。二月二十五日，大明王师正式出征；三月初一，西路军遭努尔哈赤攻击，寡不敌众，全军覆没；三月初三，北路军遭受攻击，寡不敌众，全军覆没；三月初五，东路军被努而哈赤军偷袭，寡不敌众，全军覆没；三月初六，南路军接到三路大军战败的消息后匆忙撤兵，努而哈赤军趁势追击，寡不敌众，全军覆没。所谓前车之鉴，后事之师，那苍梧妖道玩的就是这手儿……”

“那……咱们接下来怎么办？要不要把有嫌疑的人抓过来审一审？”萧自横咬着牙问道。

我笑着拍了拍萧自横的肩膀问道：“怎么审？且不说那杨惊雷、宋时谋身份特殊，你无权拘捕，单就说这窦夫人、左云襄之流不说实话，你能奈他何？”

萧自横嗫嚅了一下嘴唇，还没有说出话来，木头桩子一样站在一旁的梁战猛地蹦出俩字：“打他！”

我叹了口气，站起身来，叹着气说道：“哑巴！暴力是解决不了问题的，反而会酿成祸患，在窦府这团毛线球一般的局里，也许那位窦夫人会是一个绳子头儿……”

第十章　诈将

窦府深处，临水茶楼，管家收了我的拜帖，让我在廊下等候。半个小时后，天色入夜，管家开了门，我跟着上了楼。

三楼，静室。我和窦姜氏隔着一座红木的茶台而坐。老管家烧好了水，躬身退下，回手带上了房门。屋内只剩我和窦姜氏两个人。

“张大掌灯，听说白猿客栈专门为人解决棘手的事，这次我窦府的案情，你可有查到什么眉目吗？”

窦姜氏给我斟了一杯茶，我点头致谢，笑着答道：“眉目自然是有一些了，只是不知道您问的是案，还是情？”

我语气停顿了一下，偷眼瞟了一眼窦姜氏，果然，她的神色一紧，不过转瞬间恢复了平静。

“张大掌灯，你今日来见我，就是为了来打机锋的吗？”

我摇了摇头，徐徐说道：“我之所以来见你，就是希望能给您指出一条明路。”

窦姜氏闻言，不怒反笑，不抬眼地说道：“明路？你凭什么？哈哈哈，张大掌灯，允许你在这窦府查案，一是看在你是受萧自横萧司长的委托，走马司的事我也略有耳闻。这钟馗杀人，也算怪力乱神，所以我想着走马司兴许会有线索，这才容你在府中探看；二来我窦府出了人命，越是遮遮掩掩，反而越徒惹宵小觊觎，让人查案不过是为了堵住江湖上的悠悠众口罢了！我挑山帮做的是刀头舔血的黑道生意，你且问问这上下的汉子，哪个是惜命的孬种？！我夫君是帮主，从他接掌龙头那天，他就想到了自己的下场。所以说，案子查与不查，你张大掌灯是留是走，都是我挑山帮说了算！你凭什么来给我指一条明路，笑话！”

我呷了一口热茶，也不争辩，只是一声轻叹，徐徐说道：“你们打打杀杀自然有打打杀杀的活法，可杨惊雷呢？杜盈盈呢？他们和你可未必是一路人。”

我此话一出，窦姜氏瞳孔猛地一紧。“你什么意思？”

“我没什么意思，只不过，既然他二人已经见面，该捅破的已经捅破了，再这么绷着还有意思吗？唉，说起来，都是因果报应吧！”

我这话说得模棱两可，全仗着在荷塘边上推理出的一点信息，胡乱编凑，真假掺半，半遮半掩地诈了窦姜氏一下。

果然，窦姜氏脸上再也绷不住平静，一把放下了手里的茶杯，冷声说道：“你都知道了？”

我心中一阵狂喜，暗道：“饶你是经年的老猎手，也斗不过我这成了精的狐狸，还是被老子诈出来了吧！”

虽然心里高兴得快要蹦了起来，但是面上我却不动声色地接道：“我知道什么不重要，关键是杜盈盈心里怎么想。当年的事，她真的能接受吗？”

我这话问得极其有技巧，从杜盈盈哭红的双眼可见，她一定是遇到了无比伤心之事，所以我问了一句“能接受吗”，再加上杨惊雷和杜盈盈确实差着年纪。要说杜盈盈嫁到窦府做妾这几年里能和杨惊雷发生什么瓜葛，似乎不妥，所以一句“当年的事”，便能一划拉一大片地将窦姜氏的心思兜进去。我之前那句“都是因果报应吧”乃是街上摆摊算命的老骗棍惯用的招数，这世上万事万物都离不开一个因果，所以这是一句万能套儿，不愁她窦姜氏不往里钻。

窦姜氏沉吟了片刻，抬起头，看着我，冷冷说道：“这件事，和杨惊雷没有关系，和杜盈盈也没有关系，你莫要寻他们的麻烦。”

我闻言，心中一惊，暗自思忖道：“这窦姜氏分明是在为杨惊雷和杜盈盈开脱啊！这么说，她们要么是同伙，要么有着千丝万缕的联系。”

想到这儿，我假模假样地思考了一会儿，一脸犹豫地回答道：“覆巢之下，安有完卵？”

窦姜氏身躯一抖，从茶台下面掏出了一个小笸箩，笸箩里面铺着一层关东烟叶。窦姜氏撮开两张烟纸，捻起一撮烟叶，均匀地填在了烟纸上，灵活地搓了个卷儿，递到了我的身前，笑道：“抽一支？”

我愣了一下，旋即展颜一笑，点头应道：“抽一支！”

我伸手接过了窦姜氏递过来的烟卷，在指尖轻轻地弹了弹，凑到鼻子尖上一嗅，然后划着了随身的火柴，点燃了烟叶子，深深地吸了一口，眯着眼睛说道：“地道——”

“你懂这烟？”窦姜氏一边给自己卷着烟，一边问道。

“懂得不多，随口一说，您见笑。这辨别关东烟的诀窍有看、嗅、品三诀：这看，指的是看烟叶的厚薄，有无斑痕；嗅嘛，就是指把烟叶放到鼻前闻，去嗅那醇厚缠绵的芳香味，这关东烟的烟气素来为它烟所不及；这第三，就是品，轻轻地吸一口，让烟香在腔里闷上几个来回，再缓缓地从鼻子里返出来。别看烟圈已喷出来了，但这烟香却还久久地在口腔里徘徊……这三样都达到上乘，才称得上地地道道的关东烟！”

窦姜氏挑了一下大拇指，将卷好的烟卷叼在了嘴里，我极有眼色地划着了一根火柴，身子前倾，探过茶台，点着了她嘴边的烟卷。馥郁的香气散开，窦姜氏吐了口气，看着我冷冷说道：“你是什么时候看出我和杜盈盈的关系的？”

我坐回到椅子上，眯着眼说道：“说来惭愧，我也是在费学岐被杀的当晚，才看出的端倪！”

“哦？”

“费学岐被杀的当晚，杜盈盈从荷塘边上与杨惊雷相会，离开后，杜盈盈发现了脚上的泥沙，就把皮鞋换成了布鞋才赶到现场。但是我发现了一件事，那就是——杜盈盈的布鞋是不合脚的，她的脚趾是蜷缩着的，因为鞋子小！试想，若是杜盈盈换的是自己的鞋，怎么会出现不合脚的现象呢？唯一的解释就是杜盈盈根本没有发现脚上的皮鞋沾了会暴露行踪的泥沙，发现这个问题的是其他人。但是情况紧急，所有人都在往别院赶，杜盈盈没有时间回屋子里换鞋了。发现这个问题的人和杜盈盈交换了鞋子……

“杜盈盈穿布鞋小，那个人穿皮鞋一定大，为什么那个人可以和她换鞋穿，因为那个人穿的衣服是不会露出鞋子的。我记得很清楚，那天在场的人里，玉娇娥穿的是一双高跟鞋，而您穿着的一直是那身长衫，长衫的下摆垂得很低，我看不清您脚的大小，但是可以肯定，您一定是那双绣鞋的主人——因为人的身高和脚长大概是一比七的关系，杜盈盈穿的那双鞋小，说明那双鞋的主人没有杜盈盈高，而玉娇娥的身量和杜盈盈差不多，唯有您……符合所有的条件！所以我断定，您和杜盈盈……”

“厉害！难怪你那日无故说了一句‘钿尺裁量减四分，纤纤玉笋裹轻云’。原来不是出声调戏，而是看出了脚上的端倪！”窦姜氏一声赞叹，打断了我的话。

我二人相对而坐，各吸了两口烟，默默无言。

半晌过后，窦姜氏弹了弹手里的烟灰，两眼看着窗外，喃喃说道：“人老了，很多片段记不清了，但是无妨，好歹能说个大概，张大掌灯……有没有兴趣听我讲个故事？”

…………

二十一年前，初秋，苏州乡下，小渔村。

芦苇荡密密麻麻，岸边靠着一艘破烂的小渔船。渔船里，一个壮硕的青年人从上衣的领子底下挑下了一枚扣子，用绳子穿了，挂在了一个长发如墨的农家女子颈上。

“姜雁儿，我得走了！”

那农家女子两眼通红，泪珠子噼里啪啦地往下掉，她攥紧了那青年的手，咬着嘴唇呢喃道：“杨霄，我舍不得你！”

原来，那青年人名叫杨霄。今年——也就是清宣统元年——十二月，以杨霄为首的革命党人谋刺从欧洲考察回国的贝勒载洵，不料事先走漏了风声，引得清廷派员追捕。杨霄九死一生逃出苏州城，重伤之下，落入江中，被打渔的农家女姜雁儿救起，并躲在姜雁儿的渔船中养伤。

杨霄见的世面广，胸中才学又深，本就招女孩子喜欢，旬月以来，得蒙姜雁儿悉心照料，二人耳鬓厮磨，不由暗生情愫，私定了终身。然而，没过多久，清廷追捕的风头渐渐过去，旧时的同伴顺着江水搜寻，找到了杨霄的踪迹，以暗语留书，让杨霄尽快回归，共谋大计！

那杨霄也是个热血有为的青年，早就心怀推翻清廷、驱除外寇的心思，此刻见了伙伴的留书，心思霎时间飞到了千里之外，但是……姜雁儿怎么办？杨霄知道，自己干的是刀头舔血、有今天没明天的营生，无论如何也不可能把姜雁儿带在身边的；但是，若是让他在这山村里打渔耕田，终老此生，他又岂肯甘心？思前想后，也不知挣扎了多少个昼夜，终于打定了心思，向姜雁儿吐露了实情，并表达了自己非走不可的决心。临行前，杨霄拆下了自己的一颗衣扣，穿在绳上交给姜雁儿做了信物，告诉她：一旦大事有成，便来接她，到时候，便以这扣子为信物。

姜雁儿见情郎决意要走，自知留他不住，只得再三相送，洒泪别离不提。

杨霄走后没多久，姜雁儿便发现自己有了身孕，十月怀胎，诞下了一个女儿。不料又过了一年的春天，苏州闹了洪灾，饥荒来袭，饿殍遍野。姜雁儿独身一人，无力抚养女儿，万般无奈之下，只得找到南京城里下来贩人口的人牙子，卖了自己，换了两袋小米。姜雁儿拎着两袋小米抱着孩子，在村里找到了冯铁匠一家。这冯铁匠夫妻俩是十里八村出了名的好心肠，就是膝下无子无女，姜雁儿忍痛将孩子托给了冯铁匠抚养，并将那两袋小米当作报酬，交给了冯铁匠。临别时，姜雁儿将那枚扣子挂在了孩子的脖子上……

而后，贩人口的人牙子带着姜雁儿走水路，换马车，一路坎坷地来到了南京城。

第十一章　最难消受是相思（上）

两年后，也就是民国元年，南京城，姜雁儿被转卖了四五道手，最终落在了秦淮河边的一家青楼画舫上做娼妓。那是三月初五的一天，黄昏时分，姜雁儿起身梳洗打扮。今日有城里的富豪宴客，要在画舫上摆酒席，楼里的姑娘都得赶去伺候。

姜雁儿刚刚换好衣服，突然听见一声窗响，好像有什么东西撞破了窗户，翻了进来，姜雁儿抓起针线笸箩里面的剪刀，仗着胆子走到窗户底下，拉开窗帘，只见窗帘后面此刻正缩着一个干瘦的青年男子，腹部一道刀口，染红了褂子，面色惨白，嘴唇乌青。

那青年男子瞧见姜雁儿，苦着脸，扑通一声跪在了地上，哀声求道："阿姐，救我一救！"

姜雁儿正发愣之际，只听门外一阵嘈杂声响起，一阵急促的脚步声落在了甲板上。姜雁儿知道这定是那青年的仇家来寻他。再看那男子伤得很重，又听出他一口的苏州口音，知是自己同乡。此情此景，更让姜雁儿想起了当年的杨霄，也是这般落入了江中，被他救起。想到此处，姜雁儿将心一横，拉开了衣柜，将那男子塞在了柜中，然后拿起抹布，擦干了那男子滴下来的血迹，将抹布裹着灯台抛入了水中，推开半扇窗户，抬脚在窗框上踩了一块黑漆漆的鞋印。

“咣当——”木门从外面被人一脚踢开，十几个凶神恶煞的大汉涌进屋来，抬起手里冷森森的长刀指着姜雁儿喝道：“有没有看到一个年轻汉子跑进来！”

姜雁儿喘了口气，向窗边一指，为首的大汉跑到了窗边，一眼便瞟到了窗框上的那个脚印！

“狗日的跳水里了，给我撑船搜！”

那大汉一声大喝，带人出了屋子。姜雁儿关好了门窗，听得脚步声走远，回身打开了柜门，扶着里面的那个青年汉子走了出来。那青年汉子一屈膝，扑通一下，跪在地上，朝着姜雁儿“当当当”连磕了三个响头，口中说道：“阿姐救命之恩，我窦万通永世不忘，待他日窦某飞黄腾达，定当报偿！”

姜雁儿苦笑一声，摇了摇头，涩声说道：“都是江湖飘零的苦命人，今日不知明日事，谈什么报偿？”

那青年汉子讪讪地笑了笑，也不说话，一转身也出了画舫，趁着黄昏入夜，灯影昏黑，消失在了码头深处。

一年后，也是三月初五，姜雁儿生了病，窝在船舱里发烧。老鸨恼怒她不能开工赚钱，没有给她饭食。饥寒交迫之际，姜雁儿忽然听得窗外鼓乐齐鸣，鞭炮喧天，有大队的人马朝着画舫而来，正惊诧之间，屋门被人从外推开，老鸨带着两个龟奴闯了进来。姜雁儿吓了一跳，从床上连忙滚下地来，不住地磕头，哀声说道：“莫打我，妈妈莫打我，明日……明日我便能接客……”

怎料那老鸨见状，脸上竟然泛起了一丝惶恐，手忙脚乱地把姜雁儿扶了起来，亲自帮她整理发鬓，梳洗描画，口中不住地说道：“孩子，瞧你说的什么话？你在妈妈这儿的几年，妈妈可曾亏欠过你？说起来，我这一船的姑娘，还是数你最有手腕，竟然勾住了挑山帮的大当家？！哎哟哟，人家给你赎了身，八台大轿就在码头上等着你呢！快，让妈妈给你好好打扮打扮，你也好漂漂亮亮地出阁……”

“挑山帮……大当家……”姜雁儿细数着自己平日里相熟的恩客，数了好几个来回，也不记得有过什么挑山帮的大当家。

正疑惑之际，老鸨已经给姜雁儿打扮利落，扶着她从船舱底下走上了画舫的甲板。甲板上，江风正浓。船对面的码头上架起了三人宽的跳板，跳板上铺着一层红毯。红毯那头的岸上，人声鼎沸，当中一人骑着高头大马，看见姜雁儿出来，滚鞍下马，迎了上来。姜雁儿离得远，瞧不见那人样貌，但看身影依稀面熟，于是挪步上了跳板，走近了些，才看出，原来那个一身黑布马褂，头戴圆顶呢帽，胸前挂着大红花的人，就是两年前那个被人追砍、躲在房内的窦万通！

“是你？”故人重逢，姜雁儿露出了一个笑容。

窦万通一撩衣摆，双膝一弯，跪倒在了姜雁儿面前，高声说道：“阿姐救命之恩，我窦万通永世不忘！今日窦某飞黄腾达，特来报偿！”

姜雁儿上前扶起了窦万通，捏了捏他长衫的料子，笑着说道：“果然是发达了呢！”

窦万通哈哈一笑，神色一肃，沉声说道：“当年我竞争大当家之位，被仇人追杀，多亏阿姐仗义相助，救我一命。这一年，我收拢兄弟，攘除敌凶，已然坐稳了这挑山帮头把交椅的位子。我窦万通是个‘拳头上立得人，胳膊上走得马’的爷们儿，许下的誓言，不敢相忘，今日备足了花红表礼，前来迎娶阿姐，自此后，秦淮河青楼里再无什么花娘姜雁儿，即日起，你就是我挑山帮的帮主夫人！你我富贵与共，如何？”

姜雁儿闻言，已是泪流满面。这许多年来身世飘零，流落江湖，在青楼里受的辱，遭的难，一瞬间涌上了心头。

终于等到有一个人能拉她出这火坑了！

姜雁儿抹了抹脸上的眼泪，笑着点了点头。窦万通站起身，一把将姜雁儿横抱在胸前。

一片锣鼓声中，姜雁儿进了挑山帮的大门……

要说，这姜雁儿和窦万通真是绝配：窦万通为人心狠手辣，敢打敢拼，十足的绿林作风，没几年的工夫就把南京周边什么运河帮、船旗会之类的竞争对手打散的打散，收编的收编；而姜雁儿呢，出身青楼，察言观色，八面玲珑本就是吃饭生存的本事，嫁到挑山帮之后，辅助窦万通左右逢源，无论是帮里的上下老小，还是帮外的人情往来，都打点得坦坦荡荡，提起窦夫人，没有一个不挑大拇指的。

可是事业顺利，并不意味着婚姻美满。两个人婚前接触不多，成亲之后，姜雁儿才发现，这位窦大当家，那是吃喝嫖赌无一不精啊，脾气暴躁，喜怒无常。姜雁儿有心要一个孩子，用孩子拴住窦万通的心，不过兴许是早年间在青楼里堕胎药喝得多了，这孩子怎么也要不出来。窦万通因此也很是郁闷，在外面酒色无度，渐渐地开始不着家了。

与此同时，姜雁儿派去苏州乡下寻找冯铁匠的人也带回了消息——冯铁匠一家都死了！为什么呢？只因为这几年苏州的年景不好，灾民是越来越多，南京这头的人牙子尝到了贩卖人口的甜头，越发地收不住，从一开始的买卖直接变成了拐带。冯铁匠乳名叫扣儿的小女儿被人牙子给拐跑了，冯铁匠的老婆受不了打击，上吊了。冯铁匠家破人亡，日日借酒浇愁，烂醉如泥，一日上山打柴，腿脚一软，跌到山坳里摔死了……

姜雁儿听闻此事，犹如晴天霹雳，哀痛之下，日日以泪洗面，心中暗自思忖：我得此报应全因这些年在挑山帮恶事做尽，欺行霸市、放贷骗毒、倒卖鸦片、拐带人口、运送军火、逼良为娼，桩桩件件都是伤阴德的买卖……

心念至此，姜雁儿不由得悲从中来，至此以后，渐渐地改了之前的做事方法，对鸦片和贩人口的生意开始有意地缩减运量。而这番做法却遭到了窦万通的强烈反对，二人大吵了好几架，渐渐地开始变得同床异梦，貌合神离。

民国十五年，南京警察局的局长有调动，作为本地码头最大的帮会，挑山帮肯定是要为新来的局长摆酒宴请的。

听潮酒楼是南京城最豪华的酒楼，六月初六，挑山帮包了听潮酒楼的场子，在这里宴请新来的局长——杨惊雷。

晚上七点十分，杨惊雷的专车准时停在了听潮酒楼的门前，窦万通携夫人准时在门口迎候，车门打开，杨惊雷下了车。就在他抬头的一瞬间，站在窦万通身后的姜雁儿愣住了……

杨惊雷就是当年的杨霄！

杨惊雷的眼神和姜雁儿一碰，顿时也呆在了当场，不过两人都是久经大阵仗的老油条，转瞬间便恢复了平静，各分宾主，把酒言欢，只是心里堵住了千言万语，找不到宣泄的机会罢了！

有着姜雁儿这层关系，杨惊雷对挑山帮独占码头生意的垄断地位自然是无比地支持。窦万通大喜，钞票金银大把地奉上，年底的分红，还给杨惊雷多分了一成，毕竟有了杨惊雷这位警察局长的保护，挑山帮的买卖自然会更加地顺风顺水。

三天后，秦淮河边的一间西洋咖啡厅里，杨惊雷压低了头上的呢帽，一身便服，低着脑袋，无声无息地走进了一间标号七一六的包间里，包间的窗子下面，坐着一脸苦笑的姜雁儿。

两人相顾无言，半晌过后，姜雁儿点燃了一支香烟，打破了沉默。

“造化弄人，不是吗？”姜雁儿说道。

“雁儿……”

“很多年没有人叫过我这个名字了，你还是叫我窦夫人吧！”

“这些年你受苦了……当年我……”

“好了！不说这个了！”姜雁儿摆了摆手，打断了杨惊雷的话。

杨惊雷嗫嚅了一下嘴唇，叹了口气。

“对了，你结婚了吗？”姜雁儿笑着问道。

“结……结了！”杨惊雷点了点头。

“有孩子吗？多大了？”姜雁儿僵硬地挤出了一个笑容。

杨惊雷苦笑摇了摇头，涩声说道：“没孩子，洋大夫说是我身体有问题……”

姜雁儿眼圈通红，故意扭过头去，不让眼泪落下，故作无所谓地说道：“那大夫是个骗子，哈哈哈，你知道吗，你走后的第二年，我生过一个孩子，女孩儿，你的，小名叫……扣儿！”

“你说什么？”杨惊雷猛地站了起来，走到窗边，蹲在了姜雁儿的身前，直直地望着姜雁儿。

“真的！”姜雁儿点了点头，眼泪终究是没有忍住，“唰”的一下流了出来。

“那孩子现在在哪儿？”杨惊雷颤抖着嗓子问道。

“在苏州乡下，被……被人牙子拐了……我找了很多年，都没有音讯……”姜雁儿深深地把头埋在了膝盖里，连烟头烫了她的手指都浑然不觉。

杨惊雷站起身，拿起了椅背上的外套，搭在了姜雁儿的肩膀上，抬手拉开了房门。

“你去哪儿？”姜雁儿问道。

“我去找……你找不到，不代表我找不到！”杨惊雷的声音斩钉截铁。

姜雁儿嗫嚅了一下嘴唇，悠悠说道：“孩子的脖子上，挂着你的扣子……”

“谢谢！”杨惊雷头也不回地出了门。

那天，姜雁儿躲在那间包房里抽了一宿的烟，直到半边肺叶咳得火烧一般的疼……

第十二章　最难消受是相思（下）

杨惊雷和姜雁儿私会的事，过程极其隐秘，除了他二人之外，无人知晓。转眼过了一年，窦万通除了在外一如既往地吃喝嫖赌之外，还染上了大烟瘾，渐渐活得人不像人，鬼不像鬼。

民国十八年，窦万通纳了第一房姨太太玉娇娥，愈发地冷落姜雁儿，所幸姜雁儿打理挑山帮的买卖十几年，在帮内上下积威甚重，连窦万通也对这位正房夫人十分敬畏，虽是生活情分上有所冷落，但还是尊敬有加。这一年，昌泰米行开始疯狂地扩张，米行的老板陶精玉凭借着过人的心思和手腕，挤跨了十六家竞争对手，挤占了南京米粮七成有余的份额，一跃成了做码头生意的挑山帮最大的合伙人。

彼时，由昌泰米行和宋时谋在幕后出钱经营的凤鸣楼已经成了秦淮河畔最大最高档的青楼，连续三届花魁都出在凤鸣楼。这一年，年仅十八岁的杜盈盈在花魁大会上脱颖而出，成为秦淮花魁，被央行的代行长费学岐看中，租了一处小院儿，包养下来，锦衣玉食地养在了府外。却不料，那费学岐的老妻凶狠彪悍，带着一众家奴老婢找上门来，将杜盈盈一顿暴打，在隆冬腊月里将浑身淤青的杜盈盈直接丢进了秦淮河中，幸好杜盈盈命大，被放灯的船家捞了上来，捡回了一条命。

杜盈盈无处可去，只得回到凤鸣楼养伤。半年后，杜盈盈的伤好了个七七八八，开门迎客。

这一日，窦万通在酒席上听杜盈盈抚琴唱曲，听得很是悠哉，便叫杜盈盈过来陪酒，推杯换盏之间，发现这杜盈盈琴棋书画、吹拉弹唱是无一不精。一打听才知道，这杜盈盈乃是上届的花魁，须知这娶花魁做姨太太，乃是那文人才子才干的事儿啊，窦万通心想：我不懂文化，家里的正房也没什么文化，大姨太是个戏子，也不通什么文墨，就是个绣花枕头，一身本事都长在一副脸蛋上，哎呀呀，我这一家子，唉，参加个上流社会的晚宴舞会啥的，没一个能带出去的，我要是能再娶一个懂文化的姨太太，以后出席这种场合，也不怵头啊！

想到这儿，窦万通咧嘴一笑，当天就把杜盈盈娶回了家，做了第二房姨太太。

要说这窦府，水深得真是不着边儿。三个夫人里，姜雁儿掌着半个挑山帮，自然没人敢寻她的麻烦。玉娇娥年轻漂亮，妩媚妖娆，又会哄人，窦万通最疼的就是她。而杜盈盈呢，娶她回来，就是为了去参加宴会的时候让她上去弹个琴，写个诗，充充场面的，所以窦万通对她不但没什么恩爱，平日里喝多了酒，杜盈盈伺候得稍有不慎，便非打即骂，拳脚相向。

一日，抽大烟抽得迷迷糊糊的窦万通洗脚，非要杜盈盈亲自伺候。杜盈盈没有经验，盆子里的水热了，烫了窦万通一下。窦万通大怒，一脚蹬翻了水盆子，拎起手里的烟袋锅子就烫在了杜盈盈的肩膀上。杜盈盈痛得一阵惨叫，窦万通还要再打，却被闻声赶来的姜雁儿喝止。

姜雁儿将杜盈盈带回房中给她上药，解开上衣，猛地发现了在杜盈盈脖子上挂着一条红线，线上拴着一颗扣子……

这颗扣子，姜雁儿太熟悉了！

就是这颗扣子！

她魂牵梦绕的这颗扣子！

姜雁儿一把抓住了杜盈盈的手，瞪着眼睛问道："你这扣子哪儿来的？"

杜盈盈吓了一跳，下意识地答道："我爹娘给我的……从小就挂在我脖子上了……我小时候被人从家拐走……"

"你爹姓什么？家住哪里？"姜雁儿红着眼睛问道。

"我那时候还小，家在哪里至今已经记不得了，只知道我爹姓冯……"说完这话，杜盈盈还给姜雁儿描述了一下当年拐走她的那两个人牙子：一个拐她的人，没有蒙面，另一个押送一船小孩儿的人蒙了脸。偏巧的是，那个没蒙脸的人牙子姜雁儿竟然是认识的——那个人牙子叫孙老歪，乃是早年和窦万通焦不离孟、孟不离焦的生死兄弟，后来死在了码头火并里。想都不用想，那个蒙着脸的人牙子肯定就是窦万通！窦万通早年间还是个小瘪三的时候，没少干拐孩子的营生！

姜雁儿想到这儿，一口气堵在胸口，险些晕倒在地，杜盈盈连忙搀扶住了摇摇晃晃的姜雁儿，急忙问道："大姐！你怎么了？"

杜盈盈的这声大姐刚一出口，姜雁儿的眼泪"唰"的一下，就淌了下来……

"造孽啊！造孽——"

姜雁儿狠狠地捶着自己的胸口，万千滋味涌上心头。

约有盏茶的工夫，姜雁儿缓过神来，伸出颤抖的手抚摸着杜盈盈的头发，柔声说道："没事，大姐只是想起了我以前的一个朋友，她是我当年在画舫上最好的姐妹，她有个女儿，若是没有被人拐了去，估计也有你这么大了！我那姐妹说，她的女儿，脖子上也有这么一个扣子，只不过我那姐妹的夫家不姓冯……"

杜盈盈叹了口气，涩声说道："那还真是可惜……"

那天晚上，姜雁儿给杜盈盈裹好了伤，杜盈盈和她说了很多的话，包括这些年如何被陶精玉买来，送到凤鸣楼调教……第一次接客……费学岐那个彪悍的老婆……五更天，杜盈盈在姜雁儿床上沉沉地睡了过去。姜雁儿给她盖好了被子，走到窗边，点燃了一支烟，眼中闪过一抹凌厉的冷光。

“费学岐、陶精玉、宋时谋、窦万通……我要你们死！”姜雁儿喃喃自语道。

两个月后，一封神秘的拜帖出现在了姜雁儿的手旁，拜帖的右下角没有署名，而是画了一颗扣子。姜雁儿看完了拜帖上的内容，默默记下了赴约的时间和地点，将帖子放在烛火上烧成了一堆灰烬。

城北，破庙。

姜雁儿孤身一人推开了破庙的大门，庙内尘土积灰，铺满了香案。

在香案前面的蒲团上，坐了一个仙风道骨，道袍飘飞的道士，瞧见雁儿走了进来，两眼一张，打了个稽首，笑着说道：“贫道苍梧，见过挑山帮窦夫人！”

“你约我，有什么事？”姜雁儿冷冷地说道。

“喜从天降，贫道为姜雁儿贺！”

“喜从何来？你又贺我什么？”

“贫道贺姜雁儿，母女重逢！”苍梧道人一抬眼，笑着答道。

姜雁儿眼光一冷，面沉如水地说道：“我不知道你在说些什么？”

苍梧道人缓缓站了起来，幽幽说道：“何必揣着明白装糊涂呢，对了，您提包里那把枪口在正对着我的手枪当心着点，别走了火！”

姜雁儿闻言一愣，索性把手从提包里抽了出来，手中的枪顶在了苍梧道人的额头上，冷声问道：“你想干什么？”

苍梧道人摇了摇头，徐徐说道：“我想干什么，不重要，关键是你想干什么？”

“你什么意思？”

“你想杀人，对不对？”

“你……还知道什么？”

“姜雁儿，您别紧张，我今天不是来为难您的，我是来帮您的！”

“哼，帮我，你怎么帮？”

“你要杀人，我来给您递刀啊——”

“你会这么好心？”

“各取所需罢了！”苍梧道人甩了甩浮尘，坦白地说道。

“你想要什么？”

“我这里有个计划，事成之后，您杀人，我取财；您报仇，我致富！怎么样？有兴趣吗？”

“你怎么这么确定，我需要你帮？！”姜雁儿收起了手中的枪。

苍梧道人笑着说道：“您的仇家都不是等闲人，您的力量不够，寻找外援是最好的选择！”

“先说说你的计划吧！”

苍梧道人点了点头，沉声答道：“是这样的，近年来水旱蝗灾不断，南京的米价一天一个涨，国民政府拨了一笔钱，用于采购粮食，控制粮价……”

窦姜氏的故事，讲到这里，我叹了口气，掐灭了手里的烟头，接口说道：“苍梧妖道的计划，就是让你以窦万通的名义出面，召集陶精玉、费学岐、宋时谋、杨惊雷等人，让陶精玉出面签订假合同，套出那笔钱，购买烟土，贩运到湖南……然后在中途被劫。想必在洞庭湖被劫，也是你的手笔吧！”

窦姜氏点了点头，笑着说道：“有钱能使鬼推磨，雇几个水匪不在话下！”

我叹了口气，接着说道：“在烟土被劫后，这帮人惊惧之下，必定先后来到窦府，你正好张网以待……”

窦姜氏笑着说道：“谁叫他们贪心，知道烟土利润高，除了那笔政府的钱，还各自押上了半数身家，费学岐还抽走了一部分军饷的资金，哈哈哈，半辈子的心血和身家性命都押在里面，由不得他们不往这里头跳！”

“所以，他们先后来到窦府，落入了陷阱，在目睹别人死亡的前提下，仍然不愿离去……也对，第一个死的是窦万通，谁能想到做局的人会是您这位窦夫人呢！不过，我很好奇，您和苍梧妖道是怎么约定的，换句话说，他的这把刀，是如何配合你杀人的呢？”

窦姜氏笑而不语。我脑中灵光一闪，高声呼道：“钟馗图！”

“聪明！苍梧道人给了我四张钟馗图，并且告诉我，一共有五张图，他手里一张，我手里四张，加在一起，他能帮我杀五个人。第一张钟馗图出现的时候，便是他已经做好了杀人的准备，随时可以下手了！在第一张钟馗图出现以后，只要哪个屋子里再挂上钟馗图，苍梧道人便会帮我杀了屋中的人！那天，盈盈带回了一张钟馗图，我一见那画，便知道，苍梧道人已经做好了杀人的准备了。当天，我就将画挂在了窦万通的书房之中……结果，当天晚上，窦万通就死了……哈哈哈……说实话，我也想知道苍梧道人是怎么杀的窦万通，但是想了很久我也想不明白，索性就不去想了！只要能杀了这帮恶人，是真天师还是假钟馗，和我又有什么关系？”

“这件事，您告诉杨惊雷了吗？”我张口问道。

“我本不想告诉他的，但是他一直派人在苏州乡下查访……盈盈的事，是他自己的查到的。那天，在窦万通的灵堂后面，他约我出来，以为我还不知道这件事……他很激动地把盈盈是我女儿的事告诉了我，并且说要约盈盈见面……我告诉他我没有面目和盈盈相认，让他不要说出我，他满口答应，却不料，那场见面，却被你张大掌灯看出了破绽……不过，我主动与盈盈换鞋，倒是引起了盈盈的怀疑……盈盈为此对我几番试探，都被我搪塞过去……”

我掰着手指，默默计算道："谭翻谭追那对父子，不过是俩倒霉鬼，为的不过是为钟馗出世造噱头。苍梧道人给您的五个名额里，陶精玉、窦万通、费学岐用去了三个，还有两个……今晚，怕是就要轮到宋时谋了……”

我顿了一下，叹了口气，徐徐说道："您有没有想过，杀杨惊雷！”

窦妻氏摇了摇头，幽幽说道："他虽然负我，却没害过我女儿，我毕竟……如何下得了手……”

"杨惊雷……他知不知道这一切都是您的局？”我张口问道。

"我不想拖他下水，他对此毫不知情！”

"毫不知情？！您有没考虑到，杨惊雷既然不知道这一切是您的手笔，在窦万通、费学岐、陶精玉这三个人被杀之后，原本这个团体里仅剩的杨惊雷和宋时谋都会把对方看成最大的嫌疑对象……拼个你死我活！”

"不可能，你看，从这里望过去，正好能看到杨惊雷的卧房，你看窗帘后头，不正是他的影子吗，他在屋内，不在宋时谋那里！”窦姜氏推开窗子，指了指西南方向的一间小屋，让我去看那窗帘上端坐灯下、开卷读书的剪影。

我放眼一瞅，一拍脑袋，哭笑不得地说道："窦夫人，您怎么聪明一世，糊涂一时啊，您见过看书不翻页的吗？”

窦姜氏闻言一愣，凝神盯着那影子看了一阵，才发现，那影子一动不动，如同木雕泥塑一般！

"不好！”窦姜氏猛地站了起来，拔腿下楼，我紧跟其后。我二人一路小跑，跑到了杨惊雷的屋外，抬腿踹开了房门，只见书桌后头的椅子上，一个被打晕的仆役披着杨惊雷的外衣，身前的桌子上摆着一本厚厚的字典！

"砰砰砰——”窦府的东北角发出了一阵枪响。

“完了！快去宋时谋那屋！”我拉了一把还在发愣的窦姜氏，飞一般地向宋时谋那屋跑去，经过我自己卧房的时候，我狠狠地拍了拍窗户，高声喊道：“出事了！哑巴！老萧，别睡了！”

我跑过去没多远，梁战就跟了上来，后面还拖着一边跑一边系腰带的萧自横。

宋时谋的屋子，房门大开，我们一行四人闯将进去，只见墙上的钟馗图随风乱飘，宋时谋的人头滚落在地，无头的尸身倒在窗边，口中塞着一般无二的牛皮书页：

宋时谋，光绪十二年生人，寿活四十有五，亡于民国十九年正月十九！

我扫视了一下屋内的痕迹，发现这里曾经发生过激烈的打斗。我俯身一蹲，掀开了床单，指着床下的灰尘上，一大片杂乱的痕迹，一边推理，一边沉声说道：“杨惊雷，应该就是躲在这里，他是打算埋伏宋时谋的，却不料在埋伏的时候等来了前来刺杀宋时谋的杀手，站在窗边的宋时谋被一击毙命，与此同时，凶手发现了躲在床下的杨惊雷。杨惊雷惊惧之下，蹿出了床底，向凶手射击！”

从枪响到我们赶到现场一共不到一盏茶的时间，屋内没有杨惊雷的尸体，他应该还活着，窦府四周现在都被警员封闭，凶手走不远，就在府中！

“你能和苍梧妖道的杀手联系上么？”我看着窦姜氏问道。

“我联系不了他！”窦姜氏摇了摇头。

我深吸了一口气，看着窦姜氏沉声说道：“我能找到他，你相信吗？”

窦姜氏一声苦笑，幽幽说道：“除了你，我还有别的选择吗？”

第十三章　三岔口（上）

静室，我和窦姜氏相对而立。窦姜氏将最后一张钟馗图递到了我的面前。我掐灭了手里的烟头，研究了一会儿这张钟馗图，沉声问道：“窦夫人，除了钟馗图，那苍梧道人还给过您什么东西没有？”

窦姜氏摇了摇头。我叹了口气，扶着脑袋叹道：“这窦府说大不大，说小不小，藏个人还是没有问题的。靠硬搜，怕是没什么效果，可是如今时间宝贵，一两个时辰里随时可能发生的各种变故，我们是承担不起后果的……”

正当我苦思冥想之际，窦姜氏猛地眼睛一亮，抬头说道：“有一样……不知道算不算东西！”

窦姜氏一边说着，一边翻找，不多时，便从床头拿起了一个小匣子，从里面取出了四张薄如蝉翼的江米纸。

“这是什么东西？”我不解地问道。

“这是贴在钟馗图上的一层装裱。苍梧道人跟我说，为了彼此的安全，他不会告诉杀手我的身份，也不会告诉我杀手的身份，更不会告诉杀手要杀的人是谁。一切的进行，只须将画挂在想杀的人屋里，揭下这层江米纸，到晚上便自会有人前去索命。盈盈带回来的那幅画，我挂上去之后，揭开了江米纸，窦万通当晚就死了。我惊异之余，每次挂画都如此进行，屡试不爽。

“屋子里挂天师画，没有人怀疑过什么吗？毕竟钟馗杀人如此灵异。”

窦姜氏一声嗤笑，沉声说道：“这些人都是成了精的老油条，没有谁会相信是什么钟馗杀人，他们只会把怀疑的目光投向除了自己以外所有人！他们都认为，钟馗杀人不过是个噱头，为的是给那批鸦片的事灭口！所以，张贴天师图，这种民间旧俗，是不会有人真的在意的。”

我无奈地笑了笑，捻起了那张江米纸，用鼻尖在纸上嗅了嗅，又撕下了一小块，用舌尖舔了舔，一瞬间，我便知道了问题的答案。

“本仙如所愿，夜游窦家宅。扯下生死簿，天师画中来。”

每次杀人后，画中的钟馗就会不翼而飞，并不是因为神鬼之身的钟馗从画中走下来，杀人后远遁，而是因为这张江米纸。

见我呆立当场，良久无言，萧自横上来推了推我的肩膀，沉声问道：“怎么了，想什么呢？”

“江米纸……”我喃喃自语道。

“江米纸怎么了？”萧自横问道。

“我终于知道，那妖道让窦夫人在房间里挂画是干什么用了……”

“干什么用？”

“引路！”

“引路？”窦姜氏惊奇地问道。

“对，就是引路。除了就在宅子里的窦万通之外，陶精玉来的时间、费学岐到来之后藏身的地点，这些都是只有窦夫人才能掌握的信息，凶手是不知道的，而杀人的顺序，也需要窦夫人来定。所以，挂画，就是为了给凶手引路。有了这幅画，凶手就能找到目标居住的房间，以及到来的时间！”

“画是死的，怎么引路？”萧自横问道。

“引路的秘诀，就在这层江米纸上。这种特制的江米纸能够隔绝空气，防潮保湿，看到这纸上粘的东西了吗？这是一种风干后的黏液。”

我对着灯光，将这层江米纸举起来，依稀能看到一个长袍乌纱的人形轮廓！但是一旦不放在明光下，那个轮廓就会消失。

我指着纸上的人形轮廓，沉声说道：“这是把蛞蝓捣碎，搅拌成汁液，混在调好色的松节油里。这种混合液一旦接触空气，就会迅速挥发。而用这种混合液画好人物之后，在上面迅速裱上一层透明的江米纸，隔绝空气，抑制住松节油的挥发，这画上的人物就会在纸面上留存。待到窦夫人将画挂在要杀的人的屋子里，扯下这层江米纸，松节油就会逐渐挥发，蛞蝓汁液也暴露在空气中，虽然这种汁液的气味人类察觉不到，但对一种名叫山窗萤的发光类飞虫却是一种致命的诱惑，因为这种飞虫就是以蛞蝓为食的。杀手肯定随身携带了一个竹筒，里面装着山窗萤，在第一幅画出现之后，那杀手便知道杀人行动已经开始，每个晚上他都会放出虫子，跟着直奔画上的蛞蝓汁而去的山窗萤，他就能找到下手的目标！而经过了数个小时的挥发，墙上的钟馗图也终将消失不见，没有人会注意观察墙上的画在渐渐变淡，就算有人注意到了，也无所谓，因为杀手已经盯上他了！这也就产生了所谓的‘本仙如所愿，夜游窦家宅。扯下生死簿，天师画中来’”

窦姜氏恍然大悟，点头赞道：“白猿张三眼，果然名不虚传！”

我苦笑一声，看着窦姜氏沉声说道：“按理来讲，你布局杀人，我破局查案，我们应该是敌人才对，想不到此时，却在一起推演案情！”

窦姜氏叹了口气，一脸无奈地说道：“千错万错，都是我算错了一步，没有想到杨惊雷会和宋时谋的意外！你说……那苍梧道人派来的杀手，会害他吗？”

我思索了一下，张口答道："说不准？"

"怎么个说不准！"

"窦府现在和外面彻底隔绝，那杀手联系不到外面，外面也联系不到他，在宋时谋的卧房里突然出现了杨惊雷，尽管那杀手本事不低，击杀宋时谋之后从容离去，还擒下了杨惊雷，但难保他不会产生犹豫！"

"什么犹豫？"窦姜氏追问道。

"眼下四张钟馗图已经带走了窦万通、费学岐、陶精玉、宋时谋四条性命，剩下一张图，也就是说凶手不知道自己该走还是该留，他进入窦府待命，苍梧道人肯定是交代了他任务的。画挂在宋时谋的屋子里，按理说，他要杀的是宋时谋，但是却突然多出了一个杨惊雷，他不知道该怎么处理，只能擒下杨惊雷带走。计划出了意外，他需要进一步的指令……"

"什么意思？"窦姜氏问道。

"依照你的规律，每天杀一个人。今天是挂了一幅画，明天你还会挂最后一幅画，杀最后一个人。如果明天画挂出来了，说明一切正常，凶手会帮你杀掉最后一个人，放了杨惊雷，因为他知道，杨惊雷不在要杀的名单里，不用杀的人，他不敢乱杀，因为他怕坏了苍梧妖道的计划。在放了杨惊雷之后，他会不再出手，直至窦府解除封锁，他再悄然消失。可是，如果明天这幅画没有出现，凶手会误认为杨惊雷就是你最后要杀的一个人，因为失去了杨惊雷的行踪，你无法挂画。这个时候，在排除法的惯性思维下，凶手就会认定杨惊雷是最后一个需要做掉的人，他会毫不犹豫地杀死杨惊雷，然后再进入潜伏状态！"

窦姜氏皱皱眉头，手心里全是冷汗。

我长吐了一口气，接着说道："窦夫人，事到如今，我也不怕与你明说，苍梧妖道给了你五张画，就是按着费学岐、陶精玉、宋时谋、窦万通、杨惊雷五个人的名额分配的，因为苍梧妖道是天师会的爪牙，杀这五个人不是为了图那十七船烟土，而是为了颠覆南京城！"

“颠覆南京城？”窦姜氏惊声叫道。

“要在短期内攻破南京，苍梧妖道需要同时攻击钱、粮、将、黑、白、灰六路势力，而费学岐、陶精玉、宋时谋、窦万通、杨惊雷正分别掌管着这个城市的钱、粮、将、黑、白五路！”

“等等，剩下那一路——灰，又是谁？”窦姜氏打断了我的话。

我摸了摸鼻子，有些羞赧地答道：“这最后一路，便是区区在下了！”

“厉害！”窦姜氏赞了一句。我拱了拱手，一脸谦虚地说道：“过奖！”

“那咱们继续？”我问了一句。

“继续！”窦姜氏点了点头。

“由于我比较难缠，苍梧妖道没时间和我纠缠，只能从那五路下手。苍梧妖道知道，只有同时击破这五路，才会给城内造成混乱，而能同时将这五路人马集齐的只有你们自己……杜盈盈的身世，就是他插进你们中间的一根楔子。你派人往苏州多方查访，这一切一定瞒不过苍梧妖道的耳目，而论及在民间的渗透势力，你们远不如天师会。于是苍梧妖道先你一步发现了杜盈盈的身世，你在杜盈盈身上也发现了那枚扣子。这件事成了导火索。苍梧妖道知道你肯定想杀了这五个坑害你女儿的人，而这五个人的势力，又是你不好下手，甚至是力有未逮的。这个时候，苍梧道人顺理成章地介入到了你的复仇计划中，在这个计划里，你报了仇，他也成功地达到了他的目的……

“当然，在这当中，有一件事是苍梧妖道没有料到的，那就是你和杨惊雷的那段过往，那段过往是除了你们二人之外，其他人都不知道的秘密。纵使天师会势力通天，也不可能探知，这就给这场大局造成了一个隐患——苍梧妖道给了你五张画，但是你只想杀四个人！苍梧妖道以为你会杀杨惊雷，但是你并没有对他动过杀心！就算杨惊雷也在查访你女儿的下落的事，被苍梧妖道知晓了，他也只当是场惊雷在用手中的权力帮你，不会想到，也根本不可能想到，那个女儿是你和他生下的！而你为了不拉杨惊雷下水，也没有把自己和苍梧道人联手的复仇计划说给杨惊雷听。

“这个致命的漏洞，终于在窦万通、费学岐、陶精玉死后产生了不良反应。他们到这里就是为了那批烟土的事，粮款不见，这颗雷早晚要炸。他们互相不信任，怕对方泄密。他们不知道苍梧妖道的存在和你的复仇，只道是在五人中间有人开始灭口。现在，只剩下宋时谋和杨惊雷了，两人都认定了对方就是凶手，一天杀一人，两个人都以为今天肯定轮到自己了，为求自保，两个人各自做好了杀死对方的准备。杨惊雷先下手为强，埋伏在了宋时谋的屋子里。然而这一切的变动，却给前去杀死宋时谋的杀手弄蒙了，他不知道发生了什么，更不知道杨惊雷到底是怎么回事。他怕杀错人，坏了苍梧妖道的计划，于是只能擒下杨惊雷带走，等待你明天的指令！”

“那……接下来该怎么办？说实话……我不想杨惊雷死！”窦姜氏眼圈一红。

我嘬了一口烟屁股，沉声说道：“窦夫人爱听京剧吗？”

“什么？”

“我问——您爱听京剧吗？”

“欸……不常听……听不懂！”

“三岔口这出戏，您看过没有？”

“没有！”姜大太太摇了摇头。

“没事，我给您说说，您就明白了：三岔口这出戏为传统短打武生剧目，讲的是宋朝年间，好汉焦赞因杀死谢金吾而被发配到沙门岛，途中住进三岔口的黑店。任堂惠奉命暗中保护焦赞，被店主人刘利华误认为歹人。两人在伸手不见五指的深夜中，摸着黑一顿乱打，正当难解难分的时候，焦赞及时赶来点亮了烛火，解除了误会，同奔三关。

“如今这窦府，便是三岔口的黑店。您是焦赞，这路人马您都知道根底，那苍梧妖道派来的杀手和蒙在鼓里的杨惊雷就好比任堂惠和刘利华，两人狭路相逢，不明就里地遭遇了，摸着黑一头雾水，谁也不知道对方是干吗的。现在就需要您这位活焦赞，把这油灯点起来，把浑水澄清，至于这灯什么时候点，怎么点，您且附耳过来……”

第十四章　三岔口（下）

杨惊雷失踪的事，我们没有声张，将消息封锁在了我、窦姜氏、萧自横和梁战四个人之中。那名被绑起来的仆役被窦姜氏带走，暗中藏了起来。那晚的枪声，是萧自横射击半空中的钟馗发出的声音，反正钟馗现身，也不是第一次了。由于杨惊雷身份特殊，从四面八方听见枪声赶来的玉娇娥、左云襄，还有杜盈盈都被窦姜氏派人堵在了宋时谋居住的院子外面。

今天一早，所有人都以怀疑的眼光审视着彼此。我知道，这摊水越来越浑了。

晨光初上，玉娇娥独自站在后花园的亭子里发呆。

我悄无声息地站到了她的身后，轻轻一咳嗽。

"哟，张爷！"玉娇娥展颜一笑，转过身来，一双明眸定定地望着我。

"杯子藏哪儿了？"我笑着问道。

玉娇娥神色一慌，眨了眨眼睛，脆生生地答道："我听不懂您说什么。"

“我说……和费学岐喝完酒，你把你那个酒杯藏哪儿了？”我一字一顿地重复道。

“你……你都知道了？”玉娇娥慌了神，额上冒了一层冷汗。

“你们喝了酒，跳了舞，搂也搂了，抱也抱了……别否认哦，费行长的肩膀上还有你的发丝呢，那香味，和你身上这紫罗兰的香水一般无二……”我看着玉娇娥的眼睛，沉声说道。

“人不是我杀的……真的不是我杀的！我就出去了一会儿，回来的时候，费行长已经死了……我害怕，害怕引火上身，才把那个杯子……那个杯子藏起来的！”玉娇娥红着眼眶，六神无主地哀声相求，求我相信她。

我皱了一下眉头，目光炯炯地问道：“半路，你为什么离开，离开之后，又为什么会回来？”

玉娇娥捂着脸，一边拭去脸上因为恐惧而流下的泪水，一边苦笑着说道：“除了以色娱人，我不会别的……窦万通死了，我必须给自己找一条新的出路，找一个养我的人……”

“也就是说，费学岐是你的新目标？”

玉娇娥点了点头，接着说道：“费学岐在窦万通死的当天，就来到了窦府。他身份特殊，不愿意露面，姜大太太安排他住进了偏僻的别院。我一开始并不知道他来了这里……是在第二天……第二天晚上，就是陶精玉死的那天，我的狗走丢了。我在找狗的时候走到了别院，遇到了费学岐，原来狗跑到了他的屋子里。他说他喜欢我，问我愿不愿意跟他……如果想好了，就来别院找他，我当时很慌张地跑掉了……连狗也没来得及管……

“后来，我想了很久，觉得这窦府我是再也待不下去了，必须找一个人带我走，于是……又过了一个白天，我画好了妆，借着找狗的名义，避开众人，去了费学岐住的别院。果然，好色是男人的通病，没一个例外，只不过，那天晚上费学岐有些心不在焉，仿佛心里有事。我陪他跳了舞，喝了酒，眼看就要上床的时候，费学岐突然从兜里摸出了一块镶钻的金表放在了我的手里，说是送给我的礼物，让我先回去收好，收好后，再回来找他，他要先洗个澡。

“我当时还纳闷儿，怎么突然就送我东西，但是我当时财迷心窍，顾不得多想，下意识地拿着金表，跨过大半个窦府，喜滋滋地回了自己的房间，收好了金表，又补了补妆，才又偷偷地回到了别院。谁知一推门，便看到了费学岐的无头尸首。我吓了一跳，一眼就瞟到了桌子上的酒杯，其中一个上面还有我的唇印。我怕惹上麻烦，把我的那个杯子顺着窗户扔到了外面的灌木丛里，转身就往回跑，谁知脚底下一崴，绊在了一个圆滚滚的东西上，我身子一晃，栽倒在地，睁眼一看，才看到那圆滚滚的东西正是费学岐的人头！

“我下意识地发出了一声尖叫，喊出声之后，才反应过来！没有办法，我只能硬着头皮接着喊……幸好我的狗还在别院，这也成了我搪塞的借口……没想到，终究还是被你识破了！”

我叹了口气，正要转身离去，冷不防已经哭得梨花带雨的玉娇娥一把抱住了我的胳膊，半个身子贴了上来，抬起一双水汪汪的大眼睛，看着我，柔声说道：“张爷！您结婚了吗？”

我挣扎了一下，玉娇娥抱得更紧了。我点了点头，沉声说道：“结了，孩子都快生了！”

“我不介意！男人家，谁还没个三妻四妾？！”玉娇娥展颜一笑，将头枕在了我的肩膀上。

我笑着从怀里摸出了一个小本，拔开了一支钢笔，递给了玉娇娥，笑着说道：“我给你留个号码，我说，你写！”

玉娇娥笑了笑，接过小本和钢笔，记下了一串号码，将那页纸撕了下来，塞进了领口。我收回小本，放入衣兜。玉娇娥又抱住了我的胳膊。

我长叹了一口气，摇着头说道：“唉！佳人投怀，谁人能不心动？只可惜我家那位出身江湖，杀人不眨眼，再加上我还有个有钱有势的大舅哥，不怕你笑话，这些年，我一直都窝在家里吃软饭，你要是不嫌弃……”

我话还没说完，手臂上便传来了一阵剧痛。玉娇娥猛地撒开了搂着我胳膊的手，在我手臂上狠狠地拧了一把，抬头问道：“你说的是真的？”

我苦笑了一声，幽幽说道：“不信的话，你可以去琵琶巷附近打听打听，哪个不说开客栈的张寒是个吃软饭的？我这话绝对童叟无欺，就好比我对你的这片真心，一见相倾……”

“滚——”玉娇娥用她的高跟鞋狠狠地跺在了我的脚面上，我一声惨叫，扶着栏杆向外走去。

花园外。

守在门口的萧自横和梁战迎了过来，看我一瘸一拐地扶着墙，龇牙咧嘴地喊疼，萧自横连忙嘘寒问暖，梁战却鼻孔朝天，一副幸灾乐祸的样子，牙缝里蹦出了两个字：“活该！”

这厮武功高强，耳力奇绝，定是听到了我和玉娇娥的那番调笑，故而在此奚落于我。我懒得理他，和萧自横交代了一遍玉娇娥的话，萧自横皱着眉头思索了一阵，张口问道：“她说的是真的吗？会不会骗你？”

我点了根烟，笑着答道：“骗我倒不至于，她说的是真的，人不是她杀的，至少费学岐不是她杀的！”

“怎么知道？”

“尸体上的痕迹！”

“痕迹？”

“连同费学岐在内，所有人都是被一刀断头，干净利落。从刀口斩落的方向可以看出，那凶手是个右撇子。右手有力的人，无论双手持刀，还是单手持刀，都会从右上向左下劈砍，而玉娇娥是一个左撇子，我以留电话号码为借口试探过她，她是左手写字的。”

“那……那咱们现在干什么？”萧自横追问道。

“等！”

“等什么？”

“等天黑！”

黄昏时分，暮色四合，我蹲在房檐儿上，看着夕阳笼罩下的窦府，已经呆呆地坐了三四个钟头，肚子开始咕噜咕噜地乱叫。我把着梯子，滑下了房檐，拽着梁战，去厨房找些吃食。

厨房里，杂役和厨师乱哄哄地在准备晚饭，像窦府这种大户人家，一百多口子人要一日三餐，厨房的工作压力自然不小。灶台东边的案板上，十几个食盒一字摆开，食盒的提手上挂着小木牌，上面写着人名。我询问了一下杂役为何有如此多的食盒，杂役说，是因为窦万通死后，宅子里的人大多都不愿在一张桌子上吃饭，所以都交代了厨房，把食盒送到屋子里去，他们各吃各的。

我一边暗道了一声豪门人家的心思凉薄，一边凑到案边，想着去观摩观摩有钱人家的晚饭。就在这个时候，一个食盒里的餐点引起了我的注意。

食盒里有六样儿，前五样分别是：鱼汤、米粥、糖醋小排、油爆虾、一小碗米饭，这几样没什么出奇的，偏偏在食盒角落里竟然有一份鸡蛋混着玉米粒儿蒸成的鸡蛋糕。要说这蒸鸡蛋糕我是吃过的，但是混着玉米粒儿蒸的我倒是头一次见。

厨子见我不解，挠了挠头，笑着说道：“左二当家说这是苏北老家的吃法，我也不懂，但既然当爷的点了，咱们做下人的照着做就是了！”

我笑着点了点头，拎起了案上那份食盒笑着说道：“我正好去左二当家那儿一趟，这食盒我帮你送过去吧！”

那厨子点头道谢。我摆了摆手，拎着食盒直奔左云襄的卧房，敲了敲门，左云襄迎了出来，抬头一看，拎着食盒的是我，顿时一脸的诧异。

“肚子饿，去厨房找点吃的，正好看到左兄的食盒，顺手送来！”

“多谢！”左云襄接过食盒，一脸木然地答道。

“欸……”我张了张嘴，尴尬地想说点什么，却又找不到什么话题。

“张大掌灯有事？”

“没事！”我点了点头。

“不巧，左某手头正有些事……要不，咱们改日再聊……”

“好！打扰了！”我一点头，笑着离开了左云襄的院子。

此时，我心情大好，一路哼着小曲回到了自己的房间。

“怎么这么高兴？”萧自横给我倒了杯水，不解地问道。

我轻轻推开了窗子，看着窗外的浓云，徐徐说道：“水落石出，就在今晚！”

第四卷

长江冥火

第一章　金刚鹦鹉（上）

窦府灵堂，四口棺材一字排开，从左往右依次是窦万通、陶精玉、宋时谋、费学岐。如今整个窦府都被封闭起来了，外面的消息进不来，里面的消息出不去，所以陶精玉、宋时谋、费学岐三个人死讯和杨惊雷失踪的消息还没有传出窦府。

但是，纸毕竟是包不住火的，这几个人都是南京城手足轻重的人物，他们的死是瞒不了多久的。

我站在棺木前，上了三炷香，吐了一口烟雾，看着身后的窦姜氏，沉声说道："窦夫人，我已经知道苍梧妖道派来的杀手是谁了，但是……我希望你答应我几个条件。"

窦姜氏闻言，张口说道："我姜雁儿飘零半生，如今找到女儿，重逢了女儿的父亲，大仇也报完了，现在，我只想一家三口好生团聚，只要你能救回杨惊雷，什么条件我都答应你！"

我点了点头，转身说道："这四个人死讯一旦传开，南京城定会陷入恐慌。首先，陶精玉掌握的昌泰米行几乎垄断了南京的粮源，他一死，昌泰米行的债务问题可就再也捂不住了。昌泰米行一破产，南京必定闹粮荒，米价疯涨，人人自危，所以这第一个条件，就是请你窦夫人出面，暂停码头一切烟土、军火、药品、布匹的买卖，全力运粮，在保证运粮的同时，将码头上那些船运费、地甲费、河快费、船行费、接江费、看样费、小佣费、开仓费、照料费、过斛费、行佣费，等等盘剥的克扣全部免去，下降粮价的成本，让南京城除了陶精玉握着的粮源之外，剩下的那三成大米的成本降到最低，以求在短期内控制住粮价。”

窦姜氏点了点头，沉声说道：“我是要报仇，但只想杀这几个人，南京闹粮荒，我也不想见到，你的这个条件，我答应你。”

“第二点，费学岐一死，中央银行势必派人接替他的位置，一查账，就会发现这笔钱的亏空，还有那笔被费学岐抽走的军饷。只要这个篓子一捅开，军心势必大乱，甚至于部队很可能因此发生哗变！所以，我需要你们挑山帮拿出一部分钱，我再找我大舅哥凑一凑，咱们两家合力，把这个窟窿堵上！”

窦姜氏算了算数目，点头答道：“没问题！挑山帮十几年里，倒也攒下了不少家底，虽然会伤筋动骨，但不至于一蹶不振，这样，我七你三！”

“成交！”我一拍大腿，心中暗想，“大舅哥，对不起了！”

“还有什么条件，继续！”窦姜氏示意我接着说下去。

“最后一点，就是宋时谋！你也知道，这什么守备司令，无非价高者得，宋时谋能买，你也能买，但是万万不可被苍梧妖道的人买去。所以，我希望你能动用所有的人脉和手腕，确保稳妥的人坐上那个守备司令的位子。作为南京的地头蛇，这件事不难吧？”

窦姜氏点了点头，徐徐说道：“不难！我都答应你，还有别的条件吗？”

我咧嘴一笑，轻声答道：“没有了！”

“既然如此，你可以告诉我杀手是谁了吗？”

“不着急，三更天，请召集所有人在灵堂汇合。现在还有四十五分钟，我打个盹儿，休息一下。”说完，我便闭上了眼睛，一动不动地坐在了椅子上。

窦姜氏见我一副胸有成竹的样子，也没有多问，转身走出了灵堂。

四十五分钟后，窦姜氏准时将众人召集到了灵堂。我双眼一睁，目光在场内扫了一个来回，朗声说道：“近日以来，所谓的钟馗杀人，在这窦府之中闹得人心惶惶，张某有心揪出幕后的真凶，但是……说来惭愧，张某追查多日，毫无头绪，所幸……我白猿客栈的创立祖师——留侯张子房，传下了一件宝物，此宝通灵，最擅辨别人心善恶，查缉凶顽，无所不验！”

我一边说着，一边装模作样地从怀里拿出了一条牛皮软筋搓成的绳索，那绳索上有一个复杂的绳结，挽成了一个绳套，上面丹砂描红，龙飞凤舞地在绳子上描绘了许多晦涩的符咒文字。

我从袖子里抽出了一张符纸，凑在烛火上引燃，口中念念有词地颂道：“白猿仙索显神功，立判正邪发神通。祖师有灵助我辈，来看东西南北风。疾——”

那符纸爆开了一团火花，燃于无形。我背过身去，遮住众人的目光，左手狠狠地在右手上一阵猛搓，低头一看，手背上起了一小串的燎泡。我不禁在心中喊道：“妈的，白磷抹多了，烫死老子了。”

搓了两下，我顾不得手疼，一个转身跳了起来，吓得众人一个激灵，一脸迷茫地看着我。

我双手捧起绳索，一脸神秘地说道：“各位，适才我已上禀祖师，求了一缕真魂附在了这绳索之上，诸位只须将手腕伸进这个绳结之中，绳结会自己辨认凶手，哪个是真凶，绳结便会在哪个的手腕上自动套牢！这样吧，我们先给大家做个示范。”

说完，我便拎起绳结，依次在我自己、梁战、萧自横和五六个平日里在内宅贴身伺候的仆役手上试了试。果然，那绳结穿过手腕，没有一丝动静……

随后，我拎起绳索走到了窦姜氏的面前。窦姜氏一头雾水地看着我，背对着众人，皱着眉头小声说道："张大掌灯，你这闹的是哪出啊？"

我面上不动声色，轻轻地把绳索套在了窦姜氏的手腕上，打牙缝里挤出了六个字："山人自有妙计！"

绳索在姜大太太的手腕上挂了一下，没有收紧。我笑着解下了绳索，朗声说道："窦夫人是清白的！"

说完这话，我看着左云襄、玉娇娥和杜盈盈三人，笑着问道："三位谁先来啊？"

三人互相看了一眼，玉娇娥向前一步，伸出了洁白的手腕，冷笑着说道："张大掌灯，你真的很无聊！"

我撇了撇嘴，把绳套挂在了玉娇娥的手腕上。绳套没有变化，我笑着结下了绳套，说："其实吧，越无聊的男人越有滋味！"

"呸！"玉娇娥啐了我一口，转身退到了一边。

"二位谁先来啊？"我瞟了一眼左云襄和杜盈盈。

左云襄吸了一口气，走到我的身前，伸出了手腕，沉声说道："我先来！"

我点了点头，将绳结套在了手腕上……

绳结没有变化！

此时，所有人的目光都集中在了杜盈盈的身上。窦姜氏刚要张口，却被我摆手打断。我卸下了左云襄手腕上的绳索，走到了杜盈盈的面前，笑着说道："二姨太要不要试一试！"

杜盈盈轻声一笑，幽幽说道："张大掌灯，你这装神弄鬼的戏法，真是烂透了！"

我摇了摇头，咧嘴笑道："给个面子，捧捧场嘛！"

杜盈盈皱了皱眉头，在刚抬起手腕的一瞬间，我眼睛一亮，骤然发力，抢先一步将绳索套在了她的手腕上，猛地一拉，绳结瞬间收紧，将杜盈盈的右手腕扣住，我向后蹿了一步，高声喊道："祖师有灵，真凶伏法！"

左云襄瞧在眼里，勃然大怒，指着我的鼻子喊道："姓张的，你他娘的莫不是在消遣我们！"

说完这话，左云襄便要上前去解绳扣，还没动手，就被梁战横膀一撞，撞出了十几步，倒在地上。左云襄右手在腰间一抹，抽出一把手枪，在地上打了一个滚儿，滚到了我的身前，站起身来，枪口直直地顶在了我的脑门子上。萧自横下意识地也拔出了枪，对准了左云襄的脑门。

我笑着摆了摆手，沉声说道："别冲动，别冲动！"

"姓张的，你搞什么鬼？"左云襄问道。

此时，我面沉如水，张口问道："左二当家，你养鸟吗？"

"你说什么？"左云襄一蒙。

"我问你——你养鸟吗？"

左云襄见我脸上表情极其严肃，不像玩笑，于是强压住了火气，沉声答道："不养！"

我一眯眼，冷冷地看着杜盈盈，徐徐说道："那就对了，既然不养鸟，你怎么会捻舌呢？"

"捻舌？什么捻舌？"左云襄一脸的迷茫。

"所谓捻舌，是养鸟人的一种技法，众所周知，诸如鹦鹉、八哥、鹩哥之类的飞禽有学舌之能。很多养鸟的行家，为了让这些鸟类学人说话的本领更进一步，会定期在鸟的舌尖涂上香灰，用手慢慢轻捻，直到脱去一层硬壳。将鸟舌头上的这层硬壳拿走后，鸟舌头便能婉转自如，曲尽其妙。

"捻舌之后，刚刚褪去硬壳的鸟，吃不得硬东西，需要喂食一种蒸制的鸡蛋玉米羹，既保证鸟的营养摄取，又不会伤舌头。窦府这段时间丧事不断，香灰自然是不缺的，可这鸡蛋玉米羹嘛，人多眼杂，某些人无论是自己下厨房，是还让厨子做，都容易引起注意。这鸟么，捻舌需要定期进行，否则舌头上的硬壳还会长回去的，最好的办法，就是找个替死鬼，当作挡箭牌……哈哈哈，左二当家，你食盒里的饭是给二姨太送的吧！”

我此话一出，左云襄的脸突然变得煞白一片。

第二章　金刚鹦鹉（下）

“不……不是的，是我自己吃的……”左云襄额头上已经见了汗。

我摇了摇头，沉声说道：“听左二当家的口音，应当是湖南人，湖南人爱吃辣，我问过厨房的厨子，左二当家的饭菜一向是无辣不欢，可偏巧这几日，左二当家特地嘱咐自己的饭菜要清瓜小菜、糖醋小排，瞬间变成了江南风味，这一点，不由得引人遐思啊！更有趣的是，左二当家每天三餐明明用过了餐，却还要厨房再送一份食盒，偏巧这几日二姨太茶饭不思，厨房送过去的食盒都退了回来。哎哟哟，佳人有恙，正是献殷勤的好机会啊，这里面的门道可就深了呢……别否认啊，那天我偷偷跟着你的，亲眼看到你把食盒送到了二姨太的屋子里。”

我眼神一转，一脸深意地看向了杜盈盈。杜盈盈脸一红，低下了头。

左云襄颈上青筋暴跳，握枪的手一阵乱抖。我一把抓住了他的手腕，沉声说道：“三姨太根本不是图你的饭菜，而是为了那碗鸡蛋玉米羹！她养了一只鸟，在捻舌，她不想暴露这只鸟的存在，所以让你送食盒给她。里面那个鸡蛋玉米羹是她点的吧，为的就是一旦有人发现这件事，还可以把怀疑的目光转移到你的身上！”

左云襄嘴唇哆嗦了一阵，看了一眼杜盈盈，梗着脖子冲我喊道："你……你不要血口喷人，别说我没见过什么鸟，就是真的有什么鸟，养了又能怎么样？"

我冷眼一睨，幽幽说道："我一直在想，我们为什么每次看到的钟馗都是在房檐上的一个背影，而且能够凌空虚度，踏月而走？其实……那根本就不是一个人的背影，而是一只鸟，驮了一个衣服的架子，架子上顶着一顶乌纱帽，挎着一柄长刀。我们听到那钟馗说的话也好，念的诗文也罢，都是那鸟儿在学舌而已。我知道在美洲，有一种金刚鹦鹉，体型巨大，壮硕者能够达到一米多的身长，力大善飞，擅长学舌肖声，若得驯鸟的高人调教，召之即来，挥之即去，背上驮一木架，架上披红袍，戴乌纱，飞行时口吐人言：'吾乃赐福镇宅圣君武魁斩鬼天师钟正南，敕令巡游阳间，南北群妖恶鬼束手'，想必不是难事！"

杜盈盈咬了咬牙，冷冷地说道："听张大掌灯的意思，我便是那连环杀人的凶手喽？单凭一个什么捻舌的事儿，你就往我的身上泼脏水吗？张大掌灯，断案要讲证据！"

我叹了口气，徐徐说道："证据就在你身上！"

"笑话！哪个凶手会把自己是凶手的证据随身携带的？"杜盈盈针锋相对地说道。

我幽幽一笑，从身后拿起了最后的那幅钟馗图，挂在了墙上，冷声说道："山窗萤！证据就是山窗萤！此时是隆冬时节，山窗萤畏寒，冷风中活不过两个时辰，需要持久和适宜的温度才能维持生命。杀手想要用山窗萤定位钟馗图的位置，就一定会小心地维持这虫子需要的温度，而要说起恒久稳定的温度，非人的体温莫属，我猜……那杀手的山窗萤是随身携带的……"

我一边说着这话，一边抬起手，在钟馗图的画角轻轻一扯，撕下了上面裱糊着的江米纸。松节油混合着蛞蝓汁化成的钟馗像开始慢慢变淡。杜盈盈的衣领底下，一团萤绿的光亮开始闪烁，星星点点的十几只飞虫缓缓爬出，扇动着翅膀直直地向钟馗图飞去！

杜盈盈吃了一惊，猛地一扯手腕上的绳索，我脚底下一滑，被拽了一个趔趄。

“小心！”萧自横一声大喊。我死死地抓住绳索的另一端，在地下一滚，避过了杜盈盈凌空飞过来的一脚，钻到了桌子下面。

杜盈盈一招得手，反手去解那绳扣，却不料换了七八种解法，也没能解开。我从桌子底下探出脑袋，笑着说道：“这扣子叫蛇口结，又名吞羊扣！这可是老年间里挂了字号的大贼巨寇才有的待遇，能解开，老子随你姓！”

杜盈盈眉毛一挑，浑身上下一抖，整个人散发出了一股戾气，和之前那个“心较比干多一窍，病如西子胜三分”的娇弱美人来了个一百八十度大转弯！

“盈盈？”左云襄被杜盈盈吓了一跳，下意识来拉她的手，却反被杜盈盈一个摆腿踹到一边，两臂一错，卸开了左云襄的腕骨，抢过手枪，对着萧自横就是一顿乱射。老萧的枪法臭得没边儿，还了两枪，一下没打中。梁战掀起了茶桌，挡着杜盈盈的子弹，将玉娇娥和窦姜氏护到了身后，并一齐扯到了门柱后头。

窦姜氏慌得手脚发麻，高声喊道：“盈盈，你别乱来，我是……我是你的娘啊！……”

杜盈盈一声冷笑，撮口长啸，一只喙若弯刀，五彩斑斓，足有一米二三大小的大鹦鹉撞破窗棂，冲了进来，翅膀一收，站在了杜盈盈的身边。那鹦鹉两爪如钩，背上背了一个小巧的架子。那架子设计得极其巧妙，在不影响大鹦鹉展翅飞翔的情况下，撑起了一个人形的骨架，骨架上罩着一身红袍玉带，头上顶着一顶乌黑的纱帽，腰间悬着一把双手长刀。那长刀刀身狭长，刀锋笔直，刃薄背厚，三分像剑，七分像刀。只见杜盈盈又从那红袍中抽出了两把快枪，将长刀背在身后，冷声笑道：“窦夫人，你女儿早就死了！”

窦姜氏闻言，犹如五雷轰顶，讷讷自语道：“不可能……那个扣子……不会错的！”

杜盈盈拉开了手中快枪的保险，笑着说道：“五年前，大师傅得知你在苏州乡下寻找女儿，便抢先派人查访，得知你女儿十二岁那年就犯了急病，死在了南京，我们在乱葬岗上翻了十几个来回，才找到这枚扣子。从那个时候起，我就挂上这个扣子，开始为和你母女相认做铺垫，被卖青楼、委身费学岐、被费学岐的悍妻毒打、巧遇窦万通、嫁入窦府、假借拜鬼仙带回了第一幅钟馗图、领取潜伏杀人的人物……这些都是大师傅的计划……可笑，你还真的以为自己的女儿还在人世吗？”

窦姜氏两眼泛红，牙齿咬得咯咯作响，高声骂道：“天杀的贼，我要杀了你们！”

“砰砰……”杜盈盈乱枪压制住了打算露头的萧自横。

左云襄倒在地上，呆呆地看着杜盈盈，眼里噙着眼泪，涩声说道：“你……一直都在骗我！”

杜盈盈的眼中闪过了一抹不耐烦的狠色，转手就是一枪！

“砰——”左云襄的脑袋上爆开了一个血窟窿，瞪着一双圆眼栽倒在了地上。

杜盈盈抬腿一踩，踏在了手腕的绳子上，我身子一晃，被她扯出了桌子！

“砰——”杜盈盈抬手开枪，正被凌空的一只青铜香炉挡住。杜盈盈下意识地向后一闪，两枚银圆破空而来，粗准无比的打开她的手腕上，两把快枪瞬间落地。

梁战出手了！

杜盈盈手腕吃痛，我则趴在地上，伸手去捞地上的枪。杜盈盈弯腰一退，试了一招苏秦背剑，反手抽出了背后的双手长刀，刀身上两个秦文古篆‘如意’赫然成型。杜盈盈抽刀甩刃一气呵成，一式缠头裹脑席地卷来，寒光四射的刀锋在地上画了一个半圆。我慌忙缩手，只见刀光所及，青石的地砖瞬间开了一道半指长的沟槽。

梁战怕我吃亏，飞身一掌，拍在了杜盈盈的刀身之上。杜盈盈借力后跃，趁机反手一削，斩落了手上的绳结。梁战弓身前蹿，那只金刚大鹦鹉振翅而飞，两只利爪竖起，于半空中不住地抓挠梁战的头脸手臂。梁战抓起地上的青铜香炉在身前乱抡，挡住了那鹦鹉的抓挠。香炉里的香灰迎风乱飞，那鹦鹉一边扑腾，一边张口大叫："吾乃赐福镇宅圣君武魁斩鬼天师钟正南，敕令巡游阳间，南北群妖恶鬼束手……吾乃……吾乃赐福镇宅圣君武魁斩鬼天师钟正南，敕令巡游阳间，南北群妖恶鬼束手……"

此时，香灰已然洒满了整间灵堂，萧自横迷了眼，举着手枪，瞄着那大鹦鹉一阵乱晃，却生怕误伤了梁战，不敢开枪。

杜盈盈将长刀咬在口中，瞰准时机，手足并用，宛若一只蜥蜴一般顺着柱子，爬上了屋檐，刚一抬头，只见飞檐之上，一只大腿粗细的金花大蟒正倒盘在碧瓦之上，两只漆黑色的眼睛正死死地盯着她。杜盈盈吓了一跳，连忙翻身下落，那只大蟒一吸气，如影随形地跟了过来。杜盈盈手腕一抖，在身前划出了一片刀花。那大蟒落地后，尾巴一甩，竟不再纠缠杜盈盈，反而吐着芯子，闪电一般游到了梁战脚边，身子一蹿，一口咬住了那金刚大鹦鹉的翅膀。大鹦鹉吃痛，歪着脖子就是一口，瞬间便在那大蟒的身上开了一道口子。可那大蟒皮糙肉厚，浑然不惧，身子一滚，"唰"地一下就缠住了那鹦鹉的身子，一圈一圈地裹住了那只大鹦鹉，缠绕起来，并用力收拢。

眼看着那大鹦鹉挣扎得越发吃力，杜盈盈顿时急红了眼，飞身跃起，高举长刀，用力劈下，不料刀锋尚在半空，就被梁战抡起香炉，一招荡开。梁战怪力惊人，杜盈盈不敢力拼，趁机拖刀败走，绕柱而奔。梁战尾随追去，两人相距三步左右，突然，杜盈盈身形一滞，扭腰摆胯，以自身为轴，挥舞长刀画圆横劈。梁战蜷身跃起，手中香炉荡开刀锋，揉身而进，和杜盈盈各逞手段，斗在一处。

我趁机扑了扑土，站起身来。窦姜氏跑到我身边，急声问道："杨惊雷在哪儿？"

我一拍脑门子，张口说道："差点忘了这茬儿了！"

说完，我一扭头，跑到了那四口棺材停放之处，一口一口地掀盖子。萧自横吓了一跳，大喊道："张大掌灯，你干吗？"

我喘了口粗气，大声答道："窦府血案频发，猝不及防，所以来不及准备棺材，四具棺材都是新上的漆。杜盈盈的发尾处有一抹暗红，应当是挪动棺材盖的时候，不小心沾上了还没干的漆。整个窦府都戒备森严，唯有这灵堂，鲜有人来，这几天总死人，人心惶惶，连个守夜的都没有，她一定是把杨惊雷藏进了棺材里，具体是哪个棺材我说不准，反正就四个，一都掀开看看……哎呀我去，在这儿呢！"

我大喊了一声，一把掀开了陶精玉的棺材盖子，果然，在陶精玉的尸身底下，压着四肢被捆得如木乃伊一样的杨惊雷。我伸手进去，拔下了杨惊雷嘴里的毛巾。杨惊雷虎目含泪，高声喊道："别管我，杀了这个臭婊子！刨我女儿的坟……他们天良丧尽啊……"

原来杨惊雷在棺材里把刚才发生的事儿早就听了个真真儿。

萧自横过来抱起了陶精玉的尸首，我将杨惊雷扶了起来，解开了他的绳子。杨惊雷手脚酸麻，还没爬出棺材，就栽倒在了地上。窦姜氏跑来搀扶，杨惊雷一把推开了她，夺过了萧自横的手枪，对着缠斗中的杜盈盈就是一顿乱瞄。我怕他误伤到梁战，赶紧冲上去抢他手里的枪。

就在这个时候，一个黑衣大氅，枯瘦如柴的老头从外面走了进来。我抬眼一看，忍不住惊声呼道："唐叔！"

原来是白猿客栈的佛烟唐驹到了。

唐叔看了我一眼，一伸袖子，那地上的大蟒猛地一张口，松开了已经半死不活的金刚鹦鹉，“唰”地一下钻进了唐叔的袖子。唐叔的袍子底下一阵翻滚，很快恢复了平静。

“唐叔，您怎么来了？”我张口问道。

唐叔还没来得及答话，梁战那边的战局已经发生了逆转。杜盈盈气力已然不济，手上刀势减弱，被梁战劈手一掌打在了左臂上，整条胳膊以一个不可思议的角度断成了两截，软塌塌地挂在了肩上。杜盈盈一咬牙，横刀于胸，逼开了梁战半步，将刀刃抵在了喉咙上。

我见状大惊，高声喊道：“且慢！”

杜盈盈幽幽一笑，冷声说道：“吾乃西天门如意杀生力士绿绮尊者！岂能辱于你手，我先走一步，黄泉路上，有半个南京城的饿鬼陪我，也不寂寞——”

话音未落，杜盈盈手腕一抖，脖子底下一道血箭飞出，整个人直挺挺地栽倒在了地上。

“哎呀——”我一声叹息，捂着额头坐在了地下。杨惊雷推开了窦姜氏，手脚并用地爬到了杜盈盈的尸体前面，“砰砰砰……”连放了七八枪，震得那尸体一阵乱抖……

“啊——”杨惊雷一身闷吼，和泪流满面的窦姜氏抱在了一处。

我长出了一口气，站起身来，拉着唐叔问道：“唐叔，您不是在客栈看家吗？发生什么事了，您怎么进来的，外面不是有警察封锁着呢吗？”

唐叔叹了口气，咬着牙说道：“一言难尽，南京城出事了，咱们边走边说！”

我吓了一跳，跟着唐叔就往外面跑，直到跑到窦府门外我才看到，半条街上都是躺倒在地的巡警，密密麻麻地瘫在路灯下面，死活不知！

“唐叔……这……”

唐叔摆了摆手，轻声说道：“不妨事，我在上风口放了点儿迷烟，半个小时后一准儿醒！”

我长出了一口气，跟在唐叔后面一顿小跑，转过了十几个街口。风雪之中，白猿客栈灯火通明，我的心猛地沉了下去……

第三章　日暮人不敢行（上）

“咣当——”

一声门响，我背靠着风雪，推开了客栈的大门。

厅内，根叔正赤着上身靠在椅背上，眉姐在帮他换纱布，手旁的水盆里，一片赤红。

“发生了什么事？”我急忙问道。

根叔喝了口水，直了直身子，龇牙咧嘴地说道：“掌灯，五天前，我按你的指令，易容改扮，渗透到非常道的教众中间，去查探金鳖遗蜕的消息。五天里，我一共换了十六张脸，藏身在非常道的教众之中，不断地变换身份。两天前，我换了一张脸，这张脸的主人叫晁泰，是非常道的一名副坛主，我杀了他，顶了他的身份，跟在非常道的北天门铜镜救厄力士白湘尊者后头，在方山埭附近连挖八处洞穴，为了开山裂石，用尽了神拳队制造的所有火药，才炸开了一处幽深晦暗地下溶洞……”

两天前，方山埭。

根叔假扮的晁泰，正带着四十几个筋骨结实的汉子，各持长锹短镐，举着松油火把，跟着一高一矮、一胖一瘦两个道士在溶洞里穿行。高的道士是苍梧道人，矮的道士是他的徒弟白湘。那白湘一头乱发披肩，不盘不束，一双白眼冷冷生光。他背上背了一个匣子——里面全是各种盗墓的长短器械，手脚扎着牛皮筒子，鞋底挂着三棱的倒钩，一看便是常年扒坟的老手。

溶洞里，百步九折，高低不一，一行人时而蹚水而进，时而拾级而上。漆黑如墨的晶状溶石、碧绿如玉的暗河湍流、横卧路边的野骨浮尸，将这段神秘的地下幽径渲染得愈发恐怖。

大约走了不到半个时辰，迷宫一般的洞窟豁然开朗，一个深不见底的寒潭出现了众人脚下。寒潭周遭，有铜柱四十六根，铜柱之上雕有龙环兽首，三十二道青铜的锁链，在铜柱之间交织拉扯，吊住了一口一半浸入水中的暗灰色的棺木！

在每根铜柱底下，都有一个一人高下的巨大绞盘。潭水边上有石碑一座，上书个十三个鱼虫鸟篆：

大楚巫贤范增封金鳌遗蜕于此！

苍梧道人双目含泪，双臂大张，高声念道。

“两千年了……两千年了……巫族当兴，巫族当兴——”苍梧道人激动得浑身发抖，额上青筋暴跳。

“升起来——”苍梧道人一声大喊，白湘一拱手，指挥着一众劳力，三人一组，各守绞盘，齐声发力，转动胶轮。

“吱——呀——”

一阵令人牙酸的金铁声响起，那口乌黑的棺材从潭水中缓缓升起，向岸边而来。

“扑通——”沉重的棺材落在了岸边，苍梧道人俯下身去，用颤抖的双手抚摸着棺材上每一道云纹篆刻。

根叔假扮的晁泰站在阴影之中，偷眼向那棺材上看去，只见那棺材上铁画银钩地刻着十二个字：

鳌龙鬼力所至，日暮人不敢行。

苍梧道人双膝一弯，面向西方，仰天祷祝道："第二十五代麻叔谋叩谢巫族先祖，保佑弟子寻得鳌龙遗蜕，光耀楚巫……"

白湘一撩袍袖，也跟着苍梧道人拜了下去。大礼行完，白湘站起身来，扶着苍梧道人，沉声说道："窦府被警察封了，我们的人进不去，绿绮已经很久没有传来消息了，白猿客栈的张寒也在里面……会不会有什么变故……"

苍梧道人摇了摇头，徐徐说道："不要紧，我本来就没有把赌注全压到窦府里面，钱、粮、将、黑、白，若能一举搞瘫痪南京的秩序，自然最好；若是搞不掉，也没有关系，因为我们还有它！"

苍梧道人轻柔地抚摸着棺材，幽幽笑道："白湘，你知道吗？没有这具金鳌遗蜕，历史上所说的那些长生，不过都是一些理念上的构想，所谓的吃金丹能长生不死，不过是咱们楚巫欺骗皇帝老儿的一个谎言罢了！只不过古往今来的皇帝太贪心，他们舍不得着花花世界，大好河山，舍不得他们的权力，舍不得他们的一切，所以，纵是秦始皇、汉武帝、唐太宗这样的英雄，到了迟暮之年，也甘愿欺骗自己，去寻那虚无缥缈的长生。而我们，只不过是利用他们的权力和贪念，借着炼丹的幌子，在不断地画圈罢了！"

"画圈？"

"对！就是画圈！因为在历史上，第一次提出'长生'这个概念的根据就是这具金鳌遗蜕！在没有彻底研究明白金鳌遗蜕的奥秘之前，所有的长生，都不过是猜想罢了。自从西楚的巫贤范增，为了躲避张良的追杀，将金鳌遗蜕藏在了玄武穴之后，我们这些楚巫的后辈就一直在寻找着这件神物。我们只知道玄武穴在东南龙脉之上，但是这东南之地，水网密布，山峦交错，大小龙脉数不胜数，到底在哪里，谁也不知道。我们一代代的祖师穷尽毕生之力，在文献典籍、先祖笔记、地理志怪、风水堪舆之中，不断摸索，将这个玄武穴的搜寻范围不断地缩小，再缩小！

“这个过程说起来容易，做起来，却难如登天，你可知搜山寻龙，截江断河，需要多么大的人力物力？于是，我们一位先祖想出了一个绝妙的办法——给皇帝炼丹，借着搜集炼丹原料的幌子，查找玄武穴。但是……咱们参照先祖对金鳌遗蜕的研究笔记，炼出的五金之丹，毒性太大，从汉到隋，不知毒死了多少个皇帝。渐渐地，皇室王公对五金之丹失去了信心。

“伪装成炼丹师的巫族人眼看就要面临灭顶之灾的时候，一位天纵奇才的大巫横空出世，研究出了神仙髓这种绝妙的宝贝，并且提出了五脏之丹这一划时代的革新。哈哈哈，吃了神仙髓的王公贵族，没有不飘飘欲仙、嗜之如命的！

“这位大巫更是智计通天，屡现神通，获得了隋炀帝信任，成了开河大都护，借用开凿运河的机会，调用百万民夫兵勇，从南向北，开山劈岭地搜索玄武穴，并将搜索范围从偌大的一片东南之地缩到了金陵左近！这等继往开来的大功业在我巫族绝对称得上震烁古今。这位祖师，就是在隋唐年间道号苍梧的麻叔谋！

“可惜，天妒英才，麻叔谋被白猿客栈的蓑衣所杀！为了延续麻叔谋的神话，承继麻叔谋的功业，从那时起，我楚巫一脉立下了一项传承，那就是——每一代的巫贤都必须以麻叔谋为名，苍梧道人为号！以借尸还魂为幌子，将麻叔谋长生不死，行走阴阳的神话传承下去。因为麻叔谋的寿活千年，是咱们的一面大旗，欺骗皇帝的大旗！它不能倒，也不会倒，只要有皇帝在，就有对长生的贪心在，有长生的贪心在，咱们巫族的机会就在！

“白湘……你瞧……两千多年了……足足两千多年过去了，咱们巫族人过的是什么样的日子？穷困潦倒、饥寒交迫，秦朝当我们是六国余孽，要剿除；汉朝当我们是西楚党羽，要杀尽；我们被逼无奈，只得投身黄巾赤眉等乱民之中，揭竿而起，结果呢！黄巾赤眉一败，巫族又成了乱匪，被官家先捕后杀；唐朝时，先祖帮隋炀帝开河的事，被唐太宗翻了出来，将我巫族划成了前隋党羽，可怜我巫族人一不懂蝇营狗苟，二不懂结党倾轧，暗地里几轮清洗下来，人丁凋零，只得远赴蒙古偷生；元朝，咱们巫族随着蒙古人的大军回到了中原，可谁想，蒙古人天下打得来，却坐不来，传了五世十一帝，才坐了九十八年的江山；明朝的朱元璋做了皇帝后，把咱们巫族当成了蒙古人，抓了就杀，咱们的族人东躲西藏了一百多年，刚刚洗白了身份，混到了嘉靖皇帝的身边，却稀里糊涂地卷进了什么夺嫡的阴谋里，那太子的生母请来了白猿客栈的高手在宫里埋伏，打了咱们一个措手不及，连祖师爷传下的笔记都落在了宫中！

“没有了笔记，咱们明朝末年的族人只能闭起门来，摸着黑地研究，凭借着对金鳌遗蜕的猜想，试图仿制出一只一模一样的金鳌遗蜕，可惜……试验失败了，而且，那只失败的仿制品还在北京城制造了一场巨大的灾难！虽然那次仿制失败了，但是我们却取得了很大的进展，我们知道，这个方向是对了的，我们需要先祖的笔记，因为笔记的后半本记录着关键性的研究数据，尽管我们当初没有看懂，但是在取得了阶段性进展之后，一定会对我们有启发。

“一番谋划之后，在嘉庆年间，我们派遣了三位得力的同族，混在了天理教的乱民中，攻入了皇宫，偷偷地盗走了祖师遗忘在宫里的笔记——一本鹿皮手卷，可惜……刚要脱身之际，清兵的洋枪队堵了上来，三位同族和天理教的教众都被击毙在了皇宫的高墙内，笔记也不翼而飞……

“民国五年，我正计划着出山的时候，又被白猿客栈的三眼妖狐找上门来。我俩斗了一局，果然张良传下来的瞳术，正是咱们巫族祝术的克星，只可惜巫族四法，禁、咒、祝、符，只有祝术传到了如今，其余三法都断了传承。若是我能兼通四门，又岂会被那张九陵所伤，一蹶不振十四年！

“直至三个月前，天师会里一个叫头陀的神秘人找到了我，给了我一本满文写成的笔记。他告诉我说，这一本，就是当年在皇宫没有偷出来的那本鹿皮手卷，被皇宫内务府收走，译成满文之后，毁了原本。天师会看了上半本，知晓了金鳌遗蜕的来源和它破国灭城的威力，但是后半本的实验记录，他们是研究不懂的。既然研究不懂，索性让神拳队拿着前半本，把后半本还给了我；但是有一个条件——帮他搅乱南京城！

“唉……那天师会势力之大，远远超过我的想象，他们既然愿意合作，各取所需，我们何乐不为？想我楚巫一族本是人上之人，可亡国之后，两千年来，东躲西藏，如丧家之犬，这种日子再也不会有了！南京破城之后，天师会会把咱们巫族的子弟也像他们的门客一样，洗白身份，送入政府，从军从政！烟土、军火、药品的生意也分给咱们一成，哈哈哈……到时钱权在手，谁敢再欺压我们？”

白湘听了这些巫族的过往，早已是虎目含泪，眼眶通红。

“白湘愿誓死追随大师傅，赴汤蹈火，万死不辞！”

话音甫落，白湘“扑通”一声跪倒在地，一众教徒也跟着拜倒，根叔扮演的晁泰自然也在其中。

第四章　日暮人不敢行（下）

苍梧道人神魂激荡，用袖口细细地擦拭着棺材盖子，拂开上面的尘土，露出了一个滴血的龙头浮雕……

“诸位都是我巫族的骨干，你们可知何为长生？”

众人摇头不解，苍梧道人笑了笑，伸出手指，在棺木盖子的浮灰上写了三个大字：

龟、虽、寿！

苍梧道人指着这三个字，沉声说道：“所谓：‘神龟虽寿，犹有竟时。腾蛇乘雾，终为土灰。’万物有生有死，天地有阴有阳，这本是天道运行的规则，注定无法打破，所以不会有人可能不死的。不过，虽说人终有一死，但如果能将生命延长，一定程度上，是不是就实现了相对短命人的长生呢？譬如有的人能活五十，有人能活六十，还有人能活过百岁，那么在一群五十岁就死去的人里面，出现了一个活到一百岁的人，那么这个人是不是就得到了相对的长生呢？千百年来，普通人的寿命最高不过百二十年，若是能打破这个定数，将寿命不断延长，是不是就意味着我们在不断地突破人类的极限呢？

“这个问题，在春秋时期，我们的巫族的先贤就已经开始了构想和研究，但一直没有突破，直到徐福从海外带回了那具金鳌的遗蜕，才为我们的祖师打开了一扇门。古书中记载：‘鳌龙者，龙头鱼尾龟背，生于海，兴于波，好吐火，寿活千年。’《水经注》载鲤、鳣之属，‘出鞏穴，三月上渡龙门，得渡为龙。否则，点额而还。”《奇闻通志》中说道：‘鳌中魁者，金头青背，甲若滴翠，寿活一千有五，身死甲存，万古不化。’

“那么，一个重要的问题出现了，为什么鳌龙能活千年，而人只能活百年呢？我们的祖师认为：无他，唯皮囊不同而已。人的骨骼肌肉的老化规律，决定了人类的寿命，而鳌龙的寿命之所以顽强，便是因为鳌龙的身体老化得比人类要慢，所以它能活得更长。那么，如果我们能够拥有和鳌龙一样的体魄，是不是我们就能延缓衰老，增长寿命了呢？针对这个命题，我们的祖师开始了研究。

“从练气到练体，我们的祖师发明了很多方法，但是收效甚微，无法做到延长到百年这种质的飞跃。祖师认为：要想长生，必须从根本上改造我们的身体构造。但是鳌龙长什么样子谁也没见到，谁也不知道该怎么改。正在祖师苦思冥想该怎么改造的时候，徐福带回来了那具金鳌遗蜕。祖师乔装改扮，以望气士的身份潜入了秦宫，见到那只‘甲若滴翠’的金鳌龟壳！一瞬间，祖师的脑中迸发出了一个猜想——金鳌之所以长寿，便是因为这种类似金石翠玉一般的身体！

“于是，祖师开始模仿龟甲的材质，烧制丹药。但是，金鳌遗蜕是秦始皇的宝贝，就算是祖师，也见不着几次。秦始皇研究金鳌遗蜕研究得入了迷，渐渐地骨瘦如柴，宫里也开始传出了龟甲闹鬼的惨事，一时间人心惶惶。秦始皇心神不宁，出门巡游，祖师从旁跟随，在金陵附近谎称龙脉抬头，骗秦始皇挖开了秦淮河，实则是为了进入方山这座火山内部，凿开一个出口，因为祖师早就相中了这块玄武穴，想避开宫里的人多眼杂，把金鳌遗蜕偷出来，挪到这里边研究……

“可惜，还没来得偷，秦始皇就驾崩了。赵高发动了政变，伴驾在始皇身边的祖师也成了那场政变的炮灰，直接丧了性命。咱们剩下的族人眼看情况不对，赶紧抽身四散，飘零江湖数年，辗转投到了西楚霸王的麾下。直到火烧阿房宫，下一代的巫贤范增才光明正大地取走了金鳌遗蜕，继续研究那位祖师爷的研究……此后又经历了楚汉争雄和张良的追杀，范增将金鳌遗蜕藏进了玄武穴。从此，玄武穴和金鳌遗蜕再度从我们的手里失去了消息。直到汉武帝时的巫贤李少君用铅汞相和、模拟出了金鳌遗蜕的质地、把半成品的丹药当做搜寻金鳌遗蜕的筹码献给了皇上后，咱们巫族化身炼丹士的历史才此拉开了序幕！

“只不过……李少君和那位祖师的想法都错了，铅汞相和模拟出来的丹药，虽然和那金鳌遗蜕的材质差不多，但是并没有用，反而吃死了无数的皇帝。这些吃了五金之丹的皇帝，直到吃金丹吃到没命，身体也没有一丝变化，没有一个人的骨骼和肌肉产生了想象中的改变……

“直到麻叔谋划时代地否定了那位祖师的构想，破天荒地提出了新的思路——金鳌之所以长寿，不是因为骨骼和肌肉，而是肺腑之力强大，五脏之气充盈，吐故纳新，换血洗髓的能力强，所以百病不侵，寒暑不避，新陈代谢发达。所以要想长寿，必须从强壮五脏做起，要想找到金鳌五脏的秘密，它的遗蜕便是唯一线索，但是当时既然找不到金鳌，就得先用别的、长寿的灵长类动物实验，按照这样的思路，麻叔谋祖师试验了无数的动物，终于在山魈的身上炼出了神仙髓。

“服食过神仙髓的皇帝，面色红润，精力旺盛，身轻如燕，一扫病困，神采奕奕，更有甚者，竟然将多年的病痛都控制住了！但神仙髓有它的弊病，那就是不能停止服用。一旦停服用，便会如同爬虫噬心，痛不欲生！正是因为神仙髓有这种副作用，所以巫门立下了规矩——门下弟子服食神仙髓者，死！不过，这规矩却没有把巫门信众也算进去，就这样，神仙髓成了咱们巫门驾驭信众的不二法宝！

“眼下，天师会派了神拳队进城，作为咱们的策应，只等咱们按照祖宗笔记上记录的方法，将金鳌遗蜕埋入预设好的水脉之中，不出七天，南京必亡！哈哈哈，到时候，咱们楚巫一脉飞黄腾达的好日子就到了。咱们一有权，二有钱，三有这金鳌遗蜕，还愁研究不出长生的秘密吗？”

白湘闻言至此，已然激动得泪流满面。

苍梧道人一甩袍袖，向一处偏僻的角落走去，并向白湘招了招手，示意他单独过来。白湘点了点头，离开众人，独自走到了苍梧道人的身边。两人低声耳语，苍梧道人眼神闪烁不休，白湘屡屡点头。

扮作晁泰的根叔，听了苍梧道人所讲述的金鳌来历，内心震惊不已，此刻眼见苍梧道人正在与白湘分说机密，心里哪能按捺得住？于是，寻了一个机会，避开了众人的眼光，偷偷地藏身在了黑暗之中，缓缓地向苍梧道人所在的阴影处挪了过去……

石壁转角，根叔将耳朵贴在了墙上，背靠着石壁，向苍梧道人的方向偷耳听去，只听苍梧道人的声音断断续续地说道：“白湘，我要你整合咱们在南京城所有的精干人手，分为四队，三虚一实，将金鳌遗蜕运到咱们既定好的地方……记住，金鳌遗蜕，遇水则兴……什么人！”

根叔靠得太近，不料苍梧道人耳力惊人，耳尖一抖，察觉到了根叔的呼吸！

“滚出来——”苍梧道人大袖一甩，卷起地面一蓬碎石，劈头盖脸地向石壁后头击来。那碎石还在半空，苍梧道人鬼魅般的身影，已经跟在碎石后头飘了过来，“呼”的一声风响，绕过了石壁，蹿到了根叔的身前。根叔缩身一退的工夫，两手在腰间一抹，两只快枪已经攥在了掌中。此时，劲风正浓，碎石当空，虽然逼得人无法睁眼，但根叔枪法通神，两耳听声断位，追着苍梧道人衣角的破空声连发五枪。

“砰砰——砰砰砰——”

苍梧道人足尖在石壁上一点，拔地而起，张开袍袖，犹如一只苍鹰展翅，闪过飞来的子弹，直奔根叔扑来。与此同时，洞内的其余教众，也各自放下了手里的活计，各持长枪短炮、刀剑锤斧，一窝蜂地朝根叔包抄过来。

“苦也——”根叔心里暗骂了一句。

“砰砰砰——”根叔抬手三枪，打灭了洞内的光源，一个猛子扎进了人堆里，游鱼一般在黑暗中一阵游走，两手在脸上一摸，合身一转的工夫，已经换成了另一张脸。由于洞内的众人，除了白湘和苍梧道人外，穿的都是同样的衣服，根叔一个转身，再次混进了人堆里，不着一丝痕迹。

“不要慌！快掌灯！”白湘一声大喊。不出一分钟，灭掉的火把被重新点燃，洞内再次恢复了光亮。

“人呢？人去哪儿了？”白湘在四周望了一望，发现没有了根叔的踪影。

“晁泰是假的，有人易容成他的样貌，混了进来……”苍梧道人冷冷地说了一句。

“易容？”白湘惊声呼道。

“‘佛烟鬼手张三眼，水袖蓑衣不老生’！来人是白猿客栈这一代的不老生——聂树峰！”

苍梧道人两眼一眯，努力地在人群中分辨着每一张脸孔，想找出根叔的行迹，奈何瞪大了眼睛，扫了五六个来回，也没看出一点端倪。

“大师傅，咱们接下来，该怎么办？”白湘问道。

苍梧道人脸颊上出了一层冷汗，低声说道：“这金鳌的秘密见不得光，万万不可被他逃出去……”

“大家快看看身边，有没有陌生的脸孔！”白湘一声大喊。众人闻言纷纷扭过头去，去看旁边的人，一边相互辨认，一边呼喊着同伴的名字。

突然，一个一脸络腮胡子的大汉拨开了身前的两个同伴，揪住了人群里一个和他一模一样的大汉，大声喊道：“你是谁？”

那被揪住的汉子反手就是一抓，也揪住了对方的领口，瞪着眼睛喊道：“你……你的脸怎么和我一样？我是白湘尊者手下的董大舟，你……你又是谁？”

“放屁！老子才是董大舟，你是谁？”

两个人一声大喊，纠缠在一起，厮打不休。白湘尊者吓了一跳，拨开人群，走到了二人身前，瞪大了眼睛，死死地盯着两张一模一样的脸，翻来覆去地看了好几个来回，又一头大汗地回身摇了摇头。

苍梧道人见状，一咬牙也走到了人堆里，眯着眼睛，揪住了左手边那个董大舟的脑袋，往自己身前一拽，盯住了他的眼睛。那董大舟和苍梧道人一对视，瞬间身子一软，栽倒在地下，鼾声如雷地沉睡过去。

苍梧道人一眯眼，正要来抓右边那个董大舟，不料那董大舟猛地往后一缩，闪电一般地钻到了人堆里。一转眼，人堆里又出现了两个一模一样的人。

“这……这……”白湘惊得上下牙齿一阵乱碰，苍梧道人一脸狰狞，迈开了步子，两眼睁得雪亮，从人群中一步一顿地走了过来，所过之处，凡是与他对视之人，纷纷身子一软，沉沉睡去。

“不好，这厮又在催眠！”根叔一边暗道了一声，一边在人群之中跑动，不停地更换脸孔，直到洞内的人躺了满满地一地，只剩下苍梧道人、白湘，还有两个一模一样的、瑟瑟发抖的中年胖子。

“白湘尊者，我是何老憨啊，您……你不记得我了吗？”左边那个中年胖子苦着脸说道。

“尊者，我才是真的……”另一个何老憨哀声说道。

“你们两个谁是真的，我也不知道！你们和大师傅对视一下，谁先来？”白湘看了一眼两个何老憨，沉声劝慰。左面那个何老憨点了点头，举起了右手，示意他先来，只见他咽了一口唾沫，刚要扭头去看苍梧道人的眼……

“不对！”苍梧道人猛地一声暴喝，一个铁板桥向后仰去，在他正前方那个刚刚举起手的何老憨手腕一抖，一把手枪从小袖子管里滑了出来，握在掌中，瞬间击发，两颗子弹贴着苍梧道人的鼻尖就飞了出去。白湘尊者舞动着手里的洛阳铲，趁机前冲。那持枪的何老憨一抹脸，露出了根叔的本来面目，侧身一倒，缩在了真的何老憨后面，白湘尊者一铲子挥空。根叔横膀一撞，将何老憨撞飞出去，压在了白湘的身上，在腰间一摸，又掏出了一把手枪——根叔藏枪的本事天下无双，没有人知道根叔的身上藏了多少支枪，更没有人知道他的枪都藏在哪里。只见根叔此时两手臂横端胸前，双枪齐放，压得苍梧道人接连翻滚，缩在一块大石后头不敢抬头。

根叔咧嘴一笑，豪气顿生，朗声喝道：“一帮装神弄鬼的鼠辈，也敢捋白猿客栈的虎须！”

苍梧道人恨得牙根痒痒，但又碍于根叔枪法奇准，自己根本不敢冒头，狼狈之中，他也无计可施。

双方正僵持之间，只见石洞入口处，一柄闪着金光的宝剑电射而出，直奔根叔而来。根叔听得耳后风响，前扑一滚，想要躲避，但终慢了一步，一道剑光穿肩而过，在根叔肩头开了一道血槽！一股剧痛传来，根叔瞬间血透衣裳。

根叔顾不得疼痛，在地上一阵翻滚，缩到了暗河边上的一块大石后面，扭头一看，只见石壁之上，一把染血的金色的长剑正插在石壁之中，铮铮作响，石壁入口处，一个背着剑匣的汉子闪身而入，烛火照亮了他的脸，赫然是和白猿客栈众人打过照面的东天门金剑降妖力士青锋尊者！

“大师傅！”青锋尊者喊了一句。

“青锋，找掩体，别过来！”苍梧道人一声大喝。

青锋、绿绮、红蔷、白湘，苍梧道人座下这四位尊者，总算是见全了。

根叔脱下上衣，简单地裹了裹肩头的伤，抬手两枪再次打灭了洞中的光亮，此时却听见“咔哒”一声，原来是手里的枪没了子弹。根叔一撇嘴，将空枪扔在了地上，从靴子里又取出了一把大口径的手枪，喃喃自语道：“今儿个，爷就让你们这帮土鳖看看，什么才是真正的射手！”

根叔挪了挪身子，长吸了一口气，从怀里摸出了一只打火机，摩挲着打火机的黄铜小盖，笑着说道：“可惜了了，这小玩意儿，光绪二十六年的意大利货啊！”

说完，根叔一咬牙，站起身来，手里的打火机脱手而出，奔着洞口处飞去。根叔听着打火机飞行的风声，在伸手不见五指的黑暗中，抬手就是一枪！

“砰！”打火机被子弹击中，瞬间爆开，里面的煤油见风而燃，爆出一蓬火花。在火花的映照下，根叔看到了洞口边上，青锋那张惊恐的脸！

“砰砰砰——砰砰砰——”

根叔左手开枪压制住了苍梧道人和白湘，右手又从另一只靴子里掏出了一支同样的手枪，子弹连发，借着火花爆开下坠的光影，看准机会向着往阴影处逃窜的青锋尊者点射。

“快点灯！”苍梧道人一声大喊，抓起了地上何老憨的尸体，当作盾牌，遮在身前，挡住根叔射来的子弹，向前跑去，一个纵越，蹿到了被根叔打灭的火把边上，从怀里掏出了火折子，点亮了火把……

黑漆漆的洞内恢复了光亮，根叔也不见了踪影，洞口处，青锋身中三枪，委顿在地……

苍梧道人狠狠地一跺脚，狠声说道：“等不了了，告诉神拳队的人，计划有变，金鳌遗蜕提前发动！”

洞外，方山林内，根叔正一脸惨白地在山谷里穿梭。

“日他娘的，真疼啊！”

根叔抹了一把汗，嘴里愤愤地骂道……

第五章　龙符为证（上）

听完了根叔的讲述，我在大厅里往返踱步，心内久久不能平静！

许多的关键词在我的脑海里不停地重复……金鳖遗蜕、破国灭城、遇水则兴……日暮人不敢行……日暮人不敢行！

等等！这句话我好像在哪里见过！

“在哪里？在哪里？在哪里……日暮人不敢行……想起来了！笔记！白猿客栈初代祖师张良张子房的笔记！”

我闷吼了一声，一路小跑钻进了地下室，在书架上一阵翻找，终于，在一个爬满蜘蛛网的角落里，拖出一口大木箱，吹开上面的浮灰，捧出一块不知道是什么动物的皮，铺展开来。那张兽皮足有一张桌子那么大，在正中，文了无数小人，也有船，有兵，有海浪，还有一只半埋在土中的骷髅头，从那骷髅头中，无数的恶鬼攀爬而出，择人而噬！

在那画面的旁边，是半面密密麻麻的小字，记录了子房祖师，在秦朝末年一段诡异的经历……

自秦始皇二十八年起，秦始皇三次征伐百越之地，发兵百万，杀人无算。平定百越之后，秦始皇将百越划置入九州，设南海郡、桂林郡、象郡，从中原迁居五十万的居民至岭南，大肆开垦。

百越之地原有的东瓯部落、闽越部落及南越部落只能带着残存的族人远走海外，在荒岛之间求生。这些部落的原住民虽然为了躲避秦始皇的大军，被迫出海，但是他们从来没有忘记自己的故土，时刻想着杀回秦朝，回到家乡。他们的这一目的和破灭的旧六国贵族们，达成了共识。秦始皇二十八年，一直致力于联合六国贵族、推翻大秦的张良与东瓯部落的首领——欧阳恕取得了联系。欧阳恕想要在海上发兵，呼应各路义军，所以邀请张良到荒岛，共同推演战局。张良欣然应允，带着白猿客栈的初代佛烟孙白鳍出海。两人一同到达了一处无名荒岛，谁知，刚刚踏足荒岛，还没靠岸，就看到了一场人间炼狱般的景象。

黑夜之中 ，整座岛上，到处都是哀号声；海岸边，无数的男女老幼被活生生地钉在木制的棺材里，绑上大石头，沉入海中；山坡上筑起了高高的石墙，咚咚如雷的脚步声从丛林里传了出来，黑压压的人群从山顶洪水一般地奔涌而下，发疯了一般撞击着石墙。墙上的士兵手持着弓箭，向人群射去。好多老幼倒在了冲锋的路上，活着的人踩着死去同伴的尸体向墙上攀爬，越爬越高……他们嗷嗷地大叫，枯瘦得骇人，满身的斑疮流着脓血，眼窝深陷，面目青紫，牙根外漏，十指干枯如钩，奔行如风，跃过墙头，逢人便咬。墙上的士兵列成一排，各持长杆尖矛乱捅。城墙上血如涌泉……

经过了十几波往返攻夺，天边泛起了一抹微光，城墙外黑压压的人群渐渐散去，钻入了山中的树林深处。城头上，一个一身甲胄的将军摘下了脑袋上的头盔，露出了一张满是疲惫的脸。那将军走下城头，在卫队的保护下，向岸边走来。张良的船靠了岸，张良和孙白鳍并肩下了船，走到了那将军身前。

“东瓯族，欧阳恕！”

“白猿客栈，三眼张良！”

“白猿客栈，佛烟孙白鳍！”

三人互相行了一礼，言简意赅地表明了自己的身份。

“这是怎么回事？”张良开口问道。

欧阳恕叹了口气，沉声说道：“说来话长，二位，随我来！”

说完这话，欧阳恕卸下了身上的甲胄，引着张良和孙白鳍向南边走去，一边走，一边说道：“事发突然，通信不便，没来得及与张兄细说，是我的错！”欧阳恕一脸惭愧地道了声歉。张良摆了摆手，示意他不妨事。

欧阳恕引着二人上了城墙，站在高处，指着荒岛南边的大山，沉声说道：“我东瓯一族，出自越王无疆一脉，无疆伐楚失败后，长子玉在岭南之地建立了闽越国，次子蹄在欧余山之南建立瓯越国，以欧阳为国姓。兵败于嬴政后，我等残存的族人飘零海上，在众荒岛间搜寻了半年，才找到了在咱们脚下的这座岛屿。初来之时，岛上荒芜一片，幸亏因瓯越一族最擅铸造冶铁之术，不到三年的光景，就在这座岛上建起了这座城池。你们看，这座城被靠山，面望海，紧锁水陆咽喉，乃是绝对的易守难攻之地。铸城之时，我只想着敌人都是城外出现的秦军，但是……我万万没想到，有朝一日，我们的刀剑会挥向我们朝夕相处的族人……”

“到底发生了什么？”张良追问道。

欧阳恕的眼神飘忽不定，仿佛回忆起了什么可怕的事情……

半月之前，数百艘大秦海船从海平面上聚拢，直奔荒岛而来。欧阳恕这几年一直在暗中派人前往岭南，联络残余的各大部落以及破灭的六国贵族，图谋光复故土，消息走漏是迟早的事，只不过欧阳恕没有想到秦军会来得如此迅速。

虽然秦军悍勇，攻无不克，战无不胜，但是欧阳恕并不害怕与之交锋。所谓战伐胜败之道，无非天时、地利、人和：在荒岛即将打响的这场战役里，秦军从西北方向而来，此时正值盛夏，海风从南而来，秦军逆风而攻，欧阳恕顺风而守，此天时之利也；荒岛之地，瓯越一族经营多年，城高墙厚，物资淡水充盈，坚守五年，不是问题，秦军劳师远征，海上补给不足，不利久战此地利之利也；秦军士卒南北不一，远不及常年在海上漂泊的瓯越一族精通水性，此人和之利也。

天时、地利、人和，欧阳恕占了全，所以他根本不在乎和秦军在大海上硬碰硬。

两个时辰后，瓯越一族关闭了城门，箭上弦，刀出鞘，全民上城头，做好了战斗的准备。

黄昏时分，秦军的海船到了荒岛外围，三通鼓响，一个遍体甲胄，虎背熊腰的黑甲将官站在了船头，朗声喊道："降否？"

欧阳恕站在城头，拔剑出鞘，仰天喝道："死战——"

欧阳恕身后的瓯越族人热血上涌，狠狠地用手中的刀剑敲击着盾牌，一声高过一声地齐声吼道："死战——死战——死战——"

两拨对射之后，战局正式拉开了序幕：秦兵自沙滩抢攻登陆，竖起盾阵推至城墙下百丈之外。一个穿着白色麻衣的中年方士在一群甲士的护卫下，在荒岛城外一阵勘测，最终确定了一个点位。二百余名力士抬着一口硕大的黑色棺材，在那个中年方士选定的点位上，挖掘了一个硕大的深坑，从那棺材里抬出了一具非金非玉非石的硕大龟壳，头上尾下地埋进了深坑之中，填土埋平。

欧阳恕见状，一头雾水，根本不知道秦军在搞什么鬼。他带着族内的勇士，冲锋了三次，想去那个坑看看情况，但都被秦军打退。

秦军埋好了乌龟壳子之后，整体后撤，退守到了船上。那个大坑和海船的距离恰好在秦军射程覆盖之内，欧阳恕屡屡抢攻，但都被秦军的硬弩逼回。

诡异的事是从第二天凌晨开始的：第一场骚乱发生在城头，一个守城的弓箭手身上开始出疹子，体温升高，神志模糊，甚至胡言乱语。他的脸上开始鼓起斑疮，脸色发青，浑身抽搐，在医官救治的过程中，那个弓箭手还咬伤了医官。慢慢地，发病的士兵越来越多，只能强制隔离；然而，不到一天时间，城内的普通百姓也开始出现了相同的症状，而且……发病的族人开始出现了更严重的病变，那就是——怕光。

这些病变的族人，只要一接触阳光，曝光部位就会剧烈疼痛，有如烈火烧灼，身上也开始密密麻麻地浮现红斑、水肿、风团，严重者甚至开始出现血疱、糜烂、结痂，并表现出了强烈的攻击性。

不到三天的时间，这种奇怪的病症，已经蔓延至全城。欧阳恕知道，这一切和那个诡异的乌龟壳子一定密不可分，于是连续组织了三次夜袭，前两次都被秦军用乱箭射了回来，第三次，欧阳恕损失了一千多精锐，才冲到了那个坑前；然而，眼前的土坑已经被掘开了，坑里的乌龟壳子不翼而飞！秦军的海船也同时拔锚返航。空荡荡的岸边，瓯越族人的尸体堆成了山丘，乌黑的血流染红了海边的沙地。秦军带来了一只魔鬼，投放在了荒岛，这只魔鬼以瓯越人的生命为猎物，饱餐之后，又被秦军带了回去，这一切仿佛就像一场噩梦……

秦军撤离后，欧阳恕开始地毯式地排查荒岛的族人，但凡有病症的都被清除城外。欧阳恕对这些族人下不了杀手，只能将他们放逐到深山之中。所幸荒岛中的那片深山，断崖林立，下山只有一条路，而这条路又被城门扼住了咽喉，只要守好城墙，那些被放逐的族人，便无法回到城内，更无法绕过城池，来到岸边。

然而，那些被放逐的族人，因为病变，变得越发残暴。他们聚集在一起，白天藏身石洞避光，晚上啸聚成群，冲击城门，蚁聚爬城，择人而噬！欧阳恕只得召集族中还没有发病的长老，研究对策。最终，欧阳恕决定，带领剩余的族人撤离荒岛，另寻他处安家。在张良到来之前，荒岛上已经出发了两艘海船，剩下的最后一部分男丁由欧阳恕带领，做最后的戍守，明天白天，太阳升起的时候，欧阳恕就会带着剩下的人，驾乘最后一艘船离开……

第六章　龙符为证（下）

张良一边听着欧阳恕的讲述，一边跟着欧阳恕的脚步，没多久，就来到了那个诡异的坑前。张良捻了捻坑边的沙土，那土坑极深，四壁光滑，有若深井。张良寻了一条绳子，和孙白鳍一前一后地跃进了坑内。一炷香的工夫，张良带着孙白鳍爬出了土坑，一屁股坐在了岸边的石头上，沉声说道："水眼！给这个土坑点穴的人，绝对是天下数一数二的风水大家！"

"水眼？什么意思！"欧阳恕急忙问道。

"风者，流也；水者，流也。天上的降雨落到地上，一部分汇成江河，注入大海；另一部分，渗透到地下，形成地下的暗河。地下的暗河和地表的河流相互补充，它们交汇之处，就是水眼。找到水眼一个点，就能掌握一片淡水的流域情况。中土大地，地势复杂，山河密布，水眼极难寻找；然而在这荒岛的方寸之地，顶尖的风水术士，简单地几下勘测，就能找到水眼的所在。你看，这土坑的泥沙经历暴晒，仍然能保持潮湿，就说明底下有源源不断的水汽补充。刚才我和孙白鳍两人下到了土坑之底，发现下面别有洞天，正是两条暗河交汇之处，且有一眼漩涡涌泉，周边有凿石的痕迹。那只神秘的龟壳肯定是浸在这出泉水之中！对了，在秦军撤走之后，还有没有人继续发病？”

“秦军撤走前两天，仍然有新发病的族人；但是第三天后，就再也没有了！”欧阳恕答道。

“秦军有没有在岛上取水？”张良接着问道。

“没有，他们都是在船上饮水！”欧阳恕答道。

“那么可以肯定，岛上的事情肯定跟水有关！那只乌龟壳子很可能对岛上的淡水起到了什么作用。在乌龟壳子撤走之后，这个作用的消散需要一定的时间，所以前两天还是会有人发病；但是从第三天开始，这个作用就消除了。而且，这个病似乎和体质有关，我发现岛上现在没有发病的大多都是强壮的青年男子。”张良拄着额头，皱眉沉思。

“我瓯越族也有不少精通医术之人，可是，他们说这种病既不是中毒引起的，也不是疫瘴……难不成，那乌龟壳子是什么巫蛊法器，这岛上的怪事，是神鬼所为？”欧阳恕低声说道。

一旁站立的孙白鳍闻言，摇了摇头，徐徐说道：“除了疫瘴和下毒，其实还有别的东西，能导致大面积的死亡……”

“哦？是什么？”张良和欧阳恕闻言一惊。

孙白鳍思索了一下，张口说道：“在中土西南，有一个小国家，名叫夜郎国，夏商时属百濮地，古书记载，夜郎国人人都是最好的玉匠，遍地都是大大小小的玉矿洞脉。因为夜郎国盛产上等的玉石，楚襄王眼红不已，于是派大军讨伐。

“彼时，楚国兵多将广，纵横天下无敌手；夜郎国人丁单薄，虽国富，但兵不强，根本无法抵抗楚襄王的大军。夜郎王无奈，出城告降。楚军掌控夜郎国之后，就命夜郎王带他们去挖玉石。夜郎王对楚军表示，夜郎玉脉，乃是冥府的鬼神所赐，夜郎国的祖先曾经在鬼神面前立下血誓，世代祭祀，奉上血食。冥间的鬼神甚是感动，与夜郎国的祖先约定——非夜郎人采玉者死！

“楚国的大将军闻言不以为意，当成是夜郎王推脱遮掩，故意不交出玉矿的幌子，勃然大怒，立即杀了夜郎王，将大王子扶上了王位，让大王子带着他们去采玉，大王子只能应允。

“第二天，大王子带着楚军一路向南，钻入了十万大山之中。在大山以东，采玉大军扎进了一处石洞。石洞幽深曲折，蜿蜒向下，洞内温度极高，楚军不得不卸下身上的重甲。在石洞的尽头，乃是一处溶空的山腹，抬头向上，依稀能看到高垂的星野。在山腹的壁上，苍翠碧绿，正是无数盘龙一样的玉脉！

“楚国的大将军见了这片玉脉喜不自胜，连忙命令手下的士卒大肆挖掘开采，一采就是十几天。然而，在这十几天里，开采玉脉的楚军开始陆续病倒，神志不清，高烧不退，许多人的身上开始浮现溃烂的斑疮，浑身抽搐。楚国大将军仔细地检查了伙食和饮水，并没有发现问题，于是他抓来大王子严刑拷打，那大王子被打得皮开肉绽，仍旧冷笑不已，口中说道：‘不是毒，是诅咒，夜郎祖先的诅咒，来自冥府的惩罚！’

“楚国大将军大怒，杀死了大王子，带领着部下继续采玉；然而倒下的士兵越来越多，楚军的战斗力也直线下滑。终于，在一个月黑风高的夜晚，委顿在玉脉里奄奄一息的楚军，被无数手拿锄头、木棍、竹枪、石头的夜郎百姓杀光。

“夜郎百姓消灭楚军之后，厚葬了大王子，封闭了那处玉脉，并给子孙留下十八个字的遗命：‘冥火现，山开涧，小脉开，大脉走，玉所养，恶鬼藏。’意思就是说：地下的冥火冲出地面，在山中迸发，将山脉冲成了山涧，在这个过程中，山上的石头被养化成了玉脉，小的玉脉可以开采，大的玉脉一定要远离，因为玉上藏附着冥界的幽魂，会索人性命。楚国的大将军正是不明白这个原由，才被大王子引入了一处最大的玉脉之中，玉上的鬼魂苏醒，缠死了前来惊扰的所有人。”

听完了孙白鳍的这个故事，张良摇了摇头，徐徐说道：“故事的经过没有错，但是鬼神之说太过缥缈。冥火喷涌，自古便有典籍记载，很多名山大川都有定期喷发烈火熔岩，《山海经》有载，有大山名曰昆仑之丘‘其下有弱水之渊环之。其外有炎火之山，投物辄燃。’可见这会喷火的山古已有之，就在人间，绝非什么阴间的冥火。

“《山海经》中还记载；大荒之中，‘有山名曰不咸，有肃慎氏之国。’这个肃慎氏之国就生活在一座炎火之山上。舜帝时，肃慎朝，贡弓矢。而后，禹定九州，周边各族各职来贡，东北夷中即有肃慎。周武王时，肃慎族入贡楛矢石砮。成康时期，肃慎依旧前来朝贡。周人在列举其疆土四界时曾言：‘肃慎、燕、亳，吾北土也。’可见这个肃慎氏之国是真实存在的，而且这个肃慎族进贡的东西——楛矢石砮，并不是什么珍珠玛瑙、金银宝器，而是一种奇怪的石头，这种石头就是炎火之山喷发火浆之后，融化了山上的岩土，冷却后形成的一种黑色的石头！这种石头敲碎后断面呈贝壳断状口，锋利无比。用它们制成的箭镞能够力透皮甲十五张！所以，在商周两代，肃慎氏之国进贡的楛矢石砮一度成为了中土贵族争相索取的宝贝！

“我猜想，那夜郎国的玉脉的形成和肃慎氏之国的楛矢石砮是一个原理。只不过那火浆融化的石头不同，冷却后形成的东西也不同。所以说，什么鬼神所赐，纯属瞎编。我觉得，这种火浆融成的石头，一旦达到一定量的积累，就会产生某种看不见摸不着的作用，这种作用投射到人身上，就会发生病变！所以夜郎人才会留下小脉开、大脉走的遗训。”

孙白鳍一脸迷茫地问道：“什么是看不到，摸不着的作用？”

张良思索了一阵，皱着眉头解释道：“《鬼谷子》中说：‘故郑人之取玉也，载司南之车，为其不惑也。’《韩非子》中说：‘夫人臣之侵其主也，如地形焉，即渐以往，使人主失端，东西易面而不自知。故先王立司南以端朝夕。’这司南，就是用磁石琢成一个杓形的东西，然后放在一个光滑的盘上，盘上刻着八卦、天干、地支和二十八宿等文字。因磁石的作用，杓柄永远向南。我们看不到磁石的作用，但是这个作用却是无时无刻不在影响着这个杓柄，使它永远向南。我猜，那夜郎玉脉、肃慎氏的楛矢石砮，以及秦军带来的那个神秘的龟壳都是这个情况，只不过是作用的大小不同罢了！”

欧阳恕将信将疑。此时，天边泛起了微光，一轮红日从海面上跳了出来，城墙上的士兵大声欢呼，仿佛获得了新生一般。城门外，许多关在笼子里的瓯越族人被阳光一照，身上顿时一片鲜红，裸露在外的皮肤开始迅速溃烂。他们疯狂地撕咬着身前的笼子，喉咙里发出了野兽一般的尖叫。

欧阳恕扭过头去，捂住耳朵，不忍去听，城头上的军士非常有秩序地按照批次退下了城头，向着岸边的一艘大船走去。

“我们的船，还有空余的位置，咱们一起吧……”张良拍了拍欧阳恕，为他鼓劲儿。

欧阳恕抿了抿嘴，露出了一个哀伤的笑容。

第三天，碧波大海之上，红日高悬，船舱门口，欧阳恕站在舱内的阴影之中，看着走过来的张良拱手一笑，悠悠说道：“子房兄，你来得好快！”

张良一拱手，笑着说道：“欧阳族长遣人来请，张良怎敢不快些赶来？”

欧阳恕点了点头，沉声说道：“此次请子房兄来，乃是向先生问策？”

“何策？”张良神情一肃。

“瓯越族求存之策！”欧阳恕一揖到地。

张良沉思了一阵，徐徐说道：“秦王暴政，国运必难持久。天下豪杰并起，秦亡后，必有大乱。瓯越一族人丁单薄，不宜裹入乱战之中，可先于东南海境内落脚，静观变化。据我谋算，不出二十年，天下必然终止混乱，南北大定。此次回中原，我欲择一明主辅之，为他运筹帷幄，平定乱世，以我之功，封侯拜相，必然不在话下，届时君可遣一信使，前来寻我，我愿为瓯越一族在东南之地划分一片故土，让瓯越族人休养生息！”

欧阳恕一揖到地，沉声说道：“这二十年里，若我身亡，或是子房兄有什么不测，又当如何？”

张良一脸坚定地答道：“此约一成，天地可鉴！凡我白猿张家子孙，皆须履行承诺！”

欧阳恕眼眶通红，俯身拜道：“愿与先生铸一信物为凭！”

张良思索了一会儿，张口说道：“既然如此，你就帮我铸造一枚龙符吧！我待会儿会画出图样，交与你族中的匠师。即日起，这龙符便是我白猿客栈历代掌灯的不二信物。日后，你持龙符来中原，无论我是生是死，只要白猿张家收回了龙符，便一定会为你的族人求得一片休养生息的土地！”

“瓯越族人，谢先生高义！”欧阳恕长吸了一口气，俯身跪倒。张良正要上前搀扶，却被欧阳恕抬手制止。

“欧阳族长，你这是怎么了？”张良不解地问道。

“子房兄，咱们就此别过了……”欧阳恕咧嘴一笑。

“你……什么意思？”

欧阳恕挤了挤眼睛，将自己的手伸到了船舱外。日光照耀之下，他的手背瞬间变红，开始溃烂。

“你……你也……”张良瞪大了眼睛。

“肯定是我死去的族人想我了……”欧阳恕笑了笑。

张良慌了手脚，沉声说道：“你别着急……一定有办法！”

欧阳恕猛地拔出了手里的长剑，指向张良，阻住了他靠近的脚步。

“子房兄，趁我还没丧失理智，咱们好聚好散！”

“你别冲动，一定还有办法！”张良再一次意图靠近，却又被欧阳恕手里的长剑逼了回来。

欧阳恕笑着摇了摇头，轻声说道："一个英明的首领，应该为他的族人带来希望……而不是成为族人的负担……先生保重，欧阳恕先走一步——"

话音未落，欧阳恕手中长剑猝然脱手，直奔张良射来，张良下意识地一闪，欧阳恕趁机一跃，蹿上了甲板，合身一跃，大头朝下地落进了凶涌的波涛之中……

第七章　白猿点兵（上）

子房祖师的笔记到这里已经结束了，我的心情却久久不能平静，既慨叹于欧阳恕的英雄气概，又惊叹于乾坤造物的神奇玄妙。思索了一阵之后，我站起身来，收好了张良祖师的笔记，推开了密室的大门。

根叔伤得颇重，回到了房间静养。大厅之内，陆龟年正急吼吼地来回转圈。李青眉见我出来，连忙拉着陆龟年迎了上来，急声说道："掌灯，查到了……"

"查到什么了！"

陆龟年喝了一口水，一边比画一边说道："我和眉姐去了南京的鬼市，去查那放风挂牌子的花舍子。追查了三天，在城北的大烟馆里发现了那个花舍子的尸体！"

"尸体？怎么死的？"我连忙问道。

"被人扎穿了心肺，一击致命。从创口的形状看，应该是洛阳铲一类的器物！"

"是白湘！"我的脑中瞬间浮现起了根叔给我讲述的那段经历。

"然后呢？"我接着问道。

李青眉接着陆龟年的话说道："在那个花舍子的身上，我们发现了一枚黑色的铁扳指。我以前在鬼市混迹了好多年，知道那里的规矩。——这黑色的铁扳指是花舍子之间相互求助的一种信号。也就是说，当黑市上的某一个花舍子接收到了雇主的委托，需要帮助雇主取得某样东西，或是找到某一个人，或是做某一件事，但是难度太大，单凭一个花舍子无法完成这个牵线搭桥的工作，需要众多花舍子群策群力来解决的时候，接收到委托的花舍子就会在鬼市门前的树上挂上自己的名牌，背后写上需要协助的内容，并在名牌下面拴上一串黑色的铁扳指。有同行看到牌子上的信息，认为自己能帮上忙的，就摘一个扳指作为信物，面见挂牌的花舍子，并在酬劳中分一杯羹。

"我和陆龟年拿了这枚戒指，来到鬼市，找到了那个挂牌的花舍子，了解到十五天前，有人出资五万大洋，在鬼市上收购一幅清末名士汪士阁的《虎踞龙盘图》。这图实在难找，接受委托的花舍子无奈，只得挂了扳指，求同行帮忙……而且，五天前，《虎踞龙盘图》已经被找到，一个要饭的把图送进了当铺，当铺的老板找到花舍子，以五万大洋的价格和雇主成交了！陆龟年擒住了那花舍子逼问那雇主的长相，画成了肖像画。"

陆龟年听到眉姐说到这儿，连忙拿出了那幅肖像画。我打眼一看，便认出了这画中人——分明就是苍梧道人手下的那个什么狗屁南天门琵琶镇鬼力士红蔷尊者。

"这《虎踞龙盘图》是个啥？"唐叔呷了一口茶水，张口问道。

陆龟年闻言一愣，摇了摇脑袋，一脸茫然地说道："哎哟，我忘了问了……"

唐叔狠狠地在陆龟年脑袋上敲了一记，疼得陆龟年捂着脑袋直往眉姐的怀里钻。

我招呼梁战走到大厅的西北角，将算账的柜台推到了大厅正中，蹲下身来，在柜台底下摸到了一个扳手，用力一拉，一阵机簧响动，柜台的桌面翻转过来，露出了一方南京城的俯视沙盘——街巷城墙，山河码头，历历在目。这东西本是鲁绛闲暇之际的消遣之作，想不到此刻却派上了用场。

我指着沙盘上的地势，沉声说道："钟阜龙蟠，石城虎踞，也就是说钟山如苍龙，蜿蜒蟠伏于城东南，而石头山又似猛虎，雄踞在大江之滨。独特的山河布局，错落有致的地理环境，为南京城提供了丰沛的水源，整个金陵城的水域面积达十分之一以上，有秦淮河、金川河、玄武湖、莫愁湖、百家湖、石臼湖、固城湖、金牛湖等大小河流湖泊无数，长江穿城而过，境内共有大小河道一百二十条。那苍梧妖道说过，金鳌遗蜕遇水则兴，子房的笔记中也提起过，秦军是把那龟壳浸在了水眼之中，才产生了诡异的变化，毁灭了荒岛上的瓯越族人，由此可见，触发那金鳌遗蜕诡异力量的媒介就是水！但是，这些水系受山河地势的分割，各不相连，无法形成整体的破坏效应，苍梧妖道想要一举摧毁南京城，就不能将打击的面局限在一小片区域，只有在整个南京城的范围内造成破坏，才能发挥作用，试想……南京城内，哪些水脉是联系在一起的呢？"

"地下水！"唐叔一拍大腿，瞬间反应了过来。

"对！地表水流聚散不定，但地下水脉却是纵横相通的一个整体！"我点了点头，肯定了唐叔的观点。

陆龟年挠了挠头，张口问道："这和那个什么清末的汪士阁有什么关系？"

我吐了口浊气，幽幽说道："这个汪士阁本是土生土长的金陵人，自幼不爱经史功名，唯喜研究地理方物，风水山河。道光二十年，汪士阁中了举人，荐授国子监助教。同治三年，汪士阁回到金陵，专心著书，藏地理图籍三万余卷，后专治地理学，兼修古今地志，疏栉考证，校订注释并加以现名。而于山川、关塞、坡地水利，所记尤为详尽。在金陵期间，汪士阁呕心沥血，研究金陵的地下水脉，画了一幅《虎踞龙盘图》，以丹青的手法标注了金陵城下的水脉流向，明暗水眼。只可惜，汪士阁死后，《虎踞龙盘图》就此失踪，不知去向！苍梧妖道寻找《虎踞龙盘图》，一定是为了在地下水脉上做文章！可惜，咱们慢了一步，那《虎踞龙盘图》被苍梧妖道先一步抢去，否则一定可以提前做出部署，破坏苍梧妖道的计划！”

正当我懊恼无比之际，坐在一旁看热闹的敏贝勒咳了咳嗓子，站了起来，抱着手里的墨璃坐到了我的面前，胳膊往沙盘上一拄，一脸沉思地说道：“你们说的那个什么……虎盘什么龙图，是不是画的一个大白老虎从山上往下跳，一个大龙头从水里蹿出来，去咬那老虎的脖子？”

我闻言一愣，瞪圆了眼睛，结结巴巴地说道：“听说是长这样，但没见过啊……你……你咋知道的啊？”

敏贝勒的脸“腾”地一下子就红了，涨得甚至都有些发紫。

我眼睛一眯，死死地盯着敏贝勒。敏贝勒被我盯毛了，浑身不自然地一顿乱动，眼神闪烁地不敢看我，一脸尴尬地说道：“兄弟……兄弟你听哥说啊……你别激动，对吧！那个人嘛，总是在人生中伴随着起起落落，对不对？这个有输有赢有坎坷，啊……对吧！这才叫作人生。没有经历过……过坎坷，你的人生就是有缺陷的，是……不完美的……啊……那个什么……啊……不完美了怎么办？咱……是不是……”

我瞪圆了眼睛，上前一把揪住了敏贝勒的领子，咬着牙说道：“我的贝勒爷，您要说啥？”

敏贝勒拍了拍我的手，小眼睛一眨一眨地说道：“兄弟，现在哥这儿有一个好消息……消息，一个坏……坏消息，你先听哪个？”

我深吸了一口气，沉声说道：“先说坏的吧！”

敏贝勒撇了撇嘴，磕磕巴巴地说道：“坏……坏消息就是那个什么……龙……龙盘老虎图原来是在我手里的，我……我这不前两天会了个相好儿……男人嘛，对不对……这会完了之后……手头有点……有点紧嘛？前两天……前两天让我给当了！

“别……别老弟！老弟你别动手……哥哥真不知道这东西对你有用啊！你想想，咱俩这……这交情，我能坑你吗？狗日的当铺就他娘的给了我十五个大洋……我是真没想到这玩意儿能值五万大洋啊……啊呸！什么五万大洋啊，只要我兄弟能用上的，别说五万大洋，五十万大洋我都不能卖！”

原来花舍子说的那个当铺老板的画，是敏贝勒当到他手里的！我的脑袋一阵天旋地转，心脏突突地乱跳，脚底下一个踉跄，险些栽倒。

敏贝勒眼疾手快，一把将我扶住了，伸手在我胸口一阵拍打，苦着脸说道：“兄弟，你这脾气啊……也是太急了……你这样不行啊……老了可咋整？”

我抓住敏贝勒的肩膀，强倒上来一口气，哑着嗓子说道：“还有好消息呢？”

敏贝勒扶着我慢慢坐在了椅子上，指着自己鼻子说道：“你大哥我从小就喜欢画画，只要看过的春宫图……咳……不是……那个看过的画作丹青，基本就能模仿出个八九分，那个什么……大白老虎图，是我阿玛传下来的，原来就挂我们家墙上，我天天看，闭着眼睛我也能给你画个差不多……”

我闻听此言，心内一阵狂喜，只觉得“山重水复疑无路，柳暗花明又一村”！心情激荡之下，我一个大跳，从椅子上蹿了起来，落脚不稳，又是一个踉跄！

敏贝勒再次一把扶住了我，喃喃说道：“哎呀！这个暴脾气啊……你早晚得抽过去……”

我捂着狂跳的心，嗓子眼儿里挤出了八个字：“陆龟年，快！笔墨伺候！”

第八章　白猿点兵（下）

不出半个时辰，敏贝勒就画完了整张《虎踞龙盘图》，志得意满地在桌子前面和陆龟年吹嘘自己的笔法有多么高妙，用色是多么精准。我一把将敏贝勒推到一边，小心翼翼地揭起了那幅《虎踞龙盘图》，缓缓地将它铺在了沙盘之上！

当沙盘和画重叠的那一刹那，一切都清晰了！

《虎踞龙盘图》上许多晦涩的线条和金陵的街巷莫名地重合在了一起，金陵许多山河的轮廓同《虎踞龙盘图》上的色彩投影成了一体。顺着《虎踞龙盘图》上的线条脉络，整个金陵城的地下水系赫然成型，在青龙和白虎的眉心、右爪、虎尾、龙牙对应的位置，明暗各两处水眼跃然纸上。

两处明水眼，分别是城外狮子峰下的珍珠泉和将军山岳王祠后的小寒潭。

两处暗水眼，分别是城南门西边铜作坊内的金沙井和玄武湖边鸡鸣寺内的胭脂井。

说起来，这四处水眼，在金陵城也是年深日久的地界了。

第一处明水眼狮子峰的珍珠泉，起源于南朝：相传梁武帝为高僧法定建定山寺于狮子峰下，而后印度僧人达摩折苇渡江至定山寺，面壁数载。顿悟佛法之时，天降红血，冬日花开，地上涌现泉眼一座，水珠若珍珠，粒粒分明，是为珍珠泉。

第二处明水眼，起于八百年前：岳武穆在将军山筑壁垒，设伏兵，大败强敌金兀术，一举收复建康城（南京）。彼时，建康大旱，岳武穆勘察地势，在山中打水，调用兵勇十万，掘出了这方小寒潭。所以后人便在寒潭之前，修建了岳王祠，纪念岳武穆的恩德。

两处暗水眼中，金沙井开凿于明朝中叶：传闻当年长江大旱，赤地千里，秦淮河都断了流。金陵城内的老百姓为了自救，在城中开挖水井。在铜作坊一带，挖着挖着居然挖出了流沙。金黄的流沙涌了三天，第四天竟然淌出了清水。百姓惊喜交加，将这口井命名为了金沙井。

至于那最后一处暗水眼胭脂井，说起来历就颇令人唏嘘了：那是南朝陈祯明三年，后主陈叔宝沉湎于酒色，不理朝政，和妃子张丽华、孔贵妃日日饮酒，夜夜寻欢。隋军兵临城下，攻破城门，直奔后宫杀来，陈后主一手拉一人，出景阳殿，至景阳井，和两位心爱的贵妃一起躲藏到这口枯井之中。隋军入城后，火烧宫廷，将后主陈叔宝和两位爱妃从枯井中吊了上来。陈后主被俘，二妃不堪受辱，引颈就戮，石井栏上沾满了胭脂泪痕，故名胭脂井。

我望着沙盘上的四处水眼，摇头苦笑，暗中思忖道："但凡沾上水眼两个字，就没个省心，刚从黄河水眼底下十二年一开的九幽龙宫逃出来，又要在这虎踞龙盘的金陵水脉和苍梧妖道斗生斗死。回头定要去城隍庙，寻个算卦的老道，好生地批一批八字，看看自己是不是娘胎里自带的火命，遇水就挨克！"

"掌灯，接下来咱们该怎么办？"李青眉小声问道。

闻听此言，我长叹了一口气，从怀里掏出了那枚白猿客栈大掌灯的信物——青铜龙符，往桌子上一拍，朗声说道："接下来，妖道偷城，白猿点兵！"

龙符一出，客栈的空气瞬间一静，众人纷纷振衣而起，无论是嘻嘻哈哈的陆龟年，德高望重的根叔，还是一脸高冷的梁战纷纷垂手而立，一脸严肃地站在了桌前。原本在楼上静养的根叔听见"白猿点兵"四个字，连忙披上了外衣，三步并两步地走下了楼梯，站在了左手第二位的地方，肃容待命。

敏贝勒吓了一跳，扭头一阵乱看，眼瞧着没人搭理他，撇了撇嘴角，一缩脖子，站在了陆龟年的后头。

我没工夫搭理敏贝勒，沉思了一下，指着沙盘说道："咱们和苍梧妖道见招拆招地斗了好几局，终于到了硬碰硬的时候了！所谓'知己知彼，百战不殆'，按照苍梧妖道的个性，这四个地方，他都会布置疑兵，但是真正投放金鳌遗蜕那个龟壳子的地方，只有一处！苍梧妖道手下有两股势力，一股是非常道的核心教众，也就是楚巫的原班人马，为首的大将，咱们都打过照面了：第一个是东天门金剑降妖力士青锋尊者，第二个是西天门如意杀生力士绿绮尊者，第三个是南天门琵琶镇鬼力士红蔷尊者，第四个是北天门铜镜救厄力士白湘尊者。说起来这苍梧妖道，真会装神弄鬼，起个名字又臭又长！这四人中，绿绮已经死在了窦府，剩下的青锋、红蔷、白湘三人加上苍梧妖道自己算是第一股势力。

"第二股势力自然就是天师会派来策应苍梧妖道的神拳队：为首的应该就是使朱砂掌打伤陆龟年的高手，还有那个在埋骨寺藏身的野和尚黄老七。这伙人心狠手辣，不输苍梧妖道。我估计，两伙人加起来，怎么也得有四百人。咱们这边，客栈里六个人都在了，算上敏贝勒……对了，敏贝勒，我们去玩命，你去不去？"

敏贝勒一咧嘴，笑着说道："屁？爷玩命的时候，你还穿开裆裤呢？没我照看着，老弟你玩不转！"

我轻声一笑，接着说道："咱们这边算上萧自横和敏贝勒是八个人。陈化昭的戍守部队不能动，咱们指不上他了，窦夫人那边借个百八十码头混混应该不成问题，杨惊雷的警力需要保证金陵城的秩序不乱，顶多还能抽给咱们五十个警员，只不过这些混混和警员战斗力都太差，顶多充个人场，真打起来，搞不好一触即溃。他娘的，有总比没有强！敏贝勒那儿还有百十条狗，这么一算咱们这边一共八个人，带一百五十个人手，百十条狗，对战苍梧妖道手底下的四百死士，至少六员大将……"

我默算了一下双方的战力对比，脑袋瓜子一阵阵地疼，实力差了一倍，这仗该怎么打？

正当我愁得头疼的时候，二楼的门"砰"的一声开了半扇，鲁绛挺着肚子扶着栏杆喊道："怎么算的八个人啊，怎么没算我啊？！咱们这伙儿加上我，一共九个！"

"哎哟，我的姑奶奶啊，你就别跟着裹乱了！"我一拍脑门子，苦着脸喊道。

我这头话音未落，我的大舅哥鲁胥也从屋里走了出来，揽着鲁绛，就往屋里送，一边推着鲁绛，一边说道："对对对对对对，你就安心养着，理这事干吗啊……"

鲁绛眉毛一拧，一晃胳膊，挣开了鲁胥，大声说道："哥，我去不了，你可以代我去啊！"

说完这话，鲁绛喜笑颜开，拍着楼梯扶手，笑着说道："这事，算我们公输家一个！"

鲁胥一拉脸，接着劝道："妹妹啊，他们白猿张家愿意蹚这浑水，跟咱姓公输的有什么关系啊？"

鲁绛一梗脖子，瞪着眼睛喊道："那不成啊，我是白猿客栈的老板娘，又是公输家的家主，怎么跟咱没关系啊？那苍梧妖道打狗还得看主人呢，对吧？"

鲁绛此话一出，厅内众人纷纷附和，看着我掩嘴发笑。敏贝勒更是拍着巴掌喊道："弟妹，这话没毛病！"

鲁绛见状甚是得意，一拍胸口，高声说道："我以公输家家主的身份，命令我的大哥相助他妹夫一臂之力！"

"嘿……小丫头片子，反了你了！"鲁胥一瞪眼，沉声喊道。

"哎呀，家主有令，你可是要抗命吗？"鲁绛瞪圆了眼睛，和鲁胥针锋相对。

鲁胥喘了一阵粗气，肩膀一缩，退下阵来，一脸不情愿地说道："火炮五门，快枪手三十，刀手四十，全是精锐，我亲自带队……"

鲁绛闻言，一把抱住了鲁胥，笑着说道："大哥，就知道你最疼我！"

鲁胥顺势扶住了鲁绛，催她回屋休息。我舔了舔嘴唇，望着鲁胥的背影，满怀感激地说道："大哥……我……"

"滚！别叫我大哥，你是我大哥！"

鲁胥"砰"一声关上了房门。

"笑笑笑……笑什么笑，有……有意思吗？"我一拍桌子，喝止住了众人的哄笑。

加上鲁胥的火炮五门，快枪手三十，刀手四十，我们这边一共二百二十人，再加上敏贝勒的狗，基本和苍梧妖道有了一拼之力。

我取过笔墨，修书三份：第一份给陈化昭，让他固守城门，小心应对；第二份给杨惊雷，让他加派巡逻人手，并抽调五十名警力给萧自横，归我调派；第三份给窦姜氏，让他选出一百名精壮汉子，到客栈与我汇合。陆龟年腿快，揽了送信的差事，转身出了门。

眉姐去准备午饭；根叔在擦枪；梁战在后院挖坑，取出了埋在花园里的大铁锥——推山；唐叔回到了他的密室，准备随身的毒药蛊虫……

客栈里的气氛瞬间变得紧张而压抑，一场大战即将袭来。

二楼，卧房，鲁绛在床上熟睡，鲁胥守在一边喝茶。不得不说，鲁胥是个合格的大哥。

“大哥……”我低着头，帮鲁绛掖了掖被角，欲言又止。

鲁胥“嗯”了一声算是回应。

“如果……我要是……”

“没有如果！”鲁胥一瞪眼，打断了我的话。

我讷讷地道了一句：“对……没有如果……”

鲁胥将手里的茶杯放到了桌子上，思索了一下，沉声说道：“你说的那个什么遇水而兴乌龟壳子，我倒是听说过另一种解释……”

“什么？”

“你先把你知道的关于那个乌龟壳子的事给我讲讲！”

我点了点头，把已知的那些关于金鳖遗蜕的消息都讲给了鲁胥。

鲁胥听完，坐直了身子，徐徐说道：“公输家的生意遍布天下，门人弟子中有不少在欧洲求学。一八九六年的时候，法国有个科学家，名叫什么……贝克勒尔，他在实验中发现了铀盐可以使底片感光，他由此提出了一个概念，翻译成中文，叫作——放射！”

“放射？什么意思？”我不解地问道。

“这个放射嘛，我也不是很明白。大概的意思就是说，在自然界中很多东西都会放出一种看不见摸不着的射线。这种射线强度不一，有的射线具有高强度的穿透性。当射线的强度和密度到达一定程度之后，就会对人体造成致命且不可逆的伤害。而能够发出这种射线的东西，贝克勒尔将其称为放射源，很多天然的矿物质如铀盐或金属铀，都是放射源。

“这放射源有强有弱，天然的放射源大多来自各种矿石，像夜郎国的玉脉、肃慎族的楛矢石砮，都是一个意思。咱们都知道，这些矿石的形成，来自千万年前的沉积作用。在地下流动的高达千度以上的火浆作用下，岩石被熔化，慢慢冷却沉淀，在这个过程中改变质地，形成了新的矿物。那些个铀矿不都是这么来的吗？我猜这个什么金鳌遗蜕会不会就是某种巨大海龟的骸骨被沉淀到了到了海底，埋在了海底的岩石沉积层中，在海底火山附近独有的地质地貌环境中形成的一种具有强烈放射性的古生物化石？看着非金非石非玉，其实它就是个高浓度的放射源。

“由于海底火山爆发，引发海啸，将它从地底翻出，被徐福捡了回来。你想想，这么一个大放射源放在身边，天天就这么发出射线穿透你的身体，神仙也顶不了几天啊！要不怎么那书上记载徐福回来的船上船员一片片地死，秦始皇宫里天天冤魂索命，说不定就是给这么放射死的。直到那些方士研究出了那个铅砖垒成一个大棺材，将金鳌遗蜕锁了进去，用铅隔绝了放射，才总算控制住了那个放射源。

“什么狗屁鬼力，说白了就是放射。那秦军进攻瓯越族的荒岛，就是为了搞一场实验，一场衡量金鳌遗蜕放射性的实验。我听那在欧洲留学的公输族人说起过，这放射源由于本身质地的不同，散发的放射射线能力也不同。你想想，一个城池那么大，金鳌遗蜕就算放射性再强，也无法高爆发地一下子放射死一城的人。而且放射这种东西是有衰变周期的，为了放大这种放射的强度，这帮丧心病狂的方士研究出了放射废水这种高效的杀人策略。只要水眼的水是流动的，用不了多长时间，沉在水眼中的放射源就能影响到整个水系！”

“放射废水？什么意思！”我眼前一亮，仿佛捕捉到了什么信息。

“十六世纪末的时候，人类历史上，诞生了一个伟大的发明，叫作显微镜。后来有两个人开始在科学研究上使用显微镜：第一个是意大利科学家伽利略，他通过显微镜观察到一种昆虫后，第一次对它的复眼进行了描述；第二个是荷兰的亚麻织品商人列文·虎克，他第一次描述了许多肉眼所看不见的微小生物。

“通过显微镜观察，人们发现，水的结构其实是非常复杂的，一滴水里其实有着无数的微小生物。这些东西虽然肉眼看不见，但却是切实存在的。这些微生物在正常情况下是不会对人体造成伤害的，但是在被放射源放射过后就不一样了，就像人接受到高强度放射后，会发生种种病变一样，这些微生物也会产生同样的变化。在这些变化的作用下，原本对人体没有危害的微生物会以几何倍数的方式演变成对人体造成致命伤害的存在。

“在美洲，很多铀矿附近由于冷却的水胡乱排放，造成水源地的大面积放射污染，使很多生物都发生了变异，比如：体型和狗一样大小的巨鼠、双头野猪、食人蚂蚁，等等等等，数不胜数。所以说，那个金鳌遗蜕所谓的遇水而兴，应该就是把这个放射源放置在水眼之中，利用它的放射线污染水体，刺激水中的微生物变异，把全城的饮用水变异成放射废水。当城中的百姓饮用了这些放射废水后，那些变异的微生物就会作用在人的身上，将人变成人不人、鬼不鬼的东西!

“你可千万不要小看这些畸变后的微生物，古书中记载的五蛊之疫，就是因为有百姓喝的水中有肉眼难查的虫卵。虫卵入体后，在体内大量繁殖，造成宿主咳唾脓血，乍冷乍热，下腹鼓胀，直至状若虾蟆，羸瘦如鬼，颜色枯槁而亡。”

我仔细地琢磨着鲁胥的话，脑中原有的许多疑惑，瞬间豁然开朗。

我长吸了一口气，笑着说道：“大舅哥，你可真是博闻强识，厉害！厉害！”

鲁胥一撇嘴，扭过头去，不再看我。我微微一笑，摇了摇头，走到屋外，轻轻地关上了屋门。

此时的金陵，大风吹雪，刺骨地寒。

我望着天外翻滚的浓云，心中暗道：“苍梧妖道，是生是死，咱们各凭本事吧！”

第九章　匹夫一怒（上）

金陵城琵琶巷三十一号，白猿客栈灯火通明。店门大开，门口的台阶下面密密麻麻地站满了各方好手，梁战、根叔、唐驹、李青眉、陆龟年、敏贝勒、鲁胥、萧自横一字排开，直挺挺地立在风中。

“佛烟鬼手张三眼，水袖蓑衣不老生”的对联之前，摆着金陵的沙盘。三更天，有探马来报，说非常道裹挟百姓在夫子庙集结，举着各色的旗幡符咒，纸人纸马，举火游街。

我一睁眼，站起身来，沉声说道：“游街是假，掩护人手前往水眼是真！现在，咱们兵分四路，第一路：李青眉和陆龟年，带上挑山帮赶来支援的汉子们去铜作坊内的金沙井。破敌之后，以黄色烟花为号！”

李青眉和陆龟年一拱手，带着挑山帮一百名黑衣短褂、腰插短斧的汉子转身离去。

“第二路：敏贝勒和根叔一组，去狮子峰下的珍珠泉。那里山高林密，是打埋伏的好去处。破敌后，红色烟花为号！根叔重伤未愈，千万小心！”

根叔一拱手，紧了紧背后的狙击步枪，大踏步地消失在了风雪之中。

敏贝勒摸了摸鼻尖上的大鼻涕，踱着方步，晃着脑袋，走到了巷口。昏黄的路灯照在了他的身上，犹如披上了一层金色的霞光。敏贝勒一声轻笑，将插在袖管里的双手抽了出来，他弯着的腰也缓缓地直了起来，犹如一杆风雪中的大旗。

“奔——”敏贝勒舌尖上迸出了一个口令。客栈周围的黑影之中，无数刺耳的呼吸响起，那是数百条猛犬喘息狂奔的声音。

“呼——呼——唰——”

路灯下，敏贝勒回过头来，看着我，敲了敲自己的心口，随即一转身，消失在了灯影之下。

“第三路：唐叔、鲁胥一组，带火炮五门，快枪手三十，刀手四十，赶往鸡鸣寺，夺下胭脂井！破敌后，以青色烟花为号！”

唐叔和鲁胥得令，看着我一拱手，各带人马，转身而去。

“第四路：我和梁战一组，前往将军山小寒潭！破敌后，以白色烟花为号！”

说完这话，我和梁战对视了一眼。梁战点了点头，扛起地上的推山，将锁链缠在了腰上。我二人正要出发，却被旁边的萧自横一把拽住。

“我呢？大掌灯，我去哪一路？”萧自横问道。

“你带着手底下的巡警，留守客栈，接应回来的弟兄！”我拍了拍老萧的肩膀。

“我……我也要去，你们去玩命，我在后面偷生？！萧某虽然年纪老，胆子却不小……”萧自横一梗脖子，急红了脸。

我揽过老萧，在他耳边小声说道：“大敌当前，我没时间和你客气！说实话，你手底下这五十个警员是个什么样子，你最清楚，去了还不够给我裹乱的呢！你就安心带他们守好大本营，就算是大功一件了！”

萧自横闻言，瞥了一眼台阶下的那帮一听说拼命就瑟瑟发抖、一脸惊慌的巡警，不由得叹了口气，涩声说道：“将军山那边就你们哥俩儿，行不行？”

我笑着挥了挥手，带着梁战向外走去，头也不回地说道：“我有白猿蓑衣，万夫莫敌！”

金陵城，风雪甚急！

我、梁战、敏贝勒、鲁胥，以及白猿客栈的所有人都同时顶着刺骨的寒风，在黑夜中奔行！多年后，每当我想起那个晚上，以及他们给我讲述的攻防经历，总会热血激荡，久久不息。

那天晚上，第一个和苍梧妖道那方短兵相接的是敏贝勒，正如他所说的那样——狗跑得就是比人快。

与根叔和敏贝勒那一路在狮子峰下相逢的是苍梧妖道手下的南天门琵琶镇鬼力士红蔷尊者。当晚，红蔷尊者一身月白道袍，一头青丝不盘不束，背上负着她的白骨琵琶。一百二十名楚巫门下的高手，同她来到了珍珠泉。

根叔躲在密林之中，架起了狙击步枪。敏贝勒骑在了山坡最大的一块大青石上，指着山坡下的红蔷尊者大声喊道：“嘿——小娘们儿，棺材打开，让我看看！”

红蔷尊者脚步一顿，一抬手，身后的四个轿夫马步一扎，将肩膀上架着的一座铅制棺材放在了地上。红蔷尊者反手取下了背上的琵琶，若无其事地说道：“就凭你？”

话音未落，红蔷尊者猛地在琵琶弦上一扫，一声促响，犹如裂帛。敏贝勒还没反应过来，只听“砰砰”两声枪响，两发子弹贴着敏贝勒的耳朵尖飞了过来！

“当当！”两声金铁交鸣。三根钢针在敏贝勒的眼前炸开，碎成数段，落在了敏贝勒的脚前。

“厉害啊！老聂头儿！”敏贝勒一拍大腿，朝着树林深处竖了一个大拇指！

红蔷尊者神色一冷，急声喝道："先杀林中的枪手！"

话音未落，红蔷尊者身后的一百二十名随从，迅速分成两队：留下的三分之一人呈扇形散开，护住棺材；其余三分之二人，闪电一般从背后摘下了挂在肩膀上的汤普森冲锋枪，形成一个冲锋的雁型队伍，直奔山坡上冲来。

这汤普森冲锋枪的名头，敏贝勒不知道，但躲在树林里设伏狙击的根叔却了如指掌。这种枪械是美国人在1909年开始设计，翌年定型量产的短枪管、发射手枪弹的抵肩或手持射击的轻装冲锋武器，体积小，重量轻，灵活轻便，携弹量大，火力猛烈，唯一的缺点就是有效射程较近，射击精度差。所以和配备汤普森冲锋枪的对手交火，最好的方法，就是拉开距离，远途点射。

密林深处，根叔打了一个呼哨，敏贝勒会意，从大青石上一翻，钻进了灌木丛。红蔷尊者从后尾随，带人狂追不舍。

"砰——"一声枪响传来，红蔷尊者身后的一名随从应声而倒，眉心处印上了一个拇指粗细的血窟窿。

"隐蔽！"红蔷尊者一声令下，余下的众人纷纷寻找粗大的树木，作为掩体，遮住了身形。

红蔷尊者瞟了一眼地上的尸体，低声喝道："六点钟方向！"

藏在灌木丛里的敏贝勒闻言，暗道了一声："不好，这娘们儿也是个打枪的好手，懂得通过弹道，判断枪手的位置。"

根叔和敏贝勒这一组，二人商定，根叔攻远，敏贝勒守近。根叔用枪在远处狙杀敌人，敏贝勒在林中驭使猛犬，保护根叔行踪，打乱敌人阵型。

眼瞧着红蔷尊者发现了根叔的第一个狙击位置，派遣手下人分散包抄，交错前进，敏贝勒不敢迟疑，手忙脚乱地从领子里翻出了一只半个手掌长的小竹哨，放在嘴边，轻轻一吹，发出一阵刺耳尖细的哨声。

林子里，灌木杂草间，一阵窸窸窣窣的响动传来。向根叔所在位置突进的敌人忽然收住了脚步，侧耳倾听。

“呼——”一道快如闪电的黑影从草里一跃而出。一条半人高下，短吻尖耳，前肢粗壮，后肢有力的猛犬平地里一跳，跃起半人高，一扭脖子，犬牙一合，一口便咬断了一个大汉的脖子，鲜血狂涌。那大汉的同伴吓了一跳，还没来得及救援，草丛里一阵磨牙的低吼又传了出来，十几条大狗箭一般地蹿了出来，瞬间将五六个持枪的大汉扑倒，张开血盆大口就是一顿撕咬。与此同时，埋伏在林中各处的群狗也开始在敏贝勒的哨声中发动了攻击，阵阵枪响开始在密林的各个角落传来。浑厚的犬吠，撕心裂肺的惨呼，撕咬拉扯的尖叫以及大狗中枪的呜咽声交织成了一片……

敏贝勒弓着身子，在密林中穿行，墨璃青犴紧随其后。红蔷尊者听着敏贝勒的脚步，带领人马分三队穿插追逐。

在密集的冲锋枪击发声中，根叔不断变换着狙击的位置，围绕着敏贝勒狙杀敌人。伴随着根叔的每一声枪响，红蔷尊者一方都会有一人倒地。

“嗷呜——”山坡下传来了一声狼嚎。红蔷尊者猛地收住了脚步，高喊了一声：“不好！是调虎离山，快回去！”

说完这话，红蔷尊者立即放弃了对敏贝勒的追逐和对根叔的搜索，带领仅剩的十五人扭头向山坡下面跑去。敏贝勒和根叔从后追赶，等到红蔷尊者冲出密林的时候，身边的十五人已经悉数丧命。

密林外，山坡下，满目狼藉：二十多条浑身鲜血的大狗在地上打着圈，来回地走动巡视。地上横七竖八地铺满了尸体，有人的，有犬的，纠缠在一起，血水流成了一条小溪，很多尸体的肚肠内脏都被掏了出来。

原来，适才密林中的枪声遮盖住了林外的厮杀，敏贝勒在坡下埋伏好了几十只烈犬，只等红蔷尊者带人和他们在林中纠缠的时候，用竹哨下达指令，林里林外的狗同时发动攻势！

红蔷尊者干呕了一声，正要往坡下跑，半空中一声枪响传来！

“砰！”红蔷尊者应声而倒，栽进了坡下堆满杂草的山沟里。

敏贝勒和根叔追出林外，相视一笑。根叔一屁股坐在了地上，抹着脑袋上的汗。敏贝勒扑了扑土，跑下土坡，高声笑道：“咱也看看，这棺材里的乌龟壳子，是个什么鬼样！”

敏贝勒刚走到棺材前面，身边的墨璃就猛地竖起了耳朵，蹿到了敏贝勒的身前，冲着红蔷尊者倒地的山沟里一阵狂吠！敏贝勒吓了一跳，根叔抱着枪，端起枪口疾奔到那山沟边上，举枪一瞄，瞬间发现，那山沟里只有一件月白道袍，不见了红蔷尊者的身影！

与此同时，土坡边上的乱石堆里，红蔷尊者在白骨琵琶上一扭，将琵琶拆成两半，一堆枪械的零件落在了地上。红蔷尊者一抿嘴，伸出双手，穿花引蝶般地一阵拼组，只用三五个呼吸的时间，就组出了一支狙击步枪！

根叔卧倒一滚，钻回到了密林中。翻滚的同时冲着敏贝勒大喊了一声：“趴下！”

根叔的话刚一出口，只听“砰”的一声，乱石后头一声枪响，敏贝勒左腿中弹，仰面而倒。

两条大狗奔着乱石堆冲去……

“砰砰——”两声枪响，两条大狗倒在了冲锋的路上。

“退——”敏贝勒喊了一声口令。所有的大狗迅速后退，各找掩体，趴在了地上。

敏贝勒的大腿血流不止，疼得他躬成了一只“虾米”，在地上翻滚。

“老聂头，别管我！别暴露！她是想引你出来——”

“砰——”

又一声枪响从乱石堆后头传来，敏贝勒左肩迸出了一道血花……

“呕吼吼……哎呀……小娘们儿真他妈的狠啊……”

敏贝勒在地上一阵翻滚，偷眼望向乱石堆。只见乱石堆中黑影密布，错落驳杂之中，实在无法在短时间内找到红蔷尊者藏身的所在。而此时，月上中天，风向有变，风从乱石堆吹向了密林。红蔷尊者是背风瞄准，子弹顺风激发，藏身密林的根叔是顶风瞄准，逆风激发。

“老聂头，别急，慢慢找……我这个人别的不多，就是血多……一时半会儿还淌不死……别中了她的计……”

“砰——”红蔷尊者又是一枪，敏贝勒小腿一抖，鲜血瞬间染红了棉裤。

躲在密林里的根叔急红了眼睛，咬着牙，鼓着腮帮子用力地深呼吸，手里的枪口在乱石堆里一阵上下搜寻。

敏贝勒疼白了脸，在地上尖声骂道：“狗日的小娘皮！什么鬼枪法，打了半天都……打不死我……”

敏贝勒一边说着一边扶住了棺材，拄着胳膊往上爬，半个身子趴在棺材上，啐了口吐沫，扯着脖子唱道：“诸般闲言也唱歌，听我唱过十八摸……伸手摸姐面边丝，乌云飞了半天边……”

“砰——砰——”两声枪响，几乎不分先后地响起。

第一声，敏贝勒小腹中弹，仰面倒下。

第二声，根叔从密林中一跃而出，向乱石堆东北角扣发了扳机。

一块苍青色的大石后，红蔷尊者右眼中弹，子弹穿过后脑，带出了一串血花。红蔷尊者身子一软，倒在了地上。根叔连滚带爬地跑到了敏贝勒身前，扶起了奄奄一息的敏贝勒。

敏贝勒疼得直打摆子，捂着小腹，咬着牙骂道：“你……行……行不行啊！老子挨了那么多……多枪，你才找着她，你是不是……是不是故意的啊……”

根叔抹了一把头上的汗珠子，将敏贝勒背在后背上，抬手推开了棺材盖子，向里一看……

“空的！”

敏贝勒疼得直抽冷气，在根叔背上骂道："管他娘的是不是空的……咱的仗已经打完了，快……快发信号……赶紧给我找大夫……"

话音刚落浓云翻滚的夜幕之中，一蓬红色的烟花在南京城上空炸响……

第十章　匹夫一怒（下）

五更天，状元巷南段，铜作坊，金沙井。

挑山帮的一百名刀斧手和神拳队一百多名护着一口黑色的铅制棺材的死士，正在隔着一条马路对峙。

带领挑山帮一百刀斧手的是陆龟年和李青眉！

神拳队挑头的有两个，一个是埋骨寺的野和尚黄老七，另一个是一名中等身量的中年男子——络腮胡，环眼豹额。此人身穿一身蜈蚣短褂，双手背在身后，双脚足跟并拢，立在场内，宛若一根钉子入土，更有趣的是，此人的脑后还留着一截干枯的小辫子。

“神拳队，黄老七！”

“神拳队，解东坡！”

两人一拱手，报上了自家名姓。

陆龟年和李青眉对视了一眼，也拱了一下手，沉声答道：

“白猿鬼手陆龟年！”

“白猿水袖李青眉！”

解东坡上下打量了一下陆龟年，笑着说道：“我认得你，你的轻功不错！”

李青眉闻言，一脸诧异地瞟了陆龟年一眼。陆龟年低声说道：“他就是那个使朱砂掌的高手，当日在埋骨寺，打伤我的人就是他！”

李青眉闻言，柳眉倒竖，咬着牙说道：“那还废什么话，动手吧！”

话音未落，李青眉整个人已经蹿了出去，抬手一掌，打向了解东坡面门。解东坡吓了一跳，他万万没有想到，第一个动手的是李青眉这样一个外表娇柔的女子！

“杀——”

黄老七一声大喊，神拳队的死士们也跟着齐声喊“杀”，从腰后抽出了贴身肉搏的护手钢刀。

“杀——”

陆龟年也是一声大喊，一众挑山帮的刀斧手整齐划一地从腰后摘下了短斧，用布条捆在了手上。两伙人马对冲，犹如泾渭合流，瞬间混战到了一起。神拳队本就是天师会培养的死士，每一个人都身经百战，肉搏的本领是一等一地老练。 在铜作坊这种狭窄的街巷和短兵相接的地形里，长枪短炮基本没用，所以苍梧道人才会把神拳队派到这个位置上。

“呼——”解东坡一掌拍出，衣袖与空气剧烈摩擦，发出了一阵低沉的风声。李青眉长发一甩，发梢在解东坡的手肘上一扫，发间寒光一闪，解东坡的衣袖瞬间被割开了七八道口子！

“有意思！”解东坡幽幽一笑，将脑后的发辫咬在了嘴里，步伐连动，贴着李青眉攻了过来。李青眉向后一仰，腰肢一拧，扯下了身上的披肩。那披肩迎风一摇，眨眼间甩成了一面一人高下的大旗，精钢的旗杆就攥在了李青眉的手里，向上一挑，逼得解东坡退了数步。

“古彩幻戏？”

李青眉将旗杆扛在肩头，扯开了左边的衣袖，露出了半边麒麟花绣，指着解东坡的鼻子，冷声说道：“你敢打姐的人，姐要你的命！”

话音未落，李青眉大旗一翻，冲着解东坡抢去。解东坡抬掌相迎，将旗杆架住，反手一抓，握住了杆头，正要发力，却见那旗面向上一卷，遮住了解东坡的视线。一眨眼的工夫，旗面落下，李青眉已经消失不见。再低头一看，自己手里握着的哪是什么旗杆，分明是一截枯黄的树枝。

“唰——”一道风声从耳边掠过，解东坡凭着多年练武的直觉反手先后一拍，一截长剑被迎风拍断，李青眉的身影从黑暗中一闪而没！

解东坡耳尖一动，运劲一蹿，瞬间平移了一丈有余，抡圆了上臂在漆黑的阴影中一撕，“哗——”一面漆黑的绒布被当中撕裂，躲在布后的李青眉一低头，三枚破甲锥从颈后飞出，直奔解东坡面门。解东坡一侧身，躲过破甲锥，两腿一错分前后，一掌弯曲成爪，一掌攥指成拳，如长臂猿猴般搂向了李青眉白皙的脖颈。电光火石之间，李青眉不闪不避，双脚向后一旋，自袖底甩出了两道白布，绕在了解东坡手臂上，手腕一拧，向下一拉，将解东坡手臂缠紧。解东坡发力一挣，两道白布瞬间被撕裂。白布之下，两柄青钢长剑闪电一般扎向了解东坡的心口。解东坡飞身后退，两掌一合，夹住了剑锋，扭腕一夺，将双剑夺在手中，低头一看，手中长剑轻若无物，赫然是白纸叠就。正惊诧之间，李青眉再度消失不见。解东坡再度闭上双眼，运起耳力，听声辨位。

“出来——”解东坡回身一掌撕开了一片黑色的绒布，绒布后大群的蝙蝠喷涌而出，解东坡躲闪不及，一头扎进了蝙蝠堆里……

一眨眼的工夫，蝙蝠四散飞走，钻进了夜空之中。解东坡站在原地，颈下一抹血痕缓缓浮现。

“我终究……看不破……”

解东坡喃喃自语地嘟囔了一句，颈下的伤口猛地炸开，一蓬血雾涌出，仰面栽倒。

黑影之中，一杆黑色的绒布大旗一卷，露出了李青眉的身影。在李青眉的红唇之间，夹了一片薄薄的白纸，纸上有一道红线，其色如血.....

与此同时，陆龟年和黄老七的比斗也接近了尾声。黄老七刀法虽狠，但身法远远追不上陆龟年变化多端，刀法从头到尾地使了三四个来回，却仍然没有碰到陆龟年的半点儿衣角。正烦躁之间，忽然脑后风声炸响，黄老七回头一看，一只精钢为杆的大旗穿过人群闪电一般地向自己射来。黄老七吓了一跳，纵身腾起，想要跃起躲避，冷不防陆龟年后发先至，一个跟头跃过他的头顶，头上脚下地往下一推，生生地按住了黄老七的肩膀。黄老七反应不及，没有跳起来，被那杆大旗扎了个透心凉，腾云驾雾一般地向后飞去。陆龟年翻身落下，抓住旗杆，一把将它拔了出来。黄老七胸口被扎了一个血窟窿，当时就归了西。

李青眉大踏步地穿过人群，接过了陆龟年递过来的大旗，扎倒了三四个上来拼命的死士，然后带领着挑山帮的刀斧手，将神拳队的死士围困在了作坊边上的角落里。眼看着挑山帮的刀斧手开始压倒性地单方面砍杀，陆龟年和李青眉对视了一眼，走到了神拳队扛来的那个黑色的棺材边上，两手一抬，掀翻了棺材盖子。

里面空无一物！

“发信号！”李青眉皱眉说道。

陆龟年一点头，取出了包裹里的烟花，插在地下，点燃了引线。

“当——”

一蓬黄色的烟花在南京城上空绽放！

鸡鸣寺，胭脂井。与唐叔和鲁胥狭路相逢的是苍梧道人手下的北天门铜镜救厄力士白湘尊者。白湘尊者身后，也有一口黑色的铅制棺材，棺材后头就是鸡鸣寺的山门，五门火炮就架在山门后头的香炉前面。十五名炮手，四十名火枪手，严阵以待。

白湘尊者解下了后背上的洛阳铲，攥在手里，指着鲁胥带来的炮手和枪手想，笑着说道：“在下苍梧道人座下白湘尊者，敢问二位是？”

鲁胥拱了拱手，沉声答道："公输——胥！"

公输家平时以鲁姓自称，唯有在动手杀人的时候，才亮明家姓。

唐驹也拱了拱手，冷冷地说道："白猿佛烟，唐驹！"

白湘尊者道了一声"幸会"，笑着说道："二位，咱们这长枪短炮的，真动起手，还不得把这庙拆了呀？哈哈哈，这庙有年头了吧？"

鲁胥闻言，沉声说道："西晋的时候就开始建造了，距今已经一千五百年了！"

白湘尊者摇了摇头，叹着气说道："炸烂了可惜了！要不这样，小弟有个主意，咱们单挑，你赢了我走，我赢了你走，咱们别动枪炮，如何？"

"当真？"鲁胥疑声问道。

"哈哈哈，我白湘虽是江湖上的无名之辈，却绝非言而无信的小人！怎么样，敢不敢赌？"白湘尊者一脸嗤笑地看着鲁胥。

鲁胥一迈步，就要上前，却被唐叔拽住了衣袖，沉声说道："你有肺疾，不可剧烈运动？还是我来吧！"

鲁胥轻轻地拨开了唐叔的手，笑着说道："杀鸡焉用牛刀，对付他，用不着剧烈运动。三招内，分生死！"

鲁胥深吸了一口气，从后背解下了那把精钢铸成的伞，缓缓地走到了白湘身前，幽幽说道："我年少的时候，痴迷于铸造之术，一心想要铸成一把神兵，去超越祖上传下来的第一利器——断玉。在我生病的十二年里，我每天唯一能做的就是打磨锋刃……熔炉重铸……打磨锋刃……熔炉重铸……直至千金颖合，百炼锋成！可不巧的很，在黄河龙宫，断玉碎了，所以现在，我也不知道，我的这柄神兵算是天下第几？"

白湘尊者神色一凛，笑着说道："愿为先生一试！"

话音刚落，白湘尊者手里分别拿着的两截洛阳铲瞬间合二为一，挽了一个长枪的枪花，抬手一晃，犹如一条恶蟒出山，起手便是一记"拨草寻蛇”，以铲当枪，虚虚实实地向鲁胥的脚下扫来。鲁胥临危不惧，精钢的铁伞瞬间撑开，在身前横扫一个半圆儿，拨开了白湘尊者的洛阳铲，一个跨步，冲到了白湘尊者的身前，铁伞一转，伞身飞速旋转，闪着幽幽冷光的伞沿儿，闪电一般砍向了白湘尊者的胸口！

鲁胥出了第一招：拨云往日！

白湘尊者瞳孔一紧，塌胸缩背，转身伏底，以铲代枪，拖枪便走。鲁胥一伞击空，白湘尊者趁机拦腰横扫，鲁胥腾身跃起，白湘尊堵双手持枪，扭身便刺，一击回马枪，直戳鲁胥心口。

鲁胥人在半空，扭身一翻，避开洛阳铲，合身一滚，顺着洛阳铲的杆子向白湘尊者粘来，铁伞自上而下斜劈。

鲁胥出了第二招：乌云盖顶！

瞧见鲁胥贴身而来，白湘尊者并不惊惧，反手抓向了自己的后背，一下裂帛声响，白湘尊者扯烂了自己后背的道袍，抽出了一面八卦铜镜样式的盾牌，单手持在了肘上，向前一格，和鲁胥的铁伞撞出了一闪火花，铁伞的锋刃没有破开盾牌，只在上面留了一道浅浅的白印儿。白湘尊者扬声笑道：“哈哈哈，看来公输家铸造的本事不过尔尔——”

话音未落，鲁胥已经翻身落地。白湘尊者单手甩动洛阳铲，一招“青龙搅水”自下而上地直刺鲁胥咽喉。鲁胥闪身避开，单手持伞，迎风一掷，铁伞直奔白湘尊者面门飞来。白湘尊者横起洛阳铲，护在胸口。鲁胥前蹿，抓住伞柄，用力一拉，一只寒光四射的枪头脱离了伞身，被鲁胥拽在了手里，向前一刺，白湘尊者挥舞盾牌挡在了心口。

鲁胥出了第三招：仙人指路！

“咔嚓——吱——”

一阵刺耳的金铁摩擦声传来，鲁胥的枪头毫无阻碍地穿透了白湘尊者的盾牌，扎进了他的心口。白湘一脸不可置信地看着鲁胥手里的枪头，喃喃说道：

“好……好锋利……它……叫什么名字……”

鲁胥一把拽出了枪头，在衣角上抹干上面的血迹，枪锋之上，刻着两个娟秀的楷字——红豆！

伴随着白湘尊者倒下的，是鸡鸣寺里一阵步枪上膛，火炮装弹的声响。

唐叔悠悠一笑，搭了搭鲁胥的脉搏，徐徐说道：“年轻人，看到没有，江湖险恶，这年头，守承诺的人，少喽！”

唐叔叹了口气，打了一个响指，只见鸡鸣寺里白湘带来的炮手和枪手们各自晃了晃，如同喝醉了一般，东倒西歪地躺了一地，软塌塌地宛若被抽走了骨头一般。

“佛烟一炷香，神鬼七日醉。”唐叔从袖子里伸出了双手，吹灭了手心里的半截香头儿，旁若无人地闯进了山门，所到之处，无一人还能站立。

“您……唐叔……您什么时候下的毒？怎么下的毒？”鲁胥跟在后面，惊奇地问道。

“想知道吗？”唐叔笑着问道。

“想！”

“偏不告诉你！”唐叔露出了一个顽童般的笑容，走到棺材前面，掀开了盖子。

棺材是空的！

“发信号！”唐叔沉声说道。

五分钟后，一抹青色的烟花，在南京城上空绽放。

第十一章　风流总被白发催

将军山，岳王祠，寒潭之北，苍梧道人一人一棺，立身大雪之中。

我和梁战走上台阶，并肩而立。

苍梧道人紧闭着的双眼陡然张开，沉声说道：“张三眼，今日你我该分个胜负了！”

我拍了拍肩头的积雪，笑着说道：“何止是分胜负，咱们今天还得决个生死！”

苍梧道人须发陡张，怒目而视，指着我高声骂道：“白猿张家，何以对我楚巫刻薄如斯！两千年了，你张家对我们赶尽杀绝两千年了，从楚汉到隋唐，从明朝到民国，你们……你们手上沾的我们楚巫的血，还不够吗？”

我摇了摇头，朗声喝道：“我懒得跟你废话，那些被你掳走的孩子在哪儿？你把他们怎么样了？”

苍梧道人闻言，一声苦笑，一下下地捶着心口，一字一顿地说道：“怎么样？我能把他们怎么样？我舍得把他们怎么样？他们是我的心头肉啊！你可知为何从汉代开始，我们巫族总会定期地掳掠孩童吗？”

“为何？”我忍不住好奇，张口问道。

“为了传承啊！”

“传承？”

“这一点，别人不懂，你张三眼还不懂吗？你祖上传下来的瞳术是谁都可以习练的吗？不是你张家嫡传的男丁，没有那遗传的三只瞳孔和与人迥异的体质，你张家那逆向催动大脑气血的本事，谁练谁不死？难道你以为这天下需要天赋遗传，才能习练的本事，只有你张家吗？我们楚巫也是啊！我巫族禁、咒、祝、符四项术法，也不是所有人都可以习练的。单这入梦一道，需要凝神静气，用过人的听力感受被施术人的心跳和气血流转，要敏锐地感觉心跳的每一点不同，施术的范围越大，聆听的深度要越深。纯正的楚人天生就是音律的行家，我现在站在大风中，能清晰地听到你的心跳，不是因为我的武功有多高，而是因为我们入梦的秘诀就是根据对方的心跳运转，掌握规律，瞬间切入整个人的呼吸的节奏，利用神经惯性，控制人的潜意识。

“这种由血缘传承下来的听觉，绝对不是后天可以习练出来的，不是纯正的楚人血脉，是没有这种遗传天赋的。自楚国被秦国所灭，西楚霸王败于刘邦之手，两千年来，我们楚人颠沛流离，在大江南北漂泊不定，纯正的血脉被不断融合……没有办法，我们的术法总是要传承下去的，无奈之下，我们只能有选择地抓来一些小孩子，用一种振翅的小虫去测试他们的听力，能听到振翅声音的，就表示他是纯正的楚人血脉……两千年了，纯正的楚人，越来越难以寻找，我们需要找更多的孩子……我们没有办法……楚巫总得有人传下去……江湖上那些什么关于含酥脔的传闻，不过是以讹传讹的谣传罢了！”

我一摆手，打断了苍梧道人的话，沉声问道：“抓来的孩子里，那些听不到小虫振翅声的怎么办？”

苍梧道人一声长叹，幽幽笑道：“秘密就是秘密，不能因为是小孩子，就不灭口……给他们一个痛快，也好早投胎……”

我脸色一沉，压着嗓子说道：“为了一己私欲，祸乱朝堂，涂炭生灵，这就是为什么，千年来，白猿张家和你们楚巫不死不休的原因！”

“这么说，咱们是没得谈了？”苍梧道人一声冷笑。

我从地上拾起了一团雪球，抡圆了胳膊，“嗖”地一下打在了苍梧道人的脸上。苍梧道人眨了眨眼，抹了抹脸上的雪水，咧嘴一笑，指了指左手边的祠堂，又拍了拍身边的棺材，笑着说道：“小孩子都在祠堂里，金鳖遗蜕在我身边，咱们开始吧？”

苍梧道人话音刚落，我一推梁战，沉声说道：“先去救小孩子！”

梁战一点头，向祠堂奔去，没跑几步，一阵细密的脚步声响起，四十骑披甲骑兵从祠堂后头快马冲了出来，为首一人，赫然是老相识——东天门金剑降妖力士青锋尊者。

青锋尊者盯死了梁战，沉声喝道：“列阵！”

四十骑披甲骑兵得令，迅速地从马背上解下了精钢打造的长柄大戟，放下了铠甲上的青铜面罩。

我望着那些铠甲骑兵，心内一紧，徐徐说道：“大戟郎？”

苍梧道人点了点头，大声呼道：“两千年前，张家先祖张良率军三千，追击我西楚巫贤范增。范增祖师麾下的八百大戟郎死战不退，全军覆没。咱们今日，不用西洋枪炮，就用祖师传下来的手段分个生死，如何？”

说话间，梁战已经解下了大铁锥推山的锁链，攥住了推山的手柄，舞动起半人多高的推山，一声闷吼，拔足向马上的骑士冲去。那四十名骑士一勒缰绳，挥舞着铁戟，人借马力，十人一排，前后对冲，向梁战绞杀而来。

所谓戟，就是戈和矛的合体。

在戈的头部再装矛尖，杆长两米有余，放远击长，能勾、能啄、能刺、能削，所谓“枪不盘头，戟不舞花”，只因铁戟沉重，不好掌握重心，所以一切花哨的招式都被摒弃，只留下最精干的杀人技术。

四十名大戟郎走马灯一样，将梁战困在中间，舞动大戟，剁刺勾片探，挂掳磕冲铲，交替掩护，联手进攻，回砍横刺下劈刺，进退有度，斜勒横砍截扯割，来去如风。

梁战将手中的大铁锥舞得风雨不透，突然，探手出击，横击左后的骑兵的马腹，将哀鸣的战马用铁链套住脖颈，在地下拖拽，用力一扯，又绊倒了两匹战马，狂风卷雪之中，甩起铁锥，纵身一跃，恍惚间，仿佛不是梁战甩动了铁锥，而是铁锥甩动了梁战一般。

梁战和大铁锥一分一合，顷刻间跳出了三丈远，合身一撞，将一个横戟当胸的甲士撞得喉咙一甜，仰天一口血，栽倒在了雪地之中。梁战豪气顿生，一把扯开了上衣，赤裸着一身虬结的肌肉，浑身热气蒸腾。

“来——”梁战狠狠地捶了捶自己的胸膛，宛若一只狂暴的野兽。

众甲士眼见同伴惨死，一齐发了一声闷喊，催动战马向梁战踏来。梁战展臂一抓，大铁锥宛若有灵性一般倒飞而回，被梁战一把抓在手里。梁战倒拖着大铁锥，纵身一跃，直跳起一人多高。马上两名甲士的大戟还没有挥到梁战的胸前，就被梁战抡圆了手里的大铁锥，狠狠地向下一砸，连人带马地击翻在大雪之中。

这种充满了原始血腥的肉搏，是梁战最喜欢的运动。

他仰天发出了一声嘶吼，向前一扑，抱住了一颗马头，向下一拉，怪力发动，巨震之下，那马上的甲士滚鞍落马。梁战凌空一脚，将那甲士踢飞，手中大铁锥紧着那甲士飞起的身影追去。

“咚——”

一声闷响，那甲士的脊背处猛地鼓起了一个大包，落在地上再也没有起来。梁战龇着一口森白的牙齿，指了指马上的青锋尊者，勾了勾手指，随即脚步一顿，直奔着青锋尊者杀来。

余下的甲士瞬间拨马来救，和梁战混战在了一处。

我长吐了一口浊气，运转气血，催动瞳术，双眼瞬间充血，两只通红的眸子迎面对上了苍梧道人双眼……

一阵天旋地转，苍梧道人的催眠术发动了！我脚底下一沉，没有站稳，一个踉跄，站稳身子，一抬眼，发现自己正站在一间寺庙山门外的台阶下面，那寺庙破败不堪，山门口躺着一座石对子，山门左右有楹联一副，上联是“死死生生生复死”，下联是“来来去去去还来”。横批是四个古拙有力的篆字——非辜禅院。

我皱了皱眉头，抬腿向台阶上迈去，刚走了十几步，便发现了不对劲……

我本是向前行，不料竟又走回了原处。

“可是要斗阵法吗？”我冷声一喝，向山门里喊道。

“十四年前，我的三爻冲阵败给了你爹。这十四年来，我苦心钻研奇门术数，为的就是要和你们张家扳回一局！今天，我在这梦里再摆下一阵，且看你能不能破？破阵，梦醒，我死！破不了阵，你将永远陷在这非辜禅院的梦魇之中！”

苍梧道人的声音从山门的深处远远传来。

我摸了摸头上的冷汗，望着山门上的石阶，仔细观察，才发现，这台阶不是笔直向上，等距排布，而是有高有低，有宽又窄，有长有短，而我站立的地方也不是石阶的底部，而是台阶的正中央。

“呼——”一阵冷风吹过，非辜禅院的庙门上亮起了一截烛火。

我心中明白，那烛火就是一个定时的装置。人是不能深度陷入梦中的，一旦超时没有醒来，大脑的神经就会渐渐地陷入自我麻醉状态，虽然还会有心跳呼吸，但人再也不会醒来，古书里管这个状态叫“失魂落魄”，西洋医学叫“大脑死亡”。

我深吸了一口气，努力地让自己镇定下来，连续换了好几十种解法，都没有走到山门，绕来绕去还是在石阶上打转，我望着越烧越短的火烛，心里越急越乱，急得满头大汗……

正当我想得头疼的时候，一个带着青铜玄鸟面具的黑衣人出现在了非辜禅院门前的石阶上，他撩了撩长袍，蹲坐在了石阶上，看着我，徐徐说道：“你可真够笨的！”

我抬起头，看着他青铜面具上那两只黑漆漆的孔洞，沉声问道：“你是谁？”

“别管我是谁？你有没想过，你现在是一个人，走不出这个阵，如果你是一人一马，又该当如何？”

那人的问话，一瞬间让我如醍醐灌顶，豁然开朗，许多解不开的关窍，一下子打通了。

我掐指一顿猛算，高声呼道：“一卒跃起二步，一马纵起五步，这是宋代的本朝八阵！”

本朝八阵，是北宋年间的诸多大将合力所创，是在吸收了唐代军神李卫公阵法全图的基础上，改编而来的一种阵法，分指方阵、圆阵、牝阵、牡阵、冲方阵、罘置阵、车轮阵、雁形阵八阵，主要目的是为了抵抗辽国的骑兵。因为宋代初期，骑兵高度缺乏，与机动性强大的北方游牧民族骑兵对阵的时候，大军两翼和侧后方向总是容易受到对方小股部队的偷袭和突刺切割。辽国骑兵来去如风，几轮冲刺，就会打乱宋军的阵型，为了稳住大军的阵型不变，在缺乏足够骑兵的先天劣势条件下，一个迷宫一样的阵法应运而生，它就是——本朝八阵。

这本朝八阵，说是八阵，其实就是一个大阵法里套了八个小阵法。各个阵法之间的距离不同，聚散相套，连环相扣，如果对方冲进来的是骑兵，就顺时针转动，将距离远的冲方阵、罘置阵、车轮阵转到敌人的骑兵面前，保持距离，乱箭射之，从而拖住骑兵的冲力，消灭骑兵的速度优势，使骑兵的奔袭能力受阻，再围而歼之。若对方冲上来的是步兵，那么就逆时针转动阵法，将距离近的方阵、圆阵、牝阵、牡阵转过来，用短距离的步兵来回切割敌人方队，蚕食灭之。而这个本朝八阵的核心布局数据就是以人和马的空间面积为基础的——十人为列，皆面面相向，背背相承，一卒跃起二步，一马纵起五步！

要想破这个阵，很简单，将自己又当人，又当马，模拟冲阵时步兵骑兵一起冲，让它的大阵顺时针转也不是。逆时针转也不是，想到这里，我咧嘴一笑，手里掐着方位步数，腿上跳纵不休……

“乾三连西北开天，坤六断西南八地。艮覆碗东北齐山，震仰盂东方四雷。离中虚南方真火……哎哟喂，老子出来了！”

我一抬头，才发现自己已经走到了山门之下。

门内，苍梧妖道阴恻恻地站在阴影之中，死死地盯着骑在石狮子上的那个头戴玄鸟面具的黑袍人，哑着嗓子说道：“你……你是谁？”

那黑袍人从石狮子上一跃而下，摊开两手，笑着说道：

“我都在你梦里出现十四年了，你说……我是谁？你再看看我的面具眼熟不眼熟？”

“你……你到底是谁？”苍梧道人急得脸上青筋暴跳。

“我不就是你，你就是我啊。”

“住口——你是我的心魔，我的心魔！我每次发动祝术入梦，你都会出现在这间非辜禅院……你是我的心魔，我的心魔——”苍梧道人声嘶力竭地一声号叫，整个人如同鬼魅。

那头戴玄鸟面具的黑袍人摘下了头上的面具，露出了一张我无比熟悉的脸……

消瘦的脸庞，斑白的乱发，胡子拉碴的下巴，坚挺的鼻梁，薄薄的嘴唇，还有……还有那和我一模一样的三只瞳孔！

“张九陵——”苍梧道人发出了一声瘆人的惨叫。

“你……你怎么会在我的脑子里，你怎么会知道十四年后，我会布下本朝八阵？”

我的父亲笑了笑，撇着嘴说道：“当年我只看了一眼你那个漏洞百出的三爻冲阵就知道，你这辈子在数术上的极限也就能到本朝八阵的水平了。走马司的萧自横，十四年后肯定得去找我儿子，到时候，你肯定得给我儿子添不少麻烦，唉……我是他老子，他蠢得要死，我不帮他，谁帮他？十四年前，你催动祝术，催眠于我，我索性将计就计，在你的脑海里种下了这么一道识障，一旦你在梦中摆下本朝八阵，这道识障就会在你的潜意识里自动触发，哈哈哈，西洋人管这个叫什么来着，心理暗示！哈哈哈——”

父亲哈哈大笑，苍梧道人暴跳如雷。

我嗫嚅了一下嘴唇，望着那道我无比熟悉的身影，涩声喊道：“老爸……我……”

“我什么我，臭小子，你该醒了——”

父亲面色一冷，一把揪住了我的脖子，拉着我迈过了非辜禅院的门槛。门槛后面，是一面深不见底的碧绿寒潭。父亲狠狠地按着我的脖子，将我浸到了水中，一阵剧烈的窒息感传来，我的心脏一阵狂跳……

“啊——”我一声大喊，后背一层冷汗瞬间打透了衣裳。风雪吹来，我缓缓张开了眼。祠堂外，横尸满地。青锋尊者跪在大雪中，半边头颅被砸得凹进去了一个坑。梁战喘着粗气，坐在一具马尸上，紧张地注视着我。在我的身前，苍梧道人正盘膝而坐，垂着脑袋，一动不动。我伸手在他鼻子前探了探，还有呼吸。我扒开了他的眼皮，发现他的瞳孔已经扩散……

大脑死亡，想不到苍梧道人竟然一语成谶！

远处，脚步声响起，李青眉带着十几个轻伤挂彩的挑山帮的刀斧手冲进了祠堂，把里面的孩子捂着眼睛、一个接着一个地抱了出来。

我轻轻地推开了苍梧道人身边的棺材。棺材里，一具苍青色的龟甲正躺在棺材底下，泛着柔柔的暖光，我长吸了一口气，将棺材盖好。

远处，鲁胥、唐叔、陆龟年、李青眉，还有背着敏贝勒的根叔正深一脚浅一脚地踩着雪向我这边走来。

“抽一支！”鲁胥给我披上了他的大衣，为我点了一支烟。

“这东西怎么办？”鲁胥拍了拍棺材。

我思量了一阵，沉声说道：“找艘船，拉去没人的岛，埋土里也好，沉入海里也好，别让它再回来了！”

鲁胥点了点头，叫来了两个心腹的家仆，将金鳌遗蜕拖走离开。

我走到祠堂边上，搀扶起了坐在地上的梁战，和陆龟年、李青眉还有唐叔、根叔分别来了一个拥抱。

“哎哟，我的贝勒爷，您这是什么扮相啊？这绷带缠的，埃及贝勒啊？”

敏贝勒一撇嘴，扯开嗓子就开始骂娘，我将嘴里的半支烟塞进了敏贝勒的嘴里，放声大笑。

非常道一网成擒，南京之危一朝得解！

此时，正值黎明破晓，一道霞光刺破浓云，跃上了天际，真个是：

王图霸业三更梦，万古恩仇一场空。南来北往江湖客，人生长恨水长东。

尾　　声

民国十九年，三月初七，南京中央医院。

夜半，走廊上，我低垂着脑袋来回踱步，鲁胥坐在长椅上急得直挠头。医院外头，陆龟年和李青眉在窗户下面打情骂俏。

鲁绛进了产房，已经两个时辰了，还没出来！

半个后，一个穿着白大褂的护士从里面走了出来，站在走廊里喊道："张寒？谁是张寒？"

我猛地打了个激灵，举手喊道："我——大夫，我是张寒！"

"恭喜啊，是个男孩，七斤二两！"

"啊——"我猛地一声大吼，跪倒在地，红着眼眶默默祷祝道："祖师爷保佑，白猿张家有后——"

"那个，你进来吧！"护士面无表情地向我招了招手。鲁胥站起身，想和我一块进去，却被护士挡在了门外。我拍了拍鲁胥肩膀，示意让他等我。

我抹了抹眼眶上的泪水，跟着那护士进了病房。忽然，一阵冷风吹开了窗子，产房里的灯瞬间全都灭了，医院陷入了一片漆黑。

我的瞳孔一紧，夜眼发动，周围的一切，清晰地映在了我的眼中。身后，那个引我进来的护士，身子一软，倒在了地上。在护士的身后，一个身材高瘦，西装革履的光头男子从飘飞的窗帘后头走了出来……

“你是谁？”我冷声问道。

“天师会，头陀！”

“我老婆孩子呢？”我哑着嗓子问道。

“尊夫人在隔壁病房修养，贵公子我已经交给了我的师妹，她会将你的孩子带出南京城，好好地照顾……”头陀的男中音很有磁性。

我攥紧了拳头，狞声说道：“你知道……你在做什么吗？”

头陀双手合十，幽幽叹道：“我放出了一只魔鬼……一只藏在天下第一聪明人心里的魔鬼……”

“把我儿子还给我！否则……我就灭了你的天师会……”我跳起身，一拳打在了头陀的脸上。头陀一个趔趄，很快站稳了身子。

“呸——”头陀伸出手，接住了吐出的一颗牙和一口血。

“我说了，令公子我们一定会好生照顾，只要张大掌灯答应我一件事，我就把他还给你……”

“什么事？”

头陀挣开了我的手，朗声说道：“我……在敦煌沙窟等你……”

话音未落，头陀凌空一跃，翻出了窗子，消失在了黑夜之中。我狂奔到隔壁病房，找到了一脸惨白虚弱到极点的鲁绛。

“儿子……儿子……”

鲁绛紧紧地攥着我的手，指着窗外，客栈的伙计和鲁胥此时也听到了异样的声音，手忙脚乱地跑了进来。我红着眼眶，站起身来，看着窗外，一字一顿地说道：“今日起，白猿客栈与天师会的仇……不死不休……”